U0612515

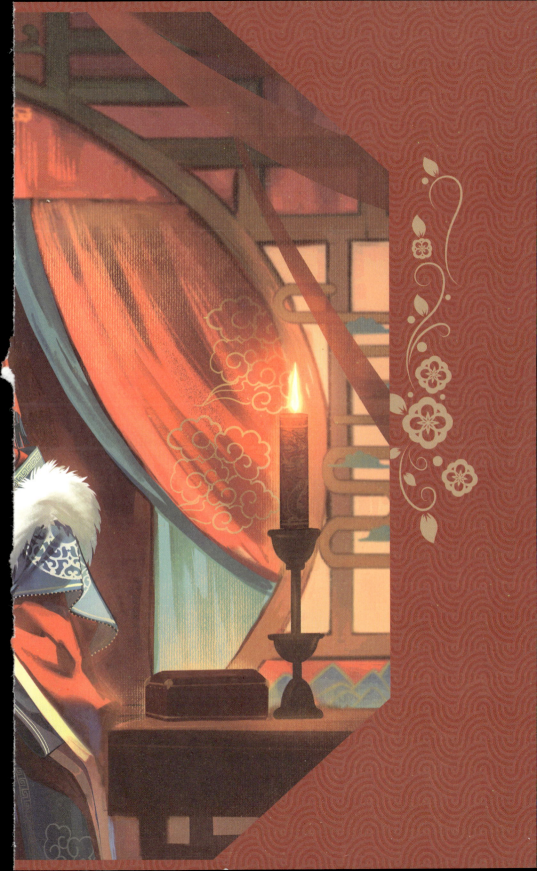

长月无烬

CHANG
YUE
WU
JIN

完结篇

藤萝为枝

|著|

广东旅游出版社
GUANGDONG TRAVEL & TOURISM PRESS
悦读书·享慢行·悦享人生

中国·广州

藤萝为枝

作品

目录

『你生而不祥，命里孤独。

但没有人永远是黑暗里腐朽的枯骨，

你在鬼哭河中五百年，

如果不是内心的爱一息尚存，怎会坚持到现在？

『你的所爱还在，你永远不会堕魔。』

爱一个人，何至苦涩如此呢？

连道都为他叹息。

第十一卷

一朝白发

‖ 第七十一章 ‖

这一夜对于苏苏来说很是漫长。

她沉沉睡去以后梦到了长泽山，那时候她刚诞生不久，翎毛湿漉漉的，尚不能化形。

青衣仙长用百锦缎小心地带她御剑下山。

"今后衡阳就是你的家，爹会好好照顾你。"

小灵鸟从百锦缎中探出头，好奇地打量周围。灰沉沉的天空压抑，魑魅魍魉横行。

仙长摸摸她的脑袋，一挥袖，周身瞬间鸟语花香。

师兄、师姐们围过来，都惊喜地看着她："小师妹终于破壳啦！"

"小师妹，我是你瑶薇师姐，这是师姐给你的见面礼，可佑你安康。"

"我是你齐越师兄，这是师兄的礼物。"

"还有我，还有我，我也是你的师兄。小师妹，这是师兄去蓬莱找来的灵露，也不知道能不能给小师妹当奶喝……"

仙门衰败，这个新生灵动的生命，像是往死气沉沉的泥淖中注入的清泉，一瞬间让衡阳宗变得热闹起来。

师姐们会为了她去偷偷采灵蜜，师兄们会带她偷偷进入秘境玩。

有人教她御剑，有人教她法术，每当她犯了错，大师兄无奈地叹息着，将她护在身后，替她扛下一切责罚。

混乱而血腥的时代，她的身边却永远是一片晴空。

还有不凉山终年不化的雪与灵泉。

这世界糟糕，他们却把最好的一切留给了苏苏。

她的梦里有蓝天，有御剑飞行的快活，还有灵泉叮咚的水、晶莹飘飞的雪……

她忍不住弯起唇，露出浅浅的笑容。

可是醒来后——

苏苏听见滴答的水声，她睁开眼。

身上被碾轧过一般疼，她身上盖着被撕破的衣裳，衣裳下不着片缕。

苏苏动了动手指，剧痛从指间传来，碎裂的指骨让她冷汗涔涔。

一缕微光从缝隙中透进来，外面天亮了。苏苏那只完好的手攥紧衣服，盯着那一抹天光，不知道在想什么。

水声也来自那里，外面在下雨。

她的伤口、身上的脏污没人帮她清理。

灼热的呼吸告诉她，她发烧了。

苏苏吃力地从石床上坐起来，用衣衫裹住自己。

弱水在漆黑的环境中散发着银亮的光，苏苏走到缝隙下面，无力地靠坐在墙脚，张开嘴接住雨水。

她干燥的唇瓣湿润了些，感觉好受不少。

她抱住膝盖，把脸颊埋进臂弯中。

这一生，她鲜少有如此绝望而脆弱的时候，不只是因为昨夜，还有三颗灭魂钉的碎裂。

她眼睁睁地看着它们撞上护心鳞，化作齑粉，而护心鳞也有了金色裂痕。

她失败了，赔上了自己，也赔上了天下众生。

灭魂钉没了，少年魔神的情愫变成滔天恨意，局面陷入死胡同。会不会……就这样被关一辈子？

苏苏从未有过这样消极的情绪。

她想，或许师门就不该把这个任务给她，她不过是刚到百岁的小仙，怎么能背负这样的使命呢？她甚至连阻止灭魂钉碎裂都做不到！

她才走出被众人呵护的仙境，就在少年魔神面前摔得遍体鳞伤。

可她真的尽力了。

凡间不到两年，却比她曾经的百年还要漫长。

她忍住泪水，心中无时无刻不担忧着五百年后的世界。她小心翼翼，如履薄冰，连被控制着杀了萧凛都只敢短暂哭泣一瞬，擦干眼泪为他守着城池。她甚至不敢对任何人产生过分温暖的情感，怕影响走这一趟的目的。

可她也是三界众生，也是血肉之躯，她也会痛、会害怕、会彷徨。

雨点打在她的脸上。

一直以来坚守的道心摇摇欲坠。

有个声音仿佛在说——

"别坚持了，就这样，你做不到的。他是魔神啊，他已经发现你骗了他，你再坚持只会死在五百年前。

"回家吧，本来这一切都不是你该背负的，顺应命运，回到你的时代，哪怕真的死了，也是轻松惬意的。

"你保护三界，谁来保护你呢？"

苏苏紧紧抱住自己，咬紧牙关。

她触碰到冰冷的石壁，这石头凉得像冰，哪怕如今是夏季，她依旧冷得瑟瑟发抖。

四面没有出路，勾玉沉寂着，她咬破指尖画的符咒没有半点儿作用。

她被困在了一个混沌空间。

这个地方一如翩然曾经被困的笼子，让人只能被囚禁在这里，她哪里都去不了，甚至连勾玉也只能被迫沉睡。

苏苏捂住自己的眼睛，倾世花又开始疼了。

因为恐惧和生病，这一次比任何一次都疼得厉害。她忍受了许久，再睁眼时，发现自己连那一缕天光都看不太清楚了。

苏苏揉揉眼睛，可怕的安静侵袭了她，有一瞬间连滴答的水声都远去了。她蜷缩在石床上面，想起许久以前，勾玉跟她说过倾世花反噬的后果。

命运悲惨，死无全尸。

廿木凝担忧地问："白羽，陛下怎么样了？"

廿白羽摇摇头，表情沉重。

"今晨回来的时候，吐了一口血，至今没有醒。御医说心脉受损，活不过这个冬天。"

廿木凝跟跄着后退了一步："怎么会这样？都怪我，如果我看好了叶三小姐，就不会发生这样的事。"

廿白羽扶住她："多说无益，等陛下醒来，他或许会有办法。"

从很久以前就有人断言澹台烬活不过十六岁，然而这些年，也不知道付出了什么样的代价，他安然活到了现在。

既然如此，可能就有办法改变现状。

廿白羽没有跟姐姐说今晨看见陛下的情景，至今他回忆起来，依旧觉得心情复杂。

陛下嘴角带着血迹，眼神空洞木然，漆黑的眼珠却沉积着滔天怨恨。

他的胸口渗出一团深色痕迹来。

他死死按住心脏，逃离般回到承乾殿中，吐了一口血便昏迷了过去。

周国的夏季多雨。

午后小雨依旧没有停下来的意思，昭华夫人来探望澹台烬。廿白羽像一道暗处的影子，沉默不言跟着叶冰裳。

叶冰裳说："廿大人，妾身只是想单独和陛下说说话。"

廿白羽微微了摇头，目不斜视地盯着地面。

叶冰裳没了办法，只好任由夜影卫们盯着，掏出帕子给澹台烬擦了擦汗水。

在他的身边，叶冰裳看见了带着裂痕的护心鳞。

她脸色一变，连忙拿了起来。

果然，原本银色的护心鳞上，如今密密麻麻布满金色纹路，她试着感受它，发现它毫无反应。

一瞬间叶冰裳的脸色极为难看，她意识到一个不可扭转的事实，护心鳞碎了！

澹台烬身上发生了什么？！

潜龙卫怎么可能真的弄碎护心鳞呢？

她的脸色几变，心疼得直抽气，然而在廿白羽等人的盯视下，她只能被迫恢复冷静。木已成舟，她就算再后悔也没有办法。

护心鳞碎了，换来苏苏的威胁解除。

现在对于澹台烬来说，苏苏就是一个拿着潜龙卫的叛徒。自己一个凡人，拿着护心鳞非但不能将其作用发挥到极致，还会引来妖物。

如今的局面也不差。

说服了自己，叶冰裳想替澹台烬掖一掖被子，一柄剑格挡住她的手。

廿白羽说："夫人探望过陛下就回去吧。"

叶冰裳脸上的难堪之色一晃而过，笑着点点头。

澹台烬是第二日下午醒过来的，他也意识到自己的身体不妙，把噬魂幡里的老道叫了出来。

"孤心脏里的东西，能弄出来吗？"

老道试了一下，摇头说："陛下，恕贫道无能为力，此前从来没有见过这样邪门的东西，它似乎嵌入了陛下的心脏，无法取出来。"

知道这个消息，他的手触上胸口，表情冰冷。

在老道士以为他会发怒之时，他却毫不在意地勾起唇说："那就留着吧。"

左右不过是个痛。

也就只是痛多一点罢了。

"替孤多找几个妖怪，遇到修仙的也抓来。"

老道士连忙称"是"，明白澹台烬是想继续靠妖怪的内丹续命。如果说以前他的寿数需要一年杀一只妖，如今恐怕得月月挖去妖物的内丹，来填补他流逝的生命。

廿白羽要拿着噬魂幡离开，澹台烬冷声说："让叶储风去。"

"陛下？"

澹台烬说："叶储风身上有狐妖的半颗内丹，抓大妖他比你们有用。"

廿白羽和老道士对视了一眼，眼中均是不可置信。

叶储风的身体里竟然有狐妖翩然的半颗内丹？

怪不得陛下要留住这个人，为他效力。廿白羽点点头，带着噬魂幡找叶储风去了。

澹台烬沉默着，脸色苍白冷漠。

廿木凝留在殿内，垂着头看向地面，她的心里有几分难受。前几日筹备登基和封后大典的陛下，陛下的眼睛里带着明亮的光彩，可现在，他的眼里什么都没剩下。

她以为陛下会问混沌密室中那少女的消息，没想到他只是冷淡地背过身子去，什么也不关心。

就好似，那人死了，也与他没有半分关系。

廿木凝一直等到黄昏，也没见陛下问起她。

她只好犹疑着小声开口："陛下，她生病了，从昨日到现在，她只喝了些雨水。"

青年睁开眼睛，看着龙床上的银纹，低声笑道："派人去看看，别让她死了，她不配死得如此轻易。"

廿木凝："是。"

苏苏这一场病，病了许久。

倾世花的力量发挥不出来，她变成了一个彻底的凡人。失去和勾玉的联系，失去法术的羽翼，她昏昏沉沉，分不清白日和黑夜。

每到一个时间，会有个婢女进来帮她擦洗身子、喂药。

勺子递过来，她无意识地吞咽。

顽强的意志让她努力想活下去，然而倾世花的反噬，使她的身体开始变得糟糕起来。

她吃不下饭，胃里空荡荡地疼。

婢女以为她不愿吃，冷冷地看她一眼："还当自己是未来皇后吗？不吃饭就能换来陛下怜惜？我劝你省省吧，陛下说了，不想吃大可饿死。"

婢女拿着食盒离开了。

也不会有人听苏苏解释，替她看病。

一日又一日，苏苏越发憔悴，她偶尔清醒的时候，会在天光照进来时刻

"正"字。直到刻满六个"正"字，她方才恍惚觉察，已经被澹台烬囚禁至少一个月了。

人间已然七月。

受不了没有声音、全是黑暗的恐惧，苏苏有时候也会歇斯底里地拍密室的门："让我出去！放我出去……"

她从光芒灿烂的天池诞生，无尽的幽闭和倾世花无形中的折磨，让她打起寒战。潜伏在她体内的神器开始渐渐摧毁她的心理，让她终日做噩梦。

一如曾经拿到倾世花的澹台烬，陷入噩梦之中，难以醒来。

她的本体生来自由，这样看不到希望的幽闭囚禁，一天天摧毁着她的意志。

但她不想死，她依旧想活着。道心的动摇并不足以毁灭一个人，她每一次从倾世花的噩梦里醒来，都用尽了全部意志力，盼着片刻的天光照进来，让她缓一口气。

澹台烬一次也没来看过她，仿佛已经忘记了世上还有个他爱之欲其生、恶之欲其死的少女。

苏苏以肉眼可见的速度憔悴下去。

有一日她醒来，发现左眼竟看不清了。

婢女递过来的水，苏苏摸索着去拿，那碗碎在地上。

"你！"婢女起先想发怒，看见她毫无神采的眼睛，慌乱地说，"你……你看不见了？"

苏苏抿唇，没有说话，婢女慌慌张张跑了出去，连破碎的瓷片都来不及收拾。

苏苏大睁着眼睛，眼前一片黑暗，她却不敢睡觉。

道心一旦有了裂痕，她有了害怕的东西，倾世花就开始发挥作用。漫长的时光里，每一次睡着了，她都怕再也醒不过来。

她紧紧抱住自己，心想，她其实还有最后一次机会。

生，还是死？

‖ 第七十二章 ‖

"看不见？"听到这个消息时，澹台烬十分平静。

婢女生怕澹台烬把苏苏看不见的事怪在自己身上，哆嗦着道："陛下，可要请太医为姑娘医治？"

玄衣青年闻言，讽刺地弯了弯唇。

"孤只要她留着一口气，一双眼而已，与孤何干？"

婢女明白他的意思，深深松了口气。

七月绵绵雨季还未过，羊暨走进来时，看见陛下在养一盆花，那花还未盛放，只有一个小小的花苞，竟然是冰蓝色的花，如同漂亮的冰晶。

羊暨觉得稀罕，就多看了两眼。

澹台烬淡淡地说："什荼送来的长生花，传闻可治百病，免疼痛。"

青年冰冷的手指拂过长生花，那美丽的花儿散发着沁人心脾的香味。

"什荼把这样的宝物送给陛下，想要什么？"

澹台烬露出一个讥诮的笑容："要我周国的皇后之位。"

上个月澹台烬改了国号为"景和"，曾经最强大的夏国成了周国的附属，澹台烬作为新君，对于其他所有国家来说，都是值得结交的对象。

什荼向来识趣，澹台烬还没对他们发兵，他们率先送来大礼，希望澹台烬能娶了他们的公主。

对于帝王来说，联姻也是制衡之道。

羊暨打量着澹台烬的神色，小心翼翼地说："陛下的意思……"

澹台烬拨弄着那花，许久才说："花收了，人不要。替孤挑一份回礼送过去。"

羊暨看他一眼，点头称"是"。

苏苏又在混沌密室里过了几天，照顾她的婢女恢复了先前的傲慢。

澹台烬并没有让她出去，也没有让太医来给她诊治。

苏苏心里猜到过这个结局，垂下了头。

她错位的手指自己忍住疼接好了，可是日渐消瘦的身体越来越虚弱。

她努力想多咽下一些食物，结果发现是徒劳。

某一天夜里，她咳出了血。

苏苏知道倾世花的神力开始消失，它的厄运即将来临。

而她赌输了。

澹台烬说过那么多次想让她死，这一次，是真的想要她的命。

她昏昏沉沉睡着，第二日婢女狠狠推了推她，发现苏苏毫无反应，嘴角全是血，这才意识到事情的严重性。

吐血这件事，终于让苏苏出了混沌密室。

有人替她诊脉，依稀间说着什么。

"这位姑娘身体虚弱，但是臣看不出有什么问题。至于她的眼睛，恐怕是在黑暗的地方待久了，短暂性失明。"

另一人长久没有说话。

苏苏听见一声低低的嗤笑。

"既然她这么喜欢玩花样，孤便成全她。想出来，便待在这里吧。"

手腕上一股温暖的力量注入，直到傍晚，苏苏终于清醒了过来。

勾玉不可置信地看着小主人消瘦的身体，号啕大哭。

自从它有意识以来，第二次哭得这样伤心。上一回还是苏苏母亲去世的时候。

勾玉把来人间修炼一年多所有的灵气注入了苏苏体内，终于让她好受了些。

苏苏喘着气，眼前一片黑暗，然而她知道这是白日。

她的眼睛彻底看不见了。

勾玉看见了苏苏黯淡的神情。

沉默许久，它下定决心低声说："我带你回家吧。"

回到五百年后的衡阳宗，去长泽山，你诞生的地方，就不会再有现在的痛苦。

你的眼睛可以重见光明，你可以重新做回仙子，不必再受任何苦楚。

少女跌跌撞撞地下了床，她嘴唇干裂，四周没有一个人，周围安静得可怕。

勾玉连忙说："往左，小心。对，往前走，摸到桌子了吗？"

苏苏摸到桌上的茶盏，自己倒了半杯水喝。

勾玉看见她的手指红肿，完全没有昔日纤长白嫩的模样，它不忍再看。

苏苏哑声开口说："我回去了，爹爹、师叔们、公冶大师兄，还有同门怎么办？"

所有人都会死。

就像魔魔制造的噩梦里一般，一个个死去。

八个长老散尽修为，送她来到五百年前，她若逃回了衡阳宗，就不会再有第二次机会了。

勾玉沉默着。

它是九天勾玉，生在上古，却比不得同一时期诞生、足以呼风唤雨的其他神器。一块被埋在地底无数年的上古玉石，慢慢生出灵智，才有了后来的形态。

它不知道修炼了多少年，本应与三界的山川河流是一体，比起对苏苏的怜惜，它更有对苍生的使命感。

辅助宿主除去魔神，庇佑苍生，才是它存在的意义。

它难过得无以复加，好半晌才下定决心说："灭魂钉碎了，任务已经失败，我带你走！"

手腕上玉镯发亮，苏苏突然按住勾玉。

"小主人？"

苏苏说："再等等，我……有最后一个办法。"

"什么？"勾玉愣愣地看着她，少女苍白的容颜上，露出浅浅一抹笑容，像晨间沾了朝露的花。

濒死前绽放出薄弱的美丽。

小慧喜盈盈地说："夫人，你是不知道，那个女人被陛下扔去了冷宫。我听说一到夏天啊，那地方蛇虫鼠蚁经常出没，饭也是馊的，这回陛下彻底厌弃了她！"

叶冰裳放下快做好的衣裳，抬起漂亮的眼眸："慎言。"

小慧连忙拍拍自己的嘴巴："瞧奴婢这嘴，夫人教了多少回还是学不会。夫人这次可不能念及姐妹之情同情她了！"

叶冰裳点头："自然不会，三妹妹想伤害陛下，陛下留她一命，已算仁慈。"

"奴婢还听说，那位的眼睛看不见了。"

叶冰裳动作顿了顿："是吗？"

下午她去给澹台烬送做好的衣裳，恰好遇到太医在给澹台烬看诊。

屋子里淡雅的香气让叶冰裳一眼就看见了那株长生花。

长生花快开了，在日光下有种别样的美丽。

澹台烬随意养着，也没有要服用的意思。宫里都知道陛下有这么一株花，纷纷猜测陛下会把长生花留给谁。

叶冰裳突然想起三妹妹看不见的双眼。

如果是长生花，三妹妹的身体，一定又能好起来吧……

澹台烬看见她，淡淡说："过来坐。"

两人和往常一样，下了一局棋。叶冰裳不好意思地说："再过几日就是妾的生辰，妾斗胆，可以请求陛下一件事吗？"

这还是她来周国第一次向澹台烬提出要求。

想到破碎的护心鳞，澹台烬点头："说。"

叶冰裳说："妾希望陛下能陪妾和母亲，一起吃顿饭。"

说完，她绞紧手帕，忐忑地看着澹台烬。

澹台烬说："可以。"

叶冰裳微笑着说："多谢陛下。"

后宫就叶冰裳一个有封位的女人，她的生辰，女官们自是精心筹备。

苏苏身边连个婢女也没有了，冷宫里只有一张硬邦邦的床，还有放茶壶的桌子。

她醒来后好几日才发现，已经不能再动用任何灵力了。

现在她和一个普通的凡人无异。

勾玉告诉她，周围依旧有无数弱水箭暗中对准了她，一旦她想逃离周国皇宫，那些箭会毫不犹豫地射出来。

可惜他们并不知道，苏苏已经失去了反抗的能力。

每日黄昏，她会摸索着出来走走。

看不见便让勾玉指路。

只要她还在冷宫范围内，夜影卫便不会阻拦她。

几个浆洗衣裳回来的小宫女说："这几日宫里怎么又热闹起来了，是有什么喜事吗？"

"当然了，过几日便是昭华夫人的生辰，陛下现在独宠她，她的生辰，陛下自然看重。"

"你们没听说吗，先前什荼送来长生花，想让陛下娶他们的公主，都被陛下一口回绝了，不是为了昭华夫人还是为了谁！如果不是昭华夫人的身份，恐怕陛下早就让她做皇后了。"

她们聊着天走远，苏苏站在墙后，感受到了黄昏的冷意。

风拂过她茶色的衣摆，勾玉犹豫地说："小主人，你听见了吗？澹台烬手里有长生花。那是凡人的圣药，你不如试着去要过来，你的眼睛，说不定就能看见。"

苏苏摸了摸自己的左眼。

半晌点点头："我……想试试。"

她害怕。

这是勾玉第一次看她答应去讨一样东西。

勾玉看得酸楚，小灵鸟生来向往自由，养大她的地方是最广阔漂亮的天地。

混沌密室里没有声音，也没有光。她被关太久了，现在晚上睡觉，偶尔都会颤抖着醒来。

然而白日和黑夜，对于苏苏来说没有区别，她的世界已经一片黑暗。

现在有长生花，她想试试。

她不要澹台烬的命了，她会还给他更好的东西。她太害怕了，哪怕最后要死，也想多看看这个世界，不要一个人死在黑暗里。

叶冰裳生日的前一天，刚好是两个月后的十五。

月亮挂在天空，照亮凄清的冷宫。

苏苏蜷缩在床上，微微颤抖着。

她身上的结春蚕发作了。

苏苏也没想到，破身以后，结春蚕发作的时间竟然变短了，现在才两个月，结春蚕竟然再次发作。

她紧紧抱住自己，汗水打湿了额发。

脑海里一片混沌，她不知道自己挨了多久，许是一个时辰，许是更长的时间。

就在她以为自己会死的时候，门外吹进来夏夜的风。

温热的风让她的神志清醒了一瞬，她眨了眨空洞的眼睛。

有人用冰冷的手指挑开了她的衣襟，苏苏第一次意识到，作为凡躯，结春蚕这种阴毒的药物多么强大。

她哆嗦着朝他靠近，倚靠在他怀里的时候，她身体里躁动的药物终于有了片刻的安宁。

他冷冷地打量着她，俯身下去。

澹台烬并没有吻她，他像执行一项任务。

他嗤笑着说："你现在可真难看，让人毫无兴致。"

苏苏抿住唇，她瘦了许多，原本还带着几分婴儿肥的脸颊，现在瘦得尖尖的。

她的腰本就纤细，如今已经不堪一握。

药物作用下，苏苏的身体并没有不舒服，反而产生了类似依赖的情绪。可是她的心难受极了，人生八苦，她渐渐品尝到了这样的滋味。

她连恨他都没有力气，只觉得疲惫。

像一个在外受了太多委屈的旅人，对沿途的磨难感觉渐渐消淡，只想念家乡。

苏苏看不见现在的自己，便以为自己像他说的，并不好看。

她并不在意皮囊，便不知晓，这份难得的脆弱美丽使她多了几分动人。

她黑白分明的眼睛里映出他的模样，澹台烬知道，她如今看不见自己的表情。

他沉下身去，依旧敛住了自己的神情。嘴上虽是兴致恹恹，却对她恋恋不舍。

许久后他要走，一只苍白的小手拉住他。

澹台烬回头，第一次从她脸上看见几分期待不安的神色。

她犹豫许久，最后低声说："我，可不可以和你换……长生花？"

‖ 第七十三章 ‖

"换？你用什么换？"

苏苏听见男人冷漠的嗓音，她看不见他的表情，只好说："轻鸿仙诀可以吗？我真的……很需要永生花，我的眼睛很疼。"

轻鸿仙诀是世上最好的剑法，一剑开山辟水，剑域一成，可诛仙除魔。

轻鸿仙诀也是苏苏修仙百年最好的机遇，如今她只想换再看看这个世界。

"疼？轻鸿仙诀？"

他似乎冷冷笑了一声，带着嘲讽，抽回了自己的袖子。

澹台烬没说换不换，消失在了黑夜中。

真好笑，这还是第一次见苏苏求自己，可惜开出的条件不尽如人意。

在苏苏眼里，他只看得到力量，曾经的他也的确是这样。然而当她提出用轻鸿仙诀来换时，他的内心只有窝火。

澹台烬回到自己殿中，有长生花在，满室幽香。

噬魂幡里的老道士垂涎长生花，这玩意对澹台烬来说，拯救不了他破败的身体，没什么用，但若给老道士，却可以涨一甲子的功力。

长生花含苞欲放，或许明晨，它便开了。

老道士殷切地看着玄衣青年，希望大方的帝王这回能把这东西赏给他。

然而澹台烬"啪"的一声盖上盖子，把长生花扔在床头。他枕着自己的手臂，不知道在想些什么。

老道士知道自己没戏，讪讪地躲回噬魂幡中。

苏苏没要到长生花，用被子裹紧自己，勾玉担心她害怕，给她讲洪荒以来的故事。

从它见过的诸神，到一些大妖的传说。

讲到后来，勾玉看见苏苏眼睛一直睁得大大的，她眨了眨眼，倾世花寄存的左眼，流下一行血泪。

勾玉的声音突然卡壳。

它没问她怕不怕，而是问："你恨他们吗？"

他们，澹台烬、叶冰裳，甚至是萧凛。

萧凛的死，导致她无法主动出手对付叶冰裳，陷入被动。到了现在，勾玉和苏苏都知道那是叶冰裳的阴谋。

全天下都以为潜龙卫在苏苏手里，苏苏已经到了无路可走的地步。

苏苏一直不说话，勾玉以为她不会回答，没想到，苏苏动了动唇。

"恨的。"

勾玉听见她这样说。

"我被关在混沌密室一个人的时候，甚至在想，怎么才能让他们最痛苦。"她低声说，"叶冰裳想当皇后，想要一个男人忠诚的爱，我想让她失败。澹台烬要力量，他这样对我，我希望看他跌入尘埃。萧凛……我不该恨他，可我的确，心里难受。"

"我一遍遍地想他们的下场，才能不那么害怕，我接好自己的手指，努力多吃几口饭，就是想看到那一天。"

七月的夜晚下起了雨。

冷宫幽暗又死寂，除了苏苏，没有任何人。

她吃力地清洗完自己疲惫的身体，冷宫只有冰凉的井水，苏苏回来以后一直没睡着。

她的眼角不再流血，倾世花安静地待在她的眼睛里。

勾玉顺着她没有焦距的目光看过去。

一棵幼竹，被风吹倒在夜里。

第二日清晨，长生花开了。

澹台烬看了它许久，拿起盒子出门。才踏出殿门，他便看见了一身喜庆打扮的叶冰裳。

魏喜低声说："今日是夫人的生辰，夫人天还没亮，就站在这里等陛下。"

果然，叶冰裳的目光里，带着星星点点的光亮和期盼。

澹台烬骤然想起，答应过与她和她的母亲一同用膳。

他步子顿了顿，把永生花放入袖中，说："走吧。"

叶冰裳脸上绽开浅浅的惊喜，似乎澹台烬还记得约定是一件让她很开心的事。

云姨娘并没有住在宫里，两人乘坐车辇离宫。

叶冰裳犹豫了一下，婉声开口："陛下，妾一直想问，祖母……怎么样了？"

市井喧闹，青年帝王闭着眼睛，冷冷回答她："死了。"

叶冰裳轻轻吸了口气，垂下眸子，带着几分难过。

澹台烬骤然想起冷宫的少女没有问过自己这个问题，也不知道是不是害怕听见这个结果。

两人在一处幽静的地方停了下来。

云姨娘一早听说澹台烬要来，连忙抱着儿子在门口等，恭敬行礼。

叶冰裳扶起自己的娘亲，一回头，发现陛下的目光落在幼弟身上。

"你叫什么？"澹台烬问。

叶冰裳看向幼弟，叶四公子今年八岁，许是这两年经历了一些事，少了幼时的跋扈，脸蛋也长开了些。

幼弟和自己长得并不像，反而长得有几分像……三妹妹。

叶四公子有些怕澹台烬，瑟缩了下肩膀，讷讷道："云飞尘。"

澹台烬淡淡移开目光，似乎只是随口一问。

院子里早早准备好了膳食，随行的太监一一试过饭菜，众人这才开始用膳。

一顿饭吃得云姨娘战战兢兢，看着隽秀的小暴君，她难免埋怨女儿怎么把人往这里带。云姨娘对澹台烬的感情很复杂，以前他人人可欺，现在看见他，呼吸都只敢放轻。

好不容易一顿饭吃完，云姨娘有了单独和叶冰裳说话的机会。

"裳儿啊，你可要争点气，听说陛下后宫只有你一个女人，你早日怀上龙子，地位就更稳了。"

叶冰裳神情复杂，对亲娘，她也没什么好隐瞒的："陛下至今没碰我。"

云姨娘瞪大了眼。

"这，这怎么可能？外面都在说，陛下极为宠爱你。"

叶冰裳冷冷笑了笑，她想起昨夜陛下去了哪里，闭了闭眼，隐忍地说："娘，来日方长。"

回宫路上，冰蓝色箭矢骤然破空而来。

夜影卫手疾眼快挡住不少，可还有一支射入车辇中。叶冰裳想也不想，挡在澹台烬前面："陛下小心！"

箭矢深深刺入她的肩膀。

澹台烬皱眉扶住她："冰裳？"

叶冰裳唇角流下鲜血，疼得身体抽搐。

大批伏兵突然出现，澹台烬嘴角勾出一抹冰冷的笑意："找死。"

隐藏在暗处的虎妖跃出来，转瞬变大，朝着埋伏的人袭击而去。

没过多久，廿白羽来汇报："陛下，共八十三人，均为潜龙卫，全部服毒自杀了。"

澹台烬眼中明灭不定，看一眼伤重的叶冰裳，心里有几分不祥的预感。

"回宫！"

果然，才到宫门，廿木凝急忙迎上来，沉声说："陛下，冷宫遇袭，潜龙卫来救人。"

"她人呢？！"

"弱水箭下，潜龙卫死了三百余人，逃走了几个。叶三姑娘还在冷宫，潜龙卫没能带走人。"

澹台烬目光变得冰冷，他抱着重伤的叶冰裳："叫太医来。"

"夫人伤得很重，失血过多。这……恐怕得有灵药，否则以后身子一定会落下病根。"

玄衣青年沉默良久，突然嘲弄地笑了笑。

"不知，长生花可行？"

苏苏知道外面发生了什么。

早在弱水箭齐发时，她已经猜到了一切。她坐在门槛儿上，听勾玉憋闷地说："这下真是有理也说不清了。"

这么多潜龙卫用命来救她出去，谁也没法相信潜龙卫不在苏苏手里。

夏天的风拂过，吹动少女茶色的衣摆。

苏苏心里十分不安，澹台烬本就恨她，最恨的是她的背叛和逃跑。

如今，在他眼里，她再次想要逃离。

他还会给自己长生花吗？澹台烬如今恐怕恨不得她一辈子被他囚禁着，每逢十五，便在他身下喘息哭泣。

苏苏想等等他，哪怕为了在生命尽头，不在黑暗里死去，她也愿意好好和澹台烬解释潜龙卫的事。

不知道坐了多久，苏苏的世界里，白天黑夜没有区别。

久到送饭的小宫女都来了，澹台烬却没来。

宫女见苏苏还望着外面，放下碗筷，不满地说："明明看不见，有什么好看的！不知道我倒了什么霉，要被派来给你送吃食。今日是昭华夫人的生辰，陛下大赦天下，就我来这破地方。喂，我说你呢，你这是什么反应？"

宫中惯会捧高踩低，澹台烬昨夜来，没有任何人知道。苏苏身处冷宫，宫里的人自然看不起她。宫女气愤地看着无动于衷的苏苏，瘦弱的少女看上去苍白纤弱，目光没有焦距，昔日高贵的人沦落到这种下场，让人心中生出无限快意和恶意。宫女见她肌肤白皙娇嫩，抬手便去掐她。

一柄小木剑刺入宫女的掌心。

宫女尖叫一声，跌坐在地。

"你……你！"

小木剑被苏苏紧紧握在手里，宫女不安地看苏苏一眼。本来以为是个好欺负的盲女，没想到却还是个不受欺负的硬茬。

宫女爬起来，愤愤地瞪着苏苏："你不会真以为自己还能飞上枝头吧！告诉你，陛下的心上人是谁，宫中人人皆知，连什荼送来的长生花，也随随便便就给了昭华夫人做生辰礼物！你算什么，就等着老死在这里吧！"

说完，她一溜烟跑了。

"长生花没了。"苏苏喃喃道。

勾玉想到她要日日夜夜忍受倾世花带来的反噬之痛，世界一片黑暗，它心如刀绞。

苏苏像个失去了一切的孩子，脸上的期盼渐渐湮灭。

勾玉不知道如何安慰她，却见苏苏站起来。

她面朝着天边落下的太阳。

勾玉忍不住说："少年魔神的心里爱的一定是你！苏苏，我们都知道，这是叶冰裳的阴谋。"

苏苏仿佛听不见它的话，低声说："是我错了，我竟会蠢到去求他。"

她捂住自己的眼睛，血蜿蜒从她的掌心流下，勾玉听见她说："我竟然有一刻，动摇过自己的心。"

她的嗓音很轻，经夏日的风一吹，就消散在夜色中。

勾玉知道自己没有听错。

苏苏是犹豫过的，在收到那条红盖头的时候，她回头去看，那时候少女眼里带着几分连她自己都没有意识到的挣扎。

人非草木，孰能无情。

她生为灵胎，从来不敢忘记自己为何而来。她见过三界众生在妖魔爪下苦苦挣扎，北海枯竭，南山倾塌，人间哀鸿遍野。

勾玉也隐隐觉察到，才会觉得不安。

九枚神钉铸成那一刻，它生怕苏苏下不了手。可还好她并没有罔置苍生于不顾，她把九枚钉子推入玄衣青年的心脏。

她不敢动情。

任务失败了，却有唯一的好处——苏苏想到了最后一个办法。

一个借助已经钉入的六枚神钉的办法。

苏苏终于不用杀澹台烬，可是……他永远置苏苏于黑暗，亲手碎灭了她最后的愿望。

苏苏起身，勾玉听见她说——

"听说周国的冬日并不会下雪，等阴日阴时一到，我们就走吧。勾玉，你怕不怕？"

勾玉微怔，说："勾玉不怕。"

它明白苏苏要做什么。

她要永远离开他，离开这片困住她的地方，离开五百年前的人间。

般若浮生一场天雷，冥夜想把神髓换给桑酒。阴日阴时，同样可以引这样的天雷。

她用倾世花假拟成神髓，注入自己的仙魂，以九天勾玉做媒介，变成真正的神髓。

以神髓，换邪骨。

‖ 第七十四章 ‖

入秋以来，周国天气依旧温暖。

晴好时，苏苏便摸索着在冷宫里活动，冷宫什么都没有，她的血液中倾世花的神力越来越少。

勾玉成为她的眼睛，为她指路，防止她磕磕绊绊跌倒。

倾世花摧残着她的身体，让她越来越瘦。

粉白宫装如今在她的身上有几分空荡，腰肢纤细极了。

宫中多柳树，闲暇时，苏苏走出冷宫的院落，会去折几枝柳条，回来以后，削尖柳枝布阵。

制造真正的神髓，她得往倾世花里注入阴气。

也不知道是不是巧合，每当她黄昏去折柳枝，总会遇见嘴碎的宫人谈论最近受宠的昭华夫人。

"陛下对昭华夫人也太好了吧，听说这几日，送去夫人宫里的赏赐源源不断。"

"你们没听说吗，昭华夫人生病，还是陛下亲自照顾的。"

"前几日小顺子犯错，陛下勃然大怒，夫人求情，陛下立刻就不生气了。"

"连什荼送来的宝物，陛下都用来讨昭华夫人欢心呢！"

她们的笑语穿过一墙之隔的冷宫，透入苏苏黑暗的世界。

苏苏听见她们也提到了自己——

"那你们说，陛下对冷宫这位，是什么意思啊？"

"她啊，听说以前在夏国，陛下就对她恨之入骨，如今留着她，也是为了折磨她。"

"可先前她险些做了皇后。"

有人嗤笑说："她现在眼睛都瞎了，如果陛下真的喜欢她，什荼的宝物为什么不给她？要我说，陛下厌恶她还来不及呢。"

苏苏握住柳枝，不知道在想什么。

秋风吹动她素净的衣裙，她扶着宫墙，慢慢走回去。柳枝可以引阴气，她盘腿，引冷宫的阴气进入左眼的倾世花中。

阴气入体，冷得她瑟瑟发抖，皮肤苍白。

日复一日，苏苏也渐渐习惯。阴气进入倾世花，她的眼睛不再经常流血。

她知道，快解脱了。

有一个夜晚，她坐在井边浣洗自己的衣裙。

勾玉突然说："他来了。"

苏苏的动作顿了顿，继续洗。澹台烬来得悄无声息，他没让人跟，也没拎琉璃灯，就在远处看着她。

玄衣帝王冷冷看着清瘦的少女洗完衣裳，抱着木盆从他的面前走过。

冷宫里安静漆黑，她仿佛已经习惯，没要人扶，熟悉地走过井边。

她神色安静，一双黑白分明的眼睛半点儿也不像看不见。

少女似乎没发现自己，眼见她就要走进屋子，澹台烬下意识地跟了几步。

反应过来自己在做什么，他的步子停下，转身走了。

勾玉说："他离开了。"

如果不是有勾玉，苏苏根本不会知道他来过。

六枚灭魂钉在他的心脏里，将他彻底变成了一个冰冷刺骨的人。若真还有略微失控的时候，约莫是每两个月一次苏苏身上的结春蚕发作时。

他们肌肤相亲时，他偶尔失控，会忍不住失神地看着她。然而也只有短短一瞬，澹台烬便会恢复刻薄。

他来时，苏苏当作不知道，该做什么做什么。

如果说失去永生花之前，她对他还有过期待，现在心里一片荒芜，寸草不生。

她数着日子等阴日阴时。

十一月，宫里不久会有一场宫宴，叶冰裳的身体也恢复得差不多了。

永生花入体，她的伤口毫无瑕疵。

小慧帮她梳妆，看着镜子里娇美的女人，忍不住赞叹道："夫人越来越美，谁能想到，永生花连夫人的痼疾都治好了呢。"

现在的叶冰裳看上去唇红齿白，她抚了抚自己的脸，露出温婉笑容。

小慧喜悦地说："最近陛下忙着清剿八皇子等余孽，不久周国就彻底太平了。夫人知道吗，过几日宫里有宴会，那一天其实还是个特别的日子。"

"什么特别的日子？"

小慧凑近叶冰裳的耳边，低声说了几句话，叶冰裳的脸上瞬间变得微红，嗔怪地看了小慧一眼。

小慧说："奴婢可没说错，人人都说，这一日求子最灵了，周国人人都信这个呢。夫人如今身子大好，只要届时留住陛下，来年定能生个小皇子。"

叶冰裳说："就你这丫头嘴碎，也是我考虑不周，早该把你嫁出去！"

宫宴开始前，小慧给叶冰裳打扮好，叶冰裳去寻澹台烬。

她们去得不凑巧，澹台烬还没去宴会，却在梅花树下，和一个人说话。

叶冰裳一看，似乎是负责追捕八皇子之一的大人。澹台烬一向重用能臣，这位大人升官很快，澹台烬颇有培养心腹的意思。

他长着一张十分年轻英俊的面孔，大概半个月前，叶冰裳见过这位大人，貌似姓齐。

彼时齐大人意气风发，而现在一身官服的男人，眼中死气沉沉。

澹台烬冷冷地看着齐墨："想好了？真要辞官？"

齐墨叩首："臣辜负陛下厚爱。"

他脱下帽子，嘴唇没有半点儿血色。

澹台烬见留不住人，淡淡说："滚吧。"

齐墨起身离开，路过叶冰裳时没有反应，像一具行尸走肉。

澹台烬起身去参加宫宴，叶冰裳见他不说话，也只得沉默地跟在他身后。

丝竹管弦声中，玄衣青年支颐，冷漠的眼睛看着场上歌舞。

叶冰裳喊了他两声，澹台烬都没反应。

她便知道，澹台烬的心思不在这里。是那位齐大人吗？她心想，齐墨到底来说了些什么？

她心里有种不好的感觉，今日她仔细打扮过，出门时小慧说她人比花娇，连衣衫上的香，她都细细挑选过。

叶冰裳来周国大半年，虽然宫里人人说她得宠，可事实如何，她比任何人都清楚。她怕今晚依旧留不住澹台烬，而且小暴君心思敏锐狠辣，没有把握的时候，她半点儿也不敢在他身上耍手段。

澹台烬不知道下座的叶冰裳在想什么，他确实鲜少有这样神思不属的时候。

齐墨辞官的一番话，让他皱起眉。

他有他的规矩，齐墨参与了他太多计划，现在想抽身而退，不死也得留下半条命。

然而齐墨放着平步青云的机会不要，毅然辞官了。

不，应该说心如死灰地辞官了。

对齐墨的事，澹台烬知道得很清楚，毕竟他用一个人，必须知根知底才敢信任。

一年前夏、周两国交战，齐墨还是个小校尉，立下不少功勋，在战场上战功显赫。

沧州之战，齐墨带兵抄家，杀了一个家族的人，最后偷偷藏起了那家的五小姐。

齐墨一眼就喜欢上她，那姑娘也是个烈性子，时时刻刻想要弄死齐墨，给家人报仇。

少女的眼里没有战争，但这个修罗一般的男人杀死了她的家人，还强抢了自己。

最令她愤怒的是，齐墨在遇见她之前，已有家室。

沈五小姐试过几次刺杀齐墨，最后都被他识破。她不过一个柔弱少女，最后被齐墨强行纳为妾。

齐墨的手段雷厉风行，沈五小姐忤逆他好几次，故意搅得家宅不宁，他心疼她，却也难免生气。

齐老夫人也不喜欢这个把儿子迷得神魂颠倒的狐狸精，于是趁着齐墨不在，和齐墨的嫡妻一起挫磨沈五小姐。

齐墨在沈五小姐身上屡屡碰壁，干脆冷眼旁观。日子一长，他发现沈五小姐身上的刺没了，对他也低眉顺眼、和颜悦色起来。

齐墨为此很是高兴了一段时间，对沈五小姐更加宠爱，夜夜宿在她的房里，要什么给什么。

今年那五小姐更是为齐墨产下一子。

一切看上去都很美好，直到昨夜，齐墨奉命去围剿八皇子的叛军，沈五小姐放了把火，烧死了自己和幼子，还有困在老宅的齐墨的亲娘和嫡妻。

齐墨的亲人死了个干净，沈五小姐让他也感受到了什么叫作家破人亡。

齐墨心如死灰，决定辞官。

澹台烬看出来，这个手段不错的臣子，眼里毫无生气。哪怕自己不出手，齐墨也活不过这个冬天。

丝竹声难以入耳，心脏上的灭魂钉开始隐隐作痛。

他抚上心脏的位置，齐墨小妾的事让他莫名地有些不安。

他突然站起来，很想看见那个让他恨之入骨的少女。

叶冰裳忍不住出声："陛下！宫宴还未……"

他一步也没回头，淡淡说："宴会结束你便自行回去，孤有事。"

叶冰裳眼睁睁地看着玄衣帝王离开，指甲掐入掌心。

澹台烬一路来到冷宫，丝竹声早已远去。他知道今日还不到十五，自己不该来这里，他早说过，再也不会对她有任何感情。

他抬起手，又放下。

澹台烬是周国皇子，自然也知道今日是什么日子，帝王守着自己爱的人，在今日祈求子嗣。

他不该来这里，他冷下神色，掉头回了自己的宫殿。

齐墨会有这样的下场，是他自己没用。

承乾殿里，噬魂幡在空中旋转，澹台烬看了它许久，说："老道士，孤记得你以前说过，有一件法器，可以束缚一个人，让她永远离开不了。"

黑雾翻滚，老道士毕恭毕敬地出来了。

"正是，只不过，此为邪物，陛下若是使用，对陛下的身体也有损。"

"拿来。"

老道士当即拿出两只金色手环："陛下放心，这虽是邪物，却也是难得的护身法器，法器不碎，可以庇佑主人安全。她即便是死了，贫道也能寻到魂魄。"

澹台烬打量着两只镯子，毫不犹豫地把一只扣在自己的手腕上。

镯子自动与他的手腕贴合。

他的嘴角流下一丝鲜血，澹台烬面无表情地拭去。

他弯起唇，带上几分嘲弄之色。

苏苏才睡下，门被人打开。

快要立冬了，周国虽然没有夏国冷，但是冷宫破烂的薄衾，也很难焐得暖。

她从床上坐起来，问来人："你来做什么？"

两人都心知肚明，今日不到十五。

青年沉默着，拉起她的手腕，冷冷地说："孤今日听说了一件事，齐墨的小妾杀了他全家。"

苏苏说："所以你怕我也杀了你？"

顿了顿，她补充："还有叶冰裳？"

苏苏看不见他的神情，然而男人的气息在身边，令她很是难受，她想要抽回自己的手腕，他却没有松手。

他带着凉意的声音响起："没错。"

手腕上被推上来一个冰冷的东西，像蛇舔过她苍白的肌肤。

"这是什么？"苏苏抗拒地说。

澹台烬说："当然是让你不好过的东西，死心吧，一旦戴上，摘不下来。"

勾玉说："他骗你的，这是凫茈镯，一对邪门的法器。他手上也有一只，和你的是一对。有了这个，你没办法离开他七日，若真离开了，你会死，他也会死。"

想了想，勾玉补充道："同时，也能保护你，让你免受伤害。"

苏苏冰冷的小手被澹台烬握在掌心，她沉默良久，脸上的抗拒消散，心里生出浅浅的快意来：神髓入体，他死不了。凫茈镯困不住我，澹台烬既然喜欢掌控，便让他亲眼看看，凫茈镯是怎么碎裂的。

而他，那时又会是多么无能为力。

‖ 第七十五章 ‖

镯子戴在少女的手腕上，澹台烬低眸，发觉她瘦了太多。

她以前活蹦乱跳、生气勃勃，如今脸颊瘦削下去，连手腕都纤细了一小圈。苏苏很白，澹台烬使力一点都容易在她身上留下青青紫紫的印子，现在她的白变成了病态的苍白。

他突然觉得自己并不开心。

她的眼睛里没有神采，如同寂灭在夜里的昙花。

被强行戴上据说是"折磨"她的凫跕镯，她没有挣扎，脸上也没多少抗拒。

澹台烬突然想起沈五小姐，她也有过这样乖巧的前夕。

他明明抓住她了，心里却像有个沉甸甸的东西压着，按理这应该叫作难受。然而，胸腔下的心脏跳动始终平缓，他的心是冷的，他甚至觉得，她如今这个模样也不错。

至少她再也跑不掉了，他不用一睁眼就问暗卫，她今日还在不在。

荆兰安说过，他是个披着人皮、没有感情的小怪物。

他以前不以为然，此刻明白这句话是对的。所有模仿出来的情绪，到底只是假象，他的内心是一片毫无波澜的冰湖。

恨他又有什么关系，反正她的爱不会给他，留下恨也是好的。

屋里的人一直没走，苏苏察觉到，睁开眼睛冷声催促说："出去。"

澹台烬依稀又看见了童年那尊冰冷睥睨他的琉璃神女像。

都这样了，依旧那般高高在上。

苏苏以为澹台烬听见这两个字会走，然而下一刻，一只手抚上自己的脸。

她听见他犹豫着问："你想从冷宫出去吗？"

这是自从六枚灭魂钉钉入他的心脏后，他第一次没用想掐死她的力道碰她。

苏苏拿开他的手，突然笑了："你能让我离开周国吗？"

澹台烬脸色微变，愠怒地说："你现在哪里都去不了，只要孤还活着一天，你永远都别想走。"

苏苏说："我要的你给不了，你给的我不想要，所以出去和不出去，又有什么区别呢？"

澹台烬手指紧了紧，所以这是在说，在他的身边比在冷宫更令她煎熬吗？

他就不该问这个问题，一个要他命的女人，她又冷又饿，憔悴得不成样子，这才是他想看见的。

苏苏以为说得这样清楚了，澹台烬恶劣的虚荣心会促使他迫不及待离开这间小破屋子，然而下一刻，她的手腕被握住，他倾身压了下来。

澹台烬抿唇看着她，身下少女墨发散开，她永远也不知道她身上的气质有多么令人神往。像一块焐不化的冰，让他一面恨着她的尖锐，一面又忍不住觊觎她的清透。

"待在冷宫的你，不过一个奴婢！"

从冷漠折辱的言语中，苏苏却听出几分他的束手无策和挣扎的恶意。

苏苏突然开口："今日不是十五。"

澹台烬顿了一瞬，冷声反问："所以呢？你以为你有选择的权利？"

苏苏说："我只是想说，我对你没有任何感觉，如果这样你都有兴致的话……"

苏苏没有说下去。

身上的人身体僵硬，也许对于男人来说，她的话让他十分难堪。

他恼羞成怒地握住她的肩膀，冷冷审视她："对我没有任何感觉？你对谁有感觉？呵，萧凛吗？可惜，你亲手杀死了他，他也从来没有爱过你。"

苏苏抿住唇。

澹台烬终于从她的脸上看见了别的情绪，然而这令他更加愤怒。

他咬牙道："你就慢慢在这个地方等死吧！"

苏苏庆幸自己看不见，不用去看他此刻是怎样讨人厌的神色，她被他禁锢得不舒服，去推他，无意间碰到澹台烬手腕上的凫芘镯。

烛光下她手腕上一模一样的金色手环浅浅发着光，澹台烬猛地抽回自己的手腕，和衣走了。

房间内安静下来，苏苏背过身去，她知道今夜是什么日子，手指抚上小腹，久久沉默着。

她不会为魔神孕育子嗣，他的孩子，只会是罪恶的血脉，苏苏无比庆幸，能毫无牵挂地离开。

叶冰裳脸色冰冷，情绪十分糟糕。

小慧站在她的身后，心里叹了口气。作为贴身丫鬟，陛下有没有在这里过夜，她再清楚不过。小慧十分郁闷，夫人长得这么好看，陛下却不碰她。

叶冰裳隐在手臂中的青色纹路若隐若现，她握紧了拳头。

"小慧，你走吧，我想歇下了。"

"是。"

叶冰裳看着属于潜龙卫的印记，眼里漫出一片冰冷。她不甘心，凭什么叶夕雾这样背叛澹台烬，她依旧争不过。

真的抵抗不过命运吗？

自己得到护心鳞的时候，从里面看见过未来的预言——有人终会夺走她的一切。

现在萧凛没了，护心鳞碎了，庞宜之作为牺牲品，连潜龙卫也赔上了一大半。

难道真的只有叶夕雾死了，自己才能握住已经拥有的东西吗？

叶冰裳看着跳动的烛火，眼睛里带着幽幽的光。

说来奇怪，周国的冬日向来不下雪。

今年却不同，冬月时，周国下了百年来的第一场雪。

一夜过去，天地间银装素裹。冷宫萧瑟，苏苏本以为这样的寒冷只能硬挨，却在清晨收到一份"赏赐"。

带东西过来的小太监什么都没说，放下东西就走了。

一如那人冷漠的作风。

苏苏的手指抚过厚实的冬袄、松软的棉被，还摸到了暖炉。勾玉提醒她："远处地上还有冬日烧的炭，太监放在了门后，小主人注意些就不会碰到。"

如果真的由她自生自灭，这些东西就不该出现在冷宫。

不管是想留着她慢慢折磨，还是别的目的，澹台烬不想她死。

屋里渐渐温暖起来。

苏苏收集阴气良久，瞳孔如夜色一般漆黑，眼中却没有焦距。

一只雀鸟轻轻落在窗前，它抖了抖翅膀，抖落几片雪花。

苏苏摸摸它的头，雀鸟身体隐去，悄无声息地飞走。

勾玉知道她想做什么，说："小主人，别怕，勾玉陪着你。"

苏苏摇摇头："我等这一天……太久了。"

阴日阴时就在三日后，她知道自己再也回不去长泽山，这辈子都做不成神女了。

她多么想回家，可是知道永远不可能了。她的恐惧日复一日地加重，到了现在，她的心里只剩下即将解脱的期待。

这两年她太累了。

可她不想死在冷冰冰的宫殿，她即便要离开，也想走远一些。像她跌跌撞撞学御剑的那年，靠近天空，与自由最接近的一次。

傍晚隐身的小雀鸟飞了回来，"啾啾"叫了两声。

勾玉说："阴脉在临巍城，是叛军和八皇子所在的地方。勾玉现在不用省着灵力了，小主人，我送你走。"

苏苏："凡间有龙脉、阴脉，龙脉保朝代苍生不衰，阴脉引天雷。两日后，我们再去临巍城。"

八皇子杀了祖母，她不会让他活着。

临巍城远在千里之外，澹台烬知道的时候，她想必已经离开这个世界。

不用再见他，真是……再好不过了。

风雪夹杂的夜晚，白色衣裙的女子悄无声息地出现在临巍城。

她执着一把柳木削成的小剑，踏着积雪，走到城主府里。

跳动的烛火后，八皇子在寻欢作乐。

八皇子已穷途末路，一墙之隔，叶储风带着数十万大军包围了他们。他插翅难逃，生出破罐子破摔的心态。

苏苏没想到，会在这里见到叶冰裳。

叶冰裳一身青衣，神情厌烦地看着八皇子。苏苏掀开帘子走进来的时候，她一惊，站了起来："你……三妹妹！"

叶冰裳有一瞬慌乱，毕竟她和八皇子密谋这件事，从来没人知道。苏苏无声无息地进来，直接打乱了她的计划。

苏苏别过脸"注视"着她。

"真是你。"苏苏平静地说。

叶冰裳抿了抿唇，见苏苏表情漠然，仿佛在看跳梁小丑，她心中的惊慌冷却下来，变成嘲弄之色。

"我也不过是争取我想要的，有什么错？你想要那个位置，我也想要。拿不到永生花，救不回祖母，叶夕雾，是你技不如人。"

苏苏握剑指向她。

到了现在，叶冰裳还以为自己在和她争皇后之位。不管是梦里还是现实，叶冰裳都把自己看作最大的宿敌。

可笑的是，苏苏从来没有在意过这些，叶冰裳心里至高无上的东西，在苏苏心中，只如凡尘朝雾，眨眼就散。

"你不该出卖祖母。"

叶冰裳抚平裙摆，从容地站起来一笑，道："你错了，那本来不是我的计划，顺水推舟罢了。老太婆偏心一辈子，她早该知道自己有这个下场。"

苏苏手中的剑飞出去，打在叶冰裳的脸上。叶冰裳被打飞出去，脸上瞬间多了一道伤，苏苏抬脚，踩住她的肩膀，说："她落难时，你为她付出过什么？她不够疼你，你就要杀她。叶冰裳，你是不要脸惯了，以为天下女人皆为你娘吗？"

就该为你无怨无悔付出，否则都该死？

叶冰裳挣扎不开，屈辱地在苏苏的脚下，疼痛让她扭曲了脸色："你当然不懂，你自小什么都有，怎会瞧得起我们这些庶女……八皇子，你还在看好戏，忘了我们的约定吗？！"

八皇子好似才醒过神，兴致盎然地拍了拍手，死士和潜龙卫一同出现。

一道冷光袭向苏苏，在勾玉的提醒下，苏苏侧身避开，叶冰裳立刻被救了起来。

八皇子盯着苏苏，笑道："你们两姐妹可真有意思，叶冰裳让我佯装捉了她，让那小孽种用你来换，你却自己过来了，还试图杀了我们。倒是可惜，不知在那小孽种心里，是叶冰裳重要，还是你重要？"

他摔了杯子，眼睛里露出狠戾之色："没关系，试试就知道了。就算他不来，让叶储风选，想必也很有意思。"

叶冰裳皱了皱眉，不知想到什么，沉默着没开口。

他们的反应让勾玉忍不住生气起来。凭什么所有人都认为，它的小主人一定会被放弃！大家明明都那么喜欢小主人。

剑飞回苏苏的手中，外面天快亮了。

苏苏沉吟片刻，突然浅浅地笑了笑。

叶储风半夜听见士兵禀告，说临巍城楼上，突然多出两个女子。

他的心里有种不好的预感，连忙走出帐外。

策马奔到临巍城下，他现在已经是一双妖瞳，一眼就看见城楼上的是谁。

叶储风握紧缰绳，八皇子在城楼之上，冷冷地冲他笑："叶大将军，天亮以后，请你看一场好戏。"

叶储风眉头紧皱，立即用老道士给的传声符禀告澹台烬。

大雪下了一夜，叶储风本以为小暴君赶不过来。

然而第二天朝阳升起的时候，澹台烬一行人突然出现在了营帐中。

玄衣帝王一身戎装，肩头还有未化的雪。

老道画传送阵耗费了澹台烬许多血液，澹台烬脸色苍白，在慢慢擦拭一柄锋锐的弩，比叶储风想象的要冷静得多。

叶储风心想，也不知道澹台烬来这么快，是为了冰裳，还是……夕雾？

澹台烬："那个废物想做什么？"

叶储风抿了抿唇，如实说："八皇子把夕雾和冰裳抓了，说是天亮以后让属下看一场好戏。"

澹台烬讽刺地笑了笑，听完，拿着弩箭起身。

"发兵，"他的衣摆被风吹得猎猎作响，"孤要澹台明翰死无全尸。"

澹台烬的语气极为平静，如果不是他来得足够快，叶储风甚至以为他半点儿都不在意这件事。

黑压压的大军来到城下，澹台明翰起初心里也慌乱过一瞬，但想起手上那两个女人，他的嘴角露出一抹诡异的笑意。

宫中秘闻，听说这怪物兄长是划破他娘亲的肚皮才钻出来的。

横竖都是一个死，被逼到了穷途末路，拉他的女人做垫背，倒是自己赚了。

大军压境，天色才刚亮，天空开始打雷。

周国今年冬天的气候本就怪异，今夜更是奇怪，雷声轰鸣，却并没有下雨。

一声一声，如同敲打在人的心上。

战马被惊得来回走动。

车辇上的澹台烬有片刻失神。

不容他多想，闷雷持续没多久，城楼之上，八皇子穿着明黄的龙袍，脸上带着将死的疯狂。

叶储风忍不住担忧道："夕雾！冰裳！"

澹台烬抬眸望去，幽暗的天幕下，他一眼就看见了城楼上的少女。

苏苏换上了他送去的白色冬袄，漆黑的瞳望着大军，隔着千万人，一眼就准确地"看见"了他。

或许是一种感觉，那一刻，空气似乎都安静了下来。

澹台烬的手死死握紧车辇，他承认，在得知苏苏戴上凫苴镯依旧选择离开的那一刻，他的心中生出无尽的压抑，甚至是难以言说的恨意，心中阴暗的情绪弥漫。她就那么喜欢萧凛，萧凛死了，她也恨不得殉葬吗？

叶冰裳的脸上一片青紫，看见澹台烬的时候，忍不住掉下泪水。

八皇子哈哈笑道："今日孤在临巍城登基。既然邀了几十万大军来观礼，孤可不像你这么无情无义，你心爱的女人孤还给你，留下另一个给孤殉葬如何？放心，孤一定说到做到，你夫人和叶小姐，只能活一个，你选谁？"

此话一出，叶储风脸色大变。

对他来说，两个都是他的亲妹妹，他不希望她们任何一个出事。

澹台烬没有说话。

其实对他来说，选谁都没有区别，只要她们出现在他的视野，他就有能力在最后关头救下两个人。

噬魂幡已经悄无声息缩小，往城楼飞去，接近八皇子等人。

暗沉的天幕下，两个少女，一个咬着唇，哀求而害怕地看着他，梨花带雨。另一个……

少女黑曜石一般的眸看着灰暗的天幕，哪怕看不见了，她的眼里依旧没有他的身影。

一如那夜，她别过头去，连他的气息都不想沾染。

澹台烬的眼神冰冷，喜怒不辨。

八皇子笑容停下，森冷地说："快选！否则我两个全部杀了！"

这样的氛围下，勾玉忍不住看向苏苏。

苏苏漆黑的长睫颤了颤，她收回视线，望着澹台烬的方向。

勾玉不知道她在想什么，希不希望澹台烬选自己？可勾玉知道，被人放弃，总是会难过的。

她太久，没被人珍重爱护过了……

细细想来，苏苏和澹台烬也有过好时光，月下赤脚背她回去看桃花树的少年，漠河下不许人伤她的澹台烬，还有花朝节，桥上他抱住她的模样。

她若没有背负着使命来，或许不会落到今天这个地步。

苏苏的手轻轻握成拳。

可能连她自己都不清楚，为什么不干脆杀了叶冰裳，竟真随他们上了城楼。

她来人间一趟，一直在付出。她并不是诸天无心无爱的神灵，她也希望这两年，有人在意过她，哪怕是祖母、二哥，或者澹台烬呢。

风雪肆虐下，苏苏听见车辇上的青年帝王淡淡开口："放了冰裳。"

呼呼风声在苏苏的耳边停下，她的世界变得安安静静。

叶冰裳的眼睛里带着泪水，忍不住露出一个笑容。

澹台烬忍不住去看另一边的苏苏。

他也不知道自己希望看见她什么表情，哪怕是愤怒，也不要是冷漠和轻蔑。他盼她后悔，也要她浓烈的恨意和不甘心，知道谁才是可以给她一切的人。

然而苏苏站在高高的城楼之上，只愣了一瞬，竟然也露出了一个浅浅的微笑。

那笑容没有半点儿怒意，甚至带着几分解脱。

澹台烬心里突然有种不祥的感觉。

狂风吹起苏苏的衣摆，八皇子的刀朝着苏苏刺去，澹台烬眸子一眯，噬魂幡下，八皇子和他的人已经全部大睁着眼，被吸干了魂魄，倒了下去。

突然有人说："天上那雷是怎么回事？"

澹台烬抬头，心跳漏了一拍，他突然意识到事情脱离了他的掌控。再转头时，苏苏不知何时挣开绳索，站上了城楼最高的地方。

心里某个地方不断下沉，他强硬地撑住冰冷的神色，却忍不住心慌道："叶夕雾！给孤离开！"

苏苏眼中的紫气和黑气交织，原本隐匿在天上的紫雷，全数聚集到了她的头顶，汇集成惊心动魄的一幕。

手镯散发着耀眼的白光，变成一块弯玉形状，在她周围飞舞。

叶冰裳看着苏苏所在的地方，眸光一闪，朝潜龙卫递了个信号。只要现在……

苏苏抬起手，隔空掐住叶冰裳的脖子。

叶冰裳不知道苏苏是怎么发现的，她的神情惊恐，仿佛苏苏是什么怪物，双腿不断挣扎："放……放过我……"

"你说得对，我从来就没有瞧得起你。"苏苏在紫雷之下，声线清冷，宛如神祇，低眸说，"世有蜉蝣，朝生暮死，也比你这样的生命干净。"

苏苏收紧手，又在最后一刻松开，叶冰裳从高处掉落在地，惊恐的眼泪流了满面。

"你，你到底是什么东西……"

苏苏不答，一丝细小的雷落入叶冰裳体内，叶冰裳剧烈颤抖着，经脉破裂，叶冰裳痛叫出声。

紫雷越发粗壮，苏苏紫色的瞳孔并不妖异，反而有种让人心颤的安静。

纤细苍白的手指结了一个漂亮的印，紫雷开始被一道道引入勾玉中，她的嘴角也开始溢出鲜血。

大道本无情，也当无恨无怨。勾玉的牺牲，她的牺牲，会让五百年后的世界开出馥郁的花朵。

她的道心，彻底坚定。

少女闭上眼，身后缓缓出现一朵紫色花朵的形状。起先含苞，后来渐渐在她的身后盛放。

看见倾世花的轮廓，澹台烬的手指僵了僵。一年前在桃花树中，他见过一模一样的花，随即掉入无尽的噩梦。可那朵花不是变成了自己的眼睛吗？怎么会在苏苏那里？！

左眼涩疼，澹台烬捂住自己的眼睛，猛地意识到什么，脸色渐渐白了。

不，不可能的，她向来都讨厌他。人都是自私的，她怎么可能把眼睛给他！

他死死地咬住下唇，朝苏苏说："不管你要做什么，孤命令你，立刻停下来！"

他从来没有这样惊慌过，连死死握住手中的凫龀镯都不能让他安心半分。不，不会是他想的那样！

"澹台烬，"苏苏听见他的声音，睁开眼，漆黑的瞳安静地"看"向他，释怀地说，"六枚灭魂钉，是我抱歉。"

不，不是的，他的心里有个声音在说，不要这样，不要道歉！

他突然恐惧将会发生的事，全身微微颤抖。

城楼上少女的眼神变得温柔，她依旧处在一片黑暗中，说："我拿走你的邪骨，还你神髓。你曾在苍生符里见过苍生，若可以，愿你此后仙道通途，予天下福泽。"

别再做魔了，成神吧。

他全身冰冷："不……不……"

苏苏张开双臂。

让她做一场不会醒的梦，梦里有苍生，有长泽山上不化的雪，有师兄和师姐，有她出生的灵泉，还有她的家。

没有黑暗，没有人间的悲欢，没有绝望和害怕。

澹台烬意识到她要做什么，跌跌撞撞地从车辇上摔下去。

"不要！不要！"

他错了，他不该报复她。六枚钉子一点儿都不疼，真的不疼！只要她活着，不喜欢他又有什么关系，厌恶他又有什么关系。

然而苏苏并没有看他，也听不到他的话。

白色的光影一缕缕从她的身上飞出去，她的灵根和魂魄进入勾玉那一瞬，紫雷也全部进入神玉中，变成一块纯白的神髓，没入澹台烬的身体中。

雷云散开，天空变得明亮。天地一场大雪，纷纷扬扬。

她张开手，像只轻飘飘的蝶，从城楼一跃而下。

而城楼之下，那个玄衣的身影，疯了般，想过去接住她。

他跑得那么快，跌倒了立刻爬起来，但他离得太远了，远到像跑在一条永远看不见希望的路上。

就在他想起用噬魂幡接住她的时候，噬魂幡被神髓划破，通体漆黑的邪骨从他的身上一寸寸抽离，那一瞬他完全动弹不得。

他眼睁睁地看着空中的雪变得既安静又缓慢，像骤然被划开的两个世界。

世界外面，少女手腕上的凫茈镯碎裂成一片片。

她也像那金色手环一样，碎在了城楼下，他的眼前。

天地苍茫——

他的右眼冰冷无情，像个局外人般注视着这一切。

然而他的左眼，血泪如珠，大颗大颗，不知道什么时候，已然流了满面。

他朝她伸出手。

触不到她的温度，只碰到了冰冷的雪和刺骨的风，冷得让人颤抖。

‖ 第七十六章 ‖

似乎只过了一瞬，又似乎过了很久。

澹台烬终于能动，慢慢抱住城墙下那具冰冷的尸体。他死死抱着她，左眼的血泪掉入她的发中。

"孤不信，"他低声说，像个孩子般边哭边笑，"你的潜龙卫怎么不救你？你不是……很厉害吗？你都可以杀我，为什么，为什么要这么做？这是个玩笑，一定是个玩笑。"

"凫芘镯，对，只要你的魂魄还在，你就不会死。"

他像抓住了最后一根救命稻草，疯狂地去寻那镯子。

金色的凫芘镯碎在少女身边，埋入冬雪中。

万千将士看见，他们的帝王疯了般从大雪里找破碎的镯子。

凫芘镯的碎片把他的双手划得鲜血淋漓，他紧紧握住，一片都不敢弄丢。

"你看，我找回来了。"澹台烬的脸上全是左眼里流出来的血，眼中却充满着希冀，手忙脚乱地拼凑凫芘镯。

然而碎掉的凫芘镯无论如何也不能恢复本来的样子，少女的尸体靠在他的腿上，无声无息。她的手从他手中滑下去。

他面无表情，复又握住她的手，在她冰冷的掌心呵了口气。

"外面太冷了，我们回家。"

他抱起血肉模糊的身体，路过叶储风，叶储风难受地说："陛下。"

玄衣帝王没理他，抱着少女一直走。

大雪落满他的肩头。

廿木凝也忍不住说："陛下！"

他一直走，一直走，不敢停下脚步。身后是浩浩荡荡的大军，身前是一片白茫茫的雪。一如澹台烬遇见苏苏那年，少女惊惶撞入他的怀里。

而今，她再没了半点温度。

七百多个日日夜夜，那些记忆终于慢慢清晰——

她曾逆着人群，杀死赤炎蜂来寻他，把他从大雪中扶起来，为他对抗赵王；

她曾在村落的湖畔捡到他，温柔地为他清洗左眼的伤口；

桃花茧中，她抱住他，周围是纷飞的花瓣，无尽噩梦里，唇上那片温软是她的吻；

他们一同见过夏国的皇宫、小镇的月、浩瀚的江、世间的魑魅魍魉；

还有痴情的狐妖、万年僵尸、可悲的蚌公主；

他们共同走过一辈子的般若浮生……

澹台烬记起来了，过去那些尘封在心中毫无波澜的东西，一瞬变成惊涛骇浪。

他记起自己是怎么抱着一腔痴妄和喜悦，一针一线亲手把希冀缝入盖头中。

见到她心里就情不自禁地欢喜，忍不住看她、追随她。

如今——

噬魂幡破了，里面的老道士死了，连困住她的凫苴镯也碎了。

迟来的情丝生根发芽，像攀岩的藤蔓，疯长困住他，他的心脏疼，全身都疼，连呼吸都觉得刺痛。

他要怎么办，谁来帮他救救她……

廿木凝追上去，看见那个不敢回头的青年，终于崩溃地跪在雪地上。

他如墨的发一寸寸变白，死死抱紧怀里的少女，无措地哭出声。

那是廿木凝这一生第一次见他流泪大哭。

他想求，不知道向谁求；他想恨，又不知道该恨谁。泪水冲去脸上的血迹，他终于撑不住，一口鲜血吐出来。

景和元年的冬天，对于临巍城来说，是一场灾难。

八皇子死后第二日，澹台烬亲自带兵屠了临巍城。

满头银发的帝王大笑着，脸上溅满了鲜血。

他杀红了眼，最后躺在厚厚的积雪中，用面具盖住自己的脸，茫然看着灰蒙蒙的天空。

澹台烬不记得自己杀了多少人。

她爱世人，怎么这次不记得拿下他的面具，来阻止他呢？不是想让他死吗？可他依旧活着，她怎么可以……就这样毫无牵挂地离开了？

凡人的血温热，澹台烬却觉得到处都冷。

叶储风沉默着，把澹台烬带了回去。他也想不到，三妹妹的性子会如此烈。他们谁都来不及救她，谁也没有办法救她。

苏苏手上的凫苴镯碎了，连带着澹台烬手上的那只一同碎裂。澹台烬以为自己早晚会死。

可是偏偏，他并没有死去。这具身体曾经屡弱不堪，而今握紧拳头，都像被注入了世间最纯粹坚韧的力量。

干净、强大的力量。那是他曾经渴求的一切，她全部给了他。

他心里空荡荡的，却没有觉得欢喜。

心脏里的六枚钉子让他痛不欲生，求死不能。

周宫人人战战兢兢，不敢靠近帝王寝宫半步。宫人们像是陷入了醒不过来的噩梦。

魏喜哆嗦着往里头瞧了一眼，偌大冷清的宫里，弱水武器被澹台烬融了，用来为她铺床。

少女就躺在上面，帐幔中的琉璃兔子手中嵌入一颗漆黑的冥罗珠。

澹台烬抱回来那尸体时，尸身已经不成样子了。

小暴君杀完人回来，哭了很久，眼泪湿了衣襟，哭完又微笑着缝合好她的伤口。

他日日与一具尸体在一起，有时候为她簪上晨时新开的花，有时候为她描眉画胭脂，为她讲他小时候在周国皇宫和夏宫的故事。

那些故事，久远、沉闷、阴暗。

像是把人拽入黑暗的爪牙，澹台烬却并不知道，他以为每个人的童年都是那样的。

可能也就萧凛这样的人幸运些。

然而冥罗珠保存尸体有限制，冷冰冰的尸体并不能放在大殿中。

当年翩然选山养古僵时，耗了千年修为布阵吸取天地灵气，才能真正发挥冥罗珠的功效。

如今又去哪里找第二只九尾狐呢？

这个冬天没过完，少女的身上开始有了淡淡的腐臭。凡人气息混浊，澹台烬靠得越近，浊气越浓。

床上的人无知无觉，留给他唯一鲜活的东西，在他的左眼之中。

澹台烬再不敢碰她，他惶恐后退，怔怔地捂住自己的左眼，手足无措："对不起，对不起，我不知道……不知道……我不碰你了，不碰了……"

周围关于她的一切，慢慢消失，她什么都不想留给他。苏苏离开周国皇宫去临巍城前，早已一把火，把以前的玉镯和衣衫都烧得干干净净。

老道士没了，澹台烬连她的身体都留不住。

魏喜看见小暴君跌跌撞撞地走出来，在殿门前坐了许久。身后的门被合上，他一面可怜地哭泣，一面像无措的孩子般问道："魏喜，我要怎么办？"

魏喜拿不稳手中的拂尘，惶恐跪下："陛下饶命，陛下饶命！"

魏喜还记得，陛下上一次这样问一个太医，下一刻就笑着杀了那太医。

小暴君早就是个疯子了。

澹台烬没趣地看他一眼，自己殿前的积雪最厚，因为他不许旁人来打扰他和苏苏的生活。

他哭了一会儿，从地上站起来，愉悦地说："今日让夕雾开心的时辰到了。"

魏喜浑身颤抖，看着澹台烬走远。他像是被抽干了力气，双腿发软。

"让夕雾开心的时辰"，起初魏喜不知道是什么，直到渐渐发现不对，宫里唯一的那位夫人似乎失踪很久了。

对小暴君的事，宫里没人敢好奇。

冷宫那位死后，临巍城被屠戮。昔日最受重用的羊暨大人，最近都不敢入宫。

物是人非，周国皇宫，像是森冷的炼狱。

甘木凝跟在澹台烬的身后。

澹台烬没有伤害甘木凝，许是她看管苏苏最久，经常能回忆起苏苏的生活。

这成了他最后的希冀。

阴暗的地牢中，奄奄一息的女子躺在谷草中。

甘木凝心情复杂地看着叶冰裳，昔日名动夏国的美人，如今成了一摊烂肉。

听见脚步声，她痛苦地尖叫起来："啊——求你，杀了我，杀了我吧。"

玄衣青年盘腿在她身边坐下。

周围滴滴答答流淌着水声，无数小蛇从一旁的竹篓里游出来，冰冷可怕的触感，盘踞上叶冰裳的身体，以她的血肉为食。

她疯狂尖叫，早没了当初半点儿温柔。

澹台烬与她一同坐在蛇窟。

幼蛇饥饿，没有灵识，不分饲养的主人，也咬澹台烬，他面无表情，毫不在意。偶尔心烦的时候，会扯开它们。

叶冰裳快要疯了，她怕蛇！怕蛇啊！

她宁愿死，也不要待在这个鬼地方，可是澹台烬偏偏不让她死，连蛇每日多久进食一次，他都算好了。

不会要她的命，也让她没法自杀。

他犹如恶鬼，声音温柔地响在地牢："你怕？原来一个人面对自己最怕的东西，是你这副模样。"

他观赏美景般，低低笑了起来。

"孤的皇后多怕，你如今想来也是如此。她最近不太高兴，不许孤近她的身，也不让孤去看她。孤希望她高兴些，毕竟她已经很久没有笑过了。或许明天，她就愿意见孤了。"

叶冰裳在地上翻滚，忍无可忍地喊："你这个疯子，她已经死了，不全是我的错，还有你！你也有错，所有的事情都是你做的决定，不能只怪我一个人。"

她以为他会反驳，会生气，没想到澹台烬只是温柔地笑着说："是啊，我也该死。"

叶冰裳："哈哈哈，你喜欢她，却亲手害死了她。澹台烬，我就算死了，你也不好过。亲手害死自己爱的人滋味如何？你就是个怪物，怪物！啊……滚开，别咬我！"

天光大暗时，澹台烬从地牢里走出来。

甘木凝犹豫许久，最后还是决定把审问的结果告诉澹台烬："叶冰裳怕得不行，还是招了。她说她八岁的时候去别庄，失足掉落在一片山谷中。山谷中百花盛放，有个刚生产不久却快死的女人。女人见她也是个年幼的小女孩，便收留了她几日，怕她在山谷中迷路遇到危险，给了她一支会飞的玉笛，带她出去。"

原来当年，叶冰裳坐上变大的玉笛，在离开山谷的路上，刚好遇见一只喋血的妖怪。

妖怪命不久矣，看见叶冰裳坐着的玉笛，请求她把一个锦囊交给山谷的主人。

年幼的小女孩连连点头，答应下来。

叶冰裳如约返回山谷时，好奇心让她很想知道锦囊里到底是什么。那是她第一次接触到这么神奇的地方，在冬日百花盛开的山谷、会飞的笛子、绝色女子，甚至还有妖怪。

那么，锦囊里面到底是什么呢？

她打开它，里面躺着一条纯白、如冰丝般美丽的东西。

她伸手碰了碰，无形中仿佛有一只手拨开愚钝的迷雾，瞬间灵台清明，变得聪颖无比。

小女孩欣喜地拿起冰丝，目光看向另一样东西。

闪烁着美丽光泽的——

护心鳞。

那是从上古大妖身上掉下的最坚硬的鳞片，她屏住呼吸，几乎一瞬被吸引了目光。

鳞片划破她的手掌，小女孩"哎呀"一声，躁动的鳞片觉察到她身下玉笛的气息，迟疑着安静下来。

叶冰裳从护心鳞里，看见了自己未来的结局。

小女孩咬着唇，握紧那条白色冰丝和护心鳞，她看了眼身后的山谷。

那个美丽的女人，可能……已经死掉了吧。

东西即便拿了过去，也没有人能使用。倒是她，她的未来那么可怜，也许这些东西能救她。

她咬咬牙，逃也似的离开了山谷。

那个冬日，成了叶冰裳的秘密，后来巧合之下，护心鳞帮助她融合了那条冰丝。

她渐渐长大才知道，原来那是一条完整的情丝。她也愧疚过，可是木已成舟，她没法找到那个神奇的山谷，把东西还回去。

她发现自己比旁人多一条情丝以后，再固执的男人，也对她青睐有加。让一个人爱上自己，变得很容易。

原来一条情丝能爱人，拥有两条情丝能使人爱她。她的人生顺风顺水，也愿意在这样的前提下，做个善良的好人。

本来她都快忘记了幼年的一切，直到苏苏出现，萧凛的态度渐渐发生改变。

叶冰裳终于想起了幼时的机遇——她窃取了属于山谷里绝色女人的情丝和护心鳞，开始终日惶惶自己幼时看见的结局。

她千算万算，属于自己的终究在一点点失去。

她至今不知道，为何澹台烬不再喜欢自己。他不是应该和萧凛、庞宜之一样，心中永远有她的位置吗？

太痛苦了，漆黑的地牢，旁边脏臭犯人的淫词浪语，还有每日啃咬她的蛇。然而她死不掉，澹台烬不知道做了什么，她一旦有自尽的想法，便会瞬间全身无力。

在这样的折磨下，什么秘密她都说了出来。

澹台烬回到宫殿，却久久不敢推开那扇门。少女的身体并非翩然的那具万年僵尸，早已损坏得不成样子。

他坐在宫殿外面，看着凄冷的夜色。

苏苏留下的只剩在他心脏里的六枚钉子和一只会流泪的眼睛。

澹台烬在台阶上坐了一夜，雪花落在他的发间。灭魂钉一寸寸折磨着他，他起初觉得痛得受不了，后来渐渐麻木。

冷，无尽的冷，他抱紧自己，把唇咬出血来。

无尽的孤独感让澹台烬开始恨她。

她杀自己的时候，他都没有这样恨过她。

第一缕晨光亮起，他推开了身后的房门，冷冷地看着床上那具尸体。

‖ 第七十七章 ‖

澹台烬进去许久，一直没出来。

魏喜也是没办法，只好叫来叶储风。

现在宫里人人自危，民间甚至还有传言，说澹台烬天生不祥，冬日的天气才会如此诡异。

羊暨向来明哲保身，这种时候完全靠不住。如今不怕死又有能力的，只剩叶储风。据说叶大人和陛下有什么契约，把事情告诉他，他也不可能背叛陛下。

"实不相瞒，叶大人，陛下的宫殿这几日已经隐隐传出……那股味道。姑娘的身体留不住，人已死，何不让她入土为安呢？"

叶储风点头："多谢魏公公告知。"

叶储风从临巍城赶回来，也没想到过去一个多月了，澹台烬竟然还没将三妹妹的尸体下葬，怪不得宫人们的表情既惊恐又讳莫如深。

在这个死者为大的朝代，澹台烬这样的行为令人汗毛直竖。

魏喜叹了口气。

他没敢具体和这位叶大人讲陛下还做了什么。

谁才是主子，魏喜心中很有数。所有人的生杀大权，终究还是捏在澹台烬手中。

叶储风靠近宫殿，也闻到了魏喜说的那股淡淡的味道。

屋里放了防止尸体腐烂的薰香，拖延到现在已是极致。

魏喜不安地低声说："陛下今晨进去的，至今没有出来，奴才这眼皮子直跳，叶大人，不会出什么事吧？"

叶储风说："让人来把门打开。"

"可是……"

"出了什么事我担着。"

魏喜这才应了，很快宫门被推开，别说是叶储风，连魏喜都没想到会看见眼前这一幕，他的腿一软，连行礼都忘记了，直接跪着爬了出去。

叶储风脸色铁青，走上前去，紧紧拉住澹台烬的衣领："你在做什么？！"

玄衣小暴君低声笑起来："留住她，让她永远和我在一起。"

血从澹台烬的身体里流出来，染红身下的弱水，周围是老道士留下的几样法器。

澹台烬脸色苍白，却愉悦地笑着，弱水结成了薄薄一层冰晶。

叶储风看看自己三妹妹的尸身，想起澹台烬方才的行为，不寒而栗咬牙道："你竟然，想把自己和她一起封印在弱水中！"

澹台烬就是在找死，他自己不一定活得下来，三妹妹也不能体面地离开。

叶储风看着澹台烬疯狂执拗的眼，突然想起曾经在大殿前，他宴请澹台明朗的臣子。

那时候所有人都以为那只是恐吓和威慑，今日叶储风才明白，他是个彻头彻尾的疯子，没有什么做不出来的。

澹台烬冷漠地说："谁给你的胆子进来？滚出去！"

"你简直疯了，我要带三妹妹走。"叶储风说着，去抱床上冰冷的尸体。

一只手横过来，澹台烬一掌拍过去。

"你敢碰她？"澹台烬冷冷道。

叶储风的脸色难看极了，也顾不得什么契约，什么君臣之别，这一瞬连翩然都没想，他只觉得荒诞。

两人打了起来，一人体内有九尾狐妖丹，一人刚得了神髓，却谁都没有动用力量，拳拳到肉。

澹台烬一拳一拳地砸在叶储风的身上，神情让人毛骨悚然。

叶储风不想三妹妹死了还不得安宁，抬起手，一团火焰朝着床上的尸体飞过去。

澹台烬的目光一瞬凝住，想也不想便扑在了那具尸体上面。

火焰把他的背部灼伤，他毫无所觉，小心而慌张地把少女尸身上的火星扑灭。

叶储风无力地看着这一切，许久，他闭了闭眼。

"你这个样子，三妹妹若知道，会觉得恶心。"

"恶心"两个字，让澹台烬彻底僵住，他的眼尾带上恐怖的猩红，左眼里却漫出浅浅的泪意。

叶储风说："当我求你，也当我替她求你，放过她，让她离开吧。"

叶储风闭了闭眼："你给的她不想要，她想要的你从来不肯成全。"她只想离开你，为此她付出了这么多代价，你难道真的不懂吗？

澹台烬的泪水砸在少女脸上，他明明是对的，可是世上所有人都觉得他疯了，盼他成全。

到了晚上，魏喜公公带来了一个好消息。

魏喜欣慰地说："陛下同意把姑娘下葬了。"

叶储风怔了怔，想起小暴君红透的眼眶。

澹台烬依旧不肯让任何人碰苏苏。

那一日澹台烬细细为她清洗好身体，为她戴上漂亮的发簪，唇间含入防虫的珠子，他亲自抱着少女的尸体进入原本属于他的帝王陵墓。

陵墓之下，是一代江山的灵脉。

他让人把陵墓封了起来，再没进去过。

开春时，雪停了，潜龙卫试图来救叶冰裳，澹台烬把数千名潜龙卫困住，令人乱箭射杀。

他让叶冰裳看着。

叶冰裳被困在一个密封的坛子中，即将做成人彘。她绝望地看着来救自己的人一个个倒下，只知道尖叫。

半年多没日没夜的折磨，她什么气性都没了。回忆起过往在萧凛身边的生活，竟然是她这辈子过得最安稳的日子。

身边的澹台烬如同恶鬼，只是微笑。

澹台烬曾经想得到这支力量，现在有机会了，他却手刃了他们。

叶冰裳没能撑过第二年的春天。

澹台烬知晓时，饶有兴趣地在看笼中据说有三条命的妖怪。闻言，他眼皮子都没抬。

"死了就扔了吧。"

他抬手，杀了妖怪。突然觉得这世界没意思很久了。

景和二年入夏，嘚嘚的马蹄声停在一个院落。

叶储风勒住马回头，心中低叹一声，问道："陛下，可要随臣一同进去？"

澹台烬手指卷着缰绳，眼睛盯着地面摇头。

叶储风冲他行了礼，一个人走进院落。

依稀能听见里面有人问起"夕雾"，澹台烬缓缓抬头，望向篱笆远处开得正俏的合欢花。

叶储风出来得也快，他叹了口气："陛下当时就该让三妹妹知道，你救回了祖母。"

澹台烬冷冷笑了一下。

折断手中枝丫。

叶储风第一次不确定，澹台烬对三妹妹的感情，是爱多一些，还是恨多一些。

但人死如灯灭，他……应当已经放弃了吧。

"陛下真的不再回宫了吗？"叶储风问。

曾经煞费苦心追求的一切，不是你一直想要的东西吗？

澹台烬看向皇陵的方向，他的黑眸寂寂，如看不到底的深潭。澹台烬的眼角垂下："我要力量。"

叶储风不语，到底是要力量，还是想逆转那日城楼上令他几欲发疯的场景，去寻早已不复存在的那一抹香魂？

不知道从何时起，天底下开始出现各种妖怪，世间魑魅魍魉横行，早已不是凡人主宰的时代。

一个普通的仙人，地位胜过人间的帝王。蓬莱仙山，琼楼玉宇，哪里是皇宫能比的？

仙，多么令人神往的存在。

他们高高在上，须臾便是凡人的一生。仙门已经大开，人人盼着自己有资质，随仙长去仙山修炼。

澹台烬伸出手，合欢花飘落在他的掌心。

"走吧。"他揉碎那花，苍白的指尖染上红色。

他最初追求的东西，便是令万人折腰跪拜的力量。

澹台烬五指成爪，抚平袖子下自己割出来的密密麻麻的刀痕，澹台烬冷冷地弯了弯唇。他的道，断不容他为了那根日夜折磨他的情丝，和从未爱过他的女人去死。

他偏要活，活过千年万年，逆了这朗朗乾坤！

他垂下眼睛，盖住连自己都不想承认的一抹泪意。

白驹过隙，那棵合欢树开了又谢。

人间又是一年春。

"今日讲秘闻，"老者捋了捋胡子，醒木一拍，"却说五百年前，周国下了一场怪异的雪，那时候的皇帝，并非史书上看见的任何一位，而是一个在位时间很短的疯皇，后来他一把火烧了有关他的所有史册。"

"他把过往付之一炬，留给世人的只剩遐想。有人说，他曾爱过一位举世无双的叶氏夫人，曾征战几国只为将那位夫人接来身边。

"也有人说，他的生命里出现过一个不知名姓的女子。那女子没有封位，不知姓甚名谁，只知道周国那场大雪以后，再没人见过她。"

台下有人起哄："那位君主爱的肯定是叶夫人，否则怎么会连封位都不给无名女子？"

老者没有否认听客的话，笑道："各位看官且听老朽细细道来。五百年前，疯皇所在的朝代，虽有战乱，但他威慑八方，按理最后会一统天下。可是没多久，他骤然消失在了这个世界。有人说，他作为一个普通人老死在了凡尘；也有人说，讨伐暴君的剑客们杀了他。但……还有人猜测，那人去过冥界传说中的鬼哭河。"

一听"鬼哭河"三字，下面立刻有人道："臭老头，一天到晚瞎掰，怎么会有人去鬼哭河！众所周知，那是吞噬凡人灵魂的地方，疯皇去找死吗？什么五百年前的周国、史册上没有的疯皇，指不定就没有过这个人。你们说，我说得对不对？"

此言一出，立即有不少人附和："没错。"

"总讲这些没意思的往事做什么？有本事就讲讲仙门大开，广收弟子的消息！"

"对，不讲仙界，讲妖界和魔界也行。"

老者摇摇头。

自古凡人总对修仙向往，哪怕个个没有灵根，入不了仙道，也永远对精怪妖魔之事好奇，但倘若有妖魔作乱，又人人自危。

故事既然已成过去，看客早已散去，老者便不再讲这段往事。

毕竟连他也不知晓，五百年前的真相到底如何。

"世间有五界，神、仙、凡、妖魔、冥界。诸神早已陨落，妖魔只做残忍之事，这无须多说，那今日便说说，百年例行的仙门大比。各位看官猜，此次花落谁家？"

"还用说吗？当然是第一仙门衡阳宗！"

……

听书楼再次热闹起来。

二楼角落，青衣女子不屑地撇了撇嘴。

"那可说不准，今年衡阳宗参加大比的都是些新弟子，以为人人都如公冶寂无那般，短短三十年便突破金丹进入元婴中期吗？看我这次不把他们打得落花流水！"

一旁身着同色青衣的媵庄头疼地道："师妹，师父说了，此次带你去衡阳宗，是为了向衢玄仙尊学艺。你听够了凡尘趣事，咱们赶紧御剑去衡阳宗，去迟了难免失礼。"

青衣女子哼了哼，知道刻不容缓，只好随男子起身，与师门会合。

他们这一个门派唤作"赤霄宗"，以青缎为裳，女弟子发间别着水滴状的发饰。开宗祖师曾是上清仙域里半神冥夜的弟子。

上清传承不少，赤霄宗是衡阳宗之下第二大仙门。

"岑师妹，可要师兄带你？"

岑觅璇头也不回，已然御剑离开。看着岑觅璇的背影，媵庄露出苦笑。

岑师妹确实有傲气的资本，她今年不过一百余岁，却已是金丹中期，且作为赤霄宗掌门的女儿，她身份高贵，美丽动人。

只不过这性子，属实让旁人消受不起。

不知道衡阳宗能否接受师妹？听说衡阳宗掌门，也有一位掌上明珠，被全师门宠爱着，师妹过去，不知道能否与她相处融洽？

第十二卷

重回长泽

‖ 第七十八章 ‖

她在一个黄昏醒了过来。

长泽仙山寂寥，冷冷清清，百年来鲜少有人踏足，终年不化的雪落在她的眼睫。

天池中，雾气袅袅，金色梧桐叶被灵力做成一张漂亮的床。

她后知后觉地动了动手指，睫毛颤了颤。入眼是白汽氤氲的世界，她觉得有点儿疼，下意识地按住了疼痛的来源——心脏。

眼泪掉入天池，水面泛起浅浅波澜。

铺天盖地的酸楚和难过，在这一刻，终于体现得淋漓尽致。

苏苏也没想过自己还能醒来。

那一日，她怀着必死的决心跳下城楼，将仙魂燃尽，注入九天勾玉，天雷进入勾玉，引起熊熊业火，将她焚烧殆尽。

她听见勾玉碎裂熔化的声音，以为自己也如勾玉一般，消失在了世间。

苏苏在一片业火中，看见城楼下那人朝城楼奔赴而来。

他跑得那么快，是生出情丝后，来接叶冰裳吗？人间那场雪真大啊，她眼前一片模糊，想握住勾玉，勾玉却在她眼前化作灰烬。

苏苏那时候想：如果能活着，谁又想在业火中痛苦地死去呢？

每一寸肌肤都疼，仙魂像是被生生揉碎，她倒在业火里。

再没去看他。

人间七百多个日夜，她那时候回想起来，即便再不愿去想澹台烬，他也几乎是她所有的记忆。

凡人的一生，太苦涩了。

他在盖头里绣入最真挚的感情，却杀她的兄长，弃她的祖母，控制她杀人，予她无尽的黑暗。

她救不回哥哥，再也没有见到祖母，萧凛温热的血溅在她的手中，都成了她走不出的苦痛。她没有辜负三界众生，独独对不起自己，对不起叶夕雾。

苏苏生为灵胎，从来不会做梦。

那时候她却第一次无比渴望，这七百多个日夜只是一场噩梦。噩梦结束，她在长泽山，身边有无数熟悉的面孔。

生命一如曾经，哪怕三界魑魅魍魉横行，她被困在仙山之上，眼中依旧带着渴望之色，与勾玉一起眺望人间。

可是勾玉死了。

她的泪水模糊了勾玉消散的模样，它像世上任何一缕不起眼的青烟，温柔地拂过她的发，再无声息。

勾玉曾说，它只是上古一块最没用的石头，与它同时期存在的无数伟大神灵已然陨落。

只有它一个熬过洪荒，熬过山川变迁，与寂寞人间沧海，最后跟随她的母亲，伴着她长大。

它总说自己什么也不会，唯独拼尽一切也要活。可是最后，是她不好，连累了它，也失去了它。

"稷泽、大哥、祖母、萧凛、勾玉……"

她的仙魂在业火里一寸一寸变得透明，这个噩梦，可真是冷啊。

……

她那时候只想和天道祈求，生生世世，哪怕是黑暗尽头，也不要再遇见澹台烬了。

或者，能让她……最后再看一眼长泽山吗？

此刻，长泽的雪纷纷扬扬，美成一幅画卷。

苏苏的黑瞳里带上星星点点的泪意——这是，回家了吗？

白衣仙君缓步走在梧桐林中，他的腰间佩着一块色泽通透而莹润的碧玉，上面系了青色穗子。他墨发玉冠，神色平和。

他的身后跟了一个板着脸的少年。

公冶寂无嘱咐道："扶崖，再见到她，不可再问师妹和你过去认识的黎苏苏有什么关系，她会生气。"

见少年不语，公冶寂无好笑道："她次次都说不是，生气你总是把她看作别人。上回和你比试时，你还划破了她最喜欢的衣裳，她在天池边难过许久，和池里的灵鱼讲，要和师尊告状。可是她到了现在，什么都没讲。师妹这次闭关许久，出来想必也不会记仇，你别惹她难过。"

少年抿了抿嘴角，道："好。"

公冶寂无想起什么，眼睛里带上一丝无奈和暖意。

"师妹还小，多担待些。"

他们的声音由远及近，天池里的苏苏怔怔地看过去，只见雪白的仙山，袅袅雾气后面，梧桐木参天，火红的世界里，两张熟悉的面孔，不经意闯入她的眼睛。

从五百年前的噩梦中恍然惊醒，她怔怔地看着远远走来的公冶寂无和月扶崖。

耳边风声微动，公冶寂无还来不及反应，怀里就撞进一个温软身子。

公冶寂无愣了愣，耳根微红，低咳一声："师妹？"

一旁的月扶崖也顿了顿，看向闭关出来的师姐。

男女授受不亲，想到黎苏苏不再是小时候那个梳着仙童髻的女孩，公冶寂无轻轻推开她。

浅蓝流仙裙的少女却紧紧抱住他的腰肢，眼泪流入他的衣襟。

"你还活着……真好……"

公冶寂无虽然不明白发生了什么，但是活泼灵动的师妹难得在他的面前哭。他抬起的手轻轻放下，在她的背上拍了拍，包容而温柔地说："嗯，师妹别哭。"

月扶崖见娇俏的师姐眼睛红得像只委屈的兔子，沉默片刻，从乾坤袋里拿出一条紫色流仙裙。

"师姐，是我错了，上次划破你的裙子，我找了条一模一样的，给你赔罪，你要看看吗？"

苏苏别过头，看见记忆里的扶崖。

清朗、干净，明眸里带着几分担忧地看着她。

和记忆里的小师弟分毫不差。

公冶寂无的心跳响在她的耳边，五百年前的酸楚和绝望远去，她眼前的一切明亮、温热、色彩绚丽。

苏苏难以形容这一刻的感受，原以为一切化作虚无，世上再无她的痕迹。可是她从业火中睁开眼睛，发现回家了。

师兄还活着，她所有关心的人，是不是都还活着？

五百年前人间那一遭，她抽出了澹台烬的邪骨，是不是意味着，成功了？

苏苏抬起头，天空没有半点压抑的色彩，干净如洗。

逝去的人，活生生地站在自己的面前。

她改变了五百年前的一切，所有的悲剧没有发生。

她回家了。

醒在一个温暖到百花盛放的春天。

衡阳宗最宝贝的小仙子闭关出来的消息，几乎让整个门派轰动。

凌尧早早地等在山下，凝出水镜整理自己的着装。

旁边的师兄弟调笑道："凌师叔，别整理了，你都整理八十三遍了。"

"对，小苏苏看见你，又得跑。"

"凌师叔手上这是什么？哟，师叔祖的万象莲，你摘来给小苏苏，不怕被师叔祖追杀吗？"

众人中间俊朗的男子灿烂一笑，丝毫不在意同门的调侃，反倒纠正道："叫什么小苏苏，论辈分，她是你们的师叔！"

要不是掌门衢玄子不许他上长泽打扰苏苏修炼，他早就御剑上去了。

苏苏御剑下来时，便看见这样的景象。

一群穿着弟子服的同门，高兴地冲她挥手："苏苏！"

"小毓灵！"

苏苏出生时，道号封为毓灵，意为"钟灵毓秀"。

女弟子也兴致勃勃道："你出关了，快来看看师姐给你准备了什么礼物。"

苏苏收了仙剑，顷刻被大家围住。

她低头，怀里被塞满了宝物。

"小苏苏，这是我上次去蓬莱给你带回来的珍珠，庆祝你修为精进。"

"这是我答应过你的糖葫芦，小苏苏不是没去过人间吗？尝尝看。"

"师妹看看，这是造梦兽的尾巴！用来防身。"

甚至她的怀里，还被塞了一朵盛放的万象花。

万象花可以在渡劫的时候挡三次劫雷，是难得的宝物，清无师叔已经养了两百年。

苏苏抬眸，看着眼前的同门，他们大部分……本都死在了这一年魔神出世的妖物手中，如今大家都还活着。

她回到了五百年后，自己离开的时间。然而因为她带来的改变，他们都还在。

苏苏看着凌尧，忍不住笑了起来。

第一次没有惊恐地躲开这个过分热情的人，轻声喊："凌师兄。"

不是叶夕雾啊……她是黎苏苏。

虽然不知道为什么重新活了过来，但是她感受到了前所未有的温暖和快活。

大家簇拥着她，跟她讲衡阳宗最近发生的热闹事。

仙山耸立，无数亭台楼阁，悬浮于空中。

原来不被妖魔压制的衡阳宗，这样强大而美好。

苏苏转头，看见自己当年学御剑的地方、她幼时第一次学法术的大殿，还有弟子们上早课习剑的场地。

苏苏脚步顿了顿，踏上万阶修心梯。

公冶寂无温和开口道："师妹，修心梯是从凡间归来要走的地方，你无须……"

少女回眸，唇间抿出一枚浅浅的笑意。

她的眉间有一点火红的朱砂，踏上修心梯的那一瞬，万阶梯隐有水波，在她足下漾成一朵朵盛放透明的花。

公冶寂无看着她，不再说话。

师妹的心里，都多了些什么？她在他们看不见的地方，像是悄然长大了。

月扶崖抱着剑，看着少女的背影消失在修心梯后，张了张嘴，想起公冶寂无的叮嘱，他又安静下来。

这么些年，是他不死心。

黎师姐和那个人，只是同名姓罢了。

一个才成年的仙界小姑娘，怎么会和五百年前那个人有关联呢？

万阶修心梯洗去内心的仓皇和焦灼。

一步一步，苏苏终于觉得五百年的过往离她远了。尽头，青衣仙尊转过身。

"爹爹！"她跑过去。

衢玄子摸了摸她的发，他低眸，看着她带泪的双眼，低低叹息了一声。

苏苏哽咽。

她魂飞魄散的时候，都不曾这么脆弱。人就是这么奇怪，当身边的人不疼自己的时候，可以披上最坚硬的战甲；当遇见疼爱自己的人，战甲会慢慢剥落。

像是带着满身的伤回家的小兽，所有的难过终于有人可以诉说。

衢玄子说："爹爹看看你的修为如何了。"

他示意苏苏把手放上试灵石。

苏苏犹豫一瞬，她在自己的身体中醒来，但是不确定如今修为到底怎么样了。

面对衢玄子，她竟然生出几分近乡情怯。

半晌，苏苏的手放上去，试灵石一闪，出现绿色的光芒。

衢玄子皱眉。

境界分七层，分别是：炼气、筑基、金丹、元婴、化神、渡劫、大乘。再往上，那便是成神。

每个境界又分为前、中、后三个小境界。

浅绿色的光，表示筑基中期境界。

"我……"她张了张嘴，却不知从何说起。苏苏记得，自己回到五百年前之前，已经是金丹中期，而现在，她只是个筑基中期，甚至隐隐要退回筑基前期。

怎么会这样？

衢玄子没有露出失望之色，手指轻点在她的眉心，片刻后，他睁开眼，眸中带上复杂之色。

"苏苏，你……涅槃了？"

苏苏抬眸看着衢玄子，他看上去并不惊讶。

"爹爹？"

衢玄子说："别怕，你出生的时候，我就知道有这一天，爹不知道你去了哪里，经历过什么。"

他拍拍身边的蒲团，示意苏苏坐。

苏苏在他的身侧坐下。

衢玄子目光温和："爹很少和你说你娘亲的事，她……不太希望我在你面前提起她，她希望你做个普通快乐的小姑娘。可是，你的血脉依旧觉醒了。"

苏苏其实已经有预感："是凤凰吗？"

衢玄子颔首。

上古神灵的血脉，也只有这一脉，才能在业火中重生。苏苏垂下眼睛，原来勾玉早就知道了，所以它向来吝啬耗费灵力，只因想着有朝一日，用所有的灵力送她回家。

它做到了，却也永远消失在这个世界。

一只温和的手拍了拍她的肩膀。

"血脉觉醒，你的未来大道通途。"衢玄子说，尽管他心有遗憾，宁愿苏苏永远长不大。

"苏苏，看看灵台。"

经他提醒，苏苏注意到自己灵台上多出来白色水滴般的东西。

它只有指甲盖大小，看上去孱弱渺小，温柔地栖息在她的灵台上。

"这是什么？"苏苏问。

衢玄子说："上古无情道。"

‖ 第七十九章 ‖

上古无情道，是世上最纯粹简单的神道。

三界皆修仙，从仙魔到神，不断挨过劫雷，才会突破一个个境界，最终成神。

然，上古无情道并非如此，它是存在于上古真神内的大道法则。

万物生灵生来便有情丝，有情丝之人，道心很难一直纯粹。大道济济，渡不过情劫便会陨落，即便有人杀妻杀子证道，千万年来也没有谁因此而成神。

无情道本身却是唯一的例外，它让修行者无情无爱。不用渡劫，修为便会一日千里。

成神不过在百年之间。

只有涅槃后的凤凰，才会因祸得福，可以修炼无情道。其他修炼方式，本身也没有无情道适合她。

衢玄子娓娓道来："大道本就无情，偏又对万物有情。修无情道可以最快成神，且不用受天雷加身的苦楚。但是苏苏，你若修了无情道，便再也不能体会，爱一个人的滋味了。"

你会对苍生有情，唯独不会为这世上任何一个人动心。

苏苏的手指微微蜷缩，眼睛里有片刻失神。

那么，那些过往，都会慢慢淡去是不是？

她能感受到快乐和一切美好的情感，唯独会渐渐忘记人间那段经历。这不就是她一直追寻的道吗？

"苏苏，你选择它吗？"

不必在意的东西罢了，她本就该全部忘记。

纵然不忘，也不愿想起。

苏苏转头看着衢玄子，点了点头。

她修无情神道。

男女之情，本就是世上最虚妄的东西。她曾经不敢动心，却在开始忍不住动心的时候，被迫杀了澹台烬。

被利用，被囚禁，被放弃……

既然这本就是她的初心，修炼无情道，又有什么不好呢？

从衢玄子殿里出来的时候，一个白色挺拔的背影在等她。

"扶崖。"她拍了拍他的肩头，笑着喊他。

月扶崖回过头。

他平日里向来死板，唯独面对她时，难得有一丝羞赧："你还生我的气吗？"

"生你什么气？"

顿了顿，苏苏在记忆里找到了缘由。

"你把我当成另一个人啊？"

也算巧合，在扶崖还未踏入仙道的记忆里，竟然也有人叫黎苏苏。

月扶崖点头。

苏苏弯起眼睛："不生气啦。"

白衣少女眸中澄净，长裙逶迤在地面，眉心朱砂娇红似火，风吹动她腰间的翠玉铃铛，叮叮作响。

月扶崖早就知道她美，在她还没成年的时候，其美貌就让同门们津津乐道，心向往之。然而第一次正视她的好看，却是此刻。

他忍不住别过头去，错开她的目光。

不可。

他压抑住错乱的心跳，很早以前，情窦初开的时候，他已经遇见过喜欢的人。那人背着他逃出深渊，他与她一同见过世上最后的神灵。

即便师姐与她同名，他也不能动摇。

白衣修士板着脸，御剑往仙峰下走了。

苏苏以前喜欢住在长泽仙山，长泽安静，又是衡阳仙境最高的山峰，还有天然让她觉得亲切的梧桐木。

可这次回来，她有太多想念的人、想念的事，于是没有住在长泽山，反而住在小时候学艺的地方。

竹林间盛开了花，叫作竹花间。

苏苏开始学习参透无情道。

她这次"闭关出来"，几乎天天都有人来找她，有时候带来好吃的，有时候带来好玩的。

竹花间不远处，是衡阳仙境招呼客人的地方，最近苏苏总是看见霞光闪烁，证明客舍陆陆续续住进了人。

苏苏问来这里看她的师姐。

"衡阳宗有什么大事吗？"

师姐笑睨了她一眼："你呀，仙门大比你都忘了？"

苏苏微怔。

原来，现在是有百年大比的？

在她曾经的记忆里，妖魔横肆，仙界苟延残喘，像是地下见不得光的老鼠，修炼都极其困难。

百年一次的仙门大比，更是早就不再举行。

仙人们分散了，才有更大概率生存下去。

而如今，仙门大比却延续了下来，叫得上名号的门派都聚集在了衡阳宗。

苏苏以前听勾玉讲过。

仙门大比保留了数千年，原因有二：

其一，参加大比的弟子须得元婴以下修为，这样一来，几乎都是宗门内天赋异禀的年轻仙子、仙君参加。各大门派相互切磋，共同对抗祸世的妖魔。

其二，每次仙门大比，最终胜者都会获得一样宝物。宝物最低品阶都会是珍稀灵器，甚至会出现仙器，或者极品丹药，俱可遇不可求。

大比胜了，为自己的门派争光不说，还能为自己赢一份机缘。

"对，"仙子师姐笑着说，"此次大比的魁首，会获得传说中的安魂灯！"

"安魂灯。"苏苏低声重复了一遍。是传说中能找回魂魄的安魂灯吗？

仙子说："前两次仙门大比，公冶师兄闻名三界，惊才绝艳。只不过这次大比你的师兄不会再参加了，他已突破金丹，修为到了元婴。你和扶崖，倒是可以去试试。"

许多宗门的长老修为也不过元婴，这样一个修炼奇才，实在让人羡慕佩服。

因着师姐的话，苏苏多留了个心注意，发现衡阳仙境果然十分热闹。

此次大比在衡阳宗内进行，衡阳宗上至掌门，下至外门弟子，均对此十分重视。一旦有掌门或长老携门下年轻弟子过来，衡阳宗的人就会立刻引路安顿。

苏苏开始修习无情道，自然不会参加这样的比试。

倒是某一次夜晚，月下，她的屋外坐着一个抱剑的少年。

少年握紧自己的灵剑，看她一眼。

"大家都给你准备了出关礼物，我去赢安魂灯给你。"

苏苏撑着下巴，笑盈盈地透过窗户看他。

"好，扶崖加油！"

月扶崖抿住唇，不理会她隐隐带着笑意的眼，御剑走了。

苏苏见他如此郑重，颇有些好笑。

扶崖啊……真是莫名让她有种熟悉感，可惜不知道这种感觉从何而来。

她相信扶崖的实力，小师弟虽然没有公冶寂无天赋高，可他勤奋努力。

说不定小师弟真的能赢来安魂灯。

比试名单上本来有苏苏。

衢玄子知道女儿初修无情道，神道本就霸道厉害，苏苏需要参透，也为了避免对他人不公，衢玄子便让长老将苏苏的名字划去，让另一个年轻小辈参加了。

赤霄宗这边，岑觅璇知晓后不悦地抿紧了唇，说："你们是说，黎仙尊的女儿不参加，我只能和几个仙门杂碎比？"

一听她把其他弟子称作"杂碎"，媵庄连忙低声说："师妹！不可如此。"

岑觅璇哼了一声。

在她看来，她来自上清仙境，这些人确实不配和她比。唯一比她出身还高的，只有衡阳宗掌门的女儿。

衢玄子修为高深，衡阳宗又向来以道心稳固出名。

赤霄宗掌门希望岑觅璇来衡阳仙境修习道心，尊衢玄子为师。衢玄子并不轻易收徒，岑觅璇想向这位仙尊展露一番自己的实力。

她来之前费了九牛二虎之力打探黎苏苏的消息，想在容貌和修为上碾轧她，如今扑了个空自然不高兴。

滕庄顾不得和她生气，仔细地交代："师妹的对手，除了冲虚派和摧山宗的几位弟子，还有一位是黎掌门的弟子，也是公冶寂无的师弟，唤作月扶崖。听说此人年纪轻，却造诣不浅，也是金丹期修为，师妹保护好自己，不可轻敌。"

"公冶寂无的师弟？"岑觅璇眼珠子一转，总算来了些兴趣，"那也是黎苏苏的师弟。"

她抚着手中新得到的仙器，翘起唇角。

"没有公冶寂无和黎苏苏，会会这个月扶崖也是好的。滕师兄放心，我不会输。"

对于她说自己不会输的话，滕庄倒是毫不怀疑。

他看一眼岑觅璇手中的鞭子，那是中品仙器。仙门大比可不管弟子用什么武器，规则只有点到即止，不可伤人。

有好的武器也算是个人本事和际遇，算在实力之中。

岑觅璇有备而来，她的修为本就不错，加上中品仙器和师父给的灵丹，在一众元婴以下的弟子中，再无敌手。

月扶崖天赋再高，也比不上师妹天然的优势。

第二日，大比正式开始。

苏苏一早就看见竹花间一个明媚的身影，故人眉眼飞扬，很是风流的模样，是摇光。

"摇光师姐。"

摇光亲昵地拉住她："苏苏，今日别修炼了，去看大比！"

苏苏也不扫兴，笑盈盈地应了，随摇光一同御剑过去。

各大宗派长老与弟子次第入席，一块檀木飞速旋转，化作一块宽阔平地，衡阳宗执法长老双手结印，在其上布置结界。仙门太多，九个这样的场地同时开放进行，比试双方在结界内进行，其余弟子均可观摩，还不会被斗法误伤。

摇光带着苏苏过去前，仔细看看她，摇头开玩笑说："你这张脸太招摇了，要不遮遮吧，免得比试的弟子都看你来了。"

苏苏修习无情道以后，早已不复醒来时的难过。

她依摇光的话，从乾坤袋里取出一条鲛纱，蒙在脸上，瞬间她的容颜模糊起来。

摇光满意地点点头，道："走吧。"

她们去得晚，苏苏也没跟衢玄子和长老们说自己来了，便没有去衢玄子身边的席位，而是和摇光站在比试场下的弟子间。

衢玄子一眼就看见了她，轻叹着摇摇头，苏苏冲爹爹一笑。

比试已经开始了。

滕庄不参加比试，他的任务只是听师父的话，看着岑觅璇，不让她闯祸。岑觅璇一上场，滕庄便在法台下守着。

第一场，岑觅璇对上冲虚派的一名女弟子，那女弟子刚好是金丹前期修为，岑觅璇连仙器都没祭出来，就轻而易举打败了那女弟子。

她的仙诀激烈，不给人留面子。

好在那女弟子也颇有风度，从地上爬起来，抿了抿唇："是我学艺不精，我输了。"

岑觅璇弯起红唇。

摇光在苏苏的耳边低声道："这来自上清的仙子，有些过分了。"

苏苏点头，与摇光一同继续看。

第二场，岑觅璇对上另一个招式狠辣的男弟子，起先摸不清男弟子的身法，只能防守，但她确实不失聪颖，很快反守为攻，耗了点时间，取得了胜利。

滕庄松了口气。

直到一个背着剑的男弟子上台去，滕庄打起精神，前面的对手师妹都交手过了，那么只剩最后一位——

男弟子看上去年岁不大，甚至长着一张略显稚嫩的少年脸，规规矩矩背着剑，他的剑鞘上没有任何装饰，看上去比某些老者还死板。

他身着衡阳宗标志性的白衣，腰间佩了一块色泽上等的灵玉，用玉冠束着发。

不知本事如何，除了一把剑也不见他带别的法器。单从相貌来说，来人俊俏极了。

他不卑不亢、规规矩矩地见了个礼，说："在下，衡阳宗月扶崖，请师姐赐教。"

摇光说："是你的小师弟，让他挫挫上清的锐气。"

苏苏想到前两日扶崖说要为她赢安魂灯。

身后有人小声议论："听说那边鲜少有人观看的比试场，有个人很厉害，已经连胜九场了。"

"九场？这才多久？！"

苏苏回头，离她最远的地方，也有一个比试台，但是距离太远，看得并不真切。

只能隐隐看见一个玄衣身影，杀伐果决。

不知为何，她的手指下意识地捏紧。

"苏苏？"摇光唤她，"比试开始了。"

苏苏顿了顿，收回目光。

‖ 第八十章 ‖

岑觅璇目中无人惯了，听了月扶崖自报宗门，有心想杀杀衡阳宗的人的锐气，当即扬起下巴道："我让你三招。"

若她的对手是公冶寂无，公冶寂无只会礼貌地拱拱手，不会当真。

可对面是月扶崖，他只一点头："多谢师姐了。"

也不废话，他长剑出鞘，攻向岑觅璇。

岑觅璇起先看不起他，月扶崖才入门四十年，听说还有二十年在闭关，想来没什么对战经验。哪怕被师兄叮嘱过这人资质很好，岑觅璇也没有放在心上。

可是真当对方的剑险险削掉她的一缕头发时，岑觅璇再看死板小修士的目光就变了。

两人境界相同，论对战经验，岑觅璇要强上不少，可是比起出招沉稳，月扶崖远胜于她。

月扶崖剑气凌厉，剑光隐约带着锋锐的啸声，没有过多的花招，仙剑在空中飞舞的速度却很快，让人看花了眼。

岑觅璇折腰，险险躲过从她腰间飞过去的剑。她人没受伤，速度凌厉的仙剑却削掉了她的衣结。

"你！"岑觅璇一直被人捧着，平日里师兄弟恋慕她的姿容，也多让着她，哪里受过在大庭广众之卜被人削掉衣结的委屈。

这一次的对手没有对她的容颜恍惚不说，下手还十分干脆。

岑觅璇连忙手忙脚乱地去系衣结。

月扶崖皱眉，也没想到会发生这样的意外，他没有动手，留给岑觅璇系好衣结的时间，等她怒气冲冲地打过来，月扶崖这才再次迎战。

然而岑觅璇已经被惹恼，她的杀招更凌厉。岑觅璇抬手，凌空抓出一条红色鞭子，朝月扶崖抽过去。

月扶崖张开手臂后掠开，那鞭子却仿佛长了眼睛，变长数寸，堪堪要打中月扶崖的肩膀。

有人惊讶地道："那是仙器吧？"

"岑觅璇是赤霄宗掌门之女，身上有什么宝物都不稀奇。"

"只可惜她的对手，那柄剑顶多算是上品灵器吧。"

"可不是吗，他若敢用剑去接岑觅璇的鞭子，剑都会碎裂。"

大家都知晓，世间上古神器最为厉害，然而到了如今，神器破碎尽数陨落，次之便是仙器，再然后大多数人用的便是灵器。

法器相差一个等级，如同修士之间差两个大境界。

月扶崖也明白这点，他险险避开鞭子的锋芒，召回自己的剑，却不敢用剑和岑觅璇对打，怕自己的剑被毁掉。

岑觅璇弯了弯唇。

月扶崖收了佩剑，没有她想象中的慌乱，反倒专心斗起法来。衡阳宗虽大多是剑修，可他们人人都有灵根。月扶崖抬手，掐了个诀，一条藤蔓凭空从地面而起，束住岑觅璇的腰肢。

"原来是木灵根。"岑觅璇挑了挑眉，战意和怒意更浓。

她是水灵根，水刃割断藤蔓，配合着鞭子，朝月扶崖攻去。

两人你来我往斗法精彩无比，加之两人身份都不凡，一个是衡阳宗掌门的关门弟子，另一个是赤霄宗掌门嫡女，下面聚集了许多弟子，看他们比试。

岑觅璇发现自己哪怕拿出仙器，也无法短时间内打败月扶崖，她眸光一厉，捏碎了自己颈间的护身符。

护身符外面一碎裂，里面立刻出现一道金色的法阵，困住另一边的月扶崖。

"这次看你怎么躲！"说着，岑觅璇一鞭子抽过去。

那护身符是赤霄宗掌门为保护她所铸，她父亲的境界已经到达渡劫后期，是如今仙界的大能之一。

月扶崖不过一个金丹期弟子，被困在金色法阵里，生生挨了岑觅璇一鞭子。

偏偏岑觅璇没有打伤他，而是抽破他肩上的衣服。

人群窃窃私语。

连各个宗派的长老都蹙起了眉。

"这……岑师侄算不算违规？"

以往大比可没人这样做，护身法阵是好东西，一般不会意气用事用在切磋的大比上，但也没有明文规定说不可以这样做。

岑觅璇父亲的地位不低，修真界大多数人都得让他一头。岑觅璇竟舍得捏碎唯一的护身法阵羞辱月扶崖，可见此女极其要强记仇。

这边还在犹豫，那头法阵里月扶崖的白色外衣已经被抽得粉碎，露出少年肌理分明的胸膛。

衡阳宗的长老脸色凝重，向月扶崖使了个眼色，示意他撑不住的话主动提出认输。

这种情况不能宣布比赛结束，毕竟比试双方都没有被打出战台，岑觅璇也没有对月扶崖造成严重的伤。但若月扶崖能主动提出认输，岑觅璇就无法再对他攻击。

可法阵中的少年紧紧抿着唇，吃力而倔强地闪躲着鞭子，始终不愿开口。

摇光愤怒地说："这也太过分了，要么给个痛快，怎可如此折辱人！"

苏苏看得皱起了眉，她自然明白为什么扶崖宁愿受辱也不肯认输。

因为他说，要给自己赢安魂灯。

岑觅璇冷冷一笑，想将月扶崖抽跪在地。血红的鞭子破空而去，抽向法阵中少年的膝盖，眼见少年无法躲开，下一刻，有人轻盈飞身而来。

鞭子被苏苏握住，苏苏手腕一转，鞭子上燃烧起一簇幽幽的火焰。

火焰顺着鞭子末梢，一路烧到岑觅璇的掌心，岑觅璇手中一痛，扔掉了鞭子，瞪大眼睛看向来人。

白衣少女回身，冲着身后的少年说："扶崖，可以了，别逞强。"

她的语气十分关怀，恍然让月扶崖想到当年山林间背着他走的少女。

少女当年也是无奈道，小孩，怎么净逞强？

月扶崖怔怔地看着她，先前在岑觅璇的攻势下，他依旧维持着冷静和倔强，此刻却突然有几分窘迫。

他自己都不知道这种感觉从何而来。

岑觅璇刚要为自己鸣不平，月扶崖突然说："我认输。"

自苏苏飞入比试场地，场上就安静得落针可闻。

岑觅璇恼怒地咬牙："你是何人？竟敢打断比试！"

下面窃窃私语，却见最上面的衢玄子笑着开口："苏苏，来。"

此话一出，所有人都惊讶地看向苏苏。

竟然是衢玄子爱若珍宝的女儿。

据说她是天生灵体，哪怕躺着睡觉，身体也能自发地吸收天地灵气。黎掌门将她保护得极好，她的身份高贵，年纪虽小，辈分却极高。

小时候去蓬莱学习，更是早早就领悟了轻鸿剑诀。衡阳宗上下将她当作宝贝疼爱，可是这些年，这位仙子一直没有消息。

衢玄子说："苏苏年幼，没有参加过仙门大比，我替苏苏道歉。"

他一讲话，别说弟子们，连各派的长老也连忙抱拳说不碍事。

苏苏拉着扶崖，在衢玄子的身边坐下。

不少人好奇地看着她，一旁的同门，看着苏苏的眼神很是亲近，还给苏苏递了个赞许的眼神。

苏苏失笑，也冲他们眨眨眼。

知道来人是衢玄子的女儿，岑觅璇咬唇。

她的本意是想在衢玄子面前表现一番，可是月扶崖的意外难缠让她控制不住自己的脾气。衢玄子这样疼爱女儿，连苏苏打断比赛，衢玄子也睁一只眼闭一只眼，岑觅旋心里很是不满。

滕庄担忧地上前，低声喊她："师妹。"

他知道这件事是师妹做得过分，月扶崖明显不是故意，师妹却要羞辱月扶崖，要折月扶崖的傲骨。

岑觅璇知道不能在这时候发作，她来做客，自然不能上前与别人的掌上明珠打起来，她不甘心地被滕庄拉走，回头冷冷地瞪了苏苏和月扶崖一眼。

苏苏自然是不在意，月扶崖也颇为心不在焉。

这边主场在进行，另一边同样如火如荼。

但比起赤霄宗掌门女儿岑觅璇和衡阳宗掌门弟子月扶崖，其他比试场显得冷清多了。

因此，直到三日后，大家才知道，最偏远那个鲜少有人去观看的比试场，有个连战连胜的少年。

黑衣少年脸蛋漂亮精致，看上去十分无害。

他身上的玄衣绣着银色鱼儿纹路，是最没出息的"逍遥宗"今年刚收的入门弟子。逍遥宗又懒又无欲无求，遇事都是以"算了算了"四字解决，人均修为低下。也正因如此，没几人会去看少年比试。

然而就是这样一个人，第一日连胜九场，今日更是三招内打败了赤霄宗的大弟子。

他五指成爪，扣住那个弟子的脖子，当时所有人都觉得，他冰冷的眼神似乎是要杀了对手。

可是下一刻，他谦和慌张地扶起对方，局促而羞赧地道了个歉。

苏苏因为第一日打断比赛去救扶崖，后面两日都规规矩矩地坐在衢玄子身边，不想给他惹麻烦。

听说"逍遥宗弟子"的事，她心里莫名一跳。

今日摇光回来，感叹道："那人确实厉害，我都不能做到几招内打败赤霄宗大弟子。我看他的招式，觉得很是毒辣，可能是功法不同产生的错觉。毕竟那男弟子，比起岑觅璇可有礼貌温和多了。"

"他长什么样子？"苏苏问。

摇光笑嘻嘻说："反正没有公冶寂无好看。"

苏苏："……"

关于长相，她就不该问摇光。在摇光眼里，公冶寂无世间第一好看。

苏苏心道，或许是她太敏感了。

逍遥宗带弟子来比试的人叫作藏海，藏海长得胖，为人谦和，笑起来像尊弥勒佛。

他是兆悠仙君座下大弟子，修为平平，好几百年了才从金丹期突破到元婴中期，酒量极差却酷爱喝酒，常年醉醺醺地睁不开眼睛。

上个百年藏海也参加了大比，没撑过第二轮就被人骨碌碌踢了下去。

这回师父让他带着新入门的小师弟来，藏海自然也没对小师弟抱什么期待。

逍遥派嘛，都懂，输赢并不放在心上。

藏海起先守着玄衣小师弟比试，想了想，他喃喃道："不如趁这个时间喝点，醒来师弟就被淘汰了，我等刚好赶回逍遥宗。"

一喝就睡死了过去。

再清醒的时候，玄衣少年推他："师兄，藏海师兄。"

藏海睁开迷离的眼睛，映入眼帘的是少年的脸。他打了个酒嗝儿，拍拍来人的肩膀："小师弟啊，你比试完了吗？"

"师兄，早就结束了。"

"结束了？那就回去吧。"藏海乐呵呵地安慰，"你才入门，参加大比就当开开眼界，咱逍遥宗不与他们这些俗人争。"

玄衣师弟腼腆一笑："师兄说的是。"

藏海把酒葫芦往腰间一挂："走走，回宗门。"

玄衣弟子没动，似乎不太好意思："师兄，我晋级了。"

藏海："……"

本来以为小师弟在开玩笑，没想到藏海晕乎乎往厢房走的时候，一群人围着他打听："你们逍遥宗新入门的弟子是什么来头？赤霄宗那个首席大弟子，在他手下没走过三招。"

藏海摸摸脑门儿，不、不是吧？！

这是什么情况？他在听什么恐怖故事吗？

小师弟入门以后，明明对什么都不上心，不争不抢，看上去瘦弱得可怜。这回的安魂灯，虽然是个仙器，可是对于大部分人来说，没什么作用才对。

小师弟怎么跟疯狗一样，三招就把人打败了！

他一回头，那少年已经不见了，不知道去了哪里。

小师弟的来历，恐怕只有师父清楚。

逍遥派全员懒惰，却有一点好，心思单纯善良，前两年师父不知道从哪个旮旯里捡回了一个血人，身上全是被撕咬的印子，有些地方甚至白骨森森，看着委实凄惨可怜。

兆悠仙君给他治好了伤，他也慢慢长出了肉，后来一测试灵根，好家伙，竟然是个雷系天灵根。

这下兆悠仙君喜不自胜，连忙把人家收入门下，悉心教导。

小师弟乖巧懂事，全师门上下都对他特别有好感。兆悠仙君生怕小师弟嫌弃宗门是扶不起的阿斗，没想到人家知道以后并不介意，依旧留在逍遥宗。

但细说起来，小师弟从何而来，又有怎样的过往，藏海一问三不知。

三招打败赤霄宗大弟子的事，真不是在跟他开玩笑？

藏海抖了抖，第一次觉得，小师弟有几分可怕。

不是吧！小师弟才修炼了两年，师尊只是让他带新手小师弟来开眼界的啊！

‖ 第八十一章 ‖

藏海遍寻不到少年，没想到回去后他已经在厢房睡着了。

藏海叹口气，小师弟这性子太腼腆了，不喜和人交流。藏海上前去，作为师门贴心大师兄，给小师弟盖了床被子，他一碰到小师弟，小师弟就睁开了眼睛。

玄衣少年漆黑的眸带着几分冷意，见到是藏海，他眼里的桀骜散去，睡眼蒙眬，轻声说："师兄。"

藏海点点头，不知道为什么，他刚刚靠近，总觉得小师弟警惕的杀意一闪而过。

藏海摇摇头，怎么可能呢？面前的玄衣少年看上去明明单纯无害，见藏海看他，他还偏了偏头，无声地询问藏海。

藏海啧啧感叹，俊，真是俊！不管看多少次，都觉得小师弟长得也太好了。

他突发奇想，摸出一块试灵石："小师弟，师兄听说你在比试上表现不凡，师兄给你测测修为。"

玄衣少年看他一眼，顺从地伸出手，放在试灵石上。

金色光泽流转，藏海惊讶道："小师弟什么时候从筑基突破到金丹期的？"

少年说："前几日赶路的时候，当时师兄睡着了。"

藏海不知道该对这逆天的小师弟摆出什么表情："……师尊知道后一定很高兴。"

这就不像他们逍遥宗的废物啊，自己可是用了三百年才到金丹期的，连仙界有名的天才公冶寂无，也用了五六十年到金丹后期，而小师弟两年？他们还修炼什么啊，不如撞死在小师弟面前算了。

藏海说："木秀于林，风必摧之，师弟，你的天赋一定不能让人发现了。"这么逆天，藏海怕他在仙途上夭折。

"嗯。"少年拉了拉被子，漆黑的眼珠子盯着他，说，"师兄还有什么事吗？"

"没、没了。"藏海走了几步，又变得乐呵呵的，"明日的比试不要紧张，你才突破，稳住心境最重要。那个安魂灯咱们拿不拿都没事。"

少年眼里情绪不变，淡淡说："我知道的，师兄。"

藏海离开了。

少年掀开被子，慢慢扯开自己的衣裳，苍白精瘦的胸膛之上，全是恶鬼抓出来的印子。

皮肤上出现红色裂痕，残破的身体疼痛不堪。

他死死攥紧被子，忍耐着等疼痛过去，那些裂痕慢慢愈合，像是把他拆筋分骨以后，又重新愈合，变回干净完好的身体。这个过程缓慢得可怕，痛得他面无血色。

到了最后，身体终于完好，心口却带着一点冰冷的金色。

少年慢慢躺回去，汗水湿了额头。

他抱紧自己，身躯微微颤抖，为什么五百年过去了，他也长出了肉身，却依旧如此痛苦？

过几日的大比，参加人数已经少了一半。

岑觅璇先是对上了逍遥宗的一个青衣弟子。岑觅璇没用多久，鞭子就把人抽飞出去。

岑觅璇嗤笑，果然是普遍资质最差的逍遥宗。

滕庄揉了揉眉心，知道管不住这个师妹，已然心生绝望。

就在岑觅璇以为稳操胜券的时候，她对上了逍遥宗的另一个比试者。

一看他身上的鱼纹，岑觅璇的眼睛里便流露出嘲讽之色。

对面的少年说："在下，逍遥宗……沧九旻，请师姐赐教。"

岑觅璇本就瞧不起逍遥宗，事实上，世上修真者没几个瞧得起逍遥宗的。她连鞭子都没拿出来，想直接用法术解决对手。

片刻后，她被人一脚踹出比试台。

面前一只修长的手伸过来，岑觅璇听见他不好意思地说："师姐是不是还没准备好？"

岑觅璇的脸色忽青忽白："当、当然！"但她自己知道不是，她确实一招都过不了。

沧九旻——应该说是澹台烬，嘴角微微翘了翘："那便是在下胜之不武了。"
媵庄连忙上前扶起她："你没事吧，师妹？"

岑觅璇捂住伤口，咬牙摇摇头，媵庄看一眼澹台烬，玄衣少年已经重新回到了台上。

媵庄连忙扶着岑觅璇离开。

澹台烬看着他们的背影，摩挲了下手指。

走出老远，岑觅璇"哇"地吐出一口血来，晕了过去。媵庄连忙接住她。他脸色沉重，那人只用了一招，师妹却伤成这样，招式未免太阴损了。

此后几日，岑觅璇都没出门。

没出门却也少不了糟心事，她住在男子多的厢房，偶尔一出门，便听见他们说起衡阳宗掌门独女的事。

"听衡阳宗弟子说，黎仙子是难得的绝色，不知道到底长什么样。"

"若我等冒昧拜访，不知黎仙子会不会着恼？"

"你们说倘若下次见到黎仙子，我送她养颜丹，她会接受吗？"

有人笑道："合欢宗的东西，你也敢往毓灵仙子手中送，不怕被公冶寂无杀了吗？"

"别担心，过段时日苍元秘境开启，黎仙子可能会去。"

不仅是他们，连岑觅璇之前的一个追求者，这两日也在变着法儿打听黎苏苏的消息。

岑觅璇气得牙痒痒。

可是她却毫无办法，论出身，黎苏苏比她还要高贵。有个仙界大能的爹，生来还是灵胎。

岑觅璇只能安慰自己，身份高贵算什么？修仙界以实力为尊，黎苏苏若是没有好的宗门庇佑，指不定就被人捉去当炉鼎了！这样一想，她的心里总算舒坦了些。

再说藏海那边，藏海也很是不解。

"小师弟，你怎么还没和赤霄宗那姑娘打，她就飞出去了？"

澹台烬擦拭着自己的剑，说："意外，那位师姐还没准备好。"

"小师弟，你的运气真是不错。"

澹台烬只是笑笑。

澹台烬每日比试完就回到衡阳宗后院，从来不出门，藏海见他这般"不合群"，忍不住劝道："小师弟，你今年才多大！平日要多出门走走，与同辈弟子认识认识，结个善缘也是好的。你这几日表现非凡，许多道友都想结识你，你每日回来擦剑做什么？"

见澹台烬不接话，藏海想起什么，嘿嘿一笑。

"师兄在你这个年龄，也是少年慕艾，跟师兄说说，你有没有心仪的女弟子？"

澹台烬擦剑的动作一滞，冷淡地说："没有。"

藏海没觉察到他的情绪不对劲，继续说："没有啊，那你觉得今日和你比试的那个小姑娘怎么样？人家可是第二大宗门赤霄宗掌门的亲闺女，依师兄看，她长得那叫一个美，你不懂怜香惜玉，竟然下手这么狠。"

"还有还有，师兄今日去前院喝酒的时候听说，这衡阳宗掌门也有个女儿，小姑娘容颜绝色，真真艳压三界，美得不可方物。只是除了衡阳宗的人，无人见过她的面目，要不咱们下回去长泽山下转转，指不定运气好便碰见了她。"

澹台烬的眼里没有任何波动，不管藏海提起岑觅璇还是黎苏苏，他的神情都没有任何变化。

藏海看过来，他才露出了一个些微腼腆的笑容。

"师兄，天色已晚，你该回去了。"

"那好吧，我去看看别的受伤的师弟。"

藏海摇头晃脑走了。

澹台烬枕住自己的胳膊，什么赤霄宗千金、长泽山仙子，他冷冷咬住自己的手腕，直到咬出血来。

他只要安魂灯。

一定要安魂灯！

大比结束，所有人都没想到，最后的胜出者，竟是逍遥宗的一个弟子。

这件事成了近来三界的谈资，逍遥宗这种懒散无能的门派竟会凭空杀出一个天才。

摇光说："竟然会是逍遥宗的人啊，数千年了，真是稀罕，这还是头一回呢。可惜我们都没去那个比试台，听说那人的表现惊才绝艳，丝毫不比公冶师兄逊色。"

摇光的语气里带着叹服，苏苏惊讶地想，能让摇光说惊才绝艳的人，一定很厉害。

空中仙气流光一道道划过，苏苏说："不管谁赢，这几日真热闹。"

摇光点点她的额头："怎么闭了个关出来，你喜欢往热闹的地方走了？以前不是喜欢留在长泽山吗？"

苏苏捂住眉心的朱砂，露出一双含笑灵动的眼。

"我只是，有些想你们了。"

"你师弟来了。"摇光说。

苏苏回头，果然看见月扶崖。

月扶崖抱拳："摇光师姐、师姐。大比结束后，师尊和长老们有话要说，也要将安魂灯交给胜出的弟子，师姐可要去观礼？"

苏苏总听摇光说起逍遥宗那个男弟子有多厉害，她心存好奇，自然要去看看。"好啊。"

几人往衡阳宗设宴的仙山走去。

摇光走在前面，月扶崖落后摇光几步，走在苏苏身侧，神色肃然，低声说："抱歉，师姐，没能赢来安魂灯。"

他低头看着自己的云靴，一向正派的小师弟，脸上带着愧色。

苏苏也学着他，压低了声音说："我要安魂灯做什么呀？倒是你的灵剑碎了，扶崖，师姐有空替你寻一样称手的武器吧。大师兄有仙剑'焚天'，你不能什么都没有呀。"

月扶崖抬头，看见一双黑白分明、认真的眼。

少女蒙着鲛纱，眼睛里像缀满了星辰，映出他的模样。

在她的目光下，月扶崖的面色逐渐绷紧，匆匆往前走："不、不用，我用灵剑就好。"

苏苏看着他，扶崖怎么像是落荒而逃？以前他和自己喂招，毫不在意她是师姐，半点儿也不客气的。

衡阳宗坐席间，藏海从腰间摸出一颗留影珠。

他憨笑着说："师弟，一会儿衡阳宗长老把安魂灯给你的场面，师兄用留影珠给你记下来，回去让师父和弟子们看看，咱逍遥宗也有扬眉吐气的一天。"

澹台烬看着手中杯盏，不咸不淡应了一声。

不少弟子都在看澹台烬，逍遥宗难得出一个天才，更何况还是惊才绝艳的类型，光是他的雷灵根，就足以引人注目。

因着藏海的话，澹台烬这几日比试收敛许多，没有再几招打败对手。

各个仙宗的长老和弟子次第入座。

宴席上不乏安静，却在下一刻，宴席入口充满欢声笑语。

原本站在门口的衡阳宗弟子，不知见到了谁，全部簇拥上去，全然没了方才接待各大仙宗的模样，放下了正经，脸上都带着灿烂的笑容。

石阶下小弟子让开路，宴席上的所有人，仿佛意识到什么，都朝巍峨的入口看去。

只见仙剑上跳下一个少女，少女白色衣摆下露出一双玲珑漂亮的绣鞋，裙摆缀着漂亮的流苏，步子轻快地走过来。

她以白色鲛纱覆面，只露出一双澄净的眼，还有眉间一点朱砂。

鲛纱被施了法，令她的容颜模糊起来。

澹台烬的耳边有人低声议论。

"是衢玄子仙尊的女儿，毓灵小仙子。"

"她叫什么？"

有人说："黎苏苏。"

澹台烬饮尽杯中灵露，没有抬头。左右不过一个身份出众的陌生少女，天真，脆弱，不谙世事。

藏海叹道："衢玄子仙尊家这个宝贝疙瘩，几乎所有宗门都知道她的存在，只不过鲜少有人见过她。衢玄子和衡阳宗的一众同门，将她保护得极好。"

她与苦苦修行的弟子不同，如珍如宝的身份，出色的资质，父亲还是仙界魁首，实在令人艳羡。

至少藏海很是羡慕，衡阳宗是第一仙宗，哪里像他们逍遥宗，穷困潦倒，穷得快发不起佩剑给弟子了。他先前也只敢和师弟说说，过个嘴瘾，知道人家的身份和他们是不同的。这样的女弟子，大多看不起逍遥宗，认为他们修为低下、怠懒。

苏苏与摇光、月扶崖一同进来，她正要去衢玄子身边，心念一动，转眸一眼看见逍遥宗的座席间，玄衣鱼纹的弟子神色冷淡。

她的瞳孔微缩，眼里明媚的笑容消失。

那人似有所觉，握住杯子的手顿了顿，抬起头来看她，四目相对，犹如沧海桑田，五百年的光阴。

人间难以忘却的过往，一一浮现在苏苏的眼前。

苏苏的指甲几乎掐入掌心，看着眼前的人。

怎么会？是他。

‖ 第八十二章 ‖

她祈祷过，人间一别，此生再不相见。

此刻少年的模样，比起五百年前没有情丝的帝王，更像另一个人——

苏苏幼时见过的，魔域中周身萦绕着黑雾、肤色惨白、不羁残暴的魔神。

她明明已经抽出澹台烬的邪骨，为什么澹台烬的容貌依旧接近了那个人的模样？甚至神韵，也有几分相似。

这五百年来，到底发生了什么？

猝不及防地再次遇见他，苏苏的牙齿无意识地把下唇咬出鲜血。月扶崖觉察到苏苏不对劲，疑惑地低声喊："师姐？"

这一瞬既漫长又短暂。

扶崖的声音让苏苏猛地回过神，她如同落水之人从窒息中醒来。澹台烬的存在让她浑身冰冷，好在她再也不是叶夕雾，不会再经历那般绝望无力的过往。

她现在是黎苏苏。

苏苏率先错开目光，许是她方才的表现让他起疑，澹台烬盯着她，微微皱起了眉。

直到苏苏走到衢玄子身边，她的神情早已调整自然。

无情道从灵台汇向每一寸经脉，过往经年，在她心中慢慢变淡。

苏苏说："爹爹。"

衢玄子冲她点点头。

一道目光对她如影随形，苏苏并不想让澹台烬认出自己。记忆如烟云，相见而不识，早已是最好的结局。

她的目光清冷，没有再看他。

藏海推了推身边的澹台烬："师弟？"

怎么一直在看毓灵仙子，不是对美色不感兴趣吗？而且那位仙子以鲛纱覆面，只有眉间一点朱砂看得真切，师弟不会真看上人家了吧？不是吧，他们逍遥宗没法高攀的！

澹台烬神情淡漠下来，说："没事。"

只是对上少女那双眼睛的瞬间，胸口之下，仿佛被一只手紧紧捏住。她转身坐下时，眼睛里已经没了情绪，与仙宴上的每个修真者别无二致。

澹台烬觉得有些可笑，是彻底疯了吗？不过一个陌生的少女，他竟也能从一个目光中看见熟悉的影子。

有时候他甚至在想，五百年过去了，他早该连她的容颜都忘得干干净净。

藏海见他情绪收得快，没有半点儿看上衢玄子宝贝闺女的意思，在心里松了口气。

真看上了可不好办啊，难不成真要把逍遥宗唯一的天才送到衡阳宗去？师尊会抽死自己的。

藏海："话说回来，没人见过衢玄子有道侣，百年前，突然听说他有个天生灵体的女儿，师弟你是不知道当时修真界有多震惊。"

衢玄子那可是正道标杆般的存在，可他的女儿毓灵仙子的母亲，三界至今无人知道是谁。看衢玄子对这个女儿爱若珍宝，想必当年也很爱黎苏苏的母亲。

澹台烬抬起眼睛，突然问："师兄，你说毓灵仙子，是天生灵体？"

藏海道："对。小师弟，你怎么突然问这个？"

少年露出个笑容："没什么，好奇罢了。"

说是这样说，胸腔下那颗心却突然兴奋地跳动起来。《重生册》上记载，天生灵体是最好的承载灵魂的容器。

他碰了碰乾坤袋中那块玉，舔了舔唇。

在心里对它道，别急，很快，我会为你找到栖息的地方。

只不过这少女身份卓然，要想碾碎她的魂魄留下空荡的躯壳，他得费点功夫。

三言两语间，衡阳宗的清无长老已经取出安魂灯，在众人的见证下，他把安魂灯给了澹台烬。

澹台烬的手指抓紧安魂灯，苏苏的视线在安魂灯上一顿，移开了目光。

他又想找谁的魂魄？叶冰裳的吗？

也对，叶冰裳是凡人。叶冰裳恐怕在人间只陪了他短短数年，邪骨抽出以后，他生出了情丝，恨上自己，想必会爱上叶冰裳。他情识未开之时，已经那么在乎叶冰裳，煞费苦心找回她也在意料之中。

仙山的雾霭飘过苏苏的掌心，苏苏垂下眼睫，无论如何，邪骨已毁，澹台烬的一切与她再无干系。

苏苏听见衢玄子说："此次衢玄子想和诸位仙友商议两件事。自神魔大战后，魔神死去，大妖被镇压在荒渊，小妖魔则退回寸草不生的娑婆魔域，不敢出来作乱。五百年前，荒渊封印被冲破，黑气冲天，无数魑魅魍魉从荒渊逃窜出来，为祸人间。"

提起妖魔界的事，所有人的神色都凝重起来。

苏苏凝神，也想听听没了魔神后，如今是怎样的三界。

"幸亏百年来，众仙宗齐心协力，对抗妖魔，这才保得人间太平，仙界安稳。但近来，妖皇出世了，妖魔们以他为尊。"衢玄子闭了闭眼，沉声说，"前段时日，太虚宗的掌门，死在了自己房内，门下弟子三百六十人，无一幸免。"

此话一出，所有人都震惊。

妖皇？苏苏下意识地看向澹台烬，怎么可能呢？邪骨都没了，怎么还会出现妖皇？！

衢玄子有个法宝叫"水镜"，水镜可以短时间重现某个地点发生的事。

他祭出水镜，水镜悬在空中，所有人都看过去。

只见太虚宗里，山门前的溪水全被门下弟子的血染红。金丹期以上的弟子们体内金丹被掏出，妖皇的手段极其残忍。水镜中，妖魔肆虐，却没有映出妖皇的身影，妖皇在水镜中只有一个背影，连是男是女都不知晓。

如此血腥嚣张的一幕，让仙门之人又气又怒，有人涨红了脸，义愤填膺唾骂道："天杀的妖皇，要是让我遇见了，一定将他挫骨扬灰！"

但所有人都明白，既然是妖魔界的皇，怎么会轻易被捉住！

妖魔如今都生活在娑婆魔域，那鬼地方寸草不生，以血为河，谁去讨伐都不敢保证有命回来。

衢玄子收了水镜，说："我即将突破，需要闭关渡劫，清无会带着衡阳宗弟子去一趟太虚，探知妖皇的情况，寻找去娑婆魔域的令牌。"

"赤霄宗愿意追随……"

"真武派愿追随仙尊……"

"还有我们，天元宗也愿意一道去。"

藏海听了："小师弟，我们宗门怎么办，去不去？"主要是他们宗似乎没人才能去啊。

澹台烬淡淡说："不去。"

藏海叹了口气，这种需要凝聚力的时候，逍遥宗臊得慌，他默默以袖遮住了脸。

"其二，"衢玄子说，"苍元秘境将在半个月后开启，入口在朝霞城，秘境之中法宝无数，机缘难料，却也危机重重。只不过苍元秘境向来只有元婴中期以下修为的弟子才能进入，届时或许有妖魔混入，诸位一定要多加小心。"

这件事不是秘密，相反，许多人来此次大比，也是为了结识元婴期以下的弟子，届时共同历练寻找机缘。

修仙无岁月，或许一进秘境，再出来外间已经过了三五十年。

据说，苍元秘境中有神器碎片。

如果真的寻到神器碎片，将来与妖魔界开战，胜算会大很多。

苏苏听勾玉说过，两百年前苍元秘境开过一回，那时候公冶寂无修为尚低，衢玄子怕他陨落，没让他去。

想到此次，苏苏忍不住看向身边光风霁月的男子。

"师兄，苍元秘境你去吗？"

公冶寂无放下酒樽，先前他在出神地想事情，听到苏苏的话，他温声道："比起苍元秘境，我更担忧太虚宗被灭门之事，太虚需要人过去看看。"

苏苏便明白了他的决定。

好似什么都变了，师兄却一直没变，他总是挡在苍生的前面。不管是成就还是陨落，都如此坦然。

注视着他灰色的眸，苏苏突然想起那年月下让她一直往前走的男子。

她亲手杀了的……萧凛。

那些过往，像是指尖云霭，仿佛过了很久很久。

苏苏知道自己也应当渐渐释怀。

从水镜中看见那些事，苏苏明白，仙界与妖魔一战无法避免，或许就在不久之后，仙魔依旧会开战。

只不过，这次的仙门有一战之力，再不像当初那般惨淡无力。

所有门派与衡阳宗告辞，回去为之后入娑婆魔域做准备，也要叮嘱年轻一代弟子关于苍元秘境的事。

苏苏现在的无情道不稳，打算御剑回长泽修行，她的仙剑还未祭出，一道骄蛮的鞭子横空劈过来。

鞭子上附着水纹，杀意凛凛。

苏苏立刻觉察到破空声，打算躲开。

"师妹！"媵庄大惊，来不及阻止，另一柄带着蓝光的剑撞上岑觅璇的鞭子，灵剑粉碎。

月扶崖挡在苏苏的面前："岑师姐，这是衡阳宗，不是赤霄宗，你若再对师姐无礼，休怪衡阳宗不客气！"

月扶崖的灵剑碎在地上，苏苏看着一地碎片，有些生气。扶崖师弟爱惜剑，整个宗门都知道。

如今他的剑因为护住自己而碎。

岑觅璇却仿佛没有听见他的话，二话不说，又打了过来。

苏苏正要还击，看着岑觅璇空洞的眼睫，却突然觉得不对。岑觅璇虽然跋扈，可是她此次是来衡阳宗修行的，希望拜衢玄子为师。

苏苏是衢玄子的女儿，岑觅璇不可能突然在衡阳宗对她动手。

才这样想，下一刻，一只修长的手凌空在岑觅璇的头顶一抓。

岑觅璇睁大眼睛，软软地倒了下去。

"师妹！"媵庄连忙接住岑觅璇。

岑觅璇身后，公冶寂无走出来，他皱着眉头，看向苏苏："师妹，没事吧？"

苏苏摇摇头，她看向公冶寂无掌心的一团紫气："这是？"

公冶寂无捏碎掌中紫气，说："是傀儡术。"

媵庄闻言，脸色也很难看："谁会用傀儡术控制师妹攻击黎仙子？"

月扶崖也意识到事情的严重性，抿住嘴角。

公冶寂无说："媵师弟仔细想想，近日岑师妹得罪过谁？"

媵庄看看月扶崖，犹豫片刻，摇了摇头。

他一直陪着师妹，却不知道师妹被人控制，害师妹的人也太可怕了。

傀儡术……多么令人憎恶而熟悉的手段。

苏苏朝天空望去，属于逍遥宗的飞行法器酒葫芦已经飞得很远，澹台烬的气息一并消失不见。

她看看倒下的岑觅璇，又看看公冶寂无，突然觉得荒谬。

五百年了，那人难道半点儿都没变？哪怕换上神髓，依旧行卑鄙的手段。过去他控制自己去杀萧凛，如今继续控制岑觅璇来杀自己吗？

与此同时，坐在藏海酒葫芦上的少年睁开眼。

没试出深浅，澹台烬淡淡地想，真可惜。他眸中冷凉，修长手指紧紧握住掌心的玉，仿佛握着最后一根救命稻草。

他手中的玉是那年冬日，在人间的马车里，少女亲手系在他腰间的那一块。

她从雪地里扶起他，为他动手打赵王，让他膝盖不要弯。

那时候她皱着小脸，轻声说："这个给你，赵王见了它，总会忌惮些。"

她带来人间最温暖的春，也给予他最痛的残忍。他要她回来，为此不惜一切代价。

哪怕是恨他，依旧像当年那样恨他都好。

而不是如今这样，从不入梦来。

‖ 第八十三章 ‖

上次从水镜中看见太虚被灭门，苏苏想和公冶寂无一同去太虚看看。

衢玄子在渡劫中期的瓶颈已经有近百年，此次他有所顿悟，需要闭关突破。

得知苏苏要和公冶寂无一同去太虚，衢玄子说："苏苏，你不能去太虚山，去苍元秘境。"

"为什么？"

"你刚修无情神道，大道修成之前，应尽量避开大妖魔。苏苏，一个人的成长很难，仙亦然，上古神灵陨落太久，万年来，无人飞升。三界苍生需要神，你不该在未成长的时候去冒险。而是有朝一日，逆转局势，成就你自己的道，守卫苍生前，先保护好自己。"

苏苏怔了怔，太久没人和她说，你先好好保护自己。

"苍元秘境可以历练，还能寻到机缘。仙剑并不适合你，你小时候只有学轻鸿剑诀的时候特别高兴，无情道本就超脱五行，爹不知道伴你长大的勾玉去了哪里，但你需要一个新的机遇。"

听衢玄子提到勾玉，苏苏沉默下来。

是的，她从小就不喜欢单单练剑，勾玉在时，总给她讲奇门五行，教她使用一些新奇的东西。

勾玉没了，她拿着一柄冷冰冰的剑，心里像是空了一块。

"爹不勉强你，若你不想去苍元秘境，也可以留在长泽。"

"我去秘境。"苏苏最后这样说。她知道衢玄子是为自己好，她年幼时，已经习惯了肩负苍生命运，忘记自己也可以有成长历练的机会。

她忘了，衢玄子却替她记得。

世间灵气分五行，什么灵根便吸纳什么灵气。

苏苏以前是火灵根，涅槃修炼无情道之后，她发现每一种灵气都不排斥她的身体。

拥有上古凤凰血脉本就该是神，涅槃后她如今的修炼速度百倍不止。

灵台上的无情神道，被浅浅的红丝包裹住。苏苏不知道这是什么，但隐隐有种感觉，这个东西需要她勘破。

她在竹花间住了半个月，出门看见叽叽喳喳的小灵鸟落在一个白衣少年的肩上。

这些灵鸟亲近苏苏，时常陪伴她，帮她守家。

苏苏叫他："扶崖。"

月扶崖回头："师姐，我来接你。"

此次他也要入苍元秘境历练，月扶崖入门晚，是衢玄子亲自把他从故人手中接过来，悉心教导。

他虽然是苏苏的师弟，心智却很成熟。

苏苏点头："我要先去找师兄，与他道个别。"

月扶崖："我和师姐一同去。"

于是苏苏走在前面，月扶崖跟上她。

竹花间百花盛放，几只蝶飞舞在他们中间，有的落在苏苏发间的缎带上，她今日没蒙鲛纱，露出姣好的容貌。

月扶崖看了眼，垂下眸光。

公冶寂无住得并不远，他的修行注重守心，依旧和普通弟子一样，日日上早课。

衢玄子亲自教导他，后来他独当一面，偶尔也教导苏苏和扶崖。

他性情温和，苏苏小时候偷懒，他无奈极了，向来睁一只眼闭一只眼。

再教扶崖时，则要严厉些。

苏苏过去，见到桃花树下，白衣男子在和一个碧衣女子讲话，宛如一对璧人。

女子一颦一笑，极为动人。

她专注地抬眸望着公冶寂无，眼睛里带着浓烈的倾慕，是摇光。

苏苏看着摇光师姐，心中有几分感叹，没有过去打扰他们。

魔神在的那个世界，公冶寂无战死，摇光毫不犹豫地殉情。摇光是清谦师叔的弟子，整个衡阳宗都知道她喜欢公冶寂无。她与叶冰裳毫不相同，她像一团明艳的火，奔放热烈。

曾经的公冶寂无到死都没有说喜欢她。

摇光师姐却依旧毫不犹豫地追随他而去。

苏苏敬佩摇光，也希望大师兄能回应师姐。

扶崖安安静静地站在苏苏身边，没有过去。

他们虽不吱声，但公冶寂无是何等敏锐的人，一眼仿佛看透了桃花树。

"师弟、师妹。"

没办法，苏苏只好出去，笑着喊："师兄、摇光师姐。"

摇光看见她，冲苏苏挤眉弄眼地笑。

苏苏说："爹爹开始闭关，我这次来，想和师兄说，我要入苍元秘境去历练。师兄若去太虚，要注意自身安危，切莫冒险。"

公冶寂无闻言，说："苍元秘境里危机重重，师妹你才闭关出来，力有未逮。若你想要什么，告诉师兄，师兄帮你去寻。"

摇光也连连点头："正是。"

苏苏说："你们别担心我，我足以在苍元秘境中立身。爹向来就说，大道无畏，不该畏首畏尾，既是历练，哪有别人替代的道理。师兄你相信我，我会平安归来的。"

公冶寂无看着她的眼睛，见苏苏神色庄重，没有半点儿开玩笑的意思，点点头："好，此次我前往太虚山，不能看顾你们，你和扶崖多多小心。"

苏苏郑重应了。

衡阳宗总共要去三十名弟子，清无长老给每个弟子点了魂灯，倘若有不测，门派也好及时发现，为弟子主持公道。

公冶寂无塞给苏苏一堆防身的法器，若不是苏苏坚决不要，他连本命仙剑"焚天"都会一并塞给苏苏。

摇光微笑看着，她不去秘境，要随公冶寂无前往太虚。

清无从袖中乾坤召出一只仙船，众弟子坐进去。

清无说："此次入苍元，大家一定要小心警惕。扶崖，你要照顾好师弟和师侄们。"

月扶崖闻言抱拳道："弟子知道。"

修行需要步子不停，不断历练，清无肃着脸，目送弟子们离开。

仙船一日千里，三日后，众人到达朝霞城。

苏苏戴好鲛纱，人间是秋天，朝霞城却烈日炎炎。明日午时苍元秘境将会开启，如今城中全候着修仙之人。

扶崖收了仙船，接应的人早早等着他们。

"衡阳宗的仙长们，请随小的来。"

扶崖递了块上品灵石过去，喜得那人眉开眼笑。对于凡人来说，一块上品灵石，能延年益寿。

众人往客栈里面走，岑觅璇一眼就看见了苏苏和扶崖，她柳眉一竖，就要过来，被媵庄按住了手臂。

岑觅璇只好撇撇嘴，挺直了腰板。

媵庄自知理亏，上次岑觅璇对苏苏出手，他不好意思向衢玄子提起岑师妹想去衡阳宗学习的事。

岑觅璇那点事，在苏苏心中半点波澜未起，她没在意，月扶崖也只淡淡看了眼，低声和苏苏说着话。

二人如此，反倒让岑觅璇心里难受得不行。

仿佛自己是个跳梁小丑。

一晚很快过去。

第二日正午，朝霞城上空开始泛着刺眼的白光，扶崖挨个叮嘱师门弟子，最后走回苏苏身边。

月扶崖郑重说："师姐，我这里有一条曲引线，进苍元秘境的人修为不高，而秘境本身十分危险，一会儿我把线绑在你手上，进去之后有了曲引线，我们便不会分开，我会保护好你。"

明明是师弟，却一副懂事的师兄做派。

苏苏没有谢绝他的好意，伸出手腕，让月扶崖把蓝色的曲引线系在自己的手腕上。

才系好，天边的白光已经亮到了令人眼睛疼痛的地步。

月扶崖不敢怠慢，当即说："师姐，走！"

连不远处的岑觅璇和媵庄也飞身入内，这时候什么恩怨都不重要了，苍元秘境只开启一瞬，趁机进去才是要事。

偏远的角落里，澹台烬眼睛一眨不眨地看着少女的背影。

藏海说："师弟，快！"

澹台烬应了一声，随着藏海缓步向前走。须臾间，他的身影消失在原地，却没有选择和藏海一起。

苏苏才进去，就感觉到一股剧烈的罡风吹在身上。

苍元秘境的入口危险，她张开双臂稳住身体，手腕上的曲引线一痛，竟然断裂了。

可曲引线不该断裂，她回头，果然自己和扶崖还有衡阳宗弟子走散了。

苏苏只好单手掐诀，先稳稳地从入口飞进去。

世说苍元秘境危险，她落下的地方，却一片鸟语花香，落英缤纷，仿佛世外桃源。苏苏看着秘境上空的太阳，辨明方向，朝东走。

她和扶崖说好了，若是出现意外，两人朝一个方向会合。

她走了没两步，头顶破空声传来，苏苏抬眸，一个黑影狼狈地摔下来。

她认出不是扶崖，便没动。

少年砸在桃花树下，激起花瓣千层。

罡风将他玄色鱼纹的衣裳吹得狼狈不堪，他砸在地上，咳出一口血来。

苏苏毫无波澜，抬腿跨过去。

一只沾着血的手，可怜地拽住她白色的衣裙："这位师姐，在下入苍元时出了意外，身受重伤，可否……"

苏苏回头，果然看见苍白羸弱的澹台烬。她在他面前蹲下，打量他许久，伸出纤长白皙的手指。

"真可怜啊。"她低声呢喃道。

澹台烬的眼里闪过浅浅一丝讥诮。

却见下一刻，白衣少女身后凭空出现三十六把带着火焰的小剑，剑剑带着杀意与寒芒，朝他刺来。

他听见她声如三月的风，轻缓中带着微冷的笑意。

"我明白你的意思，反正这位师弟你身受重伤命不久矣，我便送你一程。"

在这样的声音里，澹台烬有片刻失神。

然三十六柄剑，全部冷锐地朝着他的要害，让他立刻清醒过来。

澹台烬眸色一变，阴戾冰冷地看着面前的少女。为了取信于她，他身上的伤有一半是真的，眼见剑要刺入身体，他飞掠起身，双手张开，霸道灵气把仙剑尽数震开。

仙剑飞速旋转，消失在苏苏的掌心。

"这话我只说一遍，我没有好心肠，不会救人。滚，离我远点，否则杀了你！"

她不是五百年前那个叶夕雾，会同情，会愧疚，曾经最愚蠢的某些时候，竟也希望他好好的。

以前的她，会为了一个承诺，在桃花茧中努力保护他，会小心给他擦眼角的血，为他寻药。

然而澹台烬不懂怜悯，他永远懂得他要什么。他可以披着任意一件有利于他的外衣，外衣之下，藏着毒辣的爪牙。

苏苏不想遇见他。

从她跳下城楼那日开始，她永生永世，都不想再见到这个人。

澹台烬已经不是魔神，她只希望他彻底消失在五百年前那场噩梦里。五百年后，两人再无瓜葛。

她抿住嘴唇，不再看他，转身走远。

澹台烬的肩膀被仙剑上的火焰擦伤，他低低闷哼一声，再抬眸时，黎苏苏已经消失在桃花树下。

花瓣落了他一肩膀，有些往事，像是绵绵的水，让他觉得难以喘息。月下的小镇，参天的桃花树妖，背着他的少女……

他难受得半跪在地上，手上的灵剑撑住身体。剑鞘一转，他眉眼阴戾，身边的桃花树轰然倒地。

让他不好受的，全部毁了，毁了就好了。

他的眼尾微红，看着苏苏远去的方向，这具灵体他必须得到。

叶夕雾没有魂魄，他踏遍三界为她招魂；她没有身体，他就替她夺一具。

第十三卷

千里画卷

‖ 第八十四章 ‖

苍元秘境很大，有密林，有岛屿，甚至还有一片广阔的海域。往哪里去都可以，单看个人机缘。

苏苏没有寻到月扶崖，反倒先入了一片石林。

石林里，怪石林立，有的巨石像是被人生生从中间劈开，仅有一线相连；有的像一条眼如灯笼大的巨蟒，连身上的鳞片都看得清清楚楚。

苏苏盯着那些石头，心中有几分怅然，要是九天勾玉还在，一定会仔细跟她讲讲这些石头的来历。

走了没多久，苏苏听见一群人的脚步声。

她不知是敌是友，谨慎地一转脚步，隐在巨石之后。

她的身影刚消失，一个男子推搡着一个女子走出来。

男子相貌清雅，急切地说："好师妹，快给师兄亲一亲，可想死我了。"

衣服上绣着兰草的女子嗔怪地与他打情骂俏。

"怎么，不怕丁师姐发现啊？你与她出了秘境，可是要结为道侣的。"

男子眼里流露出一丝厌恶："你真当我喜欢她？若不是她有个好爹，就她那般模样、身段，我就算瞎了眼也不会答应与她结为道侣。"

女子喘着气，手摩挲着男子的背，与他道："丁长老的丹药确实不错，你要了人家的身子，回头从那丑女人身上得了好处，可得分给人家。"

男子猴急地去解她的衣裳："自然，不给你还能给谁？放心，那丑婆娘找不到这里来，我们做了什么，她也不知道。"

苏苏万万没想到，一入石林，竟然碰到这么一对野鸳鸯。

她的目光落在另一块嶙峋的石头之后，一个着鹅黄衣衫、身形微胖的女子，将脸埋在膝盖里，身体微微颤抖。

看来——

不是什么都不知道，而是什么都知道了。

看他们腰间的挂饰，是一个小门派。苏苏没动，偶然撞破这件事，她平静地移开目光，看向层层叠叠的石头后面。

那边隐隐不太对劲，而这边一对野鸳鸯沉浸在自己的世界里，丝毫未觉。

反倒是鹅黄衣衫的女子，犹如受惊的小兽，一下子看向怪声来源。

苏苏心道，这姑娘有点惨，可修为着实不错，至少比石头旁那一对出色多了。

苏苏屏住呼吸，原本想离开，这下不想走了。

所有秘境，往往越危险的地方，存在宝物的概率越大，石林之中一定有法宝。

出乎苏苏意料的是，黄衣女子一咬唇，从石头后面出来。

"凌文成、艾飞荷！"

叫作凌文成的男子听见她的声音，慌得连忙系腰带，他旁边女子的脸色也吓白了，慌张地看向黄衣女子："丁师姐，你听我解释，我们……"

丁颜厌恶地看她一眼："我什么都听见了，不用你们解释。出去以后我会和我爹说你们两个情投意合。现在我只想提醒你们，石林之中有古怪，不想死的话赶紧离开！"

凌文成脸色难看，要去拉丁颜的手："丁师妹，百年的感情，在你眼里什么都不是吗？你怎么就如此狠心？"

艾飞荷也道："凌师兄愿意娶你，是你的福气，你别不知好歹。"

丁颜被气得浑身颤抖，却没心思和他们争辩，转身就要离开。

凌文成生怕她走，完全没把她的警告当一回事，拽住她的手腕："丁师妹……"

苏苏耳畔轰隆隆的声音越来越真切，片刻那怪声已经在身边。

苏苏抬起头，只见巨石间，七八个数十丈高的石怪一脚一个深坑，踩了过来。它们体形庞大，行动却格外灵敏，眨眼间便到了那三人面前。

石怪比古木还高，一拳砸了下去，凌文成反应过来，瞳孔紧缩，作为门派精英，他自然也有些水平，连忙躲开。

丁颜反应迅速，也跳开了。

可怜留下的艾飞荷，被砸过来的巨石打伤。

凌文成这才想起方才与自己你侬我侬的师妹，他连忙催动法术把人拉了过去，结了个土盾，想带着女子离开。

苏苏一看，这个姓凌的修士大概率是土木双灵根。

艾飞荷惊魂未定。

石怪却不容许他们轻易逃跑，凌文成才要御剑，便被一只石怪抬手抓去。

眨眼间，凌文成和艾飞荷险象环生。

一道黄色的光打过来，丁颜说："还不快走！"

凌文成当机立断，重新御剑，拽住艾飞荷到了空中。

艾飞荷安全以后，想起什么，眼神一沉，对着凌文成耳语几句。

凌文成眼神也变了，他看向石怪中央想要离开的丁颜。

犹豫不过片刻，他眸中一狠，抬掌打了过去。

这一下打在丁颜的肩膀上，丁颜从剑上跌下来，眼见就要被石怪踩死，苏苏飞掠过去，一掌从石怪头顶打下去，石怪分崩离析，转眼爆裂开来。

苏苏拉起丁颜："快起来。"

丁颜很快反应过来，感激地看了苏苏一眼，她再抬头，发现凌文成那两人已经逃得无影无踪。

丁颜握紧拳头，帮着苏苏打石怪。

诡异的是，碎裂的石怪没一会儿便再次重组，站了起来。

苏苏知道打不死，也不再硬来，拉着丁颜飞到一旁的巨石顶上。

她掐了个隐匿身形的诀，罩住自己和丁颜，石怪没有智商，寻不到两人气息之后，又迅速走远了。

丁颜说："多谢仙子救命之恩，我叫丁颜，是虔罗派弟子，他日仙子有用得着我的地方，丁颜万死不辞。"

苏苏也不推辞，修仙讲究因果，她道："我叫黎苏苏，方才我以为，你会选择让他们死在石怪手中。"

苏苏口中的"他们"，自然是那对野鸳鸯。

丁颜苦笑道："我爹常说，门派人丁凋零，门人不可自相残杀。"

"他们想杀了你。"

丁颜握紧拳头，说："我不会放过他们！"

苏苏看她的神情，就知道丁颜一定会找出那两个人并杀了他们。

每个人有自己的想法，苏苏没有选择多加干涉。

她朝丁颜一点头，要往石林深处去。

丁颜道："黎仙子！别往里走，我爹以前来过苍元秘境，他说石林里有迷幻阵法，就连数千年前的前辈，也走不出来，变成了石头。你看见的这些石头，全是生灵所化。"

苏苏冲她一笑："多谢你，我会小心的。"

知道是迷幻阵法，苏苏反倒不害怕。她如今修无情道，世间的迷幻阵对她起不了作用。

见苏苏消失在石林里，丁颜虽担忧，却不敢跟进去，叹了口气，御剑出了石林。

果然，苏苏越往里走，看见的石像越多。

有的是人身，有的是妖身。它们大多面色惊慌，痛苦不堪。

白色的雾笼罩在石像间，苏苏抬手，双指间燃起一簇蓝色的火，雾气碰到真火，尽数散开。

苏苏缓步走进去。

石林的苍凉感渐渐变得浓重，石头飞速移动，以苏苏为阵眼，迷幻阵开启了。

她回头，发现已经寻不到来时的路。

却在抬眸的时候，苏苏看见了澹台烬，他盘腿坐在地上，眸光空洞。

苏苏看了片刻，确定眼前的澹台烬是真的，不是幻象。他是跟着自己进来的。

虽然不知道他为什么一直跟着她，但自己身上，一定有什么东西是他想要的。

容她大胆猜一猜，该不是想从她身上，为叶冰裳取什么东西吧？他们在人间相守数十年，感情想必早已甚笃。

没了自己的捣乱，他在人间那一生，一定是顺遂的一辈子。

一个生来没有感情的怪物，应当也不会惧怕小小幻阵。

苏苏刚要破阵离开，却见澹台烬身上出现一层灰色的磷光。

澹台烬瑟瑟发抖，仿佛看见了极为可怕的事。不知何时，他像是被恶鬼扼住咽喉，脸上透出麻木和绝望。

身上的灰色越来越重。

苏苏低眸看着他。

澹台烬蜷缩在石像间，眸中透出一片漆黑的死寂，他瑟瑟发抖，快要把嘴唇咬出血来。

苏苏的脚步停住，昔日无情无爱无恨的魔神，竟在她的眼前，陷入石林幻阵，快生生变成石头了。

她的眼里只有一片安静的石林，而他的眼里又是什么呢？苏苏犹豫片刻，走过去。

澹台烬木然的瞳孔中，竟是一片漆黑冰冷的河水。河水茫茫，看不见尽头。

苏苏看见了五百年前的澹台烬，玄衣帝王被万鬼噬身，却没有甩开身上的恶鬼魂魄，反而一个个捧起辨认。

大片血水从他身上流出来，他不分日夜，与恶鬼和脓血为伴，最终被啃咬得只剩一具骨架。

苏苏看见最后的景象，猛地回神。

澹台烬的身体最后死在了暗沉的河中。

"你有神髓，怎会任由恶鬼啃噬身躯？难道是想找叶冰裳的魂魄？"她低声道。

凡人死后魂魄入冥界，他是有多舍不得那个人？苏苏扯了扯嘴角，总不至于……是去寻魂飞魄散的自己吧。

她安静地从他眼里看了会儿过往，月亮出来了。月光照亮石林，等月光再次散去，澹台烬就会变成一块石头。

昔日无心的魔神，今日被他自己杀死在过去，何其轻易。

苏苏抬起手，快要触碰到他脸颊的时候，她又收了回来。

就这样吧。

无情道，她抱住膝盖，坐在他的旁边，听见他的呼吸慢慢微弱下来。澹台烬渐渐变成石头，苏苏闭了闭眼，站起来，缓步往石林深处走。

她裙摆上的红色丝线在月光下微微发亮，她最终没有回头。

她应该有很多喜欢的事物，比如长泽山安静的岁月、漂亮的天池，哪怕是惦记着为扶崖重新铸一把剑，或者今晚在她看来甚美的雪。

哪一样……不比遇见澹台烬这件事好呢？

太阳出来之前，几乎已经全部石化的少年，血肉渐渐剥落，他的血沾上石头，最后石块碎裂开。

澹台烬睁开眼，别过头看旁边，身边空无一人。

他恍然间……闻到了夜里昙花的香气。

可其实，什么也没有。

血肉重新组合，又是一轮难挨的痛苦。他黑黢黢的眼珠看着初升的朝阳，该庆幸如今这具不人不鬼的身体吗，才不至于死在一个迷幻阵里。

他死了没关系，叶夕雾怎么办呢？谁让她回来，重新看看这世间、这凡尘？

石林深处，怪石越来越少，温度却开始升高。石头缝隙中透着灼人的温度，红色火焰滚烫，像是翻涌的岩浆。

两只炎火兽趴在石头上沉睡。它们的头似狼的头，却长着犀牛角，狮子身，没有尾巴，身上皮毛是鲜艳的红色。

它们身后，一块光芒黯淡的石头在空中缓慢旋转着。

"是'极寒'。"苏苏曾在藏书阁中见过，极寒玄石名为"极寒"，却淬于火中，妖兽炎火生于其侧，能用来熔铸仙剑。

苏苏还未靠近，那两只妖兽便睁开了双眼，身上仿佛熄灭的火焰一瞬重新燃起，炎火兽一雌一雄，彼此心灵相通。它们已经沉睡许久，生人的气息让它们瞬间惊醒。

震耳欲聋的嘶吼声中，它们朝着苏苏扑了过来。

灼热的温度瞬间侵蚀了苏苏。

苏苏自从换了功法以后，还从未试过。她调动体内无情道修出的灵气，手中迅速凝出一把白色羽扇，羽扇顷刻带上幽幽红色业火，攻向雄兽。

炎火兽身上的火焰碰见苏苏的业火，它嚎叫一声，身上火焰少了一圈。

炎火兽不再硬碰硬，连忙避开。

它们虽是火系妖兽，却也怵苏苏手中的业火。羽扇落下萤火似的光，因为由灵气凝出，苏苏不想与它们一直耗着。

她踏过石头，伸手去拿极寒玄石。

两兽目露凶光，顾不得业火，哪怕是同归于尽也要杀了苏苏。

苏苏连忙回身迎向它们。

二兽催动体内妖丹，悍不畏死之下，它们的妖力暴涨，苏苏被生生推得后退几步，撞上身后的火石。

炎火兽口吐真火，朝她烧来。

苏苏反应极快，抬起羽扇，想将真火扇回去，然而下一刻，她的手腕被束上无数条金色丝线，让她动弹不得。

她抬起头，看见黑衣少年盘腿坐在石头上，冲她微微一笑。

澹台烬漫不经心地握住无数条金色丝线，那丝线不知道是什么做的，坚韧无比，锁住人的重要经脉。

他手一收，金线上蓝色的光流转，带着雷霆之意，澹台烬像是摆弄木偶般，垂眼操控着金线。

苏苏的手腕被迫重新贴上身后的火石。

少年面如冠玉，眼尾轻轻上翘，透着看好戏的嘲讽。

昨夜在石林间，他明明已经快要化作石像，没想到太阳出来后，他又若无其事。

苏苏不知道澹台烬何时又跟上了自己，他坐在滚烫的岩浆之上，面不改色。

"师姐，"他撑住下巴，温柔地笑了笑，随即冷下脸，寒声说，"礼尚往来，既是仙友，师弟也帮你一回。"

‖ 第八十五章 ‖

澹台烬看见一双冷静的眼睛。

他本以为少女会极为慌张或者生气，毕竟生死一线，黎苏苏理当对他这个帮着妖兽弑仙的人愤怒。

可是黎苏苏只冷冷看了他一眼，一声不吭，重新应对炎火兽。

澹台烬收紧金色丝线。

少女只能在原地，眼睁睁地看着自己被两只炎火兽的火焰吞没。

澹台烬的手指抵住唇，他本以为会看见一具狼狈的躯壳，却没想到黎苏苏毫发无损。

黎苏苏护体法衣散发着蓝光，保护着她。

少女面上的鲛纱在火焰下化作灰烬，幻术顷刻消失。

澹台烬看见了一张漂亮的脸，以及少女眉间的一点朱砂。澹台烬盯着她，童年那些昏暗的记忆渐渐清晰起来，他仿佛看见了曾经那尊俯视他的神女像。

神女像渐渐与眼前的少女重合。

他嘴角的笑意消失，骤然沉默下来。

苏苏十指相扣："聚灵重火，破！"

她手腕上的金色丝线寸寸断裂，飞身而起，手中灵气所化的羽扇变成两把峨眉刺，带着幽蓝火光，分别刺入两只炎火兽体内。

业火顺着峨眉刺烧进去，两只炎火兽在吼声中化作飞灰。

苏苏把极寒玄石收入乾坤袋中，回头冲澹台烬弯唇一笑："该你了！"

她又不是泥巴做的人，怎么会不生气？

她一笑，带着几分少女的俏丽。然而眸子深处，燃烧着愤怒，澹台烬被她掐住脖子。

他一双黑瞳，漆漆地望入她的眼。

苏苏手中带着红色业火，把他的皮肤灼伤。澹台烬却像是不知道疼痛，盯着她的眼睛，不躲不闪，甚至握住苏苏的手腕，语气带着他自己都难以觉察的几分复杂之色："你是谁？"

苏苏心想：我是你不该再招惹的姑奶奶，受死吧。

业火被她打入澹台烬体内。

他的瞳孔微颤，抬手要触她额间的朱砂，动作却猛然僵住。

业火从他的胸口燃起，瞬间将他燃成灰烬，那只手还未触到苏苏，他整个人就已渐渐消失。

苏苏看见一双不甘、执拗的眼。

少年身体散去，只剩嶙峋怪石在原地，火焰也消失了。

苏苏捡起地上焦黑的木头："原来是一具傀偶。"

她就说，澹台烬既然已经有了神髓五百年，怎会轻易被自己杀死。他有七情六欲，进不来石林，便做一具傀偶出来。

苏苏抬步走出石林。

澹台烬睁开眼睛。

秘境里的天空，隐隐成了紫色，他看向自己的双手，渐渐收紧了拳头。

怎么会呢？他心道，世上竟有如此荒诞的事。

他在五百年后的修真界，看见了自己还是凡人时那尊高不可攀的神女像。

他幼时曾一点点把她的碎片吞进去，自此再也没有想过她。

然而今日鲛纱燃毁，他再一次看见了幼年时看到的那张脸。

以及那种久违的感觉。

无数个夜，他以为那是真正的神灵，他期盼她走出那尊冰冷的琉璃像，然而一日复一日，神女像依旧遥不可及。

他只是芸芸众生中的一员，她的眼睛永远看着窗外的月色。

彼时他没有情丝，从神女像身上，第一次悟到了情丝之外的恶——不甘心。

他用自己的血弄脏了她，他甚至想弄碎她。

可惜后来被澹台明朗弄碎了，不过没关系，很多年后，澹台明朗也一片片被弄得支离破碎，就像她一样。

澹台烬摸摸自己的脖子，灼热的火焰似乎从傀儡一路烧到他的身上。

他抿了抿唇。

澹台烬无法忽视心里奇怪的感觉。

并不是因为那个陌生少女的绝色容颜，五百年鬼哭河的沉浮，他早看遍世上的红粉与枯骨，美丑在他心里再无差别。

一想到要杀了她，他的心里就隐隐不适。

但，他的神色冷淡下来。叶夕雾要回来，黎苏苏就必须去死。

一只迷你老虎懒洋洋地从他的衣襟里探出头，口吐人言："嘿，你怎么受伤了？谁能伤你啊？！"

澹台烬本就心烦，看见这蠢东西更烦，他的五指张开，捏住它的头，冷酷地说："闭嘴。"

虎妖立刻讨好地拍澹台烬的马屁："我说错了，您天下无敌。"

它委屈死了，明明都修仙了，仙人不都是好脾气的吗？喜怒无常的仙人它就见过这么一个。

难受死虎了。

澹台烬把它扔进乾坤袋："嗅到滋养灵魂的东西再放你出来。"

紫色天幕越来越浓，他抬头看着天空："魔降要来了。"

澹台烬寻了个方向，不管是要杀黎苏苏还是要弄清她是谁，他都必须跟上去。

苏苏走出石林不久，也看见了诡异的天色。

紫色在天空蔓延，路上遇见了几个弟子，他们看见苏苏，眼里闪过一丝惊艳，随即好心道："仙子，天色有几分诡异，你若没有急事，先别寻宝了，找个地方避避吧。"

苏苏不确定地说："这似乎是魔降。"

她一出声，几人面面相觑。大家都是年轻一辈的弟子，有人听老一辈的仙长讲过什么叫魔降，当即变了脸色。

苏苏小时候听勾玉说过。

勾玉讲——

"魔降万年难遇，有时候在现实世界，有时候会出现在秘境里。对于妖魔来说，魔降是好东西，魔降如雨，倘若被厉害的妖魔吸收了，修为说不定会更进一个境界。但对修真者来说，魔降比腐蚀还可怕，不仅会让仙体沾上魔气，还会形成心魔。"

念及此，苏苏道："诸位仙友小心，若真是魔降，别让魔气沾染了你们，一定要设结界。"

"多谢仙子。"几个弟子脸色凝重，抱了抱拳，脚步匆忙地从苏苏身边走过去。

苏苏也没想到，苍元秘境里竟然有魔降这种东西。

她有些担心扶崖和其他衡阳宗弟子。

毕竟不是人人都知道魔降的存在，她现在知道的一切，也是因为曾经身边的九天勾玉通天彻地，知道从上古以来的奇闻逸事。

苏苏从石林里出来，才知道外面已经过去半个月了，也不知道扶崖在哪里。

眼见紫色浓郁得快浸染半边天空，她也没办法找扶崖了，只好暂时停下脚步，找地方凝出结界躲避魔降。苏苏最后在一处梨花树下盘腿坐好，掐诀设了个结界。

结界才设好，腰间的碧玉铃铛突然一响。

"扶崖？"苏苏睁开眼。

碧玉铃铛响得越来越剧烈，苏苏心道不好，扶崖有危险。

她怕小师弟出事，走前偷偷地在他身上放了片保护他的翎羽，翎羽可以保护他免受一击。

如今翎羽没了，铃铛才会响。

可是魔降要来了，扶崖又在哪里呢？

苏苏放下了布置结界的手，用追踪术找人。

她走了没多远，紫色的魔气一缕缕铺天盖地落下。苏苏杀了炎火兽，灵力还没彻底恢复，如今边用追踪术找月扶崖，边撑着结界，有几分吃力。

她修无情道还不足一个月，倘若再久些，她自然有无双实力，但如今时间太仓促，她来不及成长。

苏苏怕扶崖出事，也顾不了那么多，御剑朝着前方飞去。

仙剑在魔降下沾了魔气，已渐渐变成魔剑。

苏苏只好弃了剑，兀自往前走，越来越吃力。

一路上，她看见有不少躲不了魔降的弟子受了重伤。

终于，在一条溪流边，她看见了一个受伤的白色身影。

"扶崖！"

月扶崖趴在地上，生死不知，身边是面色惊恐的岑觅璇。

"你……你，黎苏苏。"

苏苏懒得理她，连忙扶起小师弟。魔降已有一会儿，岑觅璇身上的衣服破破烂烂，神色懵懂，身上的护身宝衣暂时护着她。

扶崖就远远没有那么好运，魔气已经隐隐进入他的身体。

苏苏神色凝重，也来不及探究发生了什么事，连忙抱住扶崖，在其周身布置了一个结界。

怀里苍白的少年感知到什么，吃力地睁开眼。

"师姐……"

"嘘，别说话，师姐在，你不会出事的。"

扶崖低咳两声，怔怔地看着苏苏的侧脸。

岑觅璇惶恐地蹲在一旁，她虽然天真，却也不蠢，知道天上不是什么好东西，连忙也给自己布置了一层结界。

魔气侵蚀着扶崖的眉眼，苏苏犹豫片刻，抬起手，覆上扶崖的脸。

月扶崖握住她的手腕，摇头："师姐，不要。"

他比岑觅璇聪明多了，知道自己恐怕已被魔气侵蚀，怎么能把这种东西给苏苏呢。

苏苏说："没事的，魔气不会影响到我。"

月扶崖依旧摇头，握住苏苏的手，不让她转移魔气。月扶崖清楚，不管是谁，哪怕是灵体，魔气入体要消散掉也会很疼。

苏苏似有所觉，她抬起头，看见远处一个玄衣少年的目光落在月扶崖握住她的手上。

澹台烬站在魔降里，没有布置结界，任由魔气在他身上肆虐。不知道是不在意，还是觉察不到疼痛，无所谓成魔。

苏苏低咒一声，糟糕，麻烦在这种时候找上来了。

苏苏不确定自己能不能在魔降下护住自己和月扶崖。

苏苏警惕地看着澹台烬，生怕他在这种时候发难。

剑拔弩张的气氛下，澹台烬刚抬起手，一只胖乎乎的手搭在他的肩膀上。

"哎哟师弟，师兄可算找着你了。你这傻孩子愣着做什么？这玩意儿是魔降，你赶紧给自己设个结界，别玷污了道心。"

澹台烬转头，看见藏海一张担忧的脸。

藏海一边碎碎念，一边帮着"年幼"的小师弟设置了个结界。藏海修为不高，但是见识多，魔降一来他就知要糟，生怕天赋异禀的小师弟折在苍元秘境里，若真如此，别说无颜面对师尊，自己心里都得内疚死。

澹台烬皱眉说："放手。"

"小师弟站过来些，师兄保护你。快快坐下，驱逐魔气。"藏海丝毫没有在意澹台烬语气里的暴戾，只当小师弟沾染了魔气，变得和平时不一样。

藏海强行摁住沉着脸的澹台烬，苏苏见了，憋住笑，逍遥派这弟子来得正好。

澹台烬是逍遥派弟子，一定不想当着藏海的面杀人。

藏海安顿好"被魔气侵蚀"的小师弟，看着小师弟漂亮得不像话的脸蛋，藏海叹了口气。

这俊得真不像他们逍遥宗的"肥宅"啊！藏海暗叹间，一转脸，看见苏苏，眼睛都直了。藏海第一次在修真界看见这么漂亮的美人！

美人觉察到他的目光，还友善地笑了笑。

藏海凑过来，激动万分地在澹台烬耳边说："师弟，师弟，她冲我笑了，冲我笑了！你看见了吗？"

澹台烬冷冷看一眼苏苏，没有吭声。

藏海来得不是时候，叶夕雾希望自己修仙道，他总不能连藏海也一起杀了。

否则日后她醒来，发现他依旧性情残暴，在修真界无法立足，会更讨厌他。

藏海丝毫不知道自己在生死线上走过一轮，他拉着澹台烬探讨："那个仙子真美，是不是，师弟？"

澹台烬不语。

在藏海的催促下，他做不到睁眼说瞎话，薄唇动了动，面无表情说："是。"

‖ 第八十六章 ‖

苏苏知道暂时不会打起来了，便开始帮月扶崖疗伤。

月扶崖执意不许苏苏为他吸纳魔气，苏苏便没有勉强他。她纤长的手指泛着浅浅绿色的光芒，拂过月扶崖身上的伤。

岑觅璇在一旁看着，难得没有出声打扰或者捣乱。

月扶崖也争气，抿着唇，疗伤时没有发出半点儿声音。他的仙体被魔气侵蚀，魔气一下下冲击着他的脉络，以致他脸色苍白。

看得藏海忍不住问身边"同样被魔气侵蚀"的人："小师弟，你没事吧？"

澹台烬不语，闭上眼，紫色魔气肉眼可见地从他身上溢出来，藏海松了口气。月扶崖伤势好转以后，自己盘腿坐起，驱散魔气，减轻苏苏的负担。

魔降虽然霸道，撑过去却没什么大碍。两个时辰后，天空重新变得晴朗，所有人都暗暗松了口气。

"扶崖？"

"师姐别担心，我没事了。"

藏海先前听师弟也承认苏苏漂亮，心里打着小算盘，问苏苏等人："在下逍遥宗藏海，诸位仙友如何称呼？"他面容和善，始终是笑呵呵的，很难令人心生恶感。

苏苏几人与他交换了姓名。

苏苏一报名姓，藏海一下子泄了气，原来是衢玄子仙尊的宝贝女儿。他遗憾地看一眼自家师弟，本想着师弟如此玉树临风，逍遥宗别的弟子孤寡终身都没问题，师弟得有个伴儿啊，但对方是衡阳宗掌门的千金，委实高攀不起。

澹台烬明白藏海的企图，警告地看了他一眼。

藏海讪讪地摸了摸鼻子，他知道秘境内危险重重，拉过澹台烬，舰着脸提出与苏苏几人同行的请求。

"黎师妹，你放心，我逍遥宗绝对不抢人机缘，你寻到的宝物是你的，我藏海寻到的宝物分一半给你。"

逍遥宗式微，在藏海看来人多力量大，众人一道走怎么也要安全些，不然再来一些比魔降还厉害的，委实危险。和谁走都是走，既然遇见衡阳宗的弟子，也算缘分。

澹台烬眸中微动，没有讲话。

苏苏心想，月扶崖现在受了伤，澹台烬可能会在暗处害人，让藏海看着澹台烬或许更安全。想了想，她答应了藏海。

藏海招呼澹台烬："师弟，走走！"

澹台烬眼睛扫过苏苏和月扶崖，跟上藏海。岑觅璇咬了咬唇，也跟上了他们。

队伍里有藏海，一下子热闹起来，岑觅璇不理藏海，藏海便问苏苏和扶崖："不知道黎师妹和月师弟想寻什么机缘？"

苏苏说："灵剑有损，想寻能铸剑的材料。藏海师兄呢？"

藏海饮了口葫芦里的酒，说："随缘，倒是想帮小师弟寻一样仙草。师尊说，小师弟心脉有疾，倘若能寻到仙草治好师弟的痼疾那便再好不过。"

心脉有疾？是灭魂钉吧？五百年了，灭魂钉想必已经长入澹台烬的灵魂。

苏苏盯着自己裙摆上的纹路，没有去看澹台烬，也没有第一次在宴席上看见澹台烬时那么大的反应。

她知道澹台烬心智近乎妖，因此并不想让他知道自己就是叶夕雾。是叶夕雾又如何呢？叶夕雾早就死在了五百年前的城楼上，化作凡尘一捧黄沙。

那段过往，对她来说不是什么美好的记忆。

如今谁生谁死，全凭本事。

澹台烬的情绪无波无澜，似乎藏海的话与他无关，也没有丝毫痛苦之色。

几人走走停停，偶尔会歇息片刻。

秘境中机缘本就说不准，一行人谁也没强求。

入夜，天上挂着月亮，苏苏打坐修行，觉察有一道幽冷的目光看着自己。

苏苏不用看，也知道是谁。澹台烬像潜藏在队伍中一条伺机而动的毒蛇，可怕的是周围人谁都不知道他的心思。

月光下的梨花林跑出一只通身雪白似鹿的灵兽，萤火虫围着鹿角飞舞。鹿跑入丛林，藏海惊喜地说："是寻药灵兽，快跟上！"

话音刚落，藏海已经跟了上去。澹台烬也不犹豫，纵身飞掠过去。遇见寻药灵兽，证明附近有仙草。

有一味仙草，名"伏香"，可以安魂，让灵魂附着于肉体之上。

众人跟着灵兽跑出梨花林，看见月下一处断崖，嵌在无尽黑暗之中。

断崖上，有一座锁链铸就的桥，灵兽跑到桥上，身影消失不见。

藏海心急如焚，想要御剑跟上去，没想到直直朝断崖坠去。月扶崖眼疾手快，一把拉住他。

藏海被拉上来，出了层虚汗，后怕地说："这桥不能御剑，不能使用法术。"

也就是说，只能走过去。

然而走过一条晃荡的铁链，底下还是万丈深渊，不知掉下去会有什么后果，让人十分犹豫。

其他人还没说话，澹台烬已经踏上了铁链桥。

"师弟！"藏海大喊。

澹台烬看着前方幽幽黑暗，听见了藏海的声音，却没有回头。

藏海嘟囔道："为了几株灵草，还要命不要！"

苏苏看着澹台烬的背影，看来叶冰裳在他心里，确然重要。曾经那么怕死、那么想活下去的人，现在有一日，为了消逝的心上人，竟也学会义无反顾了。

澹台烬的身影越来越远，直至消失。

月扶崖说："师姐，你在这里等我。"他转头，也踏上了铁链。

藏海惆怅得很，现在的后辈一个两个的胆子怎么这么大？

岑觅璇后怕地退一步，这太可怕了！她不要过去！

苏苏担心月扶崖，想了想还是决定过去看看。藏海见大家都走了，留下他和岑觅璇大眼瞪小眼，他摸了摸后脑勺，干脆也两股战战地跟上。

四人有惊无险，到了对面。

月下是一片蓝色天地，萤火虫四处飞舞，照亮脚下的路。

先一步过来的澹台烬早已和灵兽一同消失得无影无踪。

脚下四处是普通的灵草，这些灵草秘境外也有，苏苏没有采摘。

走了不知多久，苏苏触到一片结界，她走进去。

穿过结界，却没想到再次回到了方才那条锁链上，下面依旧是无尽深渊，没有一点月光。

苏苏起先以为是障眼法，试图破解，没想到并不是，无情道的法术撞上眼前景象毫无反应。

她回到了来时的起点，周围没有一个人。后面无路，前路茫茫。

漆黑、漆黑的世界……

她下意识慌忙地去触摸自己的左眼，仙体的双眼澄净完好。不疼，没有痛苦，不再是倾世花。

属于叶夕雾的过去，已经葬在了五百年前。

苏苏垂眸看着足下黑暗，放下了手。别怕……别再怕了，黎苏苏，你总不能，永远活在过去。

她吸了口气，闭眼借着无情神道静心凝神，再睁开眼时，终于看清了前方的路，苏苏连忙从锁链上走过去。

锁链仿佛看不到边界，苏苏走了许久，身边没有半点儿声音，谁也看不见。终于，前方隐有亮光，出现玉石质感的台阶。

苏苏看见前面的月扶崖，还有一地死去的蓝色蝎子。

它们守着一株冰蓝色的仙草。

月扶崖也看见了她，两人对视一眼，立刻明白情况不对。

仙草旁边，怎会如此安静？

"师姐快走！"

苏苏回头，断崖上突然生出无数藤蔓，不知何时，疯狂生长，来到她和月扶崖身边，要把他们往崖下拽。

苏苏催动业火，燃烧藤蔓，但很快藤蔓迅速再生，她便明白，断崖下想必有更可怕的东西，足以支撑藤蔓源源不断地生长！

眼前疯狂挥舞的藤蔓比巨蟒更令人发怵，苏苏莫名觉得这一幕眼熟——

五百年前小镇上，桃树妖得了倾世花，也是如此疯长，高可参天。

此峭壁之中，难道也有残破陨落的神器？

二人且战且退。

身前是无法用灵力的锁链桥，身后是可怖的藤蔓。

苏苏正要走上锁链桥，月扶崖一声闷哼，被直直拽着，朝断崖坠落。

苏苏握住他的手。

"师姐！松开！"月扶崖连忙说。

苏苏看见他的手腕上被缠了几圈金色丝线，她猛然回头，果然发现澹台烬不知何时出现，摘下仙草，握住丝线看着他们。

金线上雷纹闪动，玄衣少年抬起狭长的眸，他站在藤蔓疯长处，任由藤蔓刺穿他的身体，触到他的血的藤蔓一根根枯萎，纵然这样两败俱伤，他依旧选择在这里杀了他们，夺苏苏的灵体。

藤蔓力量太大，苏苏一直下坠。

澹台烬全身是血，走到断崖边。月扶崖意识到澹台烬另有目的，抿唇说："求你，别伤她！"

澹台烬笑了笑，低声说："真是感人至深。"

崖底青色的光打向苏苏和扶崖，扶崖强行挣脱金线，嘴角溢出鲜血，却毫不犹豫地挡住袭向苏苏的青光。

他眼前一黑，晕了过去。

苏苏咬牙，把月扶崖扔上岸，身后躲避不及的藤蔓，缠住她的腰，把她拽下断崖。

她攀住藤蔓，使劲抠住石壁，手指渗出血来。

澹台烬冷眼看她挣扎，待藤蔓耗尽她的灵力，他便打散她的三魂，夺她的灵体。

苏苏的血滴在石壁上，石壁里发出咯吱咯吱的声音，竟然生出一面如水的银镜，出现在苏苏下方。

崖壁里的神器，是过去镜碎片，还是未来镜的碎片？

苏苏低头，里面的镜像一晃而过。

她看见里面倒映出五百年前的那段记忆，白色狐裘的少女，仰头在看飞雪。

那时候春桃还在，感叹夏国今年冬日这场雪真大。春桃在笑，自己也在笑，属于叶夕雾的盈盈烟波里，除了漫天飞雪，还有马车前穿得单薄的少年。苏苏转开目光，落在画面中的自己手腕上，果然看见了莹润的勾玉。

但年少不识愁滋味，镜像里的自己，眼中的一切那么美好。

而今故人不再，她永远也见不到勾玉了。

心里的酸楚迟钝又晦涩，苏苏死死拽着藤蔓，眼眶微微发红。

同时，上方的澹台烬看着镜像，不可置信地抬起眼睛。

怎、怎么会是她——

下一刻，疯狂的藤蔓仿佛生出无尽吸力，拽着少女坠入断崖。

"不！不可以！"

澹台烬早已忘记要抽她的神魂，伸出手去，想握住她。那一刻，所有念头都变得浑浑噩噩，叶夕雾……黎苏苏……

他全身带着血，像是狰狞的修罗，追着藤蔓，朝她而去。底下是冰冷的风，藤蔓触到他的血，惶恐收了回去。

苏苏看见断崖下，无数幽冷的手朝她而来，还有充满腥气、令人作呕的嘴。

断崖下不知道有什么，她竟然使不上一点儿力气，也没法用仙法，只能眼睁睁看他们触碰到自己。

却在下一刻，一个人猛然抱住她，掉转位置。

澹台烬的肩膀被冰冷的指甲刺穿，那些脏臭的嘴咬上他的肩膀，他坠入生满荆棘与遍地白骨之地，却死死抱住怀里的少女。

苏苏灵力透支，彻底晕了过去。

‖ 第八十七章 ‖

荆棘丛生、白骨遍地的荒地上，少年背着一个少女。

"滴答、滴答——"

水声响在耳畔，苏苏的脑海里一片混沌，只能听见滴滴答答的水声，或者……是血滴落在白骨上的声音？

她隐隐记得昏迷过去前，眼前看到的景象：并非断崖之下该有的场景，反倒像荒芜了许多年的战场，战场之上，遍布着密密麻麻恐怖森寒的怪物。

那些怪物，勾起遥远的记忆。

苏苏小时候，勾玉给她讲故事："上古时，并没有什么大妖魔，妖还不是现在的样子，世间只有精怪，它们分为四类——魑、魅、魍、魉。

"其中魅生得最是美貌，魍则最为可怖。精怪们密密麻麻，法力不高，但却带着浓重的煞气。它们生存在阴暗之地，为三界所不容。

"神生来与天同寿，这些精怪却不同，它们吸食污浊之气，佝偻在荒凉被抛弃的地方，因为饥饿，它们连同族都吃。

"很快，它们发现吃下别的精怪，然后融合其他精怪的力量能让自身变强大。渐渐地，精怪们越来越少，融合出一只只厉害的妖王。"

这便是上古大妖的来源。

它们与后来修行化形的妖不同，在最艰苦的时代诞生，通过融合其他精怪生成的妖王，甚至有本领弑神。

讲到这一段时，看到小女孩瞪大眼睛、紧张的模样，勾玉顿了顿，温柔地拍拍苏苏的头。

它说："别害怕，上古神灵消逝以后，魑、魅、魍、魉所生成的妖王也一并消散了。"

此刻，勾玉曾给苏苏幻化出来的东西，竟与眼前这些场面重合。

怎么会这样？苏苏心想，勾玉早就说过，世间再无魑、魅、魍、魉，她和澹台烬怎么会跌到这样的地方？那些张着血盆大口的……是魉吗？

上古的魉极为凶恶，斩不尽，杀不绝。倘若它们真如勾玉说的那般，最后吞噬融合成大妖，自己此刻的处境便很危险。

蒙眬中，苏苏觉察有人背着她往前走，少年的脊背宽阔温热，她知道是澹台烬。

滴答水声不停，少年的气息近在咫尺，像干净的松柏。

苏苏的睫毛颤了颤，不知道这一刻自己想了些什么。许是他这样血腥肮脏的人，不该有这样的气息。

她有些生气。

到底自己身上有什么他想要的东西，他竟不择手段布局要杀她和扶崖，还宁愿一同跳下魉地都不肯放过她？

苏苏想推开他，可是做不到，她的神识恍如处在一片迷雾中，澹台烬成了唯一的依靠，苏苏讨厌这场面。

她永远不会再把自己的安危交与澹台烬，作为叶夕雾，她已经死过一回，她长够了教训。

回到仙界的许多个夜里，苏苏在想，当初不该同意叶冰裳那个荒谬的提议。明明结果已经注定，她为什么会同意那么奇怪的事情？

到头来，不过是更加难堪罢了。

魉冲他们伸出爪子，眼前昏暗，如同落日的余光，硝烟四起，入眼一片荒芜。

澹台烬背着苏苏，不知走了多久，终于停了下来。

他意识到这个地方找不到路。

走了许久，依旧没有尽头，四处皆是硝烟和丑陋的妖。

澹台烬指尖的血滴在妖魉上，魉化作一片飞灰，地上横生的荆棘枯死，试图从地底钻出的藤蔓也安静下来。

他把苏苏放下，与她一同坐在骷髅横生处。

它们凄切地叫着，贪婪地冲他们伸出手来，澹台烬没有看它们，漆黑的瞳盯着眼前的少女。

她眉间的一点朱砂娇艳如火，发间绑着蓝色缎带。整个荒芜的魍地，最明艳的颜色尽数在她的身上。

沉默许久，他终于问："你到底是谁？"

苏苏听见他低哑的声音，一只冰冷的手抚上她的脸颊，他的声音似乎带着笑，喑哑晦涩地说："你是叶夕雾。"

那般笃定，他其实并不需要她回答。倘若有所怀疑，他也不会跟着一起坠入这种鬼地方。

苏苏闭着眼。

她突然有些庆幸自己现在的状态，不能动，不能说话，只需要安静地闭着眼睛，甚至不用看他到底是怎样的神色。

对澹台烬来说，五百年的光阴已经缓缓流逝。但对苏苏而言，一切仿若发生在昨天。

她缓缓地，被拥入一个冰冷的怀抱。

这一回苏苏闻到了，除了干净凛冽的松柏，还有一股血腥气，澹台烬浑身是血，才能背着她在魍地走那样远。

她的睫毛颤了颤。

在魍地行走无比艰难，但一个人能有多少血呢？澹台烬已经是强弩之末，他的体温很低。

澹台烬抱紧苏苏，低声道："叶夕雾，我恨透了你。"

五百年了啊。

她永远也不知道，有多漫长。最开始的百年，他对着仙神祈祷，只要她出现，他会加倍对她好。

后来，他依旧在永远看不到尽头的鬼哭河沉浮，他开始向邪灵乞怜，只要她肯回来，他什么都愿意做。

可是一个注定天煞孤星的人，邪魔鬼怪尚且不怜悯他，更何况神呢？

生出的情丝，日日夜夜折磨着他。

最后他只想着，若再有一天见到她，那他们便一起去死好了。

骨络交缠，血肉相融，他再不用经历这样的光阴，哪怕他与她死在一起，一同魂飞魄散，也是另一种生生世世。

她最好祈祷这辈子再也不要出现在他的生命里，也不要被他复活。

可澹台烬从来没有想过，再次见到她竟然会是以这样的方式。

过去镜映照的是一个人的过往，而非前生，证明怀里的少女确然是叶夕雾，连转生都不是。

他何尝不知道，一切都有问题。

早在他还是周国质子的时候，那个叶夕雾愚笨不堪，被自己耍得团团转。

可后来他杀叶夕雾未遂，从雪地里抱回她，她就变了，变得强大、聪明、坚忍。

他伤不到她，杀不了她，他从她手中见过山川画卷，和她一起走过小镇月色。他还有了只会流泪的眼。

叶夕雾不会画符，她会；

叶夕雾恶毒乖戾，她不是；

她那么诡计多端，像透过指尖的风，心肠却比人间那两年冬天下的雪还要冰冷。

他无数次地想，当年若没有用傀儡术控制她杀萧凛，是不是一切都会不一样？

澹台烬从来没问，也没有去探究那具身体里是怎样的魂魄。以前没有情丝，他不屑在意。后来有了情丝，他沉浮在鬼哭河里，一年年越来越恨她，恨到最后自己快疯了。

想见她……见她……见她……

澹台烬本以为自己会拉着她一同坠入地狱。可是当近在咫尺，再次看见少女安静娇好的脸庞，胸腔里竟然只剩下酸楚。

地底再次伸出一只枯瘦狰狞的手，朝苏苏抓来，澹台烬一言不发，握住那只手，魍沾到他的血，惨叫着消失了。

更多的魍在暗中窥视着他们，等着将他们吞吃入腹。

比起澹台烬，它们显然更加觊觎他怀里的苏苏，藤蔓从地底伸出来，拽向苏苏。

澹台烬眼里阴沉沉的，手上萦绕着紫色的雷，他手腕一转，藤蔓被霸道的紫雷劈散。

不知何时，苏苏听不见澹台烬的话，滴答的声音也停了下来，她听见飘扬的乐音，还有女子的笑声。

她突然渴切地想知道，是谁？

苏苏努力朝她伸出手——

澹台烬抬眸，看见天空中出现一把带着浅蓝色光芒的箜篌。箜篌无人拨动，音弦却自己在动，音波中，怀里的苏苏脸色渐渐变得苍白。

澹台烬猛然意识到，比过去镜更厉害的，原来是这把开了灵识的琴，苏苏的血唤醒了它。

"不行！叶夕雾，醒醒！黎苏苏，醒过来！"

苏苏毫无反应，澹台烬眸光一厉，召出乾坤袋中的灵剑，灵剑夹杂着紫雷，劈向冰蓝色箜篌。

灵剑撞上箜篌，只让它停顿了一瞬，随即它的音色更加霸道。澹台烬的灵剑四分五裂，坠落在地，箜篌状的琴却毫发无损。

苏苏的身体带上一层冰霜。

澹台烬想毁了箜篌，没想到魈和藤蔓也抓住这个机会，疯狂扑了过来，转瞬便将他包裹得密不透风。

不过一瞬，箜篌中发出蓝色的光，照在苏苏的身上，她消失在原地。

狰狞雷电劈开藤蔓，澹台烬凌空而起，堪堪抓住快要消失的琴："把她还给我！"

箜篌里发出恼怒的琴音。

一阵阵音波打在澹台烬的胸口，他吐出一口血来，澹台烬抬起漆黑的瞳，任由琴弦割破自己的手指。他脸色冰冷，嘴里默念着仙诀。

没有人能带走她，不放开，那就同归于尽。

箜篌"意识"到眼前的疯子竟然宁愿自爆也要毁了它，惊恐地颤抖着。

最后它猛地变大，将澹台烬一同吞了进去。

澹台烬本来想反抗，可当他一低眸，对上一双干净的眼睛。

她眉间的一点朱砂，冲他盈盈笑着。

澹台烬的手指堪堪在她脸颊旁顿住，怔然看着她。

箜篌飞旋，消失在空中。

在它消失那一瞬，魈地开始融合，魈开始一只只吞噬同伴，到处弥散着血腥气。

仿若真正的炼狱。

与此同时，澹台烬也看清了这双明眸的主人。

眼前竟然是一个五六岁大的小女孩。

她趴在水汽氤氲的池子旁，头上顶着一片破碎的蛋壳，疑惑地打量他。

少年阴狠的五指成爪状，就在她的脸颊旁，她却丝毫没有意识到危险，反而用小手握住他的手，小脸蹭上去，奶声奶气道："抱抱！"

澹台烬沉默地看着眼前的小姑娘，她眉眼稚嫩，却隐隐能看出长大后黎苏苏的影子。

周围是仙气袅袅的天池，小女孩眉间的朱砂灼灼，依恋地拽住他的手指。

澹台烬狠厉的手指在她掌中软化下来，心中生出几分茫然无措，在她的催促下，他弯腰把她从天池边抱了起来。

"你是谁？"她搂住他的脖子，歪着头问。

澹台烬不语，他从来没有抱过这么小的孩子，全身僵硬。

女孩柔软的小脸贴上他的脸，稚声问："你是我爹爹吗？"

"不是。"他声音僵硬地回答。

澹台烬看着她头顶青色如琉璃质感的蛋壳，突然意识到，不知道什么原因，在箜篌里，苏苏回到了幼年的时候。

她着一身粉白色的法衣，明眸皓齿，连一双胖乎乎的小脚丫，似乎也带着莹润的光。周围百鸟歌唱，天边霞光漫天。

澹台烬第一次明白，何为天生灵体。

眼前景象瑰丽，美得不可方物，万物圣洁，他怀里的小女孩是其中之最。

与天煞孤星全然不同的，天生灵体啊。

而他身上还带着魍地的魔息和肮脏的血液。

女孩问："那你是谁？"

澹台烬把唇抿成一条线，冷声开口："恨你的人。"

她灵动的眼睛打量着他，好半晌，她似得意地笑了一下："胡说！我看出来啦，你喜欢我！"

就那么……明显吗？

‖ 第八十八章 ‖

澹台烬也没想过会变成这种情况。

他一腔复杂沉冷的怨恨，委实没法对着一个小女孩倾泻，但她却一眼看出自己的感情。

那些藏起来的，卑劣又不愿意承认的情愫。

是，他喜欢她。

曾经连情丝都没有的时候，就喜欢得不得了。五百年时间过去了，他以为自己恨她，恨不得穷尽世间一切办法把她找出来，与她一并黄泥销骨，可是骗过了谁，也骗不过自己。

他依旧喜欢她，此生之向往，尽数在一个人身上。

可他也知道，这份喜欢不会被容忍。

横亘在他们之间的东西太多了，萧凛的死，叶夕雾大哥的死，甚至最后，她以跳下城楼的方式，终止了与他的一辈子。

她不会爱他，只想杀了他。

因此当她说自己喜欢她时，他沉默下来。承认喜欢她的自己，会是多么可笑。

小苏苏见他不承认，也不反驳，在心里肯定了自己的想法。她看着眼前这个"奇怪"的人，打了个哈欠，用小手揉揉眼睛，趴在他的肩膀上睡着了。

等她均匀的呼吸声响起，澹台烬似乎才渐渐回过神。

女孩在他怀里睡得香甜。

漫天的霞光越来越暗淡，歌唱的百鸟散去，周围在澹台烬看来，依旧透着古怪之色。

不管在哪个地方，天幕都不会黑得这么快。

澹台烬没办法，只好单手抱着小女孩往前走。走了没多远，他看见一处亮着烛火的竹屋。

竹屋四周开着花，萤火虫飞舞，甚至有夜里绽放的昙花，像是怀里传来的幽香。

澹台烬抱着小苏苏走了进去。

如今四处昏暗，只有这一处亮着。

竹屋里有一张漂亮精致的床，顿了顿，他把睡得香甜的女孩放上去。

周围安静下来，他咳嗽两声，呕出丝丝鲜血。

澹台烬敏锐地抬眸，看见烛光倒映的昏暗处，一个蜿蜒的影子走出来。

澹台烬眯了眯眼，掌心一道雷电打出去。

那个影子颤了颤，重新隐回黑暗中，依旧没有消散。

澹台烬皱起眉，他自然睡不着，守着苏苏，等待这个处处古怪的地方天亮。

然而第一丝天光亮起，他的眼一眨也不眨地盯着的女孩却骤然消失不见。

"黎苏苏！"

连同着整个竹屋，也一并化作虚无。

澹台烬追出去，外面的天空灰沉沉的，方才粉糯的女孩消失在了阴影里。取而代之，一片丛生的荆棘中，高大的影子慢慢站立起来。

它的身后，女孩睡在盛放的莲台上，被带走了。

无数魍朝它融合，汇成一个头生魔角的黑色影子，它朝着澹台烬攻击过来。

澹台烬也阴沉沉看着它。

"你找死！"

他的灵剑碎裂，逍遥宗师尊给的东西太过鸡肋，在这个地方根本没办法使用。

然而可以使用的东西……却带着沉沉鬼气，会玷污他纯粹的灵根。

澹台烬以血为引，一柄紫色带着龙纹的魔弩出现在他的手中。

魔弩以怨气为食，出现在他手中的一瞬，他的黑瞳转瞬带上妖异的红色。

澹台烬也知道，既然走了仙道，断然不可以使用妖魔的武器。

然而他顾不了那么多，若要抢走她，便都去死，全部去死！

倘若有仙界大能在这里，定会震惊于他手中的武器，这竟是上古会惑人心智、导致杀戮的屠神弩。

屠神弩出现的一瞬，天幕落下紫色的雷，犹如扯碎苍穹，咆哮着冲魃妖而去。

地上被劈出百丈裂痕，魃妖惨叫着落在地上。

少年绣着鱼纹的靴子踩住它。

他的红瞳妖异，舔了舔唇："好孩子，告诉我，她去哪里了？"

"嘁，不会讲话啊，"少年苦恼地笑了笑，"也好，那就去死吧。"

他手中的屠神弩带着紫雷，把地上密密麻麻还来不及逃窜的魃妖吞噬干净。

耳边充盈着放纵肆意的笑声，澹台烬张开双臂，杀戮之心大开，转瞬也跟着消失在原地。

"这是在哪里？"

莲台上的苏苏睁开眼，扒拉着花瓣往下看，看见一片美丽的山谷。

山谷里正值春天，盛放着娇媚的花儿。

莲台疯狂地托着她逃跑，一个声音惊恐地说："快，快和我进去，那个可怕的人要追上我们了。啊呀，他把主人的魃妖都杀掉了，到底是什么来头？"

苏苏抬手一抓，握住一把漂亮精致的冰蓝色箜篌。

箜篌飞速缩小，躺在她的掌心，用兴高采烈的童音说："你能看见我呀？"

小苏苏点头。

箜篌说："这里是千里画卷，我只能带你躲进这里。过去镜保留了上古景象，在苍元秘境里，足够以假乱真，你方才处于大妖诞生的场景里，再不走，魃会把你噬掉。"

"千里画卷？"

看见女孩似懂非懂的眼，箜篌清了清嗓子，用稚嫩的童音说："介绍一下，吾乃六界十方最厉害的、最后一样完好神器——重羽箜篌，生出的器灵！"

"你真厉害，器灵。"

箜篌纠正她："不叫器灵，叫'重羽'！"

女孩点点头，说："重羽。"

箜篌在她的掌心转了个圈，说："你要叫我重羽灵尊。"

"重羽灵尊，"小苏苏问，"你要带我去哪里？"

说起这个话题，重羽高兴地道："我等你很多年了，有人一直想见你。"

"是谁？"

重羽顿了顿，说："是苍元秘境的主人，也是我的主人。他很疼爱你，不会伤害你。你方才差点被过去镜摄魂，现在魂魄不稳，千里画卷是他留下来保护你的东西，在帮你养魂，画卷里一天你长大一岁，很快就能长大，恢复仙法和记忆。"

苏苏看出它没有恶意，于是说"好"。

莲台载着苏苏，一人一琴在画卷里飞行，眼见前面就是山谷，重羽兴奋道："到了到了，他在里面等你。"

然而莲台即将触碰到结界时，空中却出现一个玄衣少年。

少年偏头，对莲台上茫然的重羽和苏苏一笑："找到你了。"

他抬手，屠神弩的箭矢对准重羽，重羽慌得要命，哭着躲进苏苏的怀里："救命，救命！"

它在苏苏的掌心奶声奶气地哭，全然没了方才半点霸气。

苏苏捧住它，疑惑地说："你不是六界十方最厉害的仙器吗？"

重羽委屈地说："也要有人使用才行啊，主人厉害我才厉害，再说了，他手上有屠神弩呢。"

它又往苏苏的怀里缩了缩。

言语间，小苏苏抬起头，看向来人。

少年飘浮在空中，身材清瘦。玄色衣摆被吹得摆动起来，他的嘴角挂着笑意，眸中红瞳却一片冰冷，周身魔气肆虐，手上汨汨滴着血。

女孩呆呆地看着他，嘴巴一撇，也快跟着重羽哭了。

苏苏在养魂，还什么都不懂，天生的灵体下意识地告诉她，这个先前看上去喜欢她的人，气息不太对劲。

她想起他说，他恨自己。恨她，会不会杀了她啊？

澹台烬眼前一片血红，他杀了无数阻拦他道路的魍才追过来，魔气漫上他的眼睫。少年冷冰冰的眼毫无感情地看着她和重羽。

他手伸过来的时候，小苏苏急中生智，连忙用手抱住他的手腕，稚声说："你别杀我们，我长大很厉害的，可以保护你！"

重羽在她的怀里，绝望地想，这算什么承诺啊！对方显然已经入了魔，入了魔的人，听不进任何话，本身就已经化作魔器的奴隶。

更何况这是夺人神志的屠神弩，屠神弩一出，再无转圜余地，得到无上力量的同时，也会变成眼里只有杀戮的疯子。

不知道屠神弩为什么会在这个人身上，那不是上古就湮灭在冥界的东西吗？

重羽咬牙，刚准备使出全力和来人一战，保护苏苏逃离。

下一刻，却听见少年低声重复："保护我？"

女孩清脆地应："嗯，保护你！"

"你会……骗我吗？"

女孩摇头。

少年神情挣扎片刻，眼里杀戮和自毁的欲望明明灭灭，最后沉寂下来。重羽惊讶地看着这一幕，屠神弩在玄衣少年手中消失，他的红瞳褪去色彩，重新变成黑色。

没了肆虐的魔气，重羽终于看清他本来的模样。

竟是一个眉眼浓丽，好看得不像话的少年。因着失血过多，他皮肤苍白，唇却带着几近靡丽的艳红。

在一人一琴忐忑的目光中，他蹲下，从莲台上抱起小女孩。

重羽回过神，连忙说："等等！不可以离开，我要带她去山谷里。"

少年阴冷的目光看着重羽。

重羽弱弱地说："去、去了才能离开千里画卷和苍元秘境，我、我没骗你，这是秘境主人的执念，他……等很多年了。"

"苍元秘境有主人？"澹台烬说。

"当然。"

澹台烬若有所思，能拥有秘境，只可能是上古大能。这样的人，执念竟然是看看苏苏，苏苏和他有什么关系？

重羽解释完，期待地看着澹台烬，本指望他抱着苏苏一同走进去，可是澹台烬冷漠地转身离开了。

眼见他们离山谷越来越远，少年甚至打算徒手撕破眼前的千里画卷，重羽急得发出阵阵音波，试图阻拦澹台烬的脚步。

"她父亲想看看她！"重羽还是说了出来。

此话一出，小苏苏好奇地探出头："我的父亲？"

重羽知道她如今在养魂，将来不会有这段记忆，这本来也是主人留下苍元秘境的初衷，盼她毫无负担地活着。

重羽恹恹地说："她的父亲，也是我的主人，苍元秘境的主人。神魔大战后，他身死道消，距今已有近万年。主人身为魍之主，上古妖王，因为魔神之令，不得不伤了神女初凰，后来才知道，初凰已怀了他的孩子，但因为他那一击，苏苏出生便没了气息。"

"初凰神女伤心欲绝，也恨他至极，便毁去自己的情丝，以九天勾玉为媒介，引时空之力，在六界为女儿凝魂。若我没猜错，直到百年前，苏苏才破壳出世。"

重羽声音悲怆："主人战死的时候，拔下护心鳞，希望庇佑神女和苏苏平安，他抽出自己的情丝，给予初凰神女。唯一的遗憾，是没有看见苏苏长大。"

澹台烬面无表情地听着。

情丝、护心鳞，一切与五百年前叶冰裳手中的东西重合。

原来是上古魍之主的护心鳞，只不过那妖王并不知道，他的护心鳞没有送到初凰和女儿手上，反倒流落到了凡尘。

这些事情如今再追究，却没有半点儿意义。

重羽生怕澹台烬不动容，带着苏苏一走了之。

它连忙说："我主人不坏的！他爱初凰，也无意伤害亲生女儿，后来许多年里，他搜集无数天材地宝，也想帮女儿醒来。他还亲自铸造了重羽箜篌，希望日后能保护她。只可惜神魔大战来得突然，一切他都来不及交付出去。"

他的身躯和魂魄消逝，只剩一丝执念，留在苍元秘境中，想看看女儿。

重羽也是出于这个原因，才打开千里画卷，让苏苏可以一日一岁，在画卷里成长，算遂了主人唯一的心愿。

澹台烬确实不动容，尽管有了情丝，但一个生来没有受过一天亲人关怀的人，永远也不明白"父亲"两个字，对一个人来说有怎样的意义。

他带着苏苏离开，怀里的女孩拽住他的衣领，说："我要去看爹爹！"

说罢，她就不管不顾地往前面的重羽箜篌上扑。

澹台烬手臂一紧，死死抱住她。

女孩的眼圈红红，她虽不太懂重羽口中那段故事，然血脉相连，哪怕不懂，她也下意识地想做些什么。

澹台烬看着她纯稚倔强的双眼，说："我带你去。"

重羽飞向空中，兴高采烈地为他们带路。

它驻守在苍元秘境的意义便在此，今日以后，它终于可以离开这个地方了。

许多年没人和重羽说过话，好不容易终于等到了自己想等的人，重羽化身话痨，与苏苏说话。

重羽看一眼抱着苏苏的少年，心里想的还是方才那一幕，它心知澹台烬的危险性，忍不住问："你身上怎么会有屠神弩？"

屠神弩不是掉落在冥界了吗？而且这种骄傲狂妄的魔器，怎么会融在一个修真者的骨血里？

重羽横看竖看，从少年的身上也找不到丝毫魔气。

如假包换的修仙者。

澹台烬能驱使屠神弩，还能把魔器收回去，这是何等可怕的天赋！

倘若外面的人知晓，不管是仙还是魔，都不会放过他。

魔界恨不得让他当魔君，仙界恐怕则会除之而后快。

重羽藏在秘境近万年，是世上最后一个无人知晓的神器，它由上古妖王耗费心力寻找材料，请炼器师铸造，比不得上古自然存在的神器，对妖魔也没有与生俱来的偏见。

饶是如此，重羽依旧心惊，主人作为那么厉害的上古妖王，尚且不能使用神器。一个区区金丹期的修仙少年，竟然能使用魔器，他到底是什么人？

澹台烬低头，怀里的女孩眼也不眨地看着他，她敏锐极了，和重羽问出相似的问题，只不过她更直白些："你是坏人吗？"

他注视着她眉间的朱砂，说："不知道。"

这并不取决于我，而是你。

你出苍云秘境以后，会离开一个坏人吗？会爱……一个好人吗？

‖ 第八十九章 ‖

重羽飞到澹台烬的身边，小声说："我想和你商量一件事。"

"讲。"

"我是神器这件事，你别说出去，说出去会有很多人来争抢我。"说到这个，重羽得意之中又刻意带着几分造作的惆怅，"当然，作为交换，我不把你身上有魔器屠神弩的事情讲出去，怎么样？"

澹台烬冷冷地扯了扯嘴角："可以。"

重羽奶声奶气劝告道："你以后别使用屠神弩啦，它才不像我呢，不是什么好东西，万一迷失了心智，你会堕入魔道的。"

几人走回山谷中。

重羽解释道："这是初凰神女生活过的地方，这么些年，主人的神识一直徘徊在这里。"

苏苏一进去，就感受到温柔的风拂在脸上。

几只小灵鸟衔着竹篮，放进苏苏怀里。

苏苏看见里面有几个红彤彤的灵果，重羽说："苏苏，苏苏，快尝尝看，这是上古才能寻到的灵果，对修为很有好处！"

说完，它才想起警惕地看着澹台烬，生怕他杀人夺宝。

澹台烬眼皮子都没抬一下，充耳未闻。

山谷里的东西都是假的，只是主人笔下的画卷，只有这几颗灵果是真的。重羽惆怅地想，倘若主人活着，该多么宠爱这个如珠如宝的女儿啊。

也不知道初凰神女怎么样了。

苏苏在山谷中住了下来，山谷遍布妖王神识，不管是清风，还是明月，都被镀上温柔的色彩。

如重羽所说，她长得很快，几乎一日一岁。

照这样下去，只需十多天，苏苏养完魂魄，他们就可以离开千里画卷。

澹台烬依旧不知道该如何面对她。

本该是一场尖锐的交锋，一腔浓烈的爱恨，可是苏苏坠入过去镜中的魍地，短暂地没了记忆。

徒留他一人，记得一切过往，不知怎样自处。

苏苏和重羽玩耍时，他远远看着，不参与，也不与她讲话。他的眉宇沉冷，不知道在想什么。

恐怕连他自己都不明白，想得更多的是五百年前那些快乐的记忆，还是钉入心脏、日夜作痛的灭魂钉？

苏苏见了澹台烬使用屠神弩，也有几分怕他，不会主动往他身边靠。

澹台烬有时候会消失不见，重羽告诉苏苏，这几日有魍妖跑进来，都被澹台烬悄无声息杀了。

苏苏便明白，他在保护她。

直到有一日夜里，天空明月高悬，她跑到他的身边。苏苏已经高出他的腰间，成了十四五岁的模样，她抬眸问道："你为什么时常看着我？"

"没有。"他的眼尾向下垂着，一副阴郁不耐的模样，"你未免太瞧得起你自己了。"

苏苏双手背在身后，一本正经说："好吧，重羽说，过几日我们就可以出去了，我想和你谈谈。"

澹台烬说："谈什么？"

少女弯了弯眼睛，很快又严肃起来："谈怎么保护你啊，我答应过你的。你不能再使用屠神弩了，那个东西很危险，你一旦用了它，我就保护不了你啦，我打不过那么多人。"

澹台烬抬起眼睛。

苏苏说："还有，你有家吗？如果到时候你回了家，我该去哪里找你？"

澹台烬说："没有。"

苏苏想了想，似乎不太确定她自己有没有家，于是微笑着说："我向重羽学了一个仙法，叫追忆印，我在你的掌心画一个，在自己的掌心也画一个，这样即便出去走散了，我也能找到你，带你回家。"

说罢，她拉过他的手，在他手上画下一个繁复的咒印。

咒印闪过一抹金色，隐在澹台烬的皮肤之下。他看着那个咒印，心里突然有几丝酸软。

"你这几日，一直在学这个？"

少女认真点头。

隔着山谷的皎皎月色，那些沉痛的过往似乎尽数散在风中。她的眼里没有恨，一如初见时撞入他怀里的模样。

冲动其实只是一瞬间的事，反应过来时，他已经把人抱在了怀里，也说出了五百年来一直不敢说的话。他涩声问她："我们能不能，从头来过？"

不是恨啊，是爱。

是天长地久的喜欢，是得不到才会生出的不甘滋味，对这个世上唯一让他柔肠百结的人。

澹台烬紧紧拥住她，闻到她身上昙花的香味，心里只剩下酸软一片。

他第一次知晓原来自己在她面前一直这么没用，她对他示一点的好，他就可以不顾一切，再次来到她的身边。

她的一个笑容，这么多年的伤疤，竟然开始慢慢愈合。

他忘记了灭魂钉带来的痛，不再去想五百年前为什么她会出现在自己身边。

他只想……能不能重新来过。

这一次，没有萧凛和叶冰裳，没有叶家英魂，也没有国仇家恨。

她可以一直用此刻这般柔软的眼神看着他吗？

少年怀里带着清冽的松柏之气，苏苏的眼睛映照出明亮的月，离得很近，这个一直在远处看着自己的人，终于流露出脆弱的情态。

她并不懂他心中的悲怆，也不明白他下了多大的决心，说出这番在他看来算是耻辱的话语。

向来睚眦必报的人，竟有一天，祈求般地说，能不能忘记一切，让我们从头来过。

她那时候只以为，像闹了别扭以后，友情重归于好，于是脆声回答他："好，我们从头来过。"

少年抱紧了她，她感觉到颈间落入滚烫的水珠。

"别抬头。"他红着眼眶，低声在她的耳畔说。

山谷月色温柔似水，溪流缓缓流淌。

哪怕是一个对万物懵懂的人，也能最直接地感知到另一个人的爱恨。苏苏知道，这个人爱着自己。

她伸出手，轻轻环住他的腰。

重羽第一时间觉察到他们不一样，作为因爱而打造的守护神器，它在情爱方面，很是有些心得。

最直观的体现，就是那个通身阴郁冷漠的少年，眼里竟变得温暖起来。晨露还挂在枝头时，他从乾坤袋里拿出几株仙草，在厨房做成了一颗糖丸。

重羽震惊地看着他熟练的动作。

它活这么大年龄，才知道仙草竟然是可以做成糖丸的，且毫不违和。

"这是……伏香草、护魂花、不灭佛果？"

澹台烬说："嗯。"

重羽辨认过后，发现每一种都是难得的仙草，至少得用九死一生的险境来换。

而这些，而今都被做成一粒粒彩色的糖丸。

重羽自然认得秘境里的这些宝物，可惜主人不在，这些东西落入谁手中，都只能算作机缘了。

"你会做饭？"

澹台烬轻描淡写地说："什么都会一些。"

小时候在周国皇宫，挨饿的时候他只能去掏燕子窝，从他会跑开始，第一件事就是去学做饭。

衣裳破了没人补，他便学着宫女们刺绣，后来他被暗地里嘲笑了许久。

许久后他才知道，世间男子鲜少会这些，穷人家的男丁尚且不会像个女子般刺绣，更何况一国的皇子。

他感知不到羞耻，也永远没弄明白，他们到底在笑什么。

太多人想要他死，而他做这一切，只是想活着。

苏苏这几日除了收到父亲留下的灵果，今日太阳升起之时，枕边还多了好几颗糖丸。

糖丸味道很好，她嚼着吃了，跑出门去。

恰逢澹台烬背着木剑走进来。

这么多天，她第一次见他穿白衣的模样，苏苏只觉得眼前一亮。

他穿玄衣时肃冷，透着不近人情的冷漠。但苏苏从未想过，他穿白衣竟会这样好看。

少年长身玉立，宛如枝头明月，举世无双。

冷漠被冲淡，他此刻看上去，才像个干干净净的修真者。

澹台烬也是第一次穿白衣，哪怕入了逍遥宗，他依旧沿袭着从前的习惯，穿暗沉颜色的衣裳。

可是今晨那把箜篌建议他穿穿白色，白色到底是修真界的主流色调，一尘不染，从上古到今日，均如此。

澹台烬没理重羽。

重羽小嘴嘚啵嘚啵地劝:"试试嘛,苏苏喜欢,你成天穿着黑色衣裳,不知道的还以为你是个鬼修,且从来不换衣服呢。"

澹台烬面上冷淡,心里却有些不自在,忍不住观察少女的反应。

只待她一皱眉便去换掉这身碍眼且不方便隐藏和生存的颜色。然而少女跑到他身边,一双眼睛像是坠入了星星,她的性格本就大胆果敢,不吝赞美。

"澹台烬,你真好看!"

他抿住的唇微微上翘。

越发接近离开的日子,重羽便化作一个小巧的蓝色篓篌吊坠,挂在苏苏颈间。

它语调活泼:"此次出去,恰逢苍元秘境关闭,我送你们出千里画卷,届时你们也会离开苍元秘境。太好啦,我重羽终于现世了!"

它对外面的世界无限憧憬,苏苏被它的情绪感染,也颇为开心。

一旁的澹台烬眼里笑意淡了些。

重羽想起什么,对澹台烬说:"千万别忘记誓言哦!"

他们彼此对着心魔起过誓,不能提起千里画卷里的一切。不管是澹台烬的屠神弩,还是重羽的来历,两人均缄口不言。

这也是重羽主人的心愿,上古妖王希望女儿作为纯粹的仙体出生,有崭新美好的生活,不囿于上一代的恩怨。

苏苏渐渐接近她长大后的模样。

眼前的画卷逐渐褪色,澹台烬的心中突然有几分恐慌。在苏苏和重羽的欢声笑语中,他突然握住她的手。

"我不会失去你,对不对?"

苏苏回握住他的手,点点头:"重羽说我出去就会变得很厉害了,我会保护好你的!"这几日魑妖侵袭,一直是澹台烬在保护自己和重羽,哪怕知恩图报,她也要保护好他。

他眼里染上点点笑意:"好,我相信你。"

画卷彻底褪色前,澹台烬突然低声说:"苏苏。"

"嗯?"

"五百年前,对不起,"他嗓音喑哑,"还有,我不恨你,我……"

他的话音未落,眼前突然明亮起来,两人脱离苍元秘境。

重羽琴一闪,苏苏睁开眼。

她的魂魄安定下来,灵台的无情道莹润,千里画卷一毁,她在画卷里的记忆全然不见。

她的思绪顿了顿,随即愤怒地看着眼前的白衣少年。

她记忆里的最后一幕，是这个人，打伤师弟，让自己坠入断崖。

许多人拥上来："苏苏。"

"黎仙子，你没事吧……"

苏苏一掌拍向澹台烬，掌心带着无尽业火，打在少年的肩头。

他漆黑的眼看着自己，眼里的笑意慢慢消失，不知为何，却没有躲。

澹台烬坠落在地，嘴角蜿蜒流下鲜血。

藏海惊骇地跑过来，连忙扶他："师弟，你没事吧师弟？"

澹台烬握紧了拳头，血滴落在地上，掌心的追忆印，灼热到发烫。耳边不知是谁在说，我们从头来过，我长大以后，好好保护你。

怎么会没有事！他的心脏疼得快要死去了，师兄。

第十四卷

由怜生痛

‖ 第九十章 ‖

掌心的追忆印呼应发烫，苏苏抬起眼睛，看见了澹台烬的目光。

她从来没有见过这样的他。

澹台烬从来都是不可一世、桀骜阴郁的，可是此刻他紧紧攥着藏海的弟子袍，身上流出的血染红了白衣。

他看着她，目光盛满了被刺痛后的色彩。

苏苏抿了抿唇角，他这样的人，她怎么会觉得他在难过？难不成害人还会觉得委屈？

所有人都没想到她会动手，衡阳宗弟子将她团团围住："黎师妹，你怎么会……"

苏苏丝毫没有为澹台烬隐瞒的打算，说："他偷袭我和扶崖。"

衡阳宗的弟子闻言，皆对澹台烬怒目而视。

衡阳宗的人本就团结，他们找到月扶崖时，月扶崖身受重伤，衡阳宗的弟子早就想找出伤害月扶崖的人报仇。在他们心中，澹台烬一瞬便成了杀人夺宝、心术不正的弟子。如今仇人就在眼前，他们恨不得一拥而上，给澹台烬一个教训。

藏海连忙张开手臂，挡在澹台烬的面前："诸位仙友，一定有什么误会，我小师弟与世无争，怎么会伤害黎师妹和月师弟呢？"

衡阳宗弟子道："难不成我们师妹会说谎吗？扶崖一定是他打伤的。"

两方对峙，场面陷入僵持。

衡阳宗有几个冲动的弟子已经拔出了剑。

藏海笑嘻嘻的神色消失，也跟着严肃起来，他回头看一眼神色苍白的澹台烬，对众人说："沧九旻是我逍遥宗的人，即便要处置他，也应该是查明真相后，由我师尊兆悠仙君来。倘若师弟真是心术不正的人，逍遥宗自会清理门户。"

衡阳宗众人面面相觑，这个藏海平日里笑呵呵的，像尊弥勒佛，现在却寸步不退让。

苏苏看一眼澹台烬，她记得因为他，自己坠入断崖，却也记得……有人背着她，以血饲魉，带她走过绵延的魉地。

松柏清香，一如人间皑皑白雪。

苏苏手指收紧，突然说："我们走吧。"

衡阳宗的人说："师妹？"

"走吧。"苏苏重复了一遍，率先回头往飞行仙器的方向走。

她心里明白藏海说得没错，澹台烬是逍遥宗的人，如今仙魔大战一触即发，个人私怨不能上升到两个门派之间的恩怨。

其他人对视一眼，纷纷跟上苏苏的步子。

一只精瘦的手，猛地握住苏苏的手臂。

藏海失声道："小师弟！"衡阳宗的人好不容易没有立刻追究，小师弟还要追上去，是不要命了吗？！

苏苏回头，看见一张隽秀漂亮的少年脸。

他不顾藏海的阻拦，声音喑哑道："黎苏苏，你说过，带我一起走。"

你说好带我回家，你可以打伤我，没关系，反正早已经习惯了疼痛。但是你怎么可以……忘记自己说过的话呢！

苏苏注视着他执拗漆黑的双眸，轻声说："放手。"

他又在骗谁？他既然知道她是叶夕雾，便也该明白，叶夕雾永远不会说出这样的话。

早在萧凛死去的那个夜晚，就再也不可能了。

白衣少年不肯放手："你说过的，说过的……"

灵台里的无情道无声流转，苏苏说："澹台烬，别那么可笑。"

她的掌心一痛，追忆印幽幽散发着光，苏苏皱起眉，追忆印化作一条红线，一端系在自己的尾指，另一端系在澹台烬的手指上。

这是……什么？

澹台烬看见红线，眼睛里带上微弱光亮，他刚要说话，眼前的少女毫不犹豫地以手指为剑，蓝色业火蔓延，将红线烧得干干净净。

他慌张地去握那条线，业火烫伤他的手指，他只握到一手余烬。是不是这余烬也太过滚烫，烫到他眼眶微红。

"别再用这种卑鄙手段了。"苏苏皱眉说。

他们之间，再也没了任何信任。他向来心思诡谲，怎么认为她会信这般低劣的手段呢？

澹台烬眼里的光全然寂灭，沉默下来。

衡阳宗的人道："小师妹，走吧。"

苏苏心中记挂月扶崖，不再看澹台烬，转身上了飞行仙器。

仙器化作九只鸾鸟拉的车辇，凌空而起，鸾鸟们的金色翅膀展开，声音清脆，消失在空中。

藏海担忧地看着那个孤单站在原地，许久没有动弹的身影。

"师弟……"

藏海走上前，不知道黎师妹和小师弟之间发生了什么，安慰地拍了拍他的肩膀。

抬眼看见师弟通红的眼眶。

白衣少年死死咬住唇角，捏紧了追忆印化成的飞灰，黑色的余烬染上他掌心的纹路。

他的表情似绝望脆弱到快要哭泣，可是下一刻，他擦了擦嘴角的血迹，漆黑的瞳看着鸾鸟仙车，低低笑起来。

笑得藏海心头发毛。

"我们走吧。"澹台烬说。

藏海一看，依旧是自己羸弱苍白的小师弟无疑。

苏苏上了九鸾仙车以后，忍不住看看自己的尾指。

她是火系灵根，业火是她的本源，自然是不疼的，红线系过的地方，没有半点儿痕迹，仿佛没有发生过这件事。

她不可能会说那样的话，所以澹台烬一定在骗她。

她犯过蠢，曾一心去澹台烬的身边，以为如此能让苍生安稳，让四方平定，可是换来的却是萧凛的死。

萧凛用死告诉她，她永远不可能掌握澹台烬的心思，也永远不要高估自己在澹台烬心中的分量。

上一刻他可以言笑晏晏地装着可怜，下一刻便能将弱水箭矢射入她的肩膀，把她变作傀儡。

她再也……不会轻敌了。

九鸾仙车里面宽敞，日行千里，像一个宽敞的房间，苏苏走到昏迷的月扶崖面前，手指点在他的眉心，感受到月扶崖的伤势真的很重。

那个时候……澹台烬是真的想杀了他们二人。

如果不是过去镜吸了苏苏的血，照出叶夕雾的身影，或许她和月扶崖都已经死了。

旁人劝她："师妹放心，回了宗门，衢玄子仙尊一定能让月师弟好起来。"

苏苏点头，坐了回去。

颈间一凉，似乎有个东西在动。苏苏一直神思不属，此刻才觉察到脖子上多出一条吊坠。

她摘下来，看模样是把箜篌。

蓝色箜篌上每一根弦都带着耀眼的珠光。

她什么时候……有了这个东西？

重羽感受到她的不安，周围还有衡阳宗的弟子在，自己不敢说话。仙器是不能生出器灵的，只有神器才可以。重羽只好在她的掌心飞舞，画了一个爱心。

苏苏忍不住弯了弯嘴角。

这个吊坠还怪可爱的。

重羽也是有口难言，苏苏在千里画卷中养魂，仙神但凡养魂，其间发生的事情都会忘记。

它有心想提醒苏苏，那确实是苏苏自己结下的追忆印，方才不能开口暴露神器身份，现在转念一想，追忆印烧都烧了，说出来又能如何？何必让苏苏内疚。

况且那个能使用屠神弩的少年，委实不是什么善茬！

苏苏离他远点是件好事，难不成真要把这么恐怖的存在放在身边？重羽陷入纠结。

桌上的传音罗盘突然亮起来，众人全部看过去。

是公冶寂无！

苏苏进入秘境前，公冶寂无怕她出事，赠给苏苏一件传音法器，如今罗盘亮起，公冶寂无怎会主动找她？

苏苏心里有种不好的预感，连忙拿起来道："大师兄？"

那头没有回应。

"大师兄，你能听见我说话吗？"

过了许久，那边传来惊恐的声音："公冶师兄出事……救……啊救命！"

传音罗盘猛地一颤，陷入寂静。

戛然而止的话语，让所有人心慌起来。公冶寂无是年轻弟子中的佼佼者，不过一个小小的太虚山，竟然能让公冶寂无出事，那里到底有什么东西？

飞去衡阳宗还需要两日路程，苏苏当机立断："你们带扶崖回宗门，我去太虚救师兄。"

衡阳宗弟子连声阻止："不行，师妹，你带月师弟回去，我去看看。"

"对，我去也可以，师妹不能去。"

……

在场大多数是金丹期弟子，全是衡阳宗的未来。苏苏没有讲话，掐了个仙诀，指尖飞出一只火红蓝尾凤凰，凤凰虽还身形模糊，但是周身赤羽带着业火的霸道，围着苏苏飞舞。

苏苏抬眸："我去救师兄。"

所有人睁大眼睛看着那只凤凰，这回再没人反对。

与此同时，澹台烬和忧愁的藏海坐在代步飞行的酒葫芦上。

藏海看着盘腿安静的白衣少年，再次叹了口气。师弟本就自闭，这趟出来，更加冷郁了。

他就说嘛，衡阳宗的千金女娃娃哪是他们逍遥宗的人能招惹的？这身份差得何止一道鸿沟，简直是一处山峦。

"师弟，你真的打伤了衡阳宗的仙友吗？"藏海问。

少年睁开眼，他嘴唇朱红，还没说话，就咳出一口血来，吓得藏海心头一紧："行了行了，师弟莫讲话，师兄相信你，一定有什么误会。"

藏海紧张完，看见师弟似笑非笑地看着他。

"我们这是去哪里？"少年嗓音清冽动听。

逍遥宗都是神经大条的人，藏海没觉得有什么不对，回答他说："咱们去太虚山。"

"太虚？"

"没错，"说到太虚的事，藏海颇为不好意思，"总不能全仙界都派了弟子去探查太虚灭门惨案，我们逍遥宗不去吧？我把这件事传信告诉了师尊，师尊说他亲自去看看。"

兆悠仙君是逍遥宗两个长老之一，很有威信。逍遥宗人丁单薄，这种时刻也只有兆悠能充当"门面"。

"嗯，那便去太虚吧。"

酒葫芦晃晃悠悠，好在飞行很快，要到太虚的时候，澹台烬眯起眼睛。

"怎么了，师弟？"

藏海知道，他这个小师弟向来敏锐。

澹台烬看着太虚山冲天的魔气，挑了挑眉，看一眼藏海，说："出事了。"

"什么？哪儿呢？"

澹台烬掐了个诀，拂过藏海的眼睛。藏海眺望，不看还好，一看吓一跳。

只见整座太虚山全部萦绕在可怖的魔气之下，魔气浓郁得周围毫无灵气，地上寸草不生，连山涧中的河流也一并枯竭。

藏海跌坐在酒葫芦上，喃喃道："乖乖哟，上古旱魃出世，恐怕才有这么恐怖的景象吧。"

澹台烬淡淡道："说不定真是旱魃。"

藏海呆若木鸡。

二人到达太虚山，心中的恐惧叫嚣着让藏海快跑，可是想到师尊还在里面，藏海怎么都迈不开步子。

"师弟，你先回去，师兄去看看！"

澹台烬看一眼藏海明明在颤抖、却佯装镇定的腿，说："好，我走了。"

藏海心道：……真是冷漠。

天边一道冰蓝色霞光闪过，澹台烬顿住步子，看着那处霞光，手指慢慢收紧，咬住唇角，突然冷声说："师兄，我和你一起。"

‖ 第九十一章 ‖

藏海不明白师弟怎么改主意改得这么快："行，行吧。"

师弟虽然年纪小，可是遇事沉稳，某些时候比自己靠谱，和他一起去找师尊，藏海心里安稳些。

二人往太虚仙山走。

强大的仙尊对弱小的妖魔有天然的压制，同理，强大的妖魔对弱小的修真者，同样有天然的威慑力。

藏海一进太虚山，只觉得浑身发毛。

没走多远，澹台烬看见地上几具仙门弟子的尸体。

藏海神色复杂，刚要说些什么，谁知澹台烬目不斜视地往前走了。

"哎哎，师弟，等等我，你还有伤在身，要多加小心。"

……

苏苏跳下重羽，重羽飞速缩小，变成她颈间一个精致的吊坠。

苏苏的剑在秘境魔降中沾上魔气，她修仙道，那剑自然不能再使用。好在那剑并非什么高等仙器，不必太过心疼。

她不知道重羽是从哪里来的，方才在空中问起它，它支支吾吾说："就是……你在苍元秘境的机缘啦，哎呀，人家只是很厉害的神器而已，你不要有心理压力。"

神器……

这个世界，竟然还有神器存在，苏苏难免想起勾玉。与重羽篓篌不一样，勾玉并非器灵，是天生地养的上古玉石。

重羽叽叽喳喳的："咱们快进去看看，重羽迫不及待要大显身手了！"

不用它催，苏苏也很急切，传音罗盘中的声音让她不安，大师兄如今安危未卜。

眼前是太虚宗的灰色石门，苏苏谨慎地踏了进去。

山门后趴着一个受伤的女弟子。

那女弟子身前有一摊血，她在咳嗽。

苏苏走过去，欲扶起她："你没事吧？"

女弟子嘴角扯出一个诡异的笑容，抬头露出一张半边带着魔纹的脸，朝苏苏打去。

眼前这个，赫然是魔修。她的掌心魔气森然，掌心飞射出几枚带着腥臭味的土针。

重羽说："苏苏小心！"

它才要发出音波打向魔修，却见下一刻，苏苏手中真火撞上土针，土针掉在地上。一个真火囚笼，已经悄无声息地在魔修周围形成，把魔修困住了。

苏苏笑盈盈地看着魔修："早就知道你不对劲，太虚山魔气漫天，即便有活口，也不会大大咧咧趴在山门处。别动，再动你就会被真火烧成飞灰，告诉我，你们从哪里来？先前进来的弟子们，现在都在哪里？"

重羽委屈地收了音波，不是啊，它还没来得及发挥呢。

魔修不小心碰到真火，转瞬没了一条手臂，她尖声叫着，怨毒地看向苏苏。

苏苏盯着她片刻，脸上的笑意消失不见。

眼前这个……

她认得。

甚至前不久还在仙门大比上见过她，这不是什么魔修弟子，而是一个仙门的女弟子，据说她的脾气出了名地温婉。

而此刻，女弟子脸上的魔纹像一条条蠕动的蛇，丑恶极了，占满了她原本清秀的一张脸。

怎么会弄成这样？

重羽也很是不解，隐隐觉得不太对劲。

重羽和勾玉不同，勾玉通天彻地，什么都知晓几分，但是战斗力不行。重羽则是纯粹强悍的神兵利器，关在秘境万年，对很多事情一知半解。

女弟子抱住自己的头，撞上真火，转瞬她的身躯变作飞灰。

苏苏收回手，女弟子的确已经变成魔修了。

但她的死太过突然，苏苏唯一庆幸的是自己放出的不是业火，而是真火。真火不如业火霸道，并不会伤害魂魄。

她的思绪沉重，但是还没找到公冶寂无，只能继续往前走。

太虚宗前有一条河流，如今这条河流充满了血腥气，苏苏看了一眼，就不忍再看。

整个庭院寸草不生，看不见半点儿绿色，地上偶有弟子掉落的灵剑，还有东倒西歪的器具。

苏苏越往里走，魔气越浓重，不知道弟子们都去哪里了，除了一开始发现的几具尸体，再没看见别人。

不应该的，苏苏心想，每个宗门都来了十几个弟子，按理说，会有很多人才对，怎么会没有人影，连尸体都不见了？

才这样想，耳边似乎听见咝咝声。

苏苏眼皮一跳，莫名地脊背发麻，才要召出重羽箜篌，脚下一空，猛然掉落到地下密室，她被一个人捂住嘴，扯向黑暗的角落。

苏苏看见拉住自己的人，瞪大了眼。

摇光师姐？

眼前的摇光十分憔悴，她向来明艳，此刻眼睛里却带着泪水。知道苏苏认出了自己，摇光松开手，示意苏苏从角落的缝隙往外看。

苏苏沿着她的目光看过去，眼前竟然有一只巨大的紫色魔蚕！

那东西的眼睛比灯笼还大，头顶生出一对怪异的肉触角。

魔蚕身前，一个紫衣男人盘腿坐着，魔蚕听命于他，乖乖伏在他的身侧。

他握着几块盈盈发光的东西把玩，目光则一眨不眨地盯着眼前的一堆紫色石头。

不……不是什么紫色石头。

苏苏看清才发现，竟然是一堆蚕蛹。

摇光握住苏苏的手，传音予她。

"那些蚕蛹，全部是仙门弟子。"

"什么？"苏苏惊骇不已，"全部，变成了蚕蛹？"

摇光语气怆然，丝毫没有出发时的意气风发："他们杀了没有资质的低等弟子，把其他人变成蚕蛹，困在密室中。那个紫衣魔修手上的东西，叫作魔丹，他把魔丹植入仙门弟子体内，大部分弟子受不了魔气死了，活下来的……变成了魔物。"

这些事情在外人听来可能荒诞，仙魔有别，只有妖魔体内才可能容纳魔气，现在紫衣男子竟然能把修真者也变成魔物！

魔丹……能把仙变成魔的东西，到底是从哪里来的？

"师兄呢？"

摇光的目光一瞬黯淡悲伤下来："为了救我，他被妖皇带走了，现在生死未卜。"

苏苏回握住摇光的手。

师兄出事，再也没有人比摇光更加心碎了，现在责备谁都无济于事。

眼见紫衣男子继续把魔丹推入蛹中，苏苏忍不住说："我去把那些弟子救出来。"

摇光连忙说："不行！我们打不过他，公冶师兄说，他已经到了合体后期。"

合体后期！

相当于修仙的化神后期。

原来如此，恐怕只有衢玄子才有一战之力，怪不得摇光只能躲在这里，眼睁睁看着同门一个个在魔丹的折磨下，要么死去，要么变成魔物。

苏苏终于明白自己在山门前看见的女弟子是怎么回事，原来是魔丹摧残下的失败品。

没了意识，毁了容颜，只知杀戮。

这样残忍的事情，让密室角落的两个少女脸色都十分难看。

难不成真要等着紫衣魔修害完人离开吗？

苏苏颈间的重羽突然说："我可以！苏苏，你用我，我们有一战之力！"

苏苏还不习惯拥有重羽，此刻听它稚声讲话，才想起自己还有这个大杀器。

她向来不是畏首畏尾的人，既然有救人的机会，就不会躲着保自己安危。魔气入体尚且疼痛不堪，何况是魔丹呢？

能在魔丹折磨下活着的，十个里面恐怕只有一个。

苏苏飞身出去，大声说："重羽！"

神器重羽箜篌发出冰蓝色光芒，变成本体落在苏苏的掌心。

苏苏握住重羽琴的一瞬间，琴身感知到她的业火属性，变成火红的颜色，琴弦发出轻啸声，宛如凤鸣。

苏苏的手指在琴弦上一拨动，滂沱音波从重羽中飞射出来。

整个密室的温度瞬间因重火而升高。

火凤携带着雷霆万钧之势，朝着紫衣男人冲过去。

紫衣男人大惊之下睁开眼，发现竟然无处躲藏，他连忙召出自己的妖刀，火凤撞上紫色妖刀，男子后退一步，发现胸腔下隐隐作痛。

而空中的苏苏也不好受，她第一次使用完好的神器，如今的修为却配不上重羽琴，只一下，重羽琴巨大的威力反噬，让她从空中坠落。

摇光忍不住说："苏苏！"

底下便是那只可怕的魔蚕，魔蚕正虎视眈眈地盯着苏苏，苏苏倘若落下去，后果不堪设想。

摇光正要不顾一切赶过去，却发现另一个迅疾的白色影子飞掠而过。

"师弟！"藏海大喊。

重羽琴在苏苏怀里变成恹恹的冰蓝色。

苏苏落在一个滚烫的怀抱里。

她抬起头，看见了少年漂亮的下颌线条。

少年白衣玉冠，鸦黑的睫毛垂着，没有看她，面上一派冷然之色，把她放下以后，冷冷地看她一眼，没什么好脸色，仿佛只是顺手接住苏苏。

澹台烬回身，挡在苏苏身前，对峙那条巨大的魔蚕和缓过神来的紫衣男子。

藏海想起什么，连忙扔了个东西过去："师弟，接住，师尊给的'混元剑'。"

这个好宝贝不到万不得已，藏海都舍不得拿出来。

这也是师尊最好的宝贝了，此次藏海和澹台烬历练，抠门的师尊终于舍得拿出来让他们防身。

澹台烬接住混元剑，他不等魔蚕攻击，率先挽了个剑花冲过去。

他的招式与逍遥派的平和不同，一劈一砍都透着悍不畏死的桀骜和狠辣。

魔蚕体形庞大，澹台烬躲过它吐出的丝，一剑把它头上的触角削掉。

紫衣男人冷声道："区区两个黄毛小儿，敢来挑衅本尊。"

他倒也知道魔蚕在这个地方碍手碍脚，干脆把魔蚕收回乾坤袋，以刀对上澹台烬的混元剑。

重羽抱歉又得意地说："苏苏对不起，重羽不知道苏苏这么弱，发挥不出重羽的威力。"

苏苏额上的青筋跳了跳。

她这时候来不及与重羽拌嘴，再次握住重羽琴，拨动琴弦帮澹台烬打紫衣男人。

那边刀剑一对上，澹台烬后退几步，用剑稳住身子，澹台烬目光阴冷地看着紫衣男子。

混元剑……还是不行。可是屠神弩，却不能使用。

苏苏知道，不管是自己，还是澹台烬，现在都打不过一个化神期的魔修。

她有神器，澹台烬什么都没有，只有一把下品仙剑，挡在他们所有人面前。

紫衣男子一面躲着琴波，一面用刀在澹台烬的胸口划了一道口子。

澹台烬闷哼一声，提剑继续不要命般追着紫衣男子砍。

他简直把剑当成斧头在用。

如果不是知道自己修为高于眼前的白衣少年数个境界，紫衣魔修还以为是自己在被他压着打。

魔修眉头紧皱。

重羽说："苏苏大笨蛋！你快放业火啊，琴波不能断！"

苏苏咬牙说："你别讲话！"

她只拨动了几次重羽琴，心口就疼得不行。毕竟醒来修炼无情道还不到一年，她能使用重羽已经是个奇迹。

摇光和藏海都加入战局。

澹台烬依旧挡在所有人前面，他身上不知道受了多少刀伤，终于刺穿紫衣魔修的手臂。

魔修阴戾地看着他们，狠狠一刀砍下，这一刀带着浓烈的煞气，来势汹汹。

"重羽！"苏苏喊。

重羽飞过去，替众人扛下这一击。琴弦铮铮作响，重羽琴完好无损。

魔修看一眼全身是伤的澹台烬，再看看重羽琴，眼里带着不甘，摇身消失在原地。

魔修一走，澹台烬轰然滑落在地。他却不肯懦弱倒下，用混元剑支撑着身体。

苏苏遥遥地看着他，握紧了重羽琴。

重羽小声对苏苏说："他挺厉害的。"

可不是厉害吗？一个金丹期弟子，敢握住混元剑和化神期的魔修对砍。

修为再高，果然都怕不要命的。

重羽觉得少年的打法，简直是要同归于尽。

摇光问苏苏，说："仙门弟子都在蚕蛹里，怎么办？"她试图用自己的灵剑去砍，发现砍不动。

苏苏抬起手，想拨动重羽。

重羽说："不能使用我，我会把人也毁了的。"

澹台烬被藏海扶着，冷眼看着这一切。

摇光很急，就差去推那几个蚕蛹。苏苏沉默良久，走到澹台烬面前。

四目相对。

苏苏手指蜷了蜷，低声问："你是不是可以……"

她看着他通身的血，发现自己很难把这句话说完整。

澹台烬却眼也不眨地看着她，咄咄逼人似的问："你想我去？"

苏苏动了动唇，刚要说话。

"够了！别说，你别说……"他突然发现自己不想听她说出来，只要她不说，他就可以骗自己，她没有做出任何选择。

澹台烬自嘲地一笑，走向那些蚕蛹。他划破自己的手指，鲜血一滴滴落在蚕蛹之上，蚕蛹慢慢打开，露出里面的弟子。

他如法炮制救下一个人。

藏海说："别救了，再救你也没命了。"

澹台烬回头，看向远处站着的少女。他不知道自己在期盼什么，哪怕……

只是一点点关切也好呢。

可少女只是沉默地看着他。

澹台烬再不能骗自己，她不在意你啊，一点都不在意。

一如当年，不管他是死是活，依旧不能勾起她半分波动的，琉璃神女像啊。

在他心里，眼前的少女重于九州，然而在她眼里，他比苍生中任何一个人都轻贱。

他推开藏海，继续融化蚕蛹。

‖ 第九十二章 ‖

蚕蛹里的弟子一个个被救出，澹台烬轰然倒地，藏海急忙跑过去："师弟！"

从苍元秘境出来，澹台烬已经受了伤，再和紫衣魔修对战，失血过多，再也维持不了清醒。

苏苏脚步止不住地向前几步，却在靠近澹台烬时，顿住了步子。

她在做什么？还要回到五百年前与他纠缠的时候吗？既然选择修炼无情道，早就该和过往断个干干净净。

摇光担忧地看着这边，苏苏沉默片刻，蹲下来。

澹台烬闭着眼，脸色惨白，几乎没有一点儿血色。他醒着的时候，冰冷又乖戾，然而受这样重的伤，他羸弱得没有丝毫攻击性。

在场的每个人都可以轻而易举地杀了他。

澹台烬向来不会让他自己陷入这么糟糕的境地，这是第一次。

藏海警惕地看着她："黎师妹，你要做什么？"

他是对这位仙子有好感没错，可是对藏海来说，师弟才是整个逍遥宗的未来，旁人若是想要伤害小师弟，他是万万不允的。

黎苏苏和师弟先前有龃龉，藏海很怕这位仙子在这个时候对澹台烬出手。

她脖子上那仙器太过厉害，能与合体期的魔修对战，若想杀了师弟，自己一定护不住。

苏苏回头，说："摇光师姐，帮我一把。"

摇光连忙走过来，她明白苏苏的意思，衡阳宗训旨中就有一条——"生生不息"，是以每个弟子多多少少会些疗伤的功法。

摇光是清谦长老的嫡传弟子，疗伤方面是个中佼佼者。

二人手腕一转，指尖拂过澹台烬身上的伤口，绿色荧光如星子一般倾泻而下。

藏海暗自松了口气，看来是自己小人之心了，连忙说："谢谢两位仙子。"

澹台烬身上浅一点的伤口肉眼可见地痊愈，深些的伤口只能勉强止住血。

摇光收回手，脸色苍白。

治愈的仙术，本质是将自己磅礴的灵气拿来修复对方的伤口。摇光的修为虽然比苏苏高些，却也高不到哪里去，勉强把澹台烬的伤口修复了一遍，灵力已近枯竭。

苏苏也跟着收回手。

摇光叹了口气，对藏海说："你师弟伤得太重，需要回去养一段时间，我和我师妹尽力了，只能愈合浅显的伤口。他身上有几处伤痕染了魔气，回去之后，你需让他把魔气逼出来。"

藏海说道："好，在下记住了。"

从魔茧中被救出的弟子幽幽醒来，摇光心里最记挂的依旧是被妖皇带走的公冶寂无。

她催促苏苏："师妹，咱们赶紧回衡阳宗，让师尊和掌门去救公冶师兄。"

苏苏站起来，与摇光一同往密室外走。走到入口处，她停下脚步。

摇光见她嘴唇苍白，问："师妹，你没事吧？"

苏苏摇头："摇光师姐，你先回宗门，我有些话忘了和藏海说，说完立刻来追你。"

摇光说："那我先回衡阳宗，你当心。"

苏苏折返回去，藏海诧异地看着她。

苏苏看一眼昏迷的澹台烬："藏海师兄，我想拜托你一件事。"

藏海说："黎师妹请讲。"

"若是他问起身上的伤口，藏海师兄怎样回答？"

藏海道："黎仙子和你的师姐帮他疗了伤？"

苏苏微抿唇角："不，只有摇光师姐，感念他救了仙门众人，才倾尽灵力救他。"

藏海惊讶地看着她："黎师妹，你这是……"

别怪他怀疑，他都忍不住觉得师弟和这位身份高贵的仙子有一腿了。师弟那是什么人，平时孤僻的少年，什么事能不参与就不参与，结果冲出来和那个魔修对砍，就为了救这个漂亮的少女。

而这仙子，明明动了恻隐之心救人，却不希望自己告诉师弟。

苏苏说："拜托师兄就这样说，我不喜他，不想与他有半点瓜葛。"

藏海讪讪道："好、好吧。"

还好小师弟昏了过去，要是听到人家亲自折返过来说不喜他的话，不管是面子，还是心头，估计都过不去。

苏苏对藏海行了个礼，转身追摇光去了。

她并不担心藏海说出去，修真之人，大部分重诺，既然答应了，藏海应当不会告诉澹台烬。

他们间的恩怨，早就理不清，苏苏不想再加上一笔。

哪怕下次是兵戈相见也好。

苏苏走了数十步，低低咳嗽，松开手，手上满是血，内脏还是受伤了啊……

重羽看着苏苏掌心的血："你……你也受伤了？"受伤了，却还穷尽灵力为别人疗伤。

彼时重羽才出世，不懂人情世故，不明白怎样与人相处，它只觉得某一瞬，整把箜篌都难受起来。

"对、对不起，重羽不知道苏苏使用重羽箜篌会受伤，重羽以后再也不冲动了。"它一口小奶音说着。

它本来是妖王为了保护女儿，穷尽天下珍宝熔铸的最后一把神器，此刻声音低落，像是在哭。

苏苏确实是被重羽琴反噬，但她没有怪它的意思，是她不够强大。

她摸摸重羽琴化作的吊坠："不怪你。"

重羽怔然看着她温柔的神色。

它变大，变作飞行法器，落到苏苏身边："重羽带苏苏去追摇光师姐！"

澹台烬这一伤，一直到藏海把他带回逍遥宗，他才醒过来。

藏海端着一碗灵草熬制的药，扶澹台烬起来。

澹台烬闻了闻碗里的药，一饮而尽，他动了动手腕，发现身上的外伤好了不少。

澹台烬抬眼看向藏海，声音喑哑："谁帮我治的伤？"

顶着他的眸光，藏海觉得压力山大，他按照苏苏教的说："还能有谁？当时你救了那么多人，衡阳宗那个摇光仙子都看不下去了，怕你死在密室里，连忙帮你处理了下伤口。"

澹台烬不语，握住药碗的手紧了紧。

藏海拿不回来碗，有点儿心虚，帮着外人骗自家师弟，是不是有点儿不太好啊？

澹台烬说："师兄，你撒谎和心虚的时候，眼睛会往左边看，右手会去摸腰间酒葫芦。"

藏海："……"有、有吗？

他挠挠头，最后扛不住了。他藏海是谁！整个逍遥宗都知道的八卦巧嘴啊！

藏海决定一吐为快："既然被你看出来，师兄就不瞒你了，是黎仙子让摇光仙子一起帮你治伤的。"

对不住了黎仙子，他嘴上藏得住话，可表情管理不到位啊，师弟跟个人精似的。

藏海看向澹台烬，所以呢，师弟你知道了你要干吗？

少年冷笑了一声，喃喃自语："她是在可怜我，还是因为我救了那些杂碎，觉得过意不去，违背了她公正无私的道……"

澹台烬说着讥讽的话，他的嘴角却忍不住上扬，连眼睛都亮了几分。

藏海心道，嘴上责备得再恶劣，明明开心起来了嘛。

半晌才反应过来："师弟，你说什么……杂碎？"

澹台烬把碗递给他，平静解释："你听错了，我说的是仙友。"

藏海："确定？"

他忍不住摸了把酒葫芦，难不成是自己酒还没醒？

澹台烬养伤期间，才得知自己的师尊兆悠仙君也失踪了。

藏海怕他难受担忧，一直瞒着没说，然而逍遥宗这一亩三分地，根本瞒不住消息。

澹台烬看着枕边的混元剑，想起了那个白发白须、慈眉善目的老头。

兆悠今年三千多岁了，修为上不去，容颜渐渐苍老。

兆悠仙君捡到澹台烬的时候是个秋天，万物萧瑟，连逍遥宗的银杏树都变成了金黄色，兆悠幻化出一只毛驴把他驮回逍遥宗。

那时候的澹台烬完全是一个血人，身上随处可见森然白骨，兆悠掏光了珍藏的宝贝为他养身体，藏海不辞辛劳地照顾澹台烬良久，澹台烬才长好肉身。

兆悠问他："叫什么名字？"

"不记得了。"澹台烬看着窗外，弟子们御剑飞过，在他的眼睛里带出浓重色彩，这就是……仙道吗？

兆悠便道："不管是记不住，还是不愿回忆，都不重要，既然有缘来了逍遥宗，便证明你当入仙道，你可愿随我一并修行？"

澹台烬回头，他向来是个能屈能伸的人，心中没什么敬意，嘴上恭敬开口说："师尊。"

喜得兆悠眉开眼笑，让他跟着自己凡尘的姓氏姓沧，为他赐字九旻。

"九旻"是秋天的意思，另一个晦涩的意思是无上九天。兆悠倾尽所有地教导澹台烬，盼着根骨不凡的小弟子能窥得神道。

而现在不只兆悠，许多仙门中人都在太虚失踪，一时间出世的妖皇搅得修真界动荡不安。

藏海惆怅地说："听说衡阳宗的公冶寂无也被妖皇带走，这几日，衡阳宗的人到处在找妖魔界的令牌好去救公冶寂无，不知咱们的师尊又在何处，是否安好呢？"

澹台烬看着玉碗中的药草沉浮，眸光晦暗地说："我去找。"

总得把那个老头带回来，年龄大了，让他凄凄惨惨死在外边，不知道的人，还以为兆悠的弟子死绝了呢。

对衡阳宗来说，最近也是愁云惨淡。

掌门闭关，能不能突破未知，衢玄子的三个弟子，大弟子被妖皇带走，小弟子受了重伤。

清谦听说是逍遥宗的一个男弟子伤了月扶崖，作为执法长老，掌门不在，这种事自然由他处理，他亲笔修仙书一封，传去逍遥宗，希望逍遥宗重重处罚门下弟子，为扶崖讨公道。

那边还没回音，衡阳宗这边苏苏和摇光已经出了衡阳宗，去寻妖魔界的令牌。

摇光容色憔悴："都这么久了，妖皇会不会也给公冶师兄植入了魔丹，把他也变成魔物？或者……他炼化不了魔丹，已经……"

苏苏心中同样担忧，她知道比起自己，摇光心里还多了几分自责，苏苏安慰她道："既然是妖皇亲自把师兄带走，证明在妖皇心里，师兄一定有大用处，他们不会伤了师兄的性命。"

摇光哽咽地说："我们一定要快点找到令牌，去救师兄。"

苏苏点头。

然而说是这样说，真正去找令牌谈何容易，万年前仙魔大战以后，妖魔被逼着蜷缩在寸草不生的魔域，那里空气污浊，修行艰难，比起广袤美丽的仙凡两界，魔域是肮脏狭隘的存在。

却也正因为这样，一个不大的界域，才能被妖皇封闭起来，他们可以从魔域出来，仙界之人却从来没有去过，据说只有拿着魔域令牌才得进入。

摇光毫不犹豫地出来寻，苏苏怕她做傻事，加上自己也担心公冶寂无，一并跟了出来。

"什么地方才会有令牌呢？我们能不能抓一个妖魔逼问？"摇光说。

妖皇才出世，妖魔还不到在仙界猖獗的时候，她们能去哪里寻知道魔域令牌的大妖呢？

苏苏顿了顿，轻声说："人间。"

她最不愿意去的地方。

‖ 第九十三章 ‖

人间还是盛夏。

蝉鸣声阵阵，苏苏和摇光出现在宁鹤镇。

宁鹤镇一到夜晚，就有女子啼哭声，前几日路过的捉妖师，均死在了镇上。

最糟糕的是，镇上的婴儿全部失踪了。

苏苏看着面前的朱红大门，上书匾额"张府"，她抬手敲了敲门环，一个小厮探出头，警惕地问："你们找谁？"

苏苏和摇光化作平凡女子的模样，她道："我和师姐是捉妖师，听说镇上不太平，张员外的夫人即将临盆，我们兴许可以帮帮她。"

小厮不耐烦地说："要骗吃骗喝去别家，少来我们府！"

两个姑娘看上去弱质纤纤，一个眉间朱砂似火，另一个拿了柄看上去就不堪一击的剑，捉什么妖，找个郎君嫁人还差不多。

张员外是附近几个镇子最有钱的人，也因此，来招摇撞骗的人不少。

摇光生气地说："你这人怎么说话呀？我和师妹看你府上妖气冲天，若不是有妖魔，定是被人盯上，这才上门，你竟然说我们骗吃骗喝！"

回应她的，是小厮"砰"的一声关上门。

结果他一回头，发现先前敲门的女子站在院子前的丹桂树下，冲他盈盈一笑："至少，小哥去通报一下主人家吧？"

"你……你怎么进来的？"他明明把大门关得严严实实，这女子竟然能凭空出现，要知道，夫人先前请回来的那些"大师"均做不到这一点，小厮顿时明白过来，眼前的女子有真本事。

他的态度立刻恭敬起来，不复先前的鄙夷。

"小人有眼无珠，仙子多多见谅。"小厮的脸上带着几分犹疑，说道，"不瞒仙子，府上前两日来了两位捉妖师，已经不需要捉妖师了。那两位仙长的道法很是厉害，夫人奉为上宾，提前放了话，让小的不要再放别的捉妖师进来，免得惹那两位仙长不悦。"

"这样啊，那多有叨扰，我和师姐这就告辞。"

言语间，摇光也出现在苏苏身边，她听见小厮的话，很是失望："师妹，我们要走吗？"

苏苏点头。

依摇光的意思，整个镇上，张员外府第是最古怪的，加上镇上屡屡有婴孩失踪，张夫人即将临盆，在张府蹲守，肯定能有大收获。

她急着救公冶寂无，难免心烦气躁。张府是她们最有可能找到魔域令牌的地方。

苏苏心想：不进张府也没关系，可以在周围守株待兔。

两人才要离开，苏苏耳边风声一动，她回头，看见一个七八岁大的男孩，从屋顶上跌落下来。

她连忙飞身过去，堪堪接住落下的孩子。

下面好几个仆从慌忙道："少爷小心！"

摇光跑过来："苏苏。"

苏苏放下小孩，小孩似乎被吓着了，一直没讲话。半晌，他看向屋顶，乌溜溜的眼珠子一动不动地盯着一处地方看。

苏苏循着他的目光看过去，那里空空荡荡，什么都没有，苏苏问："你在看什么？"

男孩喃喃道："猫，我的猫。"

"猫？"摇光说，"哪里有猫？"

她和苏苏对视一眼，均从对方眼中看到了几分别的信息，这个张府果真有古怪。

就在这时，一行人急匆匆赶过来。

为首的是一个大着肚子、穿金戴银的妇人，她听见外面都在喊"少爷小心"，连忙挺着肚子赶了过来。

"方升，娘的心肝儿，你没事吧？"

张沅白依偎在张夫人怀里，露出一双漆黑的眼，看着苏苏和摇光。

张夫人这才注意到家里多出的两个陌生女子："你们是？"

苏苏的视线却落在了张夫人身后的另外两个人身上。

两个道士，身上绣着蓝色的鱼纹。

胖些那个腰间别了酒葫芦，俨然是没有遮掩容貌的藏海。另一个清隽又高挑的陌生少年道士，眼睛一眨不眨地看着她。

见她抬眸，少年反倒率先垂下眸光，依旧是上回别离时不太愉悦的模样。

苏苏却一瞬便认出了他是谁。

还真是……冤家路窄。

她们竟然在人间的一个小镇，遇见了藏海和同样遮掩了容貌的澹台烬。

张夫人听了来龙去脉，连忙对着苏苏道谢："多谢仙长救了我家方升。"

藏海看见苏苏和摇光，笑呵呵打招呼道："黎师妹、摇光师妹，真巧。"

摇光嘟囔道："可不是吗！"

还抢先她们一步来到张府。

张夫人笑道："原来几位仙长认识，这就再好不过了。"

她客气又恭敬地恳求苏苏和摇光留下。

在张夫人看来，澹台烬和藏海都是有本领的人，苏苏和摇光是他们的同宗，想来也很厉害，她即将临盆，若不是怕开罪了澹台烬和藏海，忐忑的张夫人恨不得请一群道长住在府上。

苏苏看向摇光："师姐，我们要留下吗？"

摇光说："当然。"

苏苏见了澹台烬，心中虽然有几分别扭，但是目前以大师兄的行踪为重，她也就没再反对。

张府建得很是雅致，曲径通幽。

张夫人把苏苏和摇光安置在自己院子的不远处，就在澹台烬和藏海隔壁。

藏海小声对身边的少年说："师弟，她们估计也是来找魔域令牌的。"

"嗯。"

澹台烬模样冷淡，摩挲着腰间一块玉佩。

"宁鹤镇有古怪，我们得去提醒一下两个师妹。"藏海拔下葫芦嘴，咕嘟咕嘟喝了两口，一抹嘴巴说，"师弟，是你去说还是我去说？"

澹台烬握住玉佩的手一顿，半晌，他提醒藏海说："你的占卜龟甲，落在张家祠堂了。"

藏海一拍脑门儿，瞬间从醉醺醺的状态清醒："对对对，我怎么把这茬忘了！那龟甲还能给我们指示呢！九旻，你去通知两位师妹，师兄去去就回。"

澹台烬说："嗯。"

等藏海离开，澹台烬抿了抿嘴角，走到苏苏房门外。

他抬起手，又放下来。

澹台烬知道五百年前，苏苏在自己心脏钉入灭魂钉一定有目的。他自小根骨差，可是自她跳下城楼，他脱胎换骨，不管是逍遥宗的逍遥剑法，还是霸道凌厉的刀法，他都能学。

她口中的"神髓"换"邪骨"，他在冥界用了很多年才明白过来个中奥义。

也明白了……她最大的愿望，是两不相欠，永生不见。

多狠心啊，他嘲讽地笑笑，抬手敲响了门。

自他站在外面，苏苏就有所察觉，她本在打坐，一下睁开眼睛。可他没敲门，苏苏也没有发出声音。

就在她以为他要离开的时候，门被敲响。

苏苏顿了顿，打开门，问他："何事？"

少年目光冷淡："师兄让我通知你们一声，宁鹤镇有古怪。"

苏苏看着他冷硬的脸庞，说："多谢你师兄。"

她正要关门，少年一只手臂抵在门上。

两人对视片刻，在少女说话之前，澹台烬缓缓说："我和藏海来宁鹤镇已经八日，这个镇子有一半的婴儿都在半个月前失踪，无人查探出原因，婴孩的家人甚至不知道孩子是怎么丢的。"

见少女专注地听他讲话，澹台烬抵在门上的手指蜷了蜷，继续说："张夫人临盆就在这几日，藏海让我跟你说，府上后山，有处八柳环绕的聚魔阵，张夫人的孩子大概率明晚阴时出生。张府妖气冲天，张夫人夜夜噩梦，妖魔必定会在她临盆以后动手。"

苏苏看着他，轻声说："那，替我和师姐谢谢藏海。"

他面无表情地颔首。

夏日暖阳把少年的影子拉得老长，五百年后，第一次这么平静地讲话，两人谁也不提过往。

一个要救师兄，一个去寻师尊，难得有同一个目的。

苏苏注意到，他不知从何时开始穿白衣了。

蓝色腰封鱼纹把少年颀长高瘦的身材勾勒出来，澹台烬似毫不在意地随口提起："黎苏苏，既然都要去魔域，我……"

苏苏摇头："不必。"

她不等他说完，苏苏知道他要说什么，可是她和师姐有她们的路，澹台烬和藏海也有自己的道。

五百年啊，澹台烬可能永远都不明白，有些东西，埋在心里，长成了孤坟，它难以逾越，不能忽视。

苏苏话音一落，他咬牙看着她。

苏苏要关门，少年猛然捉住她的手臂。那一刻澹台烬有很多想问的，你就那么讨厌我？明明知道我可以帮你，你连看我一眼都不愿意？

明明……明明你其实，偶尔也会对我心软的不是吗？

可是话到了嘴边，对上少女倔强的眼睛，他想起很久以前，自己学着别人，一点点体悟人与人之间的相处。

他们的爱恨、退让和抉择。

人啊，多么虚伪的物种。

他在鬼哭河的无数个日日夜夜，早就揣摩过许多次，再相见时，她喜欢怎样的人，讨厌怎样的言语。

于是苏苏看见眼前的少年，冷然的目光短得让人几乎无法捕捉。

少年鸦黑的长睫颤了颤，抬起眸，显得干净清隽至极。他墨发红唇，笑着开口："往事如烟云，黎苏苏，都五百年过去了，你不会还以为，我依旧记着那些恩怨？修真一途，既要长生，便当舍弃凡尘。你要救人，我何尝不是？妖皇实力深不可测，魔域危难重重，我和藏海只想寻回师尊，你有上品仙器，而我的血能克制妖魔，若想活着回来，最好同行。你放心，我绝不纠缠你。"

他的态度坦然，甚至脸上的微笑，都找不出一丝一毫说谎的假象。

苏苏知道，澹台烬说的是事实。

她有重羽琴，可是目前实力不足，使用重羽琴会被反噬。而澹台烬自出生开始，血肉就可以克制妖魔，当年得了倾世花的那个桃树妖，强大如斯，他一滴血便可让一片桃枝枯萎。

真要去魔域，澹台烬比苏苏和摇光有把握。

可是……他真的忘记叶夕雾了吗？

五百年前她的音容笑貌，她的恨，她的绝望……

苏苏抬眸，不动声色地观察他，从他脸上真的找不出半点儿疯狂和执拗。少年长身玉立，狭长的眼，带着友善谦和之色。

苏苏明白，她已经因为自大欠萧凛一条命，无论如何，也不能在五百年后重蹈覆辙，让公冶寂无出事。

"好，我答应你。"顿了顿，苏苏说，"将来出了魔域，再无瓜葛。"

他嘴角微不可察地垂下一个弧度，也道："自然。"

苏苏点点头，不再看他，关上了房门。

澹台烬收回手，往自己住的地方走，走出老远，咬住唇瓣，死死按住疼痛的灭魂钉，轻笑出声。

他的眼尾带着浅浅的红晕，手指轻轻抵着额角。

你怎么会真的以为……可以毫无瓜葛？

好难受啊，我放过你，谁来救救我呢？

‖ 第九十四章 ‖

既然和澹台烬约定好，苏苏告诉自己，再见到他时，一定心无旁骛，找到公冶寂无要紧。

藏海收了龟甲回来，面色不太好看。

四人坐在张府外的梨花树石亭里，藏海把卦象给他们看："这是我为张夫人未出生孩子卜的卦，这一块主生。"

苏苏看向藏海指着的龟甲，发现上面有明显裂痕。

主生的命脉发生裂痕，证明婴儿保不住。

藏海收起龟甲，乐观地安慰众人道："兴许没那么糟糕，我学艺不精，命数这种事，谁能说得准？先前只有我和师弟在，孩子凶多吉少，如今黎师妹和摇光师妹来了，婴孩保不住就能活下来。"

澹台烬抿了口茶水，看一眼藏海。

藏海别的东西是不行，但他在占卜上的天赋出类拔萃。

为仙占卜，藏海或许比较吃力，耗费大量灵力也只能预测短时间吉凶，但是为一个凡人婴孩占卜，对于藏海来说绰绰有余。

他的占卜结果说婴儿保不住，那么孩子夭折的可能性就很大。

他们四个修为不低，这样都不行的话，澹台烬难免深思，隐藏在镇上的，到底是怎样的妖怪？

澹台烬说："今晚是阴日阴时，张夫人会生产。"

他的语气笃定，也没人质疑。张府有妖气，却无妖怪，看上去风平浪静，除了澹台烬口中后山的八柳聚魔阵，府中一点异样也无。

像是暴风雨前的平静，让人更加心惊。

摇光神情凝重，说："在产房提前布好阵法，我们守着张夫人。"

苏苏觉得有哪里不对劲，脑海里一双黑黢黢的眼睛一闪而过。

她还是决定说出来："我觉得，张沆白看上去很奇怪。"

藏海道："那个小孩？我和师弟先前也觉得奇怪，后来查探过，就是一个普通小孩，据说生下来就不喜欢讲话，性格孤僻，最近他养的猫丢了，正在到外找猫。"

苏苏也只是随口一提，毕竟她接触过孩子，身上没有妖气，也没有不对劲的地方。

再说了，张夫人是张沆白的生母，连张夫人也不觉得自己儿子古怪，张沆白应该是没有问题的。

"张员外呢？"苏苏问，"张夫人都要临盆了，怎么不见张员外？"

"哦，跑茶叶生意去了，据说今日回来。"藏海回答说。

果然，天色黑下来之前，张员外风尘仆仆回来了。

他对着张夫人嘘寒问暖一通，又依次对着澹台烬等人行了大礼。

藏海与张员外客套着，澹台烬的手状似无意地拂过张员外的肩膀。

他眯了眯眼，竟然也正常。

府中没有一个人异常。

苏苏注意到他的动作，也忍不住打量张员外。张员外留着两撇小胡子，生了一张巧嘴，很会说话。

张夫人见到他，眉眼温柔似水，一看便知夫妻俩平时就很恩爱。张员外有钱，却没有纳妾。

没过一会儿，张夫人发作了，产婆连忙准备帮她接生。

张员外在门外焦急踱步，苏苏等人隐在暗处。

摇光纳罕地说："我还是第一次等人生孩子呢。"

澹台烬垂下眼睛，握紧了手中的混元剑。

他生来与普通人不同，有自己出生时的记忆。曾经没有情丝，他为了降临尘世，毫不犹豫地杀死了柔妃。

周国皇帝因为柔妃的死记恨于他，宫人处处虐待他，他从来不明白有什么错，他只想活着，谁生来就该死呢？

现在有了情丝，他心中难免茫然。

不应该这样做吗？

为什么，那个女人活着，他就要死？

他想活，哪怕吃不饱穿不暖，哪怕被人嘲笑，被人打骂，他都想活下去。

不，他眼神阴沉地看着剑上纹路，他没错！

世上无人爱他，哪怕柔妃活着，最后也会厌弃他的。注定会背叛的人，本就该死。

苏苏蹲在他的身边，觉察到他的气息微微紊乱。

她骤然想起自己曾在魇魔幻境中看到的景象，魔神的出生，伴随着残忍的代价。

她想起那个温婉善良的柔妃。

还有抱着死老鼠，为了活下去瑟瑟发抖的襁褓中的婴孩。

苏苏解开自己的乾坤袋，往每个人手中塞了一块做成兔子模样的梧桐木。

摇光诧异道："这……是长泽山的梧桐木吗？"

苏苏点头，语气带着笑意："小时候爹爹刻的，他为了防止我乱跑，在上面施了仙术，可以助人平心静气。暗处的妖魔不知是何物，我们带着梧桐木，以便时时刻刻警醒。"

藏海赞道："还是黎仙子贴心。"

苏苏把玩着自己掌心的兔子，对他笑了笑。

澹台烬手中猝不及防多出一只木头兔子，它小巧玲珑，还不及一个指头大，看上去呆呆的，十分乖巧。

兔子身上萦绕着白色灵气。

心中那些沉顿的郁气慢慢散开，他迟钝半拍地看向苏苏。

少女若无其事，专心致志地盯着产房。

这边人手一块梧桐木，那头一声婴孩响亮的哭声响起。

澹台烬收好木头兔子，与玉佩放在一起，觉察到什么，他抬眸盯着产房："阴时到了。"

孩子果然是三阴体，这样的体质最容易招来邪魔。

他们对妖魔来说，是大补之物。

产婆抱着孩子出来："恭喜张员外，贺喜张员外，夫人生了个小公子。"

张员外松了口气，喜不自胜，抱着孩子不住打量，乐得合不拢嘴。

苏苏看见他怀里皱巴巴的婴儿，孩子很健康。

张员外连忙抱着孩子进去陪夫人了。

藏海说："竟然什么都没发生。"

苏苏也觉得奇怪，按理说，妖魔不应该来抢婴孩的吗？

澹台烬看着宅子里弥散的妖气，道："再等等。"

这一等，就足足等了好几日。

张员外宴请众人吃饭，委婉地说："近来镇子上婴孩失踪的流言，兴许只是他们家里弄丢孩子的说辞，宁鹤镇自古安稳，哪里有什么妖魔？诸位为我夫人操心了，如今麟儿已平安出生，诸位道长若是还有事在身，鄙人一定重金犒赏，好好为诸位饯行。"

苏苏万万没想到，千等万等，等来的是主人希望他们离开。

府中安好无事，张员外看他们就像在看神棍。

摇光刚要说什么，澹台烬笑道："好啊，那我们就不叨扰了，这就离开。"

他抱拳行了个礼，没要张员外让人拿来的白银，径自出府。

苏苏他们一并跟上。

藏海道："太奇怪了，如果没有妖，那这妖气是从哪里来的？"

摇光也说："我们真的要离开吗？"

纷纷扬扬的梨花落在澹台烬脚下，他说："在暗处接着等，看看会发生什么。"

黄昏，张员外乘着马车出了府。

"妻子才刚生产，他又急着去做生意？"藏海问。

苏苏掐了个仙诀，在自己的眼睛上拂过。

再看马车时，她看见张员外带着的箱子里，那团小小的褓褓。

"孩子在马车上。"

"什么？张员外要带他儿子去哪里？"

众人立刻意识到，妖魔兴许要出现了，均悄无声息地跟了上去。

那辆马车在出镇子的时候，绕了路，从小路驶向张府后山。

摇光说："他要去八柳聚魔阵。"

张员外怎么会害自己的亲生孩子呢？

马蹄声嗒嗒，响在夜里，几人藏在山石后面，看着张员外抱着孩子下了马车，朝聚魔阵走去。

聚魔阵中，八棵柳树无风自动，森然妖气从聚魔阵中传出来，柳树中传来阵阵鬼哭声。

张员外跪下："恭迎主人。"

中间那棵鬼柳里，缓缓出现一只三头怪物，他动了动三个脖子，变成一个阴柔的男子。

张员外高兴地说："主人，这次的婴儿是个三阴体。"

"哦？"男子饶有兴趣地接过婴儿，打量片刻，说，"不错，不错。等我回到魔域，把炼成的魔丹献给妖皇，一定少不了你的好处。"

"谢谢主人。"

听到"魔域""魔丹""妖皇"几个词语，几人对视了一眼。

眼见男子要带着婴儿进入鬼柳。

澹台烬抬手，无数金线飞射出去，张狂如瀑，卷住三头妖怀里的婴孩。

多余的金线如雷霆，带着杀意刺向三头怪。

澹台烬拽住襁褓，递给摇光："抱好。"

摇光连忙护住怀里的婴儿。

三头妖躲开金线，阴戾地看着苏苏等人，下一刻，化作原身，与几人战在一处。

苏苏发现，这妖怪很弱，她甚至不用祭出重羽，都不觉吃力。

三头妖也很快意识到来人都不是善茬，他不甘地看一眼摇光怀里的孩子，纵身返回鬼柳之中。

藏海道："不好，他要跑！"

三头妖手上一定有去魔域的令牌，想到师兄，苏苏咬牙，跟进了鬼柳。

澹台烬皱眉，也走进鬼柳。

藏海说："等等我，等等我！"

摇光抱着啼哭的婴孩，担心孩子出事，只好焦急地站在原地。

澹台烬进入鬼柳之中，鬼柳相当于一个传送阵，转眼他到了另一处洞府里。

洞府里传来细碎的脚步声。

他手腕一转，混元剑凌空出鞘，悬在他身侧，飞向一个地方。

堪堪在少女身前停下。

"黎苏苏？"他皱眉道。

苏苏从洞府深处走出来，轻嘘了口气："你怎么也跟进来了？"

她走到他身边，四处看看："这里似乎是妖怪修炼的地方，我们多加小心。"

"嗯。"

"里面有条路，他应该从那里逃走了。"

少女回眸，握住他的手："别走散。"

澹台烬盯着他们交握的手，跟她一起往洞府里昏暗的路走。

两旁石壁亮着光，苏苏警惕地看着前方。

澹台烬突然开口："苏苏。"

"什么？"她回头。

少年突然靠得很近，他脸蛋清隽，在幽暗的地方，漂亮得不像话，偏他笑得也纯然："我上次说毫无瓜葛的话，都是骗你的。"

澹台烬用手指缠绕她的发，低声缱绻说："我怎么会放过你？只会和你纠缠生生世世，直到白骨枯朽，一同腐烂。"

"你呢？喜欢我吗？"

他的眼睛在昏暗的石室中，仿佛带着幽静的光，等着她的答案。

见苏苏久久不答。

澹台烬蛊惑般，在她耳边说："我高兴的话，把焚念圈送给你哦。"

不知何时，他把玩着一个拳头大小的金圈，金圈在他手中变化成一条条锐利金线，又慢慢熔铸成金圈。

原来这叫焚念。

天地间难得的束缚武器。

少女呼吸一滞，笑着轻声对他说："喜欢。"

他笑了。

澹台烬闭着眼，似乎在感受听她说喜欢时的声音，有什么感觉。

片刻后，他睁开眼，眼里一片失望。

"果然，赝品就是赝品，还是没让我开心。如果是她，哪怕就这样看着我，我都该兴奋了。"

他舔舔唇，焚念化作无数细丝，眼前少女惊恐地看着他，慌张中，媚眼如丝靠过来，却在下一刻，来不及说话，甚至来不及惨叫，已经被生生绞碎。

"嘘，"少年低声说，"哪怕她把我的心踩得粉碎，也轮不到你来取悦我。"

澹台烬眼尾垂下，面无表情地看着地上的人化作一团魔气。

原来是……这样啊。

‖ 第九十五章 ‖

苏苏追入鬼柳中，眼前一晃，她遮住眼睛，石壁上的烛光摇曳，她飞身过去，指尖真火化作一柄利刃，把三头妖钉在石壁上。

化作原形的三头妖痛苦地挣扎着，怨愤不已。

另一端，少年束缚住三头妖的爪子，苏苏说："澹台烬？"

少年回过头来，冲她点点头："你还好吧？"澹台烬的白衣一尘不染，眸中带着几分担忧之色。

苏苏说："你也进来了，那藏海师兄和摇光师姐呢？"

澹台烬说："师兄跟进了鬼柳，摇光仙子我不清楚。"

话语间，他抬手，一柄匕首割破三头妖的喉咙。

"你做什么！"苏苏要阻止，可是来不及，三头妖化作一团魔气，消失在原地。

苏苏难免有点儿生气："三头妖死了，我们去哪里找令牌？"

澹台烬说："无碍，我知道令牌在哪里，我过来的时候看见了，三头妖试图带走一个木匣，里面有令牌。"

他率先转身："跟我来。"

石壁里明明没有风，苏苏却觉得有点儿冷，她抱紧胳膊，跟在澹台烬身后。身前少年腰间流转的鱼纹光华，在石室中若隐若现。

她突然顿住脚步，狐疑地看着他："澹台烬。"

"怎么了？"他回头。

"藏海师兄呢？"

澹台烬淡淡说："可能走散了吧。"

见少女面露迟疑，他抿了抿唇，说："石室里面毕竟是三头妖的老巢，很危险，事不宜迟，我们拿了令牌赶紧出去。"

苏苏走近他，她心中始终觉得不对劲，她和澹台烬这么顺利就把三头妖杀了，还找到了令牌？

离得近了，她闻到少年身上淡淡的松柏清香，他气息干净，没有丝毫妖气。

苏苏伸手拽住澹台烬的衣袖，抬眸看他。

他似乎有几分诧异，眼里带上克制的笑意："怎么了？"

苏苏收回手："没事，石壁太暗，我怕和藏海师兄一样，走散了。"

没有，还是没有妖气，不管是从声音还是形貌，甚至气息，眼前的人都是澹台烬无疑。

难道是自己想太多了？

两人沿着石室走，果然没一会儿，在里面的玉床上，放着一个木匣。

澹台烬打开木匣，把里面的令牌递给她："找到了。"

苏苏没有伸手去接，她看着少年修长苍白的手指，和他手上那枚漆黑的令牌。

"既然东西找到了，我先前赠你的梧桐木，可以还给我了吗？"

澹台烬看着她，没有说话。

石室内一下安静下来，眼前的少年突然诡异地一笑，把令牌朝苏苏扔过来，令牌在空中化作一团青褐色烟雾，朝苏苏涌来。

苏苏心中觉得不对劲，本就防着他，连忙挥袖把烟雾拂开。

她的掌中出现一簇燃烧的业火："你不是澹台烬，你是谁？"

"澹台烬"纵身要逃，苏苏掐了个仙诀。

"火灵，掠阵。"

周围业火四起，猛然连成一个六芒星图案，把"澹台烬"困在其中，苏苏一掌打在他的肩膀上，他摔落在地。

"别杀我，别杀我！"少年求饶道。

业火照亮苏苏的脸，她问："你是谁？澹台烬和藏海呢？三头妖又在哪里？"

地上的邪魔抬起头，几枚薄如蝉翼的兵器出现在苏苏身后。

苏苏连头也没回，零星的业火化作荧光，撞上身后的蝉翼兵器。

邪魔见偷袭不成，愤愤地看她一眼，毫不犹豫滚入业火中，化作一团魔气消失了。

重羽说："苏苏，不对劲！"

苏苏回头，看见方才魔物扔出来的令牌，化作黑气，已然蔓延了整个石室。

澹台烬不知何时出现在苏苏身边："走！"

可惜已经来不及，厚重的石室大门，就在眼前猛然合上。

他们来不及出去，被困在石室里面。

烛光中，苏苏后退一步："澹台烬？"

白衣少年缓缓回过头来，他看着她警惕的目光，皱眉说："三头妖不知得了什么法器，他本身修为不高，却可以控制妖魔幻化，但我不是妖魔变幻的化身，信不信由你。"

他解释完，焚念圈在他手中化作无数金丝，试图抬起石室大门。

可惜石门丝毫不动。澹台烬一个仙诀打过去，猛地他捂住胸口，嘴角流下一丝鲜血。

他沉着脸开口道："是吞噬阵。"而今阵法已经启动了，以石室为阵眼，他们被困在了里面。

重羽琴从苏苏的颈间飞下来："让重羽试试。"

铮铮音波响起之前，它被澹台烬拽住。

"少帮倒忙，"澹台烬冷声说，"吞噬阵意为反噬，你对它做了什么，全部会反噬在自己身上。你毁了石室，吞噬阵只会让我们死得更快。"

但如果找不到办法出去，时辰一到，他们就会化作一摊脓血。

重羽委屈地飞回苏苏怀里。

出了苍元秘境，它总想保护苏苏，展现自己的强大。可是初次现世的神器，有了自己的灵识，却有太多东西不懂。

它意识到自己在这里是无用的，没能帮上忙，垂头丧气地变作吊坠。

苏苏安抚地拍了拍它。

听到是吞噬阵那一刻，苏苏也知道棘手了。他们不能强行破阵，打在阵法上的仙法都会反噬到自己身上。

澹台烬回头，走到苏苏身边，黑黢黢的瞳十分无辜懵懂："你知道吞噬阵如何破解吗？"

"你既然知道这个是吞噬阵，兆悠仙君没有教过你？"

澹台烬摇头说："没有。"

"哦。"苏苏板着脸回答。

她的心里十分怀疑，谁学阵法的时候不学破阵之法？

但既然困在一起，貌似还是因为她触发的阵法，苏苏只好说："吞噬阵是邪阵，要破解的办法有两个，一是有人从外面攻击阵法，露出生门；二是……"

她顿了顿，朗声说："有人用命魂献祭，让吞噬阵自己打开。没关系，藏海和摇光师姐在外面，他们发现不对劲，就会破阵的。"

澹台烬漆黑的眸看着她，五百年后，她鲜少再这样心平气和地与自己讲话。不带着厌恶，反而带着鼓舞，似乎要给他信心，他们能从这里出去。

这样顽强坚忍的苏苏，他多久没见到了？

其实她一直是这样的，不愿向任何境况屈服，总能找出更好的办法。所以五百年前，她到底该如何绝望，才会选择从城楼之上一跃而下。

他低声道："对，师兄会来的。"

然而说是这样说，石室中，魔气开始朝苏苏和澹台烬蔓延。

这才是三头妖的撒手锏，他几乎把老巢布置成了一个必死之地。狡兔三窟，他抓了那么多婴儿，恐怕早就预想到了这一天。

吞噬阵如一面镜子，对着它施法，它会反噬回来。而倘若试图用结界隔开魔气，它的反噬反而会让魔气更快进入仙体。

不能布置结界，只能任由魔气进入身体。

渐渐地，苏苏的脸色变得苍白。

之前在苍元秘境的魔降，月扶崖魔气入体，疼痛不堪。

而今苏苏也体会到了这种滋味。

每一丝进入经脉的魔气，都如同钝刀割肉，一点点撕扯着血肉，她咬牙，没有发出声音。

苏苏盘腿坐在角落，祈祷藏海和摇光快些来破解吞噬阵。

澹台烬的目光落在苏苏身上，少女闭着眼，额上渗出一层细汗，如一株静静绽放在夜里的昙花。

眉间朱砂却妖娆淋漓，与她本身的气质形成巨大反差，少女唇如丹朱，惊心动魄。

等了许久，藏海和摇光依旧没来，石室中的魔气越发浓厚，不知道破碎后的令牌到底是什么，竟然承载了如此浓重的魔气。

苏苏觉得浑身都难受，仿佛有座无形的山，压得灵魂都沉甸甸的。

魔气进入仙体，时间短的话，及时逼出还好，可若时间长了，不仅纯粹的灵根会受损，修为难以提升，停在瓶颈，还有可能走火入魔。

她疼得身体微微轻颤着，努力集中意念，在心底默念清心咒，试图忘记这种锥心般的痛苦。

下一刻，身边突然出现清冽的气息。

一只微凉的手，轻轻触上她的脸颊。

少年冰凉的唇，落在她的额上。

苏苏猛地睁开眼，"啪"的一声，她一巴掌落在他的脸上，向后退了两步。

"你做什么？"

额上那点柔软微凉的触感难以忽视，那一刻苏苏的心跳漏了半拍，她恼羞成怒地看着眼前的少年。

不是说好再无瓜葛吗？他现在又在做什么？

澹台烬的脸偏过去，看着地面。

他缓缓伸手，擦了擦自己的唇角，没有半点儿羞愧之色，平静地说："帮你转移魔气，你不是，快受不了了吗？"

苏苏愣住，她这才发现，经过澹台烬刚刚那一触碰，自己体内的魔气的确转移了少许。

少年抬起眸，黑黢黢的眼坦荡地看着她："怎么，你以为我要做什么？"

他的脸上带着几分自嘲之色。

少年低声呢喃道："我在你心里，就这么不堪？"

脆弱在他的脸上一闪而过，有一瞬，苏苏心里也不舒服，她没想到澹台烬是为了帮她转移魔气。

她垂下眼睛，许久以前，在桃树妖体内，她做过同样的事，帮他转移倾世花残余的力量。

人之精气，凝聚在头颅，消散于头颅。

耳鼻口目，她当年贴上他的唇，为他清除倾世花的力量，是最不费力的办法，而要从额上转移魔气，则需要耗费许多灵力。

"抱歉，我不知道。"苏苏说，"你不必如此。"

澹台烬冷冷地说："藏海和摇光还没来，真要等到他们过来，你的灵根已经毁了。"

苏苏也明白这个道理，他们被关在石室中，已经快两个时辰。

藏海和摇光一定被什么事绊住了，不然发现不对劲，可能早就赶了过来。

最糟糕的可能就是，藏海和摇光那边也出了事，难以脱身。

苏苏和澹台烬都已辟谷，在石室活下去不成问题，可是身体里的魔气会一直折磨着她，还会侵蚀毁去她的灵根。

苏苏沉默片刻，依旧摇摇头。

澹台烬也修仙，他也是修真界万里挑一、纯粹的天灵根之体。

她的确憧憬无上神道，可是她并不需要别人为她牺牲，尤其当那人是澹台烬。

少年轻哂："你以为我会牺牲自己来救你？"

苏苏抬眸，难道不是吗？

澹台烬漫不经心开口："我体质特殊，魔气对我没用。"

天生邪骨的体质，难不成真的不受魔气影响？苏苏还要说什么，后脑勺被人扣住，她猛地撞进少年一双带着七分乖戾、三分不耐烦的眼："黎苏苏，你到底是想成神，还是想被毁了？你的道心，就如此可笑吗？"

少女眼波盈盈，皱起眉来，似乎还在犹豫。

澹台烬盯着左手使力，唇印上那点他觊觎已久的朱砂。

是神是魔，是对是错，是真话或者假话，谁又在乎呢？

他闭上眼。

可笑的从来都不是黎苏苏，是他啊。

‖ 第九十六章 ‖

紫色魔气从苏苏体内汇入澹台烬身体中，额上的唇微凉。

苏苏的眸光恰好落在他的喉结处。觉察到她的目光，澹台烬极力克制，才能克制被她注视自己身体的兴奋感。

但他难以控制住本能的反应，喉结微微滚动。

苏苏心里觉得怪怪的。

虽说转移魔气一事，对她百利无一害，但兴许她内心对他存在偏见，明明不该想歪的事情，她总觉得不对劲。

她双手扶着他的手臂，想要推开他。

少年嗓音喑哑沉郁："快了。"

他讲话时苏苏更不适应，少年的唇不知道什么时候不再凉，额上的灼热轻轻擦过她的肌肤。

嫣红朱砂仿佛被什么柔软濡湿的东西轻轻一触。

苏苏猛然推开他："你！"

她捂住额头，正要说什么，澹台烬却神色淡漠，闭眼开始吸纳整个石室的魔气。

他竟然打算把石室中的魔气都吸入他自己身体里！

"你疯了吗？"苏苏轻声呢喃道。

魔气浓郁，铺天盖地朝着少年身体中涌去。只须臾，澹台烬的唇就变成了妖异的紫色。

他自己也清楚，单单转移苏苏体内的魔气无用，只要石室中魔气还在，依旧会侵蚀她的灵体。

澹台烬额上渗出一层汗珠，他知道面前的少女在看他。

魔气入体，像滂沱的洪水，冲击每一丝经脉，疼得他险些闷哼出声。澹台烬死死咬着牙，他的确在骗她。

纯粹的神髓，哪里容得下如此多的魔气？他的身体无比排斥魔气。

倘若有大能在这里，一定会觉察到他的气息不再纯净，没有一点儿仙灵之气，他此刻说是邪魔也不为过。

但他不能当邪魔，会……被讨厌的。

澹台烬猛然想起自己体内的魔器屠神弩。

天地万物，相生相通。

有没有可能把魔气转入屠神弩中？

念头一出，澹台烬立刻试图调动经脉中的魔气，把它们推入屠神弩。

屠神弩略微亢奋，竟然并不排斥这股魔气，澹台烬推过来，它便尽数吸收了。

这个过程十分漫长且痛苦。

魔气在他体内要运转两个周天，才能在不祭出屠神弩的情况下，被屠神弩吸收。

苏苏一直看着他，眼见他身上的气息与妖魔无异，她忍不住说："澹台烬！"

少年睁开眼，冰冷漆黑的瞳，带着几分妖异的紫色。

旋即他眨了眨眼，苏苏再看，紫色消失了。

他通身汗水，目光牢牢锁住她，半晌扬起唇："我没事。"

重羽从苏苏的脖子上飞下来："不对。"

它围着澹台烬飞了一圈，澹台烬眯眼看它，也不阻止。

"重羽，你发现什么了？"

重羽飞回苏苏手中："没有，重羽什么也没发现，刚刚有一瞬，他像是邪魔，可是现在，魔气都不见了。"

重羽也非常奇怪，它到底是神兵，对于强大的魔器会有所感应。

它明明感受到了澹台烬体内屠神弩嗜血的躁动感，可是当它飞过去，那股危险的气息却消失得无影无踪。

眼前的少年乌发黑眸，嘴唇没有半点儿血色，他靠坐在角落，难得地带着虚弱感。

苏苏收起重羽琴。

石室中没了魔气，对她来说也就没了威胁。

角落的少年抱紧自己，不知道是不是吸纳太多魔气的原因，身体微微发抖。

他很难受。

苏苏打坐了一会儿，复又睁开眼，走向澹台烬。

不管是不想造就一个大妖魔，还是不想恩将仇报，她都应该去看看，她伸手搭上澹台烬的脉搏。

澹台烬的目光从地面移开，缓缓落在她的身上。

他感受着少女柔软的指腹，尽管身体为了压抑屠神弩而痛苦，神经却集中在手腕上一处。

因为苏苏靠过来，所有感官一瞬被放大。

空气中似乎带着夜里盛放的昙花香气，屠神弩本就是至阴至邪的魔器，它似乎幻化出一个邪恶的声音，在他的耳边蛊惑——

"她蓄意接近你，欺骗你，你何必对她好？"

"你知道自己克制不住的，你看看这副谨小慎微的模样是你自己吗？你早晚会在她面前原形毕露。

"一头狼把自己伪装成羔羊，真可笑。黎苏苏即便喜欢上了这样的你，可是你自己也知道，这不是你，只是你伪装出来的模样。

"她触摸你，你明明连呼吸都急促了，何须压抑？你有屠神弩，想做什么就做什么。"

笑声在脑海里响起，澹台烬唇瓣干燥，邪意在心中肆虐。

他死死盯着他们肌肤相触的地方，身体在痛，他却因为她的手指在自己的手腕上，生出无限的兴奋来。

屠神弩的蛊惑一遍遍在他脑海回响。

他指尖轻颤，半晌在心中冷冷对那个声音说："闭嘴！"

与此同时，他调动体内的仙灵之气，狠狠镇压住屠神弩。躁动的屠神弩不甘不愿地平静了下来。

苏苏收回手，疑惑地看着澹台烬，没有，如重羽所说，看上去没什么问题。

澹台烬突然说："快二十个时辰了，二十个时辰一过，吞噬阵正式启动。"

石室中不分昼夜，苏苏也意识到，这回真要出事了。

好不容易解决魔气侵蚀经脉的问题，吞噬阵却依旧困着他们，藏海和摇光一直没有出现。

一旦吞噬阵启动，她和澹台烬就会化作一摊血水，被阵法吞没。

澹台烬却靠着石壁，对苏苏说："脸色别那么难看，大不了时辰一到，我为你破阵。"

即使献祭命魂，也要让她出去。

他曾经唯一惧怕的东西是死亡，可不知道从哪一天开始，他更怕的，是他还活着，却上穷碧落下黄泉，无论如何都找不到她。

大梦一生，那一辈子，太苦了。

他从鬼哭河中爬出来，流着泪让身体寸寸破碎，再重新长好，不是为了再一次看着她死在面前。

苏苏自然不信，她见过太多次澹台烬为了活下去不择手段，活下去是长在他骨子里的东西。

他不怕苦，不怕痛，却唯独杀尽天下人也要活着。

她拿出传音罗盘，试图联系师姐。

可惜声音只能在吞噬阵内回荡，阵法连她的声音也吞噬掉了，传不出去。

时间越来越接近第二十个时辰。

澹台烬脸色凝重下来，垂眸看着地面，不知道在想什么。

石室大门"咔嗒"一声响，周围阵法猛然被人破开。

外面两个人分别说："苏苏！"

"师弟。"

是藏海和摇光来了。

摇光跑过来，上下打量苏苏："苏苏，你没事吧？"

苏苏摇头："还好你们来得及时。"

摇光神色晦暗，沉默下来，苏苏敏锐发现她的眼眶是红的，俨然哭过。

她第一时间意识到不对劲。

张府那个婴儿呢？

藏海也不复以前的嘻嘻哈哈，看上去愧疚低沉，他抹了把脸，说："对不住，都是我的错，我跟你们进鬼柳之后，本想帮你们捉住三头妖，找到去魔域的令牌。可是，我遇到了'九旻师弟'和'黎仙子'。"

原来，藏海进入鬼柳没多久，遇见"澹台烬"，"澹台烬"说追丢了三头妖，怕中了调虎离山之计，先回去看看摇光和婴儿。

谁知那个"黎苏苏"刚从摇光手中接过婴儿，"澹台烬"便发难，打伤了藏海，带着"黎苏苏"和婴儿消失在原地。

藏海和摇光反应过来不对劲，两只妖魔已经消失不见。

"我也有错，我不该轻信于人。那两只妖魔不仅和你们长得一样，连身上的仙灵之气都一样。"摇光皱着眉，"虽然这样说很消沉，可兴许即便他们再出现在我们面前，我们依旧难以分辨。"

摇光和藏海的心里都不好受，孩子就在他们手里丢了，加上藏海先前那个卦象，显示孩子凶多吉少，摇光忍不住掉了泪。

苏苏安慰地抱了抱她，低声说："师姐，不怪你。自古幻化，哪怕能幻化成一样的容貌，可是体态、衣裳、身上的东西、说话方式均不相同，也不能骗过修为比自己高的人。"

苏苏说："三头妖明明打不过我们，可是他和手下邪魔的幻化，不仅和真人一模一样，连气息都无二，按理说，没人能做到这一点。"

可是三头妖做到了。

摇光除了悲愤，心中还不免惊骇："如果他有这样的能力，那三界岂不是都很危险？"

这话也是其他人心中想的。

三头妖的能力若真如此恐怖，若他们变成衢玄子等仙界大能去杀人，就太过可怕了。

妖魔们混入仙山，无人能识别。

"不，应当不会，"苏苏沉吟片刻，摇摇头，说道，"妖魔本性自大狂妄，三头妖如果真有这种本事，早就杀害仙门中人去了，可他躲在凡间，收集婴孩，证明要么幻化术有弊端，要么有限制。"

她这样一讲，藏海立刻赞同："对，三头妖修为也不行，在师弟手下数十招都过不了。"

众人松了口气，不是无法破解就好。

"当务之急，是找到三头妖，在他杀了婴孩前，把婴孩救出来，让他交出魔域令牌。"苏苏说。

摇光说："可是去哪里找他？我和藏海师兄追丢了他的踪迹，这妖怪修为不行，逃跑的本事一流。"

可不是吗？苏苏想，甚至可以说心思缜密，用幻化术骗了所有人，还提前许久布置好吞噬阵在老巢，一看就不是靠武力值活到现在的妖物。

他应当不是什么小妖，而是活了很多年的大妖魔，生存手段绝非一般。

他们四个人加起来，兴许还没有老妖怪年岁的零头大。

澹台烬一直没讲话，此刻却冷不丁开口："去张府。"

他声线清朗，分析道："我如果是三头妖，会回张府。一来，我们是从张府追过来的，无论如何都不会想再回张府看看。二来，张府那个小孩，张沉白有问题。"

"有、有什么问题？"藏海忍不住问。

不就是个不爱讲话的凡人小孩吗？

澹台烬顿了顿，微微一笑："他杀了人。"

藏海："你怎么知道？！"

澹台烬说："我看见了。"

藏海听见这个回答，差点一口气闭过去，哆嗦着唇："师弟，你……"

你看见了，竟然不阻止，也不吭声，就看着张沉白杀人，师弟，你真是个修仙者吗？

澹台烬冷冷看藏海一眼，似乎在反问，有什么问题？又不是我杀人。

苏苏叹了口气，眼前澹台烬莫名地和五百年前那个冷血心肠的人重合，纵然修了仙，骨子里有些东西倒是没变，他没什么善良心肠。

也没觉得死个把人是多大的事。

"我们回张府。"

一行人御剑回张府的路上，苏苏听见藏海絮絮叨叨教导澹台烬。

"师弟，师尊说，修真者应当已识乾坤大，犹怜草木青，你明白吗？"

澹台烬说："不明白，离我远点。"

藏海飞到澹台烬左侧："师弟，师尊说，心魔往往是由一些小事演变而来，你明白吗？"

澹台烬额上的青筋一跳，世界上怎么会有这么烦人的人，我杀了你信不信！

藏海飞到他右侧："师弟，师尊说……"

如是几遭。

"师弟……"

澹台烬说："明白了。"

"哎？"藏海摸摸头，他还没说完，师弟突然就明白了？

"明白就好，明白就好，下次不可再犯。"

苏苏回眸，眼睛里止不住带上笑意。

逍遥宗，是个很好的宗门。

没了藏海在耳边叽叽歪歪，澹台烬审视自己体内的屠神弩。

上次他使用屠神弩，屠神弩还未这样强大，能被他压制住，而今吸收了石室中的魔气，它显得邪气森然。

像条蛰伏的毒蛇，嗞嗞吐着芯子。

澹台烬微微皱眉。

‖ 第九十七章 ‖

张府。

苏苏看着那妖物化身的"张员外"，安慰丢失孩子的张夫人。

张夫人哭得死去活来，张员外一脸心疼之色。

三头妖的幻化术，竟让人连朝夕相处的枕边人都认不出。"张员外"带走张夫人才产下的婴儿，却回到她身边与她一起生活，不知是贪恋人间繁华，真对张夫人有情，还是另有图谋。

不过，都不重要了，他害死张员外再李代桃僵，把刚出生的婴孩送给三头妖，已经足够让他偿命。

妖魔化身的"张员外"走出房门，苏苏指尖业火飞出，他还没来得及发出声音，已经成了一堆飞灰，甚至没有惊动屋子里的张夫人。

澹台烬侧头，看见苏苏清冷的眉目。

他眼神晦暗，对待犯了错的人，她是否永远这般果决？

摇光说："杀得好，这妖太坏了。"

她还在为婴孩的事情耿耿于怀。

几人这次清楚了三头妖的手段，悄无声息地来到张小公子房门外。

果然，他们看见了那三头妖。

三头妖化身成一个魁梧的男人，拎起张小公子，他看上去很暴躁："把这些珠子全部注满，听见没有？"

张小公子漆黑的眼珠子看着他，缓缓摇头："我要我的猫。"

"猫？都说了，那畜生找不到。你吞了老子的幻颜珠，你娘还把那几个修仙的招来宁鹤镇，立刻把这些琉璃珠子注满幻颜珠的力量，否则我杀了你弟弟，再杀了你。"

男孩的声音缥缈，仿佛没有听见威胁："猫，只要猫。"

三头妖见他听不进去，眼神一厉，动了杀心。虽然舍不得男孩体内的幻颜珠，但是这男孩生来脑子就不正常，自己杀了太多婴孩，再留在人间会引起修真者的注意。

如今回去魔域，投靠新的妖皇才是正经事。

眼见三头妖动了杀心，无数金线从窗外飞出，缚住三头妖的手足。

焚念金线带着雷霆之气，往外一收，三头妖身不由己从房间内飞出。

一只绣着鱼纹的白色靴子踩在他的胸口，三头妖抬眸，看见澹台烬微笑的脸："给你个机会，魔域令牌呢，嗯？"

三头妖阴戾的眼在他们身上扫过："你们竟然还没死。"

"少废话，魔域令牌拿出来。"摇光说。

"仙界的人想去魔域，你们找死。"三头妖恶狠狠地一笑，"我活了数千年，没想到今日栽在几个黄毛小儿手中，要杀要剐，悉听尊便。"

他虽这样说，身后风声一动，苏苏回头，看见一双阴森森的眼睛。

她连忙拉着摇光后退一步，摇光也看见了打算偷袭他们的东西，竟然是个满脸是血的孩子魂魄。

孩子五六岁大，见他们发现了自己，发出一声哭声。

他的哭声像是无数个孩子凄厉的哭声集合而成。

藏海沉声说："是魔婴！"

所谓魔婴，就是用最残忍的方式杀了婴孩，取他们的魂魄，放进器皿中互相撕咬，不断注入魔气，最后只留下来一个魔婴魂魄，一如养蛊。

死的孩子越多，魔婴看上去年龄越大。养这玩意儿，罪孽深重。

为了取悦妖皇，振兴妖魔界，三头妖费了不少功夫。

一看眼前的魔婴便知，死了不少孩子。

魔婴的爪子带着冰冷寒光，凄厉地朝着他们抓来。

所有人连忙避开，摇光的剑飞刺过去，穿透魔婴的身体。

"他是魂魄，我们的仙术对他无用！"

苏苏抬手："重羽！"

重羽会意，变作一把箜篌，出现在苏苏手中，冰蓝色的琴身碰到苏苏手指那一瞬，通体火红，如要燃烧。

她的手指一拨琴弦，琴波如流羽，朝着魔婴打去。

地上的三头妖原本嘲弄地看着他们，谁知音波撞上魔婴，魔婴嚎叫一声，脸上流下血来。

"怎、怎么会……"

苏苏再一拨琴弦，魔婴委顿在地，慢慢消散。

这回重羽知道要控制力量，苏苏除了胸口有点闷，没有上次那种被反噬的不适感。

她收起重羽，重羽兴高采烈地化作吊坠，安安静静地缩回苏苏身上。

三头妖见最后的撒手锏都没了，神情灰败，但他依旧宁愿死也不肯说出魔域入口的令牌是什么，在哪里。

就在这时，门口一直盯着他们的张沇白开口："我可以给你们令牌。"

小孩空洞的眼睛看向苏苏："你随我来。"

他说罢，转身朝前走，也不在乎苏苏等人跟不跟上。

苏苏见地上的三头妖怨毒地看着男孩，男孩带的路应当没错，顿了顿，她跟上去。

男孩绕了曲曲折折的路，最后在一个山洞前停下。

他说："我的猫就是在这里不见的，我的猫怕黑，你也怕黑，你进去，才能走它走过的路，把它带回来。"

苏苏长睫微颤，第一次有人点出来，你也怕黑。

不，她原本不怕的，可是倾世花命运下的世界，太黑暗了，像永远没有希望的永夜。

男孩的声音毫无波澜："你帮我找回猫，我给你令牌。"

想了想，他偏头："你找不回它，我也给你令牌。"

至少有人陪他的猫一起害怕过。

摇光还是第一次知道苏苏怕黑，连忙对张沇白说："喂，你别太过分，我进去给你找猫行不行？！"

男孩摇头，手指向苏苏："只要她。"

苏苏沉默片刻，笑了笑："可以，我进去。"

她刚要往山洞里走，摇光说："师妹！"

一只手猛然拉住她。

苏苏回头，看见一双漆黑的眸，自从澹台烬上次在房门口，与她"讲和同行"以来，他再不提过往的所有事。这是第一次，她见到澹台烬的情绪外露得如此明显。

"你为什么怕黑？"澹台烬问。

他的声音轻颤，带着他自己都不知道的茫然和胆怯，死死地盯着她，迫切地想知道答案，却又在最后关头胆怯了，仿佛她说出答案，等待他的就是再无希望的凌迟。

她明明不该……怕黑的。

当年魇魔入叶冰裳的梦境，叶夕雾曾在夜里追他出来，与他一同进入魇魔梦境中。那时候她拉着自己的手，生气蓬勃，还骂他没脑子，为了别人的女人，连命都不要。

她踽踽独行，太阳还没升起来，她走过人间的夜晚，她那时候会笑、会嗔怒。

而五百年后，一个吞了幻颜珠的诡异男孩，竟然说她怕黑暗。

她是什么时候开始害怕黑暗的？

看着眼前少女冷清的眸，澹台烬的脸色渐渐变得惨白。

苏苏抽回自己的手臂，语气微冷，道："他乱说的。"

她第一次如此希望，此刻已经无情道大成。原来不是不介意，只是过往的伤疤，没人揭露，而一旦有人触碰，才刚刚好起来的伤，再次鲜血淋漓。

苏苏没有看他，也没有看藏海和摇光，兀自走进山洞。有什么可怕的呢？她早就不是那个无力乏天、可悲可怜的叶夕雾了。

摇光大喊："苏苏，我们陪你一起进去。"

男孩沉下表情："不行，你们会吓到我的猫，只有她可以进去。"

苏苏没有回头，声音带着笑意："师姐放心，现在已经不怕了，只是找猫而已，师兄还等着我们。"

她看着前方一片黑暗，闭了闭眼。

既然决定修无情道，理当把一切都放下了，都放下，怎么会害怕呢？

眼见苏苏的身影消失在洞口。

脸色惨白的澹台烬如梦初醒，要进入洞中。

男孩张开手臂拦着他："你不能进去。"

澹台烬一把掐住他的脖子，直接把他拎到空中，抵在石壁上。

他的眼眶通红，俨然疯魔："你竟然敢！你怎么敢！"

张小公子在他的手中，宛如没有生命的木偶。

藏海大骇，连忙拦住澹台烬："师弟，你要做什么？不能杀他，他手中还有我们要的令牌。"

他们找了那么久，辗转在人间多时，还险些丧命在三头妖的老巢，不就是为了去魔域的令牌？

眼见苏苏出来就可以拿到令牌，师弟怎么这时候要杀了张小公子！

藏海和摇光连忙去救人。

张小公子不正常，澹台烬可不能不正常啊！何况苏苏不是说过了吗，她不再害怕了。

摇光险险地把张小公子从澹台烬手中抢出来，小男孩拼命咳嗽，摇光说："不行，九旻师弟，你不能辜负师妹的苦心。"

藏海抱住澹台烬："师弟，不要冲动。师兄向你保证，一旦黎仙子有什么危险，师兄就算拼了命，也要保护她的。"

找到师尊和公冶寂无的希望近在眼前，师弟不能毁了啊。

澹台烬后退一步。

他失魂落魄："你们懂什么？你们懂什么……"

他走进山洞去寻苏苏，藏海和摇光对视一眼，这回谁也没有开口拦他。

只因为，他们从来没有见过，一个人的情绪，可以转瞬之间崩溃到这种地步。

‖ 第九十八章 ‖

澹台烬进入山洞，不知找了多久，终于看到远处一个抱着膝盖的背影。

山洞里漆黑一片，四周静谧，只有滴滴答答的水声。

苏苏抱着膝盖，脸颊埋入手臂间，瑟瑟发抖。

倾世花的诅咒是叶夕雾的永生，她虽是黎苏苏，可她也曾是叶夕雾，哪怕换了一具躯壳，记忆也永远印在了灵魂里。

眼前的场景似乎与过去重合，不见天光，密闭的环境，岩石上滴落的水声。

不愿回忆的过往铺天盖地向她袭来。

那一年被关在石室中，法力被封禁，倾世花日夜折磨着她，没有光，没有声音，也没有希望。

苏苏第一次向人低头，她拼命敲打着石壁，告诉那人她害怕。

她太怕了，倾世花无数倍放大内心的恐惧，世界变得死寂，哪怕后来她听到声音，空荡的心里也走不进声音，她看见朦胧的光影，下一刻便被无情剥夺回去。

神器反复折磨着她的神志，左眼流下一行血迹，终于有一日，她忍不住疯狂拍着石壁。

"放我出去，求求你，求你放我出去，澹台烬，我害怕……"

我看不见了，我真的好疼。

可是没有人来，没人与她讲话。

渐渐地，她再也记不清白天和黑夜，她怕到极致时，就用脆弱的指节去敲石壁，有声音……有声音也是好的，只要打乱滴水声就好了。

紫色眼眸中，是永生的绝望与黑暗。

苏苏蜷缩在角落，她想离开这个世界，她再也不想当叶夕雾了。

有一瞬，苏苏分不清今夕何夕。

她本以为无情道之下，自己再也不会怕，如同最初在苍元秘境的锁链上。

可她忘了，那夜再糟糕，也曾出现过月光。

有风声，还有飞过的萤火。

此刻却什么都没有。

张小公子的猫死在了山洞的黑暗中，苏苏记忆中的叶夕雾，死在了五百年前的地牢石室里。

苏苏咬着嘴角，全身发着抖。

她要出去，师兄还在等她。别哭，不要哭，弱者才会无声地哭泣。她记住了来时的路，只要往回走，就可以出去。

可是她无论怎样努力，都做不到，苏苏想，让她再缓缓，再缓缓就可以了……

一只手猛然握住她的手。

澹台烬说："我带你出去！"

他去抱苏苏，觉察到她的另一只手紧紧攥着什么，澹台烬顺着她的右手摸索下去。

他摸到一根系着猫铃铛的带子，被压在了岩石之下。

苏苏没有一点儿力气，她无声地发着抖，拿不出来铃铛，却又不敢松手。

澹台烬第一次见到身处黑暗的黎苏苏，怎么会……这样？

澹台烬以为这五百年来，不过是神女历劫玩闹似的一场梦。痴妄只是他一个人的，苦痛只有他一个人尝。

他以为她爱萧凛，因为萧凛的死，她才想报复他，让他也日日夜夜难受。

他以为当苏苏归位，脱离凡躯做回神女，那段过往不会在她心中留下一点儿痕迹。

叶夕雾曾冷声对叶冰裳说，生如蜉蝣，朝生暮死，也比你好。他曾经只是个卑劣的、身份不祥的凡人男子，她却这样生来高贵祥瑞。

他以为自己之于苏苏的记忆，只是她口中那只不起眼的蜉蝣，肮脏冰冷又低贱，永远不会留下任何痕迹。

可当澹台烬看见山洞里的苏苏，他才知道，他留给她的记忆，竟是予她无尽的黑暗与痛苦。

当年她明明来哀求他换永生花，可他把她最后的希望，随手扔给了别人。

澹台烬颤声说："出去，我们出去就好了！"

怀里的少女无声无息，安静得不像话，澹台烬却宁愿她打他骂他，把所有的恨发泄出来。

他想重来，可是到了如今，谁能告诉他，怎样才能重来？

澹台烬用焚念圈在石壁下承重，把铃铛扯了出来，放进苏苏的掌心。

他手忙脚乱，在乾坤袋翻找，乾坤袋的丹药掉出来，魔晶掉出来，他都不曾看一眼，颤抖着手，最后终于找到一颗巴掌大的夜明珠。

夜明珠一出来，整个山洞终于有了光，澹台烬红着眼眶，讨好地放进苏苏的手中："别怕，别怕，现在有光了。"

我再也不会，置你于无尽的黑暗中。

澹台烬抱起她，不敢停下脚步，一直朝着山洞口跑。

手中铃铛在山洞里丁零作响，苏苏握住夜明珠，抬眸便看见少年失了方寸的神色。

他似乎很害怕，比她这个身处黑暗的人还要怕。

洞口第一缕天光照进来，他突然顿住步子，无措得像个毫无办法的孩子："苏苏，对不起，我不知道会这样……"

苏苏没有什么反应。

她见过天生邪物的出生，见过澹台烬多么努力地活下去，他的笑，他乖戾之下懵懂的动心和坦诚，还有他一点点努力模仿人们情绪的模样。

那些可笑可悲又可怜的成长。

这个人，是她五百年前所有的记忆。

灭魂珠泪在她身上一点点地从泪水变作锋锐的钉子，他渐渐懂了爱恨。

绣着鸳鸯的盖头，少年上扬的嘴角，还有他挡住漫天箭矢的模样。

可是……都过去了。

无人知晓的赤诚心动成了过去，恐惧和爱恨都留在了过去。

他知不知道，又有什么关系呢？

"澹台烬，"苏苏低声说，"你不用道歉，我只是……和你一样，为了活下去才做出这一切。"

你何必痛苦？又何须胆怯？

灭魂珠泪是任务，与你的相处是任务，甚至回到五百年前，也不过是为了保住天下苍生而背负的任务。

没能杀了他是她能力不够，落得那样的下场，是她不够心狠，咎由自取。

她因为心中的道保护他，又因为任务不得不伤害他。而澹台烬……也因为叶冰裳放弃了她。

苏苏推开他，把夜明珠放进他的手里，没有再看他苍白的脸色，慢慢往外走。

天光照进来，她看见山洞外生机勃勃的景象。她进入山洞，原来已经一夜过去，人间的夏季，已经天亮了。

摇光和藏海关切地看着她。

灵台的无情道无声流转，她瞳孔的金色神光出现了一瞬。无情神道，竟然在这种时候突破了。

苏苏看着自己的手指，原来是……不破不立吗？

只有当她正视曾经的经历与情愫，无情道才会真正寸进。

那些难过的、负面的恐惧一扫而空，灵台一片清明。

苏苏抬起手，笑着露出掌心的铃铛："我拿到了！"

摇光看着她明媚的笑容，松了口气："师妹，你没事就好。"

她和藏海等在外面，心急如焚，却又怕贸然进去，最后一个找一个，永无止境。

男孩走过来，想抢苏苏手里的铃铛。

苏苏收回手："哪有这么容易？魔域令牌拿来。"

张小公子说："他也进去了，你们违背了我的话。"

他的小脸木然地朝着澹台烬。

苏苏道："这样啊，本来感应到铃铛上一丝残魂，还觉得可惜，如今看来，既然你不想要，那捏碎这丝残魂也罢。"

一直冷静的张小公子变了脸色："不行！"

苏苏抛起铃铛，凭空一抓，把一丝薄弱的魂魄抓在掌心。

人有三魂七魄，动物的魂魄却明显薄弱得多。

这猫更是可怜，它的魂魄几乎散了，只留下这么一点白色的精魄。

苏苏也不看张小公子，掌心一使力，似乎就要捏碎这缕残魂。

张小公子突然说："我和你换！"

说完这句话，他连忙从怀里摸出一颗透明的琉璃珠子，他的眼白消失不见，变成一片黑色，直勾勾盯着掌心的珠子。

珠子在众人眼中，慢慢变成一块骷髅头令牌的模样。

片刻后，男孩闭上眼，再睁开时，变得与常人无异。

"这是你们要的令牌，我的猫给我。"

藏海说："这不是一颗珠子变的吗？真是魔域令牌？"

张小公子没理他，直勾勾地盯着苏苏。

苏苏倒也不怕男孩骗人，他若真敢骗他们，重新捏碎猫的魂魄轻而易举。

张小公子看上去诡异，但是并不蠢。

苏苏接过他手里的令牌，令牌触手生寒，上面带着森森魔气。

如果不是亲眼所见，实在难以相信转眼间就可以幻化出一枚连气息都以假乱真的令牌。

幻颜珠不愧是可怖魔器，在一个凡人身体里，也有这么强大的力量。难怪苏苏他们先前怎么看张小公子都没有不对劲的地方，他本来就是凡人，不过吞噬了一颗强大的魔珠而已。

摇光在外面也没闲着，凑近苏苏耳边说："半年前，三头妖在宁鹤镇布阵，要吃了张小公子，他的猫偷走幻颜珠，让张小公子吃了，三头妖要杀它，它躲进山洞里，再也没出来。"

原来是这样，三头妖心思机敏，法力却薄弱，那个吞噬阵，几乎耗尽了他的灵力。

阴差阳错被一个凡人小男孩吞了宝物，三头妖想呕血的心都有了。

因此张小公子每次说，他要他的猫，三头妖还以为这个天生神神道道的小男孩在讽刺自己。

张小公子紧紧攥着铃铛。

藏海见总算拿到令牌，松了口气。他想起先前一事，问张小公子："你为什么杀人？"

张小公子没有理他，依旧沉浸在自己的世界里。

藏海叹口气，和怪小孩沟通就是麻烦。

苏苏回头看一眼澹台烬，从山洞里出来，他始终沉默着，他紧抿着唇，看着地面。

或许澹台烬知道原因。

然而这些都不归他们管了，张小公子杀人，有凡间的官府管。

"我和摇光师姐决定潜入魔域，你们呢？"苏苏问。

藏海连忙说："我们也去！师尊有可能也在魔域。"

毕竟整个仙界都联系不到人，兆悠的魂灯却不曾熄灭，最有可能在的地方，就是魔域。

而今只剩一个问题，张小公子体内的魔珠怎么办？

连三头妖都拿不出来，他们自然也没办法。

摇光说："先去魔域吧。"

她怕再耽搁，公冶寂无凶多吉少。

众人点头，决定先离开宁鹤镇。

是夜，张小公子睡得正熟，突然睁开眼。

他漆黑的眸子看着窗前坐着的白衣少年。

张小公子握着铃铛坐起来："你要杀我。"

他平静地陈述。

澹台烬捏住他的脖子："是。"

你该死。

张小公子诡异地弯起唇。

"别杀我，我知道你要什么。"

吞了幻颜珠，能幻化成所有的人，而当了幻颜珠的主人，张小公子能看破苏苏心中的恐惧，又怎么会看不清澹台烬心中所求？

张小公子从身后拿出一颗莹润的珠子。

"你怕有一日，她爱上别人，彻底割舍掉在泥淖中的你。"男孩诡异的声线，宛如吟诵，"有了这个注满力量的琉璃珠，你能杀了她喜欢的人，变成那个人的样子，谁也分不出来。"

怎么样，这个交易如何？

‖ 第九十九章 ‖

"师弟，师弟？"藏海推了推身边的澹台烬，"你怎么了？叫你几声都没听见？"

澹台烬回神，低声道："没事。"

藏海说："我方才来你房间找你，你没在。去哪里了？"

"心情不好，出去走了走。"

藏海倒没怀疑什么，从山洞里出来，澹台烬脸色惨白，一看就有心事。师弟出去走走，是件好事。

这不，现在看上去正常多了。

"白天我去打探，得知明日是祀月夜，届时会百妖夜行，魔域之门大开，迎各位妖主魔主归来，我们手中有了令牌，就在明晚去魔域。师弟，你调整好状态，魔域危机重重，切不可掉以轻心。"

澹台烬说："嗯，我知道。"

澹台烬夺过藏海腰间的酒葫芦："你也别喝酒了，喝酒误事。"

"哎哎哎！"藏海肉疼得不行，"我保证不喝，你让我自己保管。"

澹台烬没理他。

藏海没想到自己来叮嘱一番，却把酒葫芦搭了进去，垂头丧气地回了隔壁房间。

"没大没小，没大没小！"

藏海一走，澹台烬从身上拿出一颗晶莹的珠子。

月光下，珠子散发着幽幽紫光，蛊惑人心。

从琉璃珠子的表面，澹台烬似乎看见了张小公子那张诡异微笑的脸。

幻颜珠已经和张小公子融为一体，哪怕幻颜珠的魔气不显，也不是什么好东西，张沅白年龄虽小，却已经踏上魔修一途。

幻颜珠隐藏了他的气息，不管是苏苏还是藏海，都看不出张沅白早已不是凡体。

澹台烬本想悄无声息地杀了他。

可是……

看着手中这颗注入幻颜珠力量的珠子，澹台烬紧紧握住它。

一个快要走投无路的人，谁会介意与魔做交易呢？

如藏海所说，第二日夜晚，便是祀月夜。

天上出现一轮红色月亮，空气中妖气浓重。

街道上夜风吹起落叶，大部分凡人都关上了门窗。

对妖物来说，今夜是修炼的最好时间，红色妖月蕴藏着磅礴妖力，修行一夜胜过数年。

自从荒渊解封，人间妖魔横行，每逢祀月夜，凡人和妖魔几乎达成共识。

一方躲着，成了另一方的天下。

苏苏四人拿着令牌，走在红色妖月下，等着魔域之门打开。

摇光凑过来，问苏苏："苏苏，你有没有觉得，他们都在看我们？"

果然，来来往往的小妖全部盯着他们看。

有妖异的红衣女子，还有牛头人身的牛头怪，甚至树梢上一只人面蜘蛛，都虎视眈眈看着他们。

苏苏他们没想到即便隐藏了仙气，按照藏海教的法子，把妖狐的几撮毛藏在腰间，伪装成妖物气息，还是被妖物们盯上。

他们这身正道装扮，在小妖面前尚且扎眼，更何况进入魔域？

思及此，苏苏说："我们得换个装扮。"

摇光连连点头。

几个人来到角落，苏苏想着脑海中魔修的模样，一旋身，白色法衣变作蓝色纱裙，额间垂下同色的流苏银锁，盖住眉间朱砂。

她的眼尾勾勒出妖娆的妖纹，眼波流转，风情无限。

"我这样可以吗？"

摇光和藏海看直了眼，藏海在她露出来的雪白小腿上瞥一眼，默默咽了口口水。

可以，简直太可以了，这不就是妖孽本妖？

澹台烬眸中微暗，嘴角却扬起，点了点头。

苏苏看他一眼。

从山洞里出来后，澹台烬一扫之前的无措姿态，敛起所有情绪，让人捉摸不透。

想通妖魔打量他们的原因所在，其余几人立刻也换了个装扮。

摇光咬牙，干脆在头顶保留了一对狐狸耳朵。

反正当妖嘛，百无禁忌。

澹台烬闭了闭眼，再睁开，蓝黑魔纹像枯树枝丫，从他额间蔓延到下巴，宛如半张华丽又妖异的面具。

苏苏目睹这一幕，心中有几分古怪感觉。

她幼时见过五百年后的魔神。

当时他坐在魔域的王座上，魔域阴冷，远处似有岩浆翻滚，寸草不生。

黑色斗篷下，她只看见魔神精致的下巴，魔纹若隐若现。

苏苏很快收起这个想法。

应该不会的，澹台烬既有了神髓，便自然远离了魔道。

如今新的妖皇不是已经出现了吗，证明过去仙界衰败灭绝的事情不会再发生。

几人变化装束以后再走出去，果然这回盯着他们看的妖怪少了。

没过多久，风声凛冽，沙石被吹起。

一座大门凭空出现，大门两侧，伫立着一块通体漆黑的碑。

魔域入口出现了！

苏苏他们连忙藏到树后，静观其变。

怕露了破绽，他们决定等其他的大妖魔先进去，他们紧随其后。

等了没一会儿，一顶华丽的轿子从空中飞掠而来，纤细苍白的手掀开轿帘，来人走向魔域入口。

空中透明的结界悄无声息地出现，女子扬手，令牌化作一只血鸦，停在她的肩膀上，血鸦率先飞入结界，为女子引路，女子跟了进去。

隐隐有声音传来——

"恭迎南幽主。"

藏海压低嗓音说："那是个魔修，听我师尊说，荒渊以前镇压了好多老妖怪和强大魔修，南幽主就是其中一个。"

苏苏轻声喃喃道："奇怪……"

"苏苏，怎么了？"

"荒渊封印被破，这些魔族大能，不论在哪里都是一方霸主，妖魔性子桀骜，魔域阴森枯败，魔修大能为何不待在自己的洞府，反倒甘于屈居新妖皇之下呢？"

苏苏这样说，摇光也想不通，她猜测道："或许妖皇实力强横，逼得这些大妖和魔修归顺于他？"

这样说也不对，若是被逼的，三头妖也不会费尽心思想带着"大礼"魔婴进入魔域取悦妖皇。

苏苏想起什么，看向澹台烬。

"如果你是妖皇，什么情况下，你会打开魔域，号召八方魔修？"

此言一出，所有人都看向澹台烬。摇光奇怪地看苏苏一眼，苏苏怎么会问逍遥宗一个籍籍无名的弟子这种问题。

开什么玩笑，妖皇的思维和普通小道士的思维能一样吗？

澹台烬眸光微闪，见苏苏黑白分明的眼睛盯着自己，他垂眸，说道："许是，仙魔大战需要马前卒。"

苏苏若有所思，就只是这样吗？

藏海催促道："快快，趁现在没人，我们赶快进魔域。"

澹台烬跟在他们身后，他抬眸看向魔气森森、足有数十丈的魔域入口。

若他是妖皇？不，他不会是妖皇的。

苏苏拿出令牌，学着女子的模样，试图让令牌变成引路的血鸦。

众人难免有些紧张，毕竟魔域令是张沉白变幻出来的，某种意义上来说，是个赝品，若不管用就糟了。

好在，令牌动了动，在他们眼前缓缓幻化成一只血鸦。

苏苏盯着那血鸦，嘴角微微抽了抽。

澹台烬倒是毫不意外。

眼前的血鸦竟然是畸形的，一边翅膀大，一边翅膀小。

它在空中飞得歪歪扭扭，不如别的血鸦敏捷，没有半点儿锐利的魔煞之气。

藏海低声道："那姓张的小子不会在整我们吧？"

丑陋归丑陋，血鸦有惊无险地飞入了魔域，一道无形的门向他们敞开。

入眼是一片荒败之地，如果说荒渊像一座巨大的坟场，魔域则是压抑的荒芜。

辨不清方向，到处都是一样的场景，不知该往哪里走。

血腥气弥散在空中，劣质血鸦飞在前面，为他们引路。

摇光左右看看，说："竟然真的没有生命。"

传闻魔域之中寸草不生，万物不活。

越靠近魔域中心，空气越炎热，澹台烬盯着地上翻涌的岩浆，浓烈的血腥气充斥在鼻端，他微不可察地皱了皱眉。

胸腔下，被灭魂钉伤害过的心脏疯狂跳动起来，一种可怖的归属感让他不适地停下脚步。

对于危机，他向来敏锐。

魔域会发生一些不太好的事情，他的警觉无不在向他诉说赶紧离开这个地方。

163

可是一抬眸，苏苏和藏海他们依旧跟着血鸦往前走。

他收紧手指，压抑住心里的不适，跟了上去。

火焰跳动，"噼啪"一声响。

幽幽火光照在黑色王座旁趴着的红衣女子身上。

底下有无数魔修聚集，她却不曾回头看一眼。

她眷恋地抚摸着黑色冰冷的座椅，仿佛抚摸着爱人的身体。

女子一头乌丝如瀑布，她跪趴时，发丝蜿蜒在地面。

她没有穿鞋，露出一双玉足，脚上系了两个银环。

藏海在心里感叹：乖乖哟，看背影又是一个美人。

然而没一会儿，魔殿内的温度越来越高，仿佛把人扔进火炉之中，他擦了擦额头的汗，荡漾的心神瞬间止住了。

苏苏他们躲在石柱后面，魔殿内聚集了许多魔修，他们的存在不明显。

直到有脚步声响起，殿内的妖魔们回头看去，连忙让出一条路。

看清来人的瞬间，苏苏皱起眉。

竟然是那日与他们对战的紫衣男子，那个合体期的魔修。

紫衣魔修出现，有人低声议论："是惊灭！"

"惊灭竟然也还活着。"

叫作"惊灭"的男子缓步走到红衣女子身边，低声道："姗婴。"

听见他的声音，女子缓缓回头。

她生就一双红色魔瞳，眼白的地方就略显灰败。看见惊灭，她掩唇笑起来："你竟受伤了，谁能伤我们的惊灭大人？"

看清女子模样的一瞬间，苏苏眼中一颤。

摇光问："怎么了？"

"世间只有一人是灰眸红瞳。"

"谁？"摇光愣了愣，她没有勾玉这样的上古奇物，自然不知道这些。

"旱魃。"苏苏沉声道。

旱魃是上古妖魔，上古魔神都死了，而上古的旱魃竟然还活到了今日。难怪整个太虚山悄无声息地被灭门。

红衣……当年修为极高、杀人于无形的女子左护法！竟然是上古旱魃，澹台烬最衷心的手下。

苏苏猛然看向澹台烬。

澹台烬脸上的魔纹妖异，眼睛一眨不眨地盯着魔域王座。

‖ 第一百章 ‖

旱魃姒婴似有所觉，朝苏苏他们这里看来。

所有人都胆战心惊，想过来魔域危险，但是他们万万想不到，竟然会在这里看到上古的妖魔。

如果和她对上，谁都没有活路。

许是没有发现异样，姒婴又移开了目光。

殿里不知是谁说了句："妖皇大人，你说有魔神的消息，可是真的？"

此言一出，满场皆惊。

魔神啊，上古使风云变色的人物，如果说姒婴的存在能搅乱六界池水，魔神出世他们便能颠覆六界，遇佛杀佛！

只有天生邪骨，才能让所有妖魔臣服。

听到"魔神"二字，所有妖魔都沸腾了起来。

殿内窃窃私语，藏海连汗都不敢擦了，他俨然没想到魔域会这么可怕，姒婴醒了，仙界却还不知道。

原来妖皇竟是旱魃，不是"他"，而是"她"。

姒婴的手搭在王座上，语气缱绻带笑道："不错，万年前神魔大战，魔神陨灭，此后妖魔要么被镇压在荒渊，要么在魔域苟且偷生。吾化作一具枯骨，沉眠于浔昼海底。"

可是旱魃早死在万年前的神魔大战中，怎会再次觉醒在当世？

许是知道众人心中所想，姒婴手一挥，空中出现一番景象。

澹台烬皱眉看过去，荒芜到寸草不生的魔域寒潭上，一枚青色魔印缓缓旋转着。

魔印上隐隐有饕餮灵魂在飞旋。

有人认出了那枚青色魔印，不可思议道："是洗髓印！"

姒婴咯咯笑道："魔神虽消散，却留下了它。它是上古三大魔器之首，洗髓印，吾以命护它，与它一同在浔昼海底过了数万年，后来吸收浔昼海的魔气，吾得以醒来。"

也是仰仗着洗髓印的气息，突然有一天，姒婴有了自己的意识。

可是姒婴醒来，已是沧海桑田，妖魔过得还不如地沟里的老鼠，早已不是魔神叱咤风云的上古。

她无比期盼新的魔神出现，可是没有，并没有！

姒婴觉得古怪，世间万物，生生不息。仙灵之气不绝，邪骨也当不会断。

可是并没有新的魔神降世，她回到魔域禁地寒潭，把洗髓印送了回去——这是他们保留了数万年最后的生路。

寒潭之下，上古魔神留下的九转玄回阵法启动，浓郁的魔气开始充斥整个魔域。

姒婴杀了许多凡人和修道者，用他们的血来祭奠洗髓印内的饕餮之魂。

死的人越多，魔气就越浓厚。

修真者体内的金丹被饕餮吞下去，九转玄回阵把它们变成一颗颗魔丹。

魔丹一旦种入修真者体内，修真者要么受不了爆体而亡，要么忘却前尘，成为魔修。

"魔神陛下没有现世，但既然有洗髓印和九转玄回阵在，吾等何不亲自扶持新的主上？吾杀了太虚所有人。"姒婴道，"取吾和惊灭一半灵力，与九转玄回阵相通，炼成了一颗最强大的魔丹，只需找到天赋异禀的修真者，将魔丹种入他的体内，日后饕餮之魂多强大，这位主上也会多强大。"

摇光听见"天赋异禀"的修真者时，险些就要冲出去。

苏苏连忙拉住她："摇光，别冲动！"

摇光红着眼眶："旱魃说的一定是公冶寂无。"

所有人的脸色都不好看，对于妖魔界来说，这是绝处逢生的机会。洗髓印和九转玄回阵，能源源不断地把仙变成魔，可是对于仙界来说，这无疑是个坏消息。

苏苏想起自己先前看到被种入魔丹却吸收失败的修真者，他们绝望而残忍地死去。

而即便活下来的，也成为妖魔们的一把利器，自此忘却修真的所有人，成为魔修，直到耗尽价值而亡。

南幽主此刻开口："不知道姒婴大人说的可是衡阳宗衢玄子门下弟子公冶寂无？"

毕竟这么多年，也只有这么一位年轻的仙君，称得上修为一日千里的天才。

姒婴笑而不语，拍了拍掌心。

原本空无一人的王座之上，猛地出现浩然魔气波动。

着藏青色衣裳的男子，凭空出现在王座之上。姒婴俯身，在他的耳边吹了口气，笑道："吾之主上，所有人都到了，任你差遣。"

男子衣裳上绣着栩栩如生的饕餮纹路。

在姒婴蛊惑般的语调中，他缓缓睁开眼。往昔干净的眉眼，此刻染上浓重的魔气，他痛苦地皱了皱眉，捂住自己的胸口。

"主上，还记得吾是谁吗？"

男子抬眸，冰冷的眸中毫无感情，看着姒婴的眸，他说："姒婴。"

看见男子的一刹那，摇光捂住唇，泣不成声。

苏苏的脸色也变得苍白，她不忍地闭了闭眼。

来之前，已经想过最糟糕的结局，可是真当大师兄被旱魃和惊灭变成魔修，她难过得无以复加。

公冶寂无那样光风霁月、清朗无双的人啊。

他是苏苏一百年记忆中，最温柔的回忆。

他会在刀光剑影的世界，带着她去衡阳宗仙山看才出生的小兔子，教她御剑，用清晨最甘甜的露水为她做糕点。

为什么会这样！

她死死握住颈间的重羽箜篌，箜篌锋锐的琴弦把她的指尖割出鲜血来。

有一瞬，苏苏和摇光有差不多的想法，她想杀了他们！

他们怎么可以把公冶师兄变成这个样子！

师兄恐怕宁愿死，也不愿活成妖魔们指向仙界和苍生的刀，用凡人的鲜血和仙友的金丹来提升他的修为。

不知何时，眼泪从眼眶中滚落出来。

身边一只温热的手，抚上她的脸，擦去泪珠。

苏苏抬眸，看见了澹台烬冰冷的神色。

他略微粗糙的手指轻轻摩挲着她的下眼睑，比起怜惜，他眼里有更冷的东西。

他冷冷地打量她，自五百年后，苏苏从未见过他如此可怕的脸色。

仿若风雨欲来，又似知道真相之后的嘲弄。

"原来，你是为了他？"他突然弯起唇，像是明白一件好笑的事，不可抑制地哑声笑起来。

他不顾场合，喑哑失笑，吓坏了一旁的藏海："师弟……"

看见与"萧凛"长得一模一样的"公冶寂无"，如果说苏苏和摇光觉得哀痛，那澹台烬心里只剩一片冰冷和疯狂的忌妒。

五百年前，她就爱慕着那位无双的萧凛殿下。

萧凛死了，她要澹台烬也偿命，万军之中，白衣少女拉开弓，毫不犹豫朝他射来。

而今，她的笑容和眼泪依旧是留给那个人的。

五百年前她是为了萧凛才去那个心思卑劣的凡人质子身边，五百年后她为了公冶寂无，费尽心思寻一枚去魔域的令牌。

他原来不过是别人爱情里的一段笑话！

从很小开始，他懵懂没有情丝时，就艳羡着萧凛。他学习那个人温和的谈吐举止，伪装得既无害又温善。

他虽然想夺走萧凛的一切，但他从来没有忌妒过萧凛。

直到此刻，澹台烬为她拭泪的手滑下去，捏住眼前少女的下巴，心中的恶意和忌妒疯长。

看着她伤心的神情，他一面愉悦得想大笑，一面又脆弱得想落泪。

你不是喜欢公冶寂无吗？他成了魔修，你是不是可以不喜欢他了？

然而片刻后，他的眸光变得既委屈又难过。别喜欢他，你看看我吧，看看我好不好？

苏苏张了张嘴，旁人不明白，但她却是明白的。

她本想解释，想了想，又沉默下来。

她冷冷地想，凭什么和他解释呢？别说修了无情道，她以后根本不会爱上任何人，即便爱，又与澹台烬有什么关系？

等不到她的回答，他原本可怜如小猫般的眼神，渐渐冷了下来。

没意思，他分不清心里是绝望的淡漠，还是紧缩的疼痛。

藏海拉住澹台烬："师弟，嘘，嘘，别说话！"

藏海是真的慌了，向来乖巧可人的小师弟，在遇见黎仙子以后，仿佛变了个人。

澹台烬变得敏感、神经质，同时喜怒无常。藏海早就注意到，某个清晨，短短时间内，师弟偷偷看了黎仙子十六次，可是当黎仙子抬眸，他又冷冷转开目光。

可不管有什么爱恨，咱都回去再说行不行？这是在魔域啊！怎么一看见那个公冶寂无，三个人都变了脸色？藏海的心里苦得要命，还没法说。

澹台烬从藏海的手中抽出衣袖，笑道："可是，旱魃早就发现了。"

"什、什么？"

藏海刚要回头，娇笑声响起："几位想必也看够了热闹，不如出来叙叙？"

姬婴手一抬，几人身不由己地朝她的方向飞过去。

妖魔们纷纷退开，这下所有人的目光都集中在他们几人身上。

惊灭看见他们，脸色变得黑沉沉的："是你们几个！"

显然魔修都记仇，被苏苏和澹台烬打伤，是他作为合体期魔修的一大耻辱。

姬婴看见惊灭的神情，掩唇幸灾乐祸道："原来是他们打伤你的啊，惊灭，你可真是没用。"

姒婴的目光落在苏苏脸上时，闪过一丝惊异之色。

"你长得可真像……吾一位故人。"不过，都是那么久远的故人了，她只是淡淡提了一句，此女艳若桃李，这出色的样貌在六界都罕见，可惜，今日注定折在这里。

目光扫过澹台烬时，姒婴也觉得可惜，多么纯净的修真少年啊，做了洗髓印的养分，这双略微桀骜邪戾的眼睛，就不再有生气了。

姒婴笑着抬起手，脸上的笑容突然冷漠下去，手指收紧。

苏苏感觉一双无形的手扼住自己的脖子，让她无法呼吸。

藏海在空中蹬腿，直翻白眼，早、早知道不来这鬼地方，师尊没找到，却找到了这种级别的旱魃，今天小命就要交待在这里了。

等到差不多，姒婴决定挖出他们的金丹时，重羽琴出现在苏苏手中。

苏苏吃力地一拨琴音，琴波打过去，撞上姒婴，姒婴纤细的手指冒出阵阵黑烟。

她只好放开他们，抬手遮脸挡住琴波，看见苏苏手中的重羽琴时，除了被伤到的愤怒，还多了几分兴味。

"有趣，竟然有这等厉害的仙器，能伤吾真身。"

假以时日，让这小丫头成长，或许和自己有一战之力，可是他们注定等不到了。

既然还没成长，现在扼杀就是最好的。

姒婴动了杀心，指甲疯长，带着无尽寒芒，獠牙也露了出来，想直接杀了苏苏。

澹台烬手指一动，体内的屠神弩蠢蠢欲动。

就在这时，姒婴的手被一柄锋锐的剑格挡住。

姒婴惊讶地笑道："主上？"

只见先前像个木头人似的公冶寂无，不知何时，挡在了苏苏他们所有人面前。

他清冷毫无感情的眼睛看着姒婴，说："让他们走。"

姒婴眸光微动，笑而不语。

公冶寂无面上魔气森然，却一板一眼重复道："放他们走！"

‖ 第一百零一章 ‖

苏苏惊愕地看着挡在自己面前的公冶寂无，师兄竟然有自己的意识！

他的记忆并没有被姒婴洗掉。

她的心中生出些许希望。

澹台烬冷冷地扫一眼萧凛，他眼中的冷漠连藏海都感觉到了。

师弟很不高兴。

姮婴感叹道："不愧是吾选中的主上，魔丹入体，竟还记得故人，这可如何是好？"

她缓缓移开自己的手，指甲也收了回去。

"好吧，既然主上都这样说了，你们几个赶紧滚出魔域，这里可不是你们该来的地方。"

但是谁都没动。

公冶寂无回头，低眸看着苏苏，冷冷吐字，说："还不走！"

苏苏说："师兄，你和我们一起走。"

摇光也说："公冶师兄，和我们回仙界吧，掌门会想办法的。"

公冶寂无脖子上的魔纹若隐若现，正在向脸上蔓延。

苏苏从他眼里看出深深的挣扎之色，魔丹让他控制不住想杀戮的心，但他的心中却还存着压抑到了极致的关怀。

他空洞的眼睛看着苏苏，出现浓烈的情绪波动，痛苦地捂住了头。

姮婴笑盈盈地看着，也不阻止，仿佛在看一出好戏。

"师兄！"苏苏连忙去扶公冶寂无。

谁知道公冶寂无眸中骤冷，猛然出手，朝苏苏打去。

昔日如兄如父的人，突然之间对她出手，苏苏发现自己连用重羽琴还手都做不到。

澹台烬猛然把她拉开，对上公冶寂无的掌心。

公冶寂无体内的魔丹有旱魃的一半力量，还与魔器洗髓印相通，澹台烬生生接了这一掌，嘴角鲜血蜿蜒流出来。

他回头嘲讽苏苏道："你是活够了吗！"

可是看着她怔然难过，澹台烬其他恶毒的话怎么也说不出来了。

他第一次尝到这种滋味，爱与恨交织，让他喘不过气来。

他垂下眸，怕自己再看下去，忍不住祭出屠神弩杀了公冶寂无。

公冶寂无一击以后，眼中魔气翻涌，他意识到自己做了什么，眼中自厌和杀伐之气交织。

他踉跄着后退了一步，语气重归冷漠。

"你们想今日死在我魔域吗？"

摇光看见他如今控制不住杀戮的模样，早就难受得不行，她想上前去，被藏海一把拉住。

藏海心道，这衡阳宗首席大弟子已经六亲不认了。

再过去，恐怕姒婴还没动手，他们就被公冶寂无杀了。趁着成了魔修的公冶寂无还有理智，会帮他们拦住姒婴，赶紧跑才是对的。

苏苏冷静下来，知道今日带不走师兄，也拉着摇光说道："走。"

他们跑出魔域，姒婴弯唇望着他们的背影，没有追。

惊灭的脸上布满阴霾："姒婴，我们就这样放过他们？"

姒婴的声音魅惑，她看着宛如一柄锋锐宝剑的公冶寂无："当然……不了。只不过主上的心还未彻底在魔界，让吾好生难过，不如就让故人，成为主上剑下的第一抹亡魂吧。"

她引领着公冶寂无来到九转玄回阵旁。

神器俱毁，魔器却还有留存的。

上古魔神三样魔器，洗髓印、斩天剑、屠神弩。

屠神弩不知所终，斩天剑被封印在玄回阵中。

寻常人无法驱使魔器，哪怕是姒婴也如此。现在这个被转变成魔的小道修，总可以唤醒魔器了吧？

哪怕做不了魔器的主人，也可以成为魔剑的剑侍。

公冶寂无原本一片清明的双眸，在洗髓印下渐渐混浊起来。

姒婴在他的耳边蛊惑道："主上，唤醒魔剑，你将得到无上力量。"

公冶寂无的眸中野心磅礴，他踏入九转玄回阵中，抬手一道魔气打了进去。

整个魔域开始摇晃，魔气四处流窜。

玄回阵下，一阵血红色的光照耀出来，斩天剑要问世了！

姒婴半眯着眼，扬唇笑了。

可惜啊可惜，怎么就没有天生邪骨的人存在呢？若他在，也不用费如此多心力来唤醒魔剑。

天生邪骨，才是能令他们和魔器都臣服的主人，真正的妖魔界君主。

苏苏几人一路跑出魔域。

藏海心悸地往后看："没有追来吧？"

他要吓死了，本以为小命保不住，谁知峰回路转，他们竟能完好离开魔域。

他才这样想，身边的澹台烬晃了晃，单膝跪了下去。

他用混元剑支撑着身体，才勉强没有倒下。

藏海连忙说："师弟，你没事吧？"

他伸手要去扶，澹台烬抬手拂开他的手，借助混元剑，咬牙想站起来。

171

"走开，别管我。"

黎苏苏还在一旁，他总不能因为接了公冶寂无一掌，就弱成这样。

藏海拗不过师弟，只好不碰他。

澹台烬好不容易站了起来，脸色一白，险些再次倒下。

一双柔软的手扶住他。

他嘴角的鲜血流出来，澹台烬不用抬眸也知道是谁，少女身上浅淡的昙花香近在鼻端。

自五百年后再见，苏苏再没有主动靠近他，这是第一回。

如一潭死水的心，像被春风拂过，重新活了过来。

他压住上翘的唇角，冷声道："不是说了吗，不用你管。"

苏苏无言地看着他。

澹台烬身上的血腥味儿很浓，公冶寂无那一掌本是冲着自己来的，他生生受了。

现在大师兄的修为不比旱魃低，澹台烬的生命力向来顽强，但他此时连站都站不稳，内脏恐怕都破碎了。

他嘴上说不要藏海搀扶，一双漆黑的瞳却冷冷地盯着她。

似怨似怒。

他再次倒下之前，苏苏只好心情复杂地扶住了他。

谁知道澹台烬说不用自己管。

苏苏盯着他的眼睛，你说真的还是假的？那我真的不管了哦。

她刚要松开他，澹台烬修长的手指死死抓紧她纱裙的袖子。

少年才微微扬起的眼尾，一瞬变得怒不可遏，不讨喜地垂下去，一副阴郁的模样。

大有她真敢松手就掐死她的意思。

苏苏："……"

如果不是场景不对，时间也不对，苏苏还身处五百年前什么都没发生的时候，一定会忍不住笑出声。

她垂下眸，在心里叹息一声，扶起澹台烬。

这回他知道苏苏会真的放手，于是一声不吭，沉默地随着她的步子走。

只不过依旧沉着脸，脸色冷冰冰的，不知道在想什么。

摇光还没从公冶寂无成为魔修的事情缓过来，神情低落，眼睛红红的。

藏海看一眼苏苏，又看看澹台烬。

自己这是被师弟嫌弃了吗？

他们才从魔域踏入人间，就看见身后天空中乌云弥散。

"是魔域的方向！"

重羽箜篌感应到了什么，躁动起来。

澹台烬看着天空那一团浓重的黑气，黑气后面，隐隐有不祥魔气在流转。

身体里的屠神弩呼应着什么，又开始在他的耳边蛊惑："你都看见了，她心里的到底是谁，不管是五百年前，还是五百年后，她心里都没有你的一席之地。她现在可怜你，等你伤好了，她又会恢复成以前的样子，甚至不再与你见面。"

"你心里不是早就做出决定了吗？否则怎会从张沅白手中接过带着幻颜珠力量的琉璃？你能驱使屠神弩，就能驱使斩天剑，无上的力量啊……"

澹台烬满眼阴鸷，没等它说完，狠狠压制住了它。

闭嘴！

他自然也感应到了另一件魔器的降世。

藏海的眼皮子一直跳："好重的魔气，如今怎么办？"

来这一遭，不仅没有找到师尊，也带不回公冶寂无，唯一的收获就是知道旱魃已觉醒，可以让仙界做好防范。

苏苏凝望着斩天剑出世的异象，渐渐皱起眉："不对劲，快走！"

她才说完这句话，魔域里突然飞出一个人影。

他手执一柄黑色长剑，长剑上有血纹在涌动。

如果说之前的公冶寂无还有几分清雅之气，现在则已经完全入魔。

魔纹不再若隐若现，反而凝成实际的纹路，出现在他的颈侧。

他往昔温润含笑的眼眸变成冰冷无情的魔瞳。

摇光失声道："寂无！"

来人悬在空中，神情冷漠地看着他们，公冶寂无头上玉冠承受不住魔剑的力量化作齑粉。他的发丝散落下来，看向苏苏他们，带着杀意举起了手中的斩天剑。

姒婴红衣迤逦，从魔域中走出来，迷醉地看着眼前一切。

苏苏的心沉了沉，她就说姒婴不可能就这样放过他们，原来旱魃打算让公冶寂无亲自杀了他们，让师兄在魔修的路上，再不能回头。

斩天剑抬起，空中乌云翻滚，宛如劫雷。

摇光的脸色灰败，痴痴看着空中那人。

他不该是魔，倘若杀了无辜的人，有一日醒来，他会多么难过？

她一咬牙，手上结出法印，化作一道流光，朝公冶寂无飞过去。

苏苏立刻洞悉了摇光的想法，她竟然想以身祭魔剑，换公冶寂无片刻清醒。

"摇光不要！"

眼看摇光要撞上斩天剑，无数金色丝线如同流雨，束缚住那道流光。

澹台烬一收焚念圈，把摇光硬生生拉了回来。

他的眸如寒星，冷冷斥道："蠢物。"

清醒片刻又能如何，还不是该杀人继续杀人？

澹台烬看一眼身边的苏苏。

如果有一天他变成公冶寂无那副人不人鬼不鬼的模样，她是否也会如今日这般，眼里带着难过，没有丝毫厌恶？

不，她不会。

澹台烬闭了闭眼，公冶寂无的斩天剑落下那一瞬，巨大的威压几乎让所有人动弹不得。

就在重羽铮鸣，打算无论如何也要护苏苏他们离开的时候，一把玄色的弓弩迎上斩天剑。

刹那间，时间仿佛被定格，天空似乎被生生撕裂出一道口子。

姒婴看着手握屠神弩的少年。

怎么会有修真者能用屠神弩！看着澹台烬身上一瞬张狂漫出的魔气，姒婴的表情变得难以置信，难道他是？

‖ 第一百零二章 ‖

带着血色的斩天剑，劈在通体玄黑的屠神弩上。

刹那间，魔气如翻滚的海水般，朝着众人袭来。大地如同一面被劈碎的镜子，生出无数裂痕。

周围草木尽数化作尘埃，转瞬消散。

天空惊雷阵阵，连姒婴都不得不后退一步，惊骇看去。

斩天剑，竟然对上了屠神弩！

重羽连忙发出铮铮琴音，护住苏苏等人。

苏苏放下手臂，朝空中看去。

方才通身带着可怖魔气的公冶寂无，竟然在斩天剑劈向屠神弩那一刻，生生被打出数丈，一口鲜血喷涌出来。

公冶寂无从空中掉落。

白衣少年冷冷朝他举起屠神弩。

"你也配用斩天剑？"

公冶寂无抬头，澹台烬通身魔气，不知何时，屠神弩附着在他的右臂上。

被碾碎般的苍穹成了他的布景。

白衣少年的气质本干净如洗，此刻却邪戾无比。

屠神弩本没有箭，澹台烬举起弩那一瞬，三支玄色箭矢带着可怖煞气，脱离屠神弩。

玄箭飞旋，在空中变成上百道箭矢。

如同鬼魅爪牙，带着森森杀意朝着公冶寂无。

怎么会……公冶寂无冰冷的魔瞳明明灭灭，他成了魔修，本能只剩下好战与杀戮。

不，他不可能会输！

他体内有旱魃和惊灭一半的力量，斩天剑如今也为他驱使，他怎么会输给这个人？

公冶寂无手腕一转，斩天剑的剑气张狂，融解掉屠神弩的箭矢。

他身入鬼魅，燃起战意："八方妖魔，听我号令！"

斩天剑下，无数魑魅的影子从黑暗中显露身形。

空中的白衣少年偏了偏头，澹台烬的黑瞳隐隐带着血光。

他张开手，屠神弩悬在空中。

他狂妄地笑起来："八方妖魔，嗯？"

澹台烬白色的逍遥宗衣裳在魔气下猎猎飞舞，看着无数从黑暗中生出的影子，他兴奋地舔了舔唇。

"崆峒点苍，万般俱灭。"

屠神弩疯狂震颤，玄色箭矢仿佛流光，蓄势待发。

流光落下，如星辰坠落，刺入魑魅的影子。

澹台烬手掌张开，屠神弩在他身前飞旋，那些影子竟然化作一道道魔气，透过屠神弩，朝他的掌心涌去。

姒婴的眼里闪过一丝惊惧和狂热。

"竟然……可以吸纳斩天剑的力量！"

重羽在苏苏的耳边说："不好，不好，澹台烬要夺斩天剑了！"

斩天剑本来认了公冶寂无为主，可号令天下妖魔。可是如今斩天剑的力量被澹台烬变作反向魔矢，全部被屠神弩吸收了过去。

那些魔气进入他的身体，全部化作他的力量，要不了多久，臣服强者的斩天剑，就会脱离公冶寂无的控制，供澹台烬驱使。

万年前的那场神魔大战，重羽虽然没参与，却有所耳闻。

"苏苏，我们得阻止他，他要是夺了斩天剑，变成两件魔器的主人，届时会控制不住杀戮，变成失去本心的魔修。"

苏苏自然也知道后果。

魔器绝对不能落在澹台烬的手中，谁也没有她清楚，他本就是它们的主人。

空中二人战在一处。

藏青色身影与白色身影交织，在魔器的影响之下，谁都想杀了对方。

澹台烬直接以弩为武器，张狂地对上公冶寂无的斩天剑。

公冶寂无闷哼一声，被他压得半跪在地。

地面魔气四散，似有鬼哭之音。

澹台烬重新握住屠神弩，屠神弩吸足了魔气，弩身竟然隐隐有化出凶兽"梼杌"的神形。

他的瞳孔渐渐变成红色。

有个声音在他的脑海里盘旋，杀了他，对，杀了他！

屠神弩凝出一支锋锐的箭矢，隐隐带着啸声，对准公冶寂无。

摇光失声大喊："不要！"

就在澹台烬要动手的那一瞬，一把流光溢彩、冰蓝色的琴撞上箭矢，澹台烬抿唇，冷冷看向来人。

苏苏张开手臂："你不能这样做！"

"让开！"他的红瞳森然，"否则，我连你也杀了！"

重羽落在苏苏手中，她分毫不退，竟有与他一战的打算。

屠神弩在澹台烬的手中叫嚣。

气氛紧绷，一触即发。

铮铮琴音荡开周围魔气，一片黑气中，苏苏看见眼前的少年明明被伤到，却强撑冷然的眼。

澹台烬死死盯着她，握住屠神弩的手微不可察地收紧："为什么？你怎么可以如此待我？！"我在保护你啊！

屠神弩感应到他的情绪，煞气翻腾。

"我要杀了你们。"澹台烬的眼眸血红，盯着苏苏，不知道下一刻会流出血还是泪，"杀了你们！"

屠神弩上梼杌之形咆哮，箭矢射出来。

苏苏咬牙，依旧不肯退开。

天生邪骨，果然还是走到了这一步吗？她的手指放在重羽琴上，白色灵气汇聚在她的指尖，她往下一拨琴弦，重羽磅礴的灵气朝着澹台烬攻去。

魔矢与琉羽般的灵气在空中交织。

那一瞬时间过得很慢，慢到仿佛光阴凝滞。

苏苏已经做好被反噬的准备，谁知灵气化作白羽，刺入澹台烬的胸口。

那支射向她的魔矢，却在离她肩膀只有微厘的地方，被人握住。

她抬眸，看见近在咫尺，一双脆弱的红瞳。

她的视线缓缓下移，看见澹台烬苍白的手，握住他射出的魔矢。

"我输了。"他似哭似笑。

风是静的，玄色魔矢被他捏碎成飞灰，消散在空中。

苏苏看见他的神情，心脏像是被一只手猛然握住。她放在重羽琴上的手指微微发颤，说不出话来。

为什么……不躲开？

姒婴看见这一幕，眸光流转，地上的公冶寂无神情冷然，突然举起了落在地上的斩天剑。

"苏苏小心！"摇光大喊。

重羽脱离苏苏的手心，对上身后的斩天剑。

然而没有主人驱使的神器，怎么比得上有强大修为驱使的魔器？

重羽"叮"的一声，被弹开。

冰蓝色的光变得暗淡，隐回苏苏身上。

斩天剑顷刻要刺入苏苏的身体。

摇光闭上眼，不敢再看，天穹一片昏暗，强烈的光闪过。

她再放下袖子时，眼前空空荡荡，只余下一片龟裂的土地。澹台烬不在，苏苏也不在，空中血腥气弥散。

摇光喃喃道："不见了。"

天上红月隐去。

对于妖魔来说，祀月夜也结束了。

姒婴追了几步，想到什么，看向空中一团祥和的白色仙气，脸上露出微妙的神情，她扶起重伤的公冶寂无。

"走！"

天边的白气化作流光，落在摇光身侧。看清来人，摇光险些流泪。

"掌门！师尊！"

衢玄子身后跟着衡阳宗的长老们，他忧虑地看着蛛网般的地面，紧紧皱起眉头。

狭隘的空间里，澹台烬的白衣被血浸透。

屠神弩幽幽对着他怀中一同昏过去的少女，趁他还未醒来，尝试杀了苏苏这个变数。

然而当它靠近她，一股力量把它弹开。

少年紧紧抱住怀里的女子，他们的衣摆交缠。

屠神弩被苏苏身上的无情神道弹开，尖啸之声委顿不少。

澹台烬伤得很重。

斩天剑的威力，被他扛了大部分，若换一个人，早就灰飞烟灭。

屠神弩没有主人控制，缓缓飞旋，魔气不断朝着澹台烬涌去，修复他的伤口，他身上的魔气也越发浓重。

屠神弩先前还没有这么强大，直到吸了八方妖魔之气。

可是吸取归吸取，却没有完全转化。

这会儿在逼仄的空间内，它释放出这些妖魔，凭魔器的本能追逐杀戮他们。

屠神弩本就是贪婪魔气，不知道在逼仄的空间里待了多久，澹台烬缓缓睁开眼睛。

四周妖魔逃窜，这是一个冰冷的世界，而他怀里温热。

澹台烬迟钝地低眸，他冷漠的瞳孔里，映出少女姣好的面容。

妖魔的求饶和哭泣声嘈杂，响在耳边。

他最后的记忆，是他带着苏苏逃到了这个狭隘的空间里。

他没有夺斩天剑，他打赢了公冶寂无，战利品……是怀里这个人。

澹台烬低下头，用自己冰冷的脸，蹭了蹭怀里少女温热的脸。

她呼吸均匀，乖巧地睡在他的怀中。

很久，没有这样安静过了。

他的四肢紧紧缠着她，如一株病态神经质的菟丝，漆黑的瞳幽幽地看着她，不知道在想些什么。

澹台烬知道回不去了，从他祭出屠神弩的那一刻，他再也解释不清楚了。

连他自己都不知道，为什么这样阴暗的魔器会跟着他。自此仙界还能容他吗？

他眼中的红色慢慢消退，难得有这样茫然的时候，他像只地沟里的老鼠，躲在这样阴暗肮脏的地方，唯一的光，被他紧紧抱在怀中。

苏苏也承受了一部分斩天剑的力量，没有醒过来。觉察到她快醒来，澹台烬手指点在她的眉心，她再次沉沉睡过去。

他木然地抱紧她。

别想走，我只……剩下你了。

耳边不断有声音朝他求饶，还有些妖魔没有被屠神弩吞噬干净。

"魔尊，放过我。"

"魔尊，求你……"

澹台烬充耳不闻，他不是他们的魔尊，他们认错人了。

怀里一颗珠子滚出来，照亮这一小片阴暗的地方。澹台烬皱起眉，刚想毁了它，一个残破的声音断断续续说："幻颜珠……澹台烬，你放了我，我可以帮你造梦。"

澹台烬眼珠子动了动，看向惊恐躲在角落的妖魔。

不认识。

"是我，我是魇魔！"魇魔躲避着屠神弩，惶恐说，"五百年前，被你取走内丹的魇魔！"

魇魔语气急切："放我，给我幻颜珠，我为你造一个美梦！让你们在一起。"

他眼睛冰冷，没有一丝光彩。

"求你，求你……"

澹台烬把脸埋在苏苏的颈窝里，他嗓音暗哑，掐住少女纤细的脖子："不可能的。"

他已经走投无路，她凭什么把他欺负成这样啊？

‖ 第一百零三章 ‖

魇魔见他毫不动容，眼看自己要被屠神弩吞噬，都要绝望了。突然一颗幽幽的珠子飞到它面前，魇魔一喜："多谢魔……"

看见少年木然的眼睛，魇魔改口道："我这就为你们造梦。"

它的内丹被澹台烬挖走，这五百年都只能灰溜溜地夹着尾巴做魔，造梦的能力都没有了。但如今有幻颜珠的力量，它可以引他们的神识进入幻颜珠中，予他们一场美梦，保住小命。

"进入我的梦境，你和她都是梦中人。你在梦中会借用另一个身份，再次遇见她。但如何发展，我无法控制，只能说……大概会是个美梦。"说后面这句的时候，魇魔有些心虚。

澹台烬从鼻子里发出一个音："嗯。"

他只想看看，如果没有发生这一切，她到底会不会……有一点儿喜欢他？

成全他，或者让他就此死心。

两人闭上眼，琉璃珠子亮起，杏花花瓣缤纷如雨，呈现在琉璃珠中。

魇魔看一眼澹台烬，它进入过澹台烬过去的噩梦，知道他是怎样的身份，自然明白，糟糕的出生让他从小就比所有人过得辛苦。

但愿，改变了身份以后……这次是个好梦。

魇魔搜寻澹台烬的记忆，发现他的过往尽是惨淡。它唏嘘不已，转而看向苏苏——

那就由你的过往出发，来织一个梦吧。

"苏苏，醒醒！"

有人在叫她，苏苏睁开眼。

杏花落在她的肩头，已经铺就了厚厚一层。她发现自己身处一片杏花林中，一个青衣仙子关切地看着她。

是摇光。

她猛然从杏花林中坐起来，她怎么会在这里？她不是该……

该如何来着？

"该去五百年前，剔除魔神的邪骨。"她低声喃喃道。

摇光点点她的额头，又好气又好笑："你啊，都说过了，少看些凡间话本，神魔大战已经过去数万年，那些编出来的传说，谁知是真是假？还去五百年前呢，你进得去蓬莱仙岛再说吧。"

被摇光一打岔，脑海里那些乱糟糟的话模糊起来，苏苏从地上站起来，拍落身上的花瓣。

"刚刚想什么呢？"摇光拉着她，往蓬莱仙岛走。

群鹤飞在空中，一片祥和之气。

苏苏按住太阳穴："没什么。"

她是怎么了？

"知道自己要做什么吗？"摇光没好气地问，"当心拜不到师，掌门罚你。"

经摇光一说，苏苏终于想起来了。

看着眼前熟悉的景象，她手指拂过仙鹤的翎毛，微有几分恼。

她是来蓬莱仙岛，向岛主容奎仙尊学习轻鸿剑法的。

要说整个仙界，蓬莱的轻鸿剑最有名，一剑可开山，一剑可破海。衢玄子疼女儿，却发现衡阳宗的剑法不适合苏苏，于是让苏苏来蓬莱学艺。

鸾鸟仙车载着苏苏，好不容易从衡阳到了蓬莱，苏苏还没来得及进蓬莱仙门，就看见一个白衣男子抬手，要杀了另一个匍匐在地的男子。

地上那人委实可怜，通身的血，还穿着蓬莱的弟子服。而站着的白衣男子却面无波澜，动手要抽去他的灵根。

苏苏见地上那人的仙气纯净，而面无表情下狠手的人身上却萦绕着淡淡魔气。

她心道，胆子好大的魔修，竟然敢在蓬莱仙岛门口戕害蓬莱弟子！

苏苏眸光微动，露出一个坏笑。

她打了个响指，白衣男子抽取灵根的时候，地上的人突然变成一只啾啾叫的小鸟。

白衣男子顿住，不悦地看一眼地上的小鸟，冷冷抬眸朝苏苏的仙车看过来。

"看暗器！"苏苏扔出几枚红色翎羽，白衣男子听见她的话，拂剑把翎羽斩落。

苏苏等的就是这一刻，翎羽被斩碎，化作痒痒粉，尽数落在男子身上。

苏苏心想，清礼师叔的上等灵药，你忍得住？

男子一僵，脸色凝滞，咬牙看向苏苏的仙车："衡阳宗的人？"

少女从仙车里探出一个头，笑盈盈冲他做了个鬼脸。

她眉间的朱砂灼灼，鸾鸟在旁边助威似的叫了一声。

男子视线扫过她，突然冷冷地笑起来："黎苏苏，道号毓灵，今来蓬莱，望向仙尊容奎学艺。"

"你怎么知道？"苏苏狐疑地看向他。

话音刚落，几个蓬莱弟子迎出来，恭敬激动地道："九旻师叔，您回来了！"

"九、九旻？"听见这个颇为熟悉的名字，苏苏整个人都不好了。

她年少时性子活泼，衡阳宗的人又宠她。

来之前，衢玄子看着娇俏可爱的女儿，语重心长嘱咐过："容奎有一亲传弟子，名沧九旻，生来剑骨，是当世奇才，容奎把他当作下一任蓬莱岛主培养。听说他性子颇为古怪，苏苏去了，可要乖巧些，好好与他相处。"

苏苏郑重点头，肃然道："爹爹放心。"

衡阳宗人人都喜欢她，没道理被一个蓬莱弟子讨厌吧？

谁知她来的第一日，就得罪了沧九旻。

沧九旻手一抬，地上灵鸟重新化作面色惨白的男子，他一言不发，动手戳死了他。

这下是真的火大，连灵根都不抽了，直接弄死。

直到被拒之门外，沧九旻带着弟子回蓬莱岛，把苏苏和鸾鸟困在结界之外，她方知道完蛋了。

虽然不懂沧九旻为何要抽那弟子灵根，但是蓬莱岛主的亲传弟子，万万不可能是什么魔修。

个中一定有误会。

"你听我解释，沧九旻，对不起，我帮你解痒痒粉好不好？"她拍着结界，那人看也不看她一眼，已经走远了。

苏苏怏怏的，连一旁原本气昂昂的鸾鸟也跟着垂头丧气。

一人一车尴尬地在旁边的杏花林待了两日，直到先前来蓬莱送灵丹的摇光觉察不对，亲自来领她进去。

摇光听说始末，好笑道："这也不怪你，当时的情况，确实容易误解。但是你得罪了沧九旻，沧九旻这人睚眦必报，你可要吃些苦头。"

摇光低声在她的耳边解释道："蓬莱仙岛皆知，沧九旻是东翼主的儿子，东翼主在凡间历劫之时，遇见一人舍身相护，那人因为东翼主牺牲，只留下一个孤苦女孩。东翼主把她带回仙界，为她洗髓，视若珍宝。整个蓬莱都知道，东翼主打算日后让沧九旻与她结为道侣，可是那个凡女，却被蓬莱弟子卫巡骗了身子。"

"卫巡？就是前两日沧九旻杀的那个弟子？"

摇光点头："可不是嘛。"

苏苏脸上多了几分尴尬，当时的情况，带着魔气的人要杀蓬莱弟子，谁都容易误会。

没想到人家只是出口恶气。

摇光同情地看着师妹："岛主容奎沉迷炼器，最近在炼一柄仙剑。如今岛上做主的，便是沧九旻。他奉师命赶回来暂且教导你入门心法，你得罪了他，日子恐怕难过了。"

苏苏不是敢做不敢认的人，她眨眨眼，当机立断："我去道歉。"

即便误会无奈发生，也总比真让她眼睁睁地看着一个魔修杀仙门弟子好得多。

摇光叹了口气："只能如此，不过他性子孤僻，你看连那个凡女都害怕他，你可要做好心理准备。"

苏苏点头，抱拳爽朗笑道："谢谢摇光师姐！"

摇光嗔她一眼，看师妹御剑飞向她指点的仙殿。

唉，听说沧九旻不好相处，师妹这次来蓬莱，不求沧九旻喜欢她，别过分为难她就好。

苏苏悄悄走入仙殿。

她被沧九旻关在蓬莱岛外已有两日，旁敲侧击弄清楚了他身上为何会有魔气。

沧九旻去了凡间除魔。

如今他待在殿中，是要涤净身上魔气，免得产生心魔。

可是痒痒粉作用有七日，他现在绝对不好受。

沧九旻看见她，估计就想掐死她，她不能这样走进去。

她隐藏气息在仙殿内环视一圈，发现了一只懒洋洋打瞌睡的小猫。凑近一看，才发现不是什么猫，而是幼虎。

她双手合十："我得想办法帮你主人解痒痒粉，拜托拜托。"

小老虎睁开湿漉漉的眼，看她半晌，又懒洋洋地闭上一只眼。

进去吧，我睁一只眼闭一只眼。

苏苏扑哧一笑，彼时她才学化形没多久，好在有天赋，她化作小老虎的模样，学着它，叼着解药，踏着趾高气扬的步伐走入殿中。

"嗷嗷嗷！"她放下口中的解药瓶子，用乳牙叼住榻上打坐的人的衣襟。

沧九旻睁开眼。

苏苏先前所料不错，他的确在清除体内魔障。因着苏苏那一下暗算，他如今雪上加霜。

看见小老虎的一瞬，他原本想冷冷吐字"滚"。

谁知看向她的眉心，他的神色变得微妙。

只见她的一小撮虎毛上，缀着一颗艳丽的朱砂。

他眯眼，意味不明地看着她。

苏苏示意他看自己放下的东西，沧九旻抬手，苏苏本以为他要拿瓶子，结果他冷冷捏住了她的后颈。

她四个粉嫩的小虎爪在空中刨了刨。

搞什么？搞什么？！

男子没看地上的解药，语气中带着森然笑意："丹炉还差一味药引，本想养你几日，谁知你自己过来了。"

他另一只手一挥，殿内炼丹炉的盖子飞出，他拎着苏苏，就要往真火里放。

灼灼火焰，几乎要烧穿"老虎"的小屁股，她被吊在他的手指上，可怜巴巴哀求地看着他。

沧九旻看见她的惊恐神色，他堵着的一口恶气总算舒缓不少。

笑完以后，他恶意浓浓，真就松开了手。

反正……仙体一时半会儿死不了。

他松手，还顺势盖上了丹炉盖子。

沧九旻走回榻旁，盘腿继续打坐。

一刻钟过去，两刻钟过去，许久过去……

他终于忍不住睁开眼，皱眉看向丹炉。

连声音都没有，不会真死了？好歹是衡阳宗掌门之女，他管束她、教训她、讨厌她都没事，可她若出了事，蓬莱脱不了干系。

犹豫许久，他双指一抬，炼丹炉盖子飞起，丹炉滑向他。

他本想把里面的人拎出来，可是放眼看去，里面只有一块烧成炭状的老虎。

这下哪怕心思莫测、阴沉如沧九旻，也生出了一丝焦躁。

从火中捞出"小炭条"，他的脸色僵硬。

"醒过来！"

它毫无反应。

气是完全消了，惊恐完全盖过了愤怒。想起蓬莱杏林那个眉眼清灵的少女，沧九旻死死抿住唇。

他抬手，点在炭条的眉心上，打算渡仙气过去试试。

下一刻，脆生生的声音响在他耳边。

"你原谅我了吗？"

他猛然转头，那少女不知何时出现在他身侧，也歪着头，笑靥如花地看着他。

猝不及防，他便撞入她瞳仁中的盈盈秋水。

少女后退两步，双手交叠，诚恳地放在额心，倾身拜下去。

"苏苏向仙君请罪，此事有误会，仙君消了气，就原谅我吧。"

沧九旻错开眼睛，恍然明白是这古灵精怪的卑劣少女玩的一出把戏。他以为是自己看穿了她，没想到朱砂是她故意露的马脚。

她本意便是让自己认她，报复个爽快。

沧九旻手指"嘎吱"一握，捏碎了掌心的炭条。

"黎苏苏！"你可真是好样的！

‖ 第一百零四章 ‖

苏苏见他面色不愉，连忙说道："我真的进了丹炉，只不过后来怕你忘了，又不敢打扰你，这才提前出来的。"

她的灵根是火属性，丹炉中虽是热了些，但对她倒没有别的伤害。

少女趴在他修炼的榻上，神色诚恳。

沧九旻冷着脸说："滚下去。"

苏苏乖乖听话，下一刻出现在离沧九旻几尺之外。

苏苏眼巴巴地瞧他："您是蓬莱大弟子，您大人不计小人过，原谅我吧。"

沧九旻冷冷一笑，几道惊雷劈在她身前，她被惊雷一路逐出门外。

仙殿的门"啪"的一声，在她眼前合上。

苏苏有几分丧气，她原本想扒拉着门再接再厉，谁知才碰上门把手，一股细碎的痛感传来，苏苏连忙放手。

仙门上闪烁着如发丝般细碎的雷电。

里面声音冷冷传来："滚远些。"

苏苏抬脚一端眼前这扇门，不等沧九旻发火，马上御剑跑远了。

里面的沧九旻听见"砰"的一声响，眉眼一厉，掌中惊雷打出去，自然打了个空，少女如狡猾的小狐狸，已经跑远了。

本来沧九旻以为很长一段时间都看不见苏苏，谁知第二日推开门。

如雨般纷纷落下的杏花，无风自动，在他身边汇聚，空中凝出几个字来——"九旻师兄心胸宽广，六界第一好看。"

看见"心胸宽广"几个字，他几乎以为那人是在讽刺他，"六界第一好看"出现时，他顿了顿，抬手一挥，杏花散落一地。

沧九旻冷冷点评道："溜须拍马，谄媚奉承。"

黎苏苏许是知晓他脾气冷酷，也不来他面前招惹他，只敢通过这样的方式讨他谅解。

沧九旻打算无视她，离师尊炼器结束至多半年，黎苏苏一个衡阳宗才成年的仙子，能在蓬莱起什么风浪？左右是去是留，等师尊出来会做决定。

他静心修炼。

蓬莱从来祥和，鲜少发生什么争端，除非有要事，才会来请示他。

然而才回到殿中，有人跑进来。

"九旻师叔，大事不好了，黎仙子和采双小师妹一同掉入幽冰潭了。"

"什么？"他皱起眉头。

幽冰潭是整个蓬莱最冷的地方，是用来惩罚犯错的弟子的，一旦掉下去，情况好些有损修为，情况糟糕则有性命之忧。

须臾间，沧九旻的身影如风，朝幽冰潭赶去。

苏苏也没想到事情发生得这么突然。

她本来想表现一下自己道歉的诚意，就问蓬莱弟子，哪里可以负荆请罪。

弟子脸蛋红红地看着她，往幽冰潭方向一指。

苏苏蹲下，看着潭水，瞬间放弃了想法。

讨饶三招：奉承、痴缠、卖惨，只是为了让沧九旻心软，顺利学到轻鸿剑法，没必要真的陷入危险之中，那只会给别人添麻烦。

苏苏刚要离开，一个女子却猛然朝着幽冰潭跳进去。

苏苏猝不及防被她带入潭中，一股阴冷之气从足心蔓延至全身，有一刹那，她动弹不得。

潭中冷气犹如罡风，撕扯着身体。苏苏反应过来，连忙朝着岸边游去。为了防止犯错弟子逃离，在潭水中每走一步，都分外吃力。她感觉自己像是坠入一个旋涡之中，十分难受。

面容苍白的女子原本铁了心想死，谁知跳入幽冰潭，触到可怖的潭水，她突然感到了害怕，周围没什么可以抓住的，她便死死拽紧苏苏，四肢缠上来。

大有苏苏不救她，两人就一起死的意思。

苏苏彻底生了气。

飞来横祸就算了，这人自己想轻生，临到反悔，还想害人。

她恶从胆边生，拍拍女子的手臂，传音道："松手，我想办法带你去岸边。"

女子面露惊恐，迟疑着，犹豫半晌，还是怕死在了潭中，不再禁锢着苏苏。

苏苏咬牙，带着她往岸边游去。

她通身火灵之力，像个温暖的小太阳，能克制冰寒的潭水片刻。

外面有人慌张在喊——

"不好了不好了，黎仙子和采双小师妹掉入幽冰潭了。"

奋力往前游时，苏苏心想，这女子叫采双是吧，很好！

好不容易她的手触到岸边，苏苏爬上岸。

采双也很高兴激动，说："救……"

苏苏抬起脚，一脚踹在她的肩膀上，把她重新踢回了潭水中。

"走你！"

沧九旻才进来，就看见这一幕，采双被少女的粉白靴子一脚踹进寒潭。

他身后的弟子们瞠目结舌，好半晌才说："你……你竟然残害采双小师妹……"

粉衣仙子全身湿答答的，狼狈不堪，她拍了拍手，红色的火灵仙力围着她旋转，转眼身上的衣裳重新变得干爽。

苏苏回眸，就看见神色微沉的沧九旻，阴晴不定地看着自己，他身后的弟子也目露惊骇。

苏苏心想，她不仅踹了，她还想揍采双呢。

幽冰潭的冷气与自己修炼的法诀不符，现在苏苏身上到处都不舒服。

她还没来得及说什么，沧九旻飞掠落入幽冰潭，分水而开，把采双抱了出来。

随着他上岸，躁动的潭水安静下来。

沧九旻把采双放下，采双已经昏迷，人事不省。

他修长的手指抚过，渡了灵气过去，采双睁开眼，看见沧九旻那一瞬，她委屈得号啕大哭，去捉沧九旻的袖子。

"九旻哥哥，采双差点见不到你了。"

一听这称呼，苏苏就明白了这采双是谁，原来是那个被骗了身子的可怜凡女，东翼主的养女。

也只有她，能称呼沧九旻为兄长。

采双哭得可怜，苏苏皱起眉，越看越不爽，哭得这么惨，感觉像是自己先害她似的。

果然，一旁的蓬莱弟子，面上愤然道："九旻师叔，一定不能就这样算了。"

苏苏当即说："你们怎么不问问她，是谁害得我落入寒潭，还想拉我陪葬的！"

采双的眸子闪了闪，苍白的小脸怯懦地往沧九旻身边躲，仿佛苏苏极其可怕。

她这副模样，还有沧九旻的沉默，让苏苏火大："既然你说我害了你，我干脆把这罪名坐实了。"

她突然笑了笑，推开沧九旻，抓住采双往幽冰潭里摁。

"等我坐实了罪名，我再请罪。"在此之前，你先暂且死一死吧。

采双见她来真的，眼见自己要重新滚入幽冰潭之中，她尖声道："啊！救救我……"

一只手格挡住苏苏，把采双拉回来。

苏苏回头就听见一个冰冷的声音说："来蓬莱学艺，容不得你放肆，明日开始，罚黎苏苏去洗剑池，洗够千柄灵剑。"

"沧九旻，你没长眼睛，爱洗你洗，谁稀罕你的轻鸿剑诀，不学了！我这就走！"

苏苏一道重火朝着沧九旻打过去，火焰在靠近他的一瞬化作虚无。沧九旻面无表情，抬手玄雷凝作手臂粗的链条，困住苏苏。

"由不得你选择！"

蓬莱弟子扶起惊魂未定的采双，采双啜泣不止，瑟瑟发抖。

沧九旻手一收，带着苏苏去洗剑池了。

路上，苏苏在心里已经把不讲道理、眼瞎的蓬莱弟子骂了个遍。

沧九旻在假象中早已被她大卸八块。

一到洗剑池，与幽冰潭截然不同的灼热袭来，苏苏抬眸，看见一片火海之中，横七竖八地插着各种灵剑。

有些已经锈迹斑斑，有的却明亮耀眼，发出灵剑的轻鸣。

沧九旻关闭了洗剑池，松开她，在她身边盘腿坐下。

男子嗓音冰冷："用岩浆洗剑，擦去剑上的污浊之气，什么时候洗足千柄，什么时候放你出洗剑池。"

沧九旻走到洗剑池边，捞起一柄灵剑，他修长的手指引岩浆为水，拂过灵剑，一下又一下，细细擦拭灵剑。

污浊之气散去，灵剑重新变得干净，他手一挥，灵剑重归洗剑池中。

苏苏先前还有敬重他，与他握手言和的意思，此刻半点儿也不剩。

她黑白分明的眼睛盯了他许久，见他不为所动，她突然眨眨眼，乖巧地说："好啊，我洗，这就洗。"

沧九旻的黑瞳看她一眼，不语。

苏苏蹲到洗剑池边，她的唇弯起，手一抬，数十柄灵剑凭空而起，带着滚烫岩浆。

少女双手掐诀，所有灵剑张牙舞爪刺向沧九旻。

苏苏笑着回头："师兄当心，一不小心没有控制好它们……"

沧九旻黑了脸色，躲开灵剑，转瞬来到苏苏的身后。

"你做什么？放开我！"

苏苏挣扎，男子却不容置喙地将她带到洗剑池边，握住她的手，拿起一柄蒙了锈的剑，带她洗起剑来。

苏苏动不了，灼热岩浆流转过灵气，微微带着刺痛，让她不舒服。

眼见锈剑越来越明亮，她心里又气又委屈，扔开灵剑，灵剑落入洗剑池中，溅起岩浆，生生朝她脸上而来。

身后男子一言不发，用手背挡住岩浆。

"扑哧"一声，沧九旻受了这星星点点的痛，依旧不许她离开。

见她神色委屈，沧九旻顿了顿，皱起眉，盯着翻滚的岩浆，略微僵硬地开口："我幼时，师尊便让我洗千柄灵剑，与剑心意相通，方能驱使轻鸿剑诀。"

苏苏愣了愣，恍然明白他竟在教自己轻鸿剑诀。她侧过头看他："那又怎么了？是采双先害我，你们蓬莱却为她而罚我！"

沧九旻淡淡说："我知道不是你。"

"你……嗯？你说什么？"苏苏惊讶地看着他，她没听错吧？

沧九旻说："东翼主疼惜她，纵然我相信，蓬莱弟子相信，东翼主却不会相信。今日罚了你，此事一笔勾销，东翼主便没理由再追究你。"

提起自己的父亲，他冷冰冰地用"东翼主"三个字。

苏苏说："我爹若是知道我这么没骨气，宁愿与东沭仙境开战，也不愿我为这种事情退让！"

沧九旻的神色冷肃凉薄，低低说："争一时高下，伤敌一千，自损八百。明明兵不血刃的办法有无数种，让她吃尽苦头，有苦说不出，安静些，你且等着看。"

苏苏难以想象这么"歹毒"的话会从他口中说出，她的脊背一阵发凉。

回过神，才发现沧九旻的手依旧裹住自己的手掌，不知是怕她逃跑，还是怕她冷不了再飞数十柄剑去刺他。

他骨节分明，引导洗剑池中的烈阳之气，流转在她的周身。

苏苏轻声说："哎？"

洗剑池的烈阳之气缓缓驱散她体内幽冰潭的寒气，那股痛苦不见了，取而代之的是轻盈的感觉。

原来幽冰潭的寒气，洗剑池的烈阳之气可以解。那现在沧九旻封了洗剑池，外面寒气入体的采双岂不是要生生被折磨着，疼痛至极？

她眨巴着眼，侧脸去看身边的男子。

沧九旻被她看了一会儿，最后实在忍不住了，掰过她的小脸，不许她再看自己，依旧是那副刻薄的声音："看什么！好好洗剑。"

‖ 第一百零五章 ‖

不知过了多久，苏苏渐渐领略到洗剑的好处。

衡阳剑法大开大合，讲究"勇"字，蓬莱的轻鸿剑却讲究领略剑意，她掌中薄如蝉翼的剑轻颤，些微奇妙的感觉传来。

这是剑意吗？

据说轻鸿剑诀修炼到了顶峰，主人可与剑心意相通，假以时日，说不定还能养出剑灵。

她向来好学，悟了些精妙之处，便不再排斥洗剑，无须沧九旻指引，自行认真起来。

她在池边洗剑，沧九旻就盘坐在树下看着她。

苏苏本以为自己会在洗剑池中关很久，没想到不过月余，她就被沧九旻从洗剑池中放了出去。

一放出去才知道，采双因着幽冰潭的寒气，被折磨得生不如死，前几日被东翼主带走了。相比之下，苏苏活蹦乱跳，半点儿事情都没有。

蓬莱的弟子遇见苏苏还会客气地同她行礼，苏苏这才知道，那日自己把采双重新端回幽冰潭的事，竟然没传出去。

偶然见到那日义愤填膺的目睹的弟子，他神色闪烁，看见苏苏便抱了抱拳，权当什么也没有发生。

嗯？蓬莱弟子都如此友善了吗？

没几日在杏林，一个男弟子红着脸，邀请苏苏去参观蓬莱弟子切磋。

苏苏心想，若拜师成功，自己便得在蓬莱待上许久，与同门打好关系是必要的，她欣然接受他的邀请。

那弟子谦和有礼，还有几分害羞，一路上与苏苏说说笑笑。谁知还没出杏林，转角就碰见了冷着脸的沧九旻。

男弟子瞬间变得拘谨，连忙恭敬道："见过九旻师叔。"

沧九旻的视线在苏苏身上扫过，最后落在男弟子身上。

"择端，别的弟子都在为了考核练剑，你便是这般对待考核的吗？"

择端见他的语调沉冷，知道九旻师叔动了怒。

蓬莱十年一次的考核，每个弟子都要参加，再由胜者对战上一任的剑主。

若是考核丢了脸，不只让师尊脸上无光，还会因懈怠受到惩处。

择端连忙解释道："九旻师叔容禀，弟子近日一直在练剑。"

蓬莱岛内，谁都怕这位阴晴不定的九旻师叔，择端也不例外。

苏苏见状，连忙点点头，为择端说话："他说得没错，他没有懈怠！"

择端本是见容奎仙尊还没出关，怕自己在蓬莱待着无聊，才好心邀请。可如今他脸色都白了，看上去委实可怜。

她一开口，沧九旻的脸色更沉了几分。

黑骏骏的眼珠子从择端身上转到苏苏身上，冷冷道："我教训蓬莱弟子，何时轮到你插嘴？"

苏苏忍不住说："我说不定以后也是蓬莱弟子。"

沧九旻讽刺一笑："黎仙子志不在仙剑，我蓬莱也容不得你这般愚钝的人，千柄剑洗完，还领略不到剑意。反倒搅得我蓬莱弟子不思进取，黎仙子不如回衡阳宗。"

苏苏不解，偏头看他。

她倒没有很生气，沧九旻本就是个易怒、阴阳怪气的人。

先前在洗剑池，他明明没有这样含针带刺，苏苏说自己还没有领略到剑意的时候，他还说没事。

苏苏以为两人的关系已经缓和，谁知今日猝不及防碰到他，沧九旻又变成之前冷淡的感觉，甚至眼神里都带着刺。

两人对视着。

择端见自己的事连累到了黎仙子，早就惴惴不安，连忙说："是择端的错，弟子这就回去为考核准备。"

说罢，他对沧九旻行了礼，也不能再回头看苏苏，匆匆离开。

苏苏追上沧九旻："你在生什么气？"

他看着满林杏树，眸光淡漠，兀自往前走，理也不理她。

苏苏背着手，跟在他身后，学着他的模样，冷然批判道："蓬莱弟子可真造孽哦，有这么个凶巴巴的大师兄，建议沧师兄和我师兄学学，什么叫君子端方，万人爱戴。"

沧九旻停下脚步，嗤笑着看她一眼。

"我为何生气？"

他上前一步，苏苏对上他酝酿着风暴的黑眸，下意识后退一步。

她莫名有几分紧张。

沧九旻顿了顿，神色冷淡："择端是我蓬莱近百年最优秀的弟子，黎仙子自己不修炼，别去祸害他。"

"我没祸害他！"她仰头说，"你别冤枉我。"

他看一眼她艳若桃李的脸，一言不发，转身走了。

那一日之后，她再也没有见过沧九旻。

苏苏心想：令人讨厌的浑蛋，不是开始教她轻鸿剑诀了吗，怎么才开始，就理也不理她了？

如果不是因为沧九旻先前在洗剑池，说出兵不血刃对付采双那一番话，苏苏还以为他因为义妹采双在刻意冷落她。

这几日蓬莱仙岛上青果熟了，每日清晨，苏苏殿里都会多出几个新鲜的青果。

她只当是蓬莱小仙子为她准备的，没有过分在意。

今日蓬莱考核决出胜者。

修真界慕强，自古以来都不例外。

听说择端一路通过考核，今日是考核最后一日了，苏苏叼着青果，欢欢喜喜地溜过去看比试。

她一出现，择端就从人群中看见了她。

蓬莱的弟子均是一袭飘逸的青衣，墨发上束着玉冠，女弟子则是一枚雕花玉簪。苏苏不是蓬莱的人，她一袭绯衣，如人间三月开在枝头的桃花，腰间银铃娇俏，与蓬莱整体的画风都不同。

择端脸色微红，远远地冲她颔首。

苏苏本不是来看他的，见择端这般礼貌，她也挥了挥手，做了个加油的姿势。

一道冷飕飕的目光落在她身上，苏苏抬眸，就看见主位上的沧九旻。

比试没多久就开始了，如沧九旻所说，择端果真是近百年来蓬莱最优秀的新弟子。

他打败不少前辈，一柄仙剑挥舞得流光溢彩。

最后胜出者竟也是择端。

身边兴奋的蓬莱弟子道："那择端师兄岂不是要与九旻师叔打？"

胜者可挑战上一任的剑主，沧九旻已当了百年剑主，此次蓬莱弟子最期待的也是这一幕。

不苟言笑、性子古怪的师叔，对上择端，想必很有看头。

先前容奎仙尊甚至说，谁要是赢了他的徒儿沧九旻，他哪怕不再收徒，也要将轻鸿剑诀倾囊相授。都知道容奎是为了锻炼自己最出色的弟子，即便如此，百年来，依旧人人都想赢沧九旻。

轻鸿剑诀的诱惑多大啊，哪怕不用拜师，都可学这六界的至高剑法。

苏苏若有所思，台上沧九旻和择端已经站好。

择端行礼，沧九旻没什么反应，底下人对他的"目中无人"司空见惯，倒也没什么人置喙。

但择端剑招挥出数十招时，沧九旻的剑只防御，并没有与他喂招。

"九旻师叔还是那个规矩，先让择端……咦？"

往往每次考核，他会让弟子五十招，今日却让了择端八十招。

沧九旻剑如其人，向来幽冷、角度刁钻，外加简单粗暴，会草草结束对战。

今日他的剑招却空灵华丽，剑身隐隐带着仙剑轻盈之意，白色灵气如流翼，几乎惊艳了所有人。

"九旻师叔……"女弟子看着台上的男子，磕磕巴巴开口，脸蛋红了红。

她怎么从来没发现，不近人情的可怕大魔王沧九旻，是这么好看的？

苏苏一时也被那磅礴剑意惊到，她隐隐有些明白，为何明明衡阳宗的剑诀已是不弱，爹爹却执意希望她来蓬莱学艺。

没多久，沧九旻的剑指在择端胸口，择端有些不甘，失意地认了输。

沧九旻收起剑，也没看苏苏和一众弟子，回自己仙殿去了。

苏苏眼珠子一转，突然有了个主意。

赢了沧九旻，就一定可以学全部的轻鸿剑诀没错吧？

沧九旻没走多远，耳边风声微动，脚下落叶被吹起。

他微微眯眼，没有回头。

一个人影从空中执剑刺来。

他的仙剑没有出鞘，剑鞘对上来人的剑。

绯衣少女被击退数步，足尖点在杏林上，握着剑再次对他劈砍而来。

彼时她习的法术良多，却一直没有习剑，耳濡目染的剑法毫无章法，只有一股横冲直撞的勇气。

"黎苏苏，"沧九旻嘴角一抽，"你胡闹什么？"

少女眼睛亮晶晶的："我听他们说，只要赢了你，容奎仙尊便会传授轻鸿剑诀。看招！"

他嗤笑道："凭你？你尽管试试。"

这句本也是实话，他年长苏苏不少，作为修为强大的东翼主之子，也是容奎唯一的亲传弟子，沧九旻的修为深不可测。

偏偏这句话惹了苏苏，她性子倔。

本来打算与他喂剑招，虽然不可能赢，大不了之后再继续，可是沧九旻一开口便让小凤凰气得尾羽都要爹开。

瞧不起谁呢？

她当即剑也不使，干脆与他斗法。

苏苏本就是天灵根，真火在她手中明艳，一时蓬莱岛这片领域温度都高了不少。

真火一路蔓延到沧九旻的脚边。

他抬手，风随指动，真火尽数熄灭。

苏苏心道：完蛋，这也打不过啊。

忽而计上心头，她说："看招！"

朝沧九旻扔了一颗明珠过去。

他吸取上回痒痒粉的教训，不再斩碎，侧身躲开。

苏苏扒拉乾坤袋，继续扔……

油纸伞、糖葫芦、灵石。

沧九旻黑着脸。

直到她扔出一颗丹丸，丹丸炸开，白雾弥散，化出无数又萌又凶的钢牙兔子，朝他咬来。

也不知道黎苏苏这是什么逃命武器，沧九旻在迷雾中，竟一时什么都看不见。

他知道黎苏苏古灵精怪，不敢真捏碎这些幻化出来的东西，只得冷冷站在原地。他是仙身，这些废物咬他几口跟挠痒痒差不多。

才这样想，有人穿破迷雾，抬手朝他打来。虽短暂不能视物，沧九旻听觉却很敏锐，他有心想结束这场荒唐的比斗，便装作不知，直到她到了近前，方才动手。

沧九旻格挡住苏苏的手腕，她足下故意踩空，虚晃一招，仿佛下一刻就会摔倒在地。

一只苍白冰冷的手突然拉住她。

她愣了愣。

其实这只是……一个让人轻敌的招式，但是既然沧九旻上了当，不如将计就计？苏苏朝他扑过去，把他狠狠按在地上的同时，手中的幽蓝定身符"啪"地贴在他的额上。

"你输了！"

她按住他的肩膀，拿起一旁他的剑，剑鞘比在他的脖子上，道："九旻师兄，服不服输？"

迷雾散去，周围的钢牙兔子早就化作泡影。

蓬莱万年不变的枯燥景色在他眼前呈现，少女跨坐在他的腰上，不乏得意地催促他认输。

他身体僵硬："滚下去。"

苏苏笑嘻嘻道："快认输！你中了定身符，反正动不了了，不认输，今天这事没法完。"

不知是不是这种"卑鄙"的办法让他气恨了，他眼尾都泛起浅浅的红晕，沉默着，一言不发。

她难免着急，推了推他："喂，容奎仙尊又没说，要用什么办法打败你，你自己在洗剑池说的，兵不厌诈。"

身下"动不了"的人，手指蜷了蜷，含糊道："嗯。"

‖ 第一百零六章 ‖

苏苏莫名觉得眼前这一幕十分眼熟，脑海里一些零星片段闪过，人间月下，狐妖，阴狠桀骜的少年……

魇魔吓了一跳，连忙再次施法，它看着光芒越来越淡的琉璃珠，心想，糟糕，支撑不了多久了。

好奇怪，魇魔看向琉璃珠，黎苏苏的心里，似乎有种什么东西在抗拒这一切情感。

苏苏皱了皱眉，甩甩头，那些画面淡去。

是她想多了，她从未去过人间，怎么会有人间的记忆呢？

弟子考核结束，容奎仙尊不在，沧九旻默认她赢了，这几日便教导她基本剑法。

她并不知晓，沧九旻早已参透轻鸿剑诀，便是由他来教她也是可以的。

无须沧九旻吩咐，每日清晨，她乖乖去洗剑池洗剑。

一直到黄昏，再由沧九旻传她剑诀。

他对他自己严苛，到了苏苏这里，也毫不例外。

她的剑招倘若错了，会被他无情地击打手腕，苏苏咬咬牙，都忍了下来。

倒是有一日，沧九旻不经意看见她忍痛的模样，微微蹙眉。

晚间苏苏的房里又多了些青果。

这果子甜脆可口，吃下以后灵台通明，是衡阳宗没有的东西。苏苏忍不住拉过殿内小仙子，问她："这果子是从哪里摘的？"

小仙子摇头，惊讶道："我也不知。"

她知晓蓬莱有珍贵的青果，但是青果长在哪里，小仙子这种自出生便在蓬莱的人也从未听说。

小仙子告退，苏苏盯着青果看了许久，不知道在想什么。

第二日，苏苏去仙殿，却没有寻到沧九旻，他殿内的仙倌说，东翼主带着采双来了蓬莱，沧九旻在和东翼主说话。

苏苏垂眸，捏住掌心的果子，应了一声。

那就再等几日，等沧九旻有空。

可这一等，苏苏却等来了别的消息——

蓬莱最近都在传，沧九旻要与采双结为道侣了。采双先前被卫巡骗了身子的事，大半个蓬莱都知晓。

只不过修真之人，在意始终如一的道心，并不在意所谓女子的贞洁问题。

修真界不在意，从凡女变作修士的采双却在意。

听闻她回东沭仙境以后，寻死了好几次，幸得东翼主拦了下来。

采双期期艾艾表明是卫巡逼她，她心里只有义兄。东翼主亲自做主，让沧九旻娶她。

苏苏也不知道为什么，心里闷闷的。

她走出去，恰好遇见采双。

采双的脸色有几分蜡黄，不复之前红润白皙。看来幽冰潭的寒气到底对她造成了影响。

采双明明已经是修士，却还和凡人女子一样，含羞带怯地在绣嫁服。

苏苏瞥了眼她手中艳红的嫁衣，抿了抿唇。

采双自然也一眼看见了她，她的神色天真欢喜，仿佛完全不记得先前的龃龉事，过来握住苏苏的手道："黎仙子，你是来找九旻哥哥的吗？他不在。"

苏苏抽出手："知道了。"

她不喜欢采双，便不想与她讲话。采双眼见她不按套路接话要走，连忙说："你不问问九旻哥哥去了哪里吗？"

苏苏回头，笑吟吟看她，摇头说："不问，你千万别说。"

采双的脸色黑了黑，当作没听见她的话："他去凡间了，为我去寻鲛人泪。我们凡间但凡结亲，都有聘礼的规矩。九十九颗鲛人泪，可葆青春永驻、身体安康。"

苏苏说："和你讲话真困难，这样吧，你还要讲什么，赶紧讲完。"

采双楚楚可怜，责备似的看她一眼。

苏苏偏了偏头，突然道："你害怕我？"

采双脸色一僵。

苏苏了然一笑："你怕我什么？再像上次那般把你踹进幽冰潭，还是怕……你九旻哥哥喜欢我？"

采双的嘴唇抖了抖："你别胡说！他若真喜欢你，便不会答应东翼主娶我！"

"原来没猜错，是怕后者啊。"苏苏摸摸下巴，学着衡阳宗的一个师姐，腰肢款款，一副坏女人的妖娆模样，走近采双。

采双吓得后退一步："你要做什么？"

苏苏说："告诉你，没有实力，少去恶心人，否则，你会像这样。"

她松手，一块玉石在她手中化作齑粉。

采双还没从惊异中回过神，苏苏已经走远了。

走出老远，苏苏嘴角的笑意消失，踢着石径上的小碎石。

灵台微暖，在她看不见的地方，无情道悄无声息运转，她不明白自己为什么不高兴。

难道是因为采双故意恶心了她，是不是报复回来就好了？

蓬莱的杏花永不枯朽，入了夜，苏苏打开竹篓，一群蛤蟆成群结队排好。

"去吓唬吓唬她。"

蛤蟆们一个比一个狰狞，接了任务便陆续跳入采双的殿中。

不多时，里面传出声嘶力竭的尖叫声。

透过窗户，苏苏看见采双疯了似的大跑大叫，比地上的蛤蟆们吓人多了，丝毫没有白日里那种可怜姿态，总算身心通畅。

她拍拍手，准备离开。

一道人影冷冷看着她。

"沧九旻？"

来人抬手，那群幻化出来的蛤蟆转瞬成了灰烬，他说："你也有资格动她？"

苏苏愣了愣，才要讲话，他却骤然出手。苏苏被三面飞舞的旗帜困住，它们飞速旋转，幽蓝的光禁锢着她，苏苏神魂一痛，跌倒在地。

主命魂的旗帜开始吸她的魂魄。

苏苏透过三面旗帜，看见沧九旻一双冷然带着杀意的眼。

她到底年幼，想逃出去，却毫无还手之力，直到眉心的白色光芒一闪，三面旗帜破碎。

她吐出一口血来，昏了过去。

昏过去之前，她仿佛听见了摇光的声音："苏苏！"

"沧九旻"模样的人走远，容貌渐渐发生改变，成了东翼主的样子！

东翼主脸色难看："竟留下东西护她。"

魔魔看着眼前的琉璃珠出现裂痕，如丧考妣："幻颜珠没了力量，美梦无法维持，梦境开始自动修补，他是天煞孤星的命，魔君醒来不会杀了我吧？"

另一边，沧九旻身上数道伤口，人间渐渐沥沥下着一场雨。

他闭着眼，身边九十九颗鲛人泪，颗颗如珠玉。

回蓬莱的路上，他的眼里带着浅浅的笑意。

可是遍寻一圈，小仙子告诉他："黎仙子前几日出去，一直没有回来。"

他眸中的笑意淡了些，心中涌起不祥的预感。

东翼主看着一大盒流光溢彩的鲛人泪，拿起一颗，道："你竟真的寻来了，可惜，小丫头已经离开了蓬莱。"

沧九旻脸色沉下来："你不是答应过我……"

"是，我答应过你，若你寻来已灭绝的鲛人一族九十九颗鲛人泪，我送采双回凡间，让她当回凡人，不再管她。"他把鲛人泪扔回去，"并去衡阳宗，为你求娶衢玄子之女。可惜，旻儿，她不信任你，她以为你要娶采双，已经和摇光回衡阳宗了。"

沧九旻嗤笑一声，脸上细碎的伤口，让他看上去苍白冰冷。

"你的话，我一个字都不信。她不信便不信，我自己去说！"

说罢，他就要御剑去衡阳宗。

"站住！"身后的东翼主怒然开口，"逆子，你忘记你百岁之时，族中为你预测的命格吗！情劫不渡，身作飞灰。为父送你来蓬莱，便是希望你躲过这一劫，谁知你做了什么！"

东翼主扔出一块玉。

"欲念生出心魔，现在的你，连魔气都无法驱逐。她会害死你！"

沧九旻看见那块玉时，便知东翼主知道了一切。

他捡起隐藏魔气的玉，黑黢黢的眼看向东翼主："活着如何？化作飞灰又如何？从此刻，你就当我死了吧。"

说完，沧九旻一道仙力打出去，堪堪落在殿外偷听的人身上。

采双一口血吐出来，东翼主给她渡的力量，全数在这一击中消散了，她的容颜开始苍老。采双觉察生命力在流逝："义父救我，救救我……"

197

昔日疼爱她的东翼主神色十分失望。

"采双,你不该如此。"自以为是,和卫巡纠缠不清,还越来越歹毒。

从小让你和九旻培养感情,你却没法在他生出心魔、遇见情劫之前在他心里占据一席之地。

但凡有一点儿办法可以救沧九旻,他也不至于亲自造孽去杀衡阳宗那个女娃娃。

东翼主叹了口气,挥了挥手,保住采双的命,把她送回了凡间,采双该去的地方。

但愿你接受得了,从仙子到垂垂老矣凡人的落差。

摇光的焦急地问:"苏苏怎么样了?"

衢玄子摇摇头,脸色凝重。

摇光的眼泪都快出来了:"是我不好,没有照顾好师妹。"

衢玄子拍拍她的肩膀:"不是你的错,伤苏苏的人不容小觑。"

纵然是衢玄子,也不敢保证自己的修为比对方高。那人铁了心要杀苏苏,苏苏能活下来已是万幸。

衡阳宗用回溯的法诀,重现了苏苏身上发生的事。

摇光气愤道:"沧九旻!他为什么这样做!"

"三魂旗,不是沧九旻。"衢玄子看着景象,心中已经知道是谁,即便不是沧九旻,也是东沭的大能。

"掌门,"有人来禀报,"蓬莱弟子沧九旻求见毓灵仙子。"

床上的人睫毛颤了颤,衢玄子心中一叹,扶起苏苏:"如何,你想见他吗?"

苏苏睁开眼,嘴唇苍白,她摇摇头:"让他回去吧,我现在谁也不想见。"

衢玄子道:"好。"

长泽的雪纷纷扬扬。

苏苏偶尔沉睡,偶尔清醒。今早醒来,灵鸟跳跃在她的窗前,摇光过来看她。

摇光神色犹豫,欲言又止。

"怎么了?"苏苏问。

摇光:"没什么。"

"师姐,你藏不住话就说。"

摇光讪讪一笑,吞吞吐吐道:"你命魂有损,若不修复命魂,寿数有影响,修为也难以精进。"

苏苏不意外,轻轻地"嗯"了一声。

没有悲观，也没有惊讶。

摇光看她一眼："但是有个办法可以救你。"

"什么办法？"

"就是……哎呀就是那个！"摇光的脸微红，"世分阴阳，合欢双修，类似那个嘛。"

苏苏也隐隐猜到了。

过去合欢宗的邪修有采阴补阳之法，把女子当作炉鼎采补，增加自己的修为。

而摇光口中的办法，显然就是……把此法反过来，为苏苏找炉鼎。

摇光低声道："扶崖最近一直在照顾你，掌门的意思，也是希望你好起来最重要……"

她还没说完，苏苏便摇头："我不同意。"

摇光张了张嘴，叹口气。

窗外的雪惊飞灵鸟，还有件事摇光没告诉苏苏，仙门下，蓬莱那个弟子，一直没有走。

衡阳宗人人都知他们东沭伤了苏苏，日日变着法子整他，他到处是伤，不还手，也不离开。

看起来怪可怜的。

‖ 第一百零七章 ‖

山门前，少年的青衣染了血，背着一柄仙剑。

从衡阳宗仙山下来的弟子窃窃私语："他还在这里，不知道大家都很讨厌他吗？执法师兄怎么了？还不扔他出山门？！"

另一个道："把他赶走了，没多久他又会出现在这里。"

"他还妄图见到毓灵仙子？他难道不知道，过几日，毓灵要和扶崖师兄成婚？！"

话音刚落，之前不论如何都不还手、毫无反应的沧九旻却猛然到了那弟子身边，揪住他的衣襟："你说什么？！"

男弟子被他逼近，有片刻怯然，但想起苏苏从蓬莱回来时伤成那样，便很难对他有好脸色。

"我说毓灵和月扶崖要成婚了，你若还有自知之明，便滚回你的蓬莱，别脏了这块地。"

沧九旻的手指收紧，目光幽冷看着他。

就在衡阳宗弟子如临大敌，以为他要动手的时候，他突然松开手，一言不发转身走了。

午后摇光过来，见山门口已经没人了，问身边弟子："他人呢？"

弟子说："清晨听说了苏苏要成婚的消息，就离开了，大抵是死心了。"

摇光心里唏嘘，望向山门的方向："走了也好。"

等苏苏伤势安稳下来，掌门一定会向东沭讨个说法，指不定衡阳和东沭会有一场恶战，沧九旻身为东翼主之子，和苏苏本就不可能。

回去的路上，遇见月扶崖。

摇光看一眼他手中的嫁衣："给苏苏的？"

月扶崖："嗯。"

他垂着眸，向来古怪的神情，看向嫁衣时多了几丝柔和。

摇光说："我以为你不乐意。"

月扶崖耳根微红，言简意赅道："没有。"

摇光笑起来："日后好好照顾苏苏。"

如今除了苏苏，全衡阳的人都知道月扶崖要与她结为道侣，这事衢玄子也默认了。苏苏的安危在衢玄子心里最为重要。

只是对于月扶崖来说，以苏苏的情况，他身为付出的那个人，需要给予大量修为来替她温养。

说是双修，其实是为她修补命魂，给予她修为，如此可能导致他自己精进困难。

摇光本来怕月扶崖心有芥蒂，谁知他把此事看作蜜糖，既然身处其中都不觉得苦楚和为难，摇光笑了笑，苏苏师妹会很幸福的吧。

魔魔抱着琉璃珠子，心如死灰，它造梦时费尽九牛二虎之力，弄走了魔君的劲敌公冶寂无，却忘了还有月扶崖这么一个人。

话说回来，魔君去哪儿了？

到了成婚前一日，苏苏才知道这件事。

摇光生怕她大哭大闹，谁知少女在窗边坐了许久，怔怔看着外面嬉闹的灵鸟。

半晌问："扶崖愿意？"

摇光连忙点头："那……你呢？"

苏苏唇色苍白，她笑了笑："他是为了救我，我有什么不愿意的？只是委屈了他。"

摇光低声道："我以为，你还念着沧九旻呢。"

此言一出，摇光便知道自己说了不该说的话，连忙道："我不是那个意思……"

苏苏垂下眼睛，摇了摇头。

摇光忍不住问："你喜欢月扶崖吗？"

结为道侣不比凡人成婚，会在大婚当日，在对方的仙魂中融入自己一滴心头血，此后千年万年，一荣俱荣，一损俱损。

比凡人的任何承诺都管用。

苏苏说："我不知道。"

她捂住心脏，这里……空落落的，像一扇被关上的门，体悟不到这样的感情，甚至当摇光说起"喜欢"，在她的世界里，只是一个没有任何意义的词。

什么是喜欢？什么样的感觉是喜欢？她自然是喜欢月扶崖的，可当真是摇光口中的情感吗？

苏苏想起另一个人，为何在蓬莱三魂旗下，看见沧九旻伤她时，她会感到难过？

第二日苏苏换上嫁衣，整个衡阳宗被布置得十分喜庆。

九头仙鹿早早便在长泽山等待。

苏苏被扶上仙车时，神情有片刻恍惚。

身边祥云拂过，仙车从长泽空中，缓缓飞到衡阳宗大殿内。

她看见一个人站在那里等她，是扶崖。

他抬头，目光紧紧锁住她。

那一瞬，苏苏有种错觉，他在这里等她很久了。

见到她的那一瞬，他的黑瞳中漾出些许笑意，这莫名让苏苏觉得炽烈。

月扶崖过来迎她，两人手指相触那一刻，苏苏心中有种奇怪的感觉——少年的手冰冷。

月扶崖修炼的剑诀至刚至纯，会有这么凉的体温吗？

然而的确是扶崖的脸。

苏苏让自己不要胡思乱想，衢玄子也在，合修仪式绝不可能出错。

她的命魂受损身体虚弱，脚下步子微微一顿，他也跟着停下来，低声道："小心。"

他牵住她，源源不断的温和的灵力涌过来，苏苏瞬间轻松起来。

整个仪式，苏苏感觉自己思绪飘忽，身边的人却十分郑重。

直到他的手指点上自己眉心，心头血滴入她的识海。她怔怔抬眼看他，他轻轻抚了抚她的脸颊，低下头，引着她的手，放在他的眉心。

"苏苏，"他暗哑道，"该你了。"

她咬了咬唇，见周围的人都在看自己，半晌，她迟钝地将自己的心头血滴入他的识海。

灵识的交融，对于修真者来说，比肉体的相触还要敏感数倍。

二人灵识相通那一瞬，一种奇怪的感觉涌来。

她慌张地后退一步，捂住自己的眉心，脸颊止不住泛红。

她略微羞怯不安的模样，让身边的人眼里笑意愈浓。

苏苏不知道自己是怎样撑到典礼结束的。

自古以来，结为道侣的典礼又叫合灵，当自己的心头血触碰到对方的识海，可以感受到对方对自己的爱意。

苏苏觉得自己的心头血像一尾渺小的鱼，猝不及防触到一片广袤可怕的狱海。

隐约触到的爱意，让她心惊而茫然。

扶崖……不也是为了救自己吗？若说有一些喜欢，苏苏相信，可何时，他的爱仿若抵死纠缠的荒芜炼狱？

苏苏没有注意到，一旁的男子收回手，眸光带上些微黯淡阴沉。

他自然也能体会到苏苏的爱。

空荡荡，白色识海里……

什么也没有。

他的停顿和冷郁只有一瞬，纯然笑意重新回到脸上。

苏苏回到仙殿，她本来该思考要如何与月扶崖相处，可是才沾上床，她便睡了过去。

如今命魂残缺，她挨到现在委实不容易。

她睡着没一会儿，身着红色喜服的男子走进来，有人忐忑行礼道："仙君，仙子睡着了。"

男子没有不悦，温和地说："知道了，你们离开吧，我来照顾她。"

绕过绣着仙鹤的屏风，他看见一张酣睡的娇颜。

他脸上的温和不见，眸光冷然，如一潭深不见底的死水。他埋首在她的颈间，像一条阴冷吐着芯子、缠住她的毒蛇。

可是最后，纵然他的表情狰狞可怖，却只有一个吻轻轻落在她的脸颊。

苏苏这一睡又是好几日。

她睁开眼睛从床上坐起来，低头看自己的衣裳，已经换过了。

大红喜服变作一条淡紫色天蚕丝裙子，裙摆迤逦而开，带着细碎的流光。她纤细的腰上系了精致的络子，这一身比她自己以前的装扮还要精细漂亮。

苏苏把玩着络子，走出去。

她没有看见月扶崖，问殿中洒扫的弟子："仙君呢？"

弟子道："您醒啦！仙君在后山，他叮嘱您若是醒了，一定要喝了这个。"

苏苏手中多了个玉质瓶子。

她打开，幽幽香气传来，竟是醉杨露，这东西传说只在南海吞天鲸族中有，可以养魂，但那族人最是暴戾小气，月扶崖怎么弄到这个东西的？

苏苏来到后山，嗅到一股浅浅的血腥气。

再一嗅，又似乎不见了。

月扶崖从林中走出来，抱了只袖珍兔子。见到她，他顿了顿，笑道："苏苏。"

苏苏摸摸兔子："这是给我的？"

"嗯。"他摸摸她的头发，以前语气刻板，当下他努力变得柔和，"我去除魔时，它可以陪你。怎么出来了？"

"我来寻你。"苏苏困倦地揉了揉眼睛，"扶崖，你去了南海，和吞天鲸打起来了？"

"没有，"他说，"我怎会去南海惹事端？醉杨露是以前在外历练时，偶然得到的。外面冷，你如今仙体不稳，会生病，我带你回去。"

苏苏看他片刻，冲他伸出手，笑道："背。"

他弯起唇，这回真实多了，笑意一层层在眼底漫开。他在苏苏面前蹲下来。

苏苏趴在他的背上，离得这么近，她不动声色地在他的颈边嗅了嗅。

血腥气带着松柏的清冽之气……若有若无。

他在撒谎，他不但去了南海，应该还杀了不少吞天鲸，才凑够那一瓶醉杨露。

他自己也受伤了，才会躲去后山，没有第一时间回仙殿。

苏苏的心里，泛起奇怪的涟漪，让她有些难受。

她怔怔地看着男子的侧颜，好半响，手轻轻抚上他的脸。

他的步子猛然顿住，侧头来看她。

她还来不及缩回去，和他的视线对了个正着。

"你在做什么？"他哑声问。

苏苏也不知道，她想这样做，就这样做了。可他的反应，隐隐和蓬莱仙岛，杏林中的人重合起来。

她还要细看，他却低下头，语中带笑道："即便你想……也得回殿中再说。"

苏苏明白过来他的意思，恼怒驳斥："胡说！"

直到他把自己放到床上。

苏苏握住他的手，认真说："我说真的，你大可不必如此。我不想耽误你，你为我……会折损你的修为。"

他蹲下来，望着她的眼睛，握住她的手："我愿意。"

苏苏摇摇头，她盯着自己被他握住的纤长手指："扶崖，你还记得你拜师那年，我送你的木匣子吗？我想看看它。"

男子身体微微一僵，随即道："前段时日，师尊让我出任务时弄丢了，抱歉。"

苏苏抬起眼睛，看他半响，在他温和的面具快绷不住时，开口道："没关系，不是什么重要的东西，丢了就丢了吧。"

"以后你送的所有东西，我都不会再弄丢。"他低声道。

苏苏"嗯"了一声，把下巴放在他的肩上："扶崖，你身上……是什么香？我从来没在你身上闻到过这种味道。"

他淡淡说："去后山不小心沾上的。"

苏苏心想，挺镇定啊，沧九旻。

月扶崖的魂灯没有灭，证明真正的月扶崖没有出事，应该是被沧九旻困住了。

苏苏本来想看看他什么时候露出马脚，但她没想到，沧九旻竟真的在努力模仿月扶崖。

月扶崖的生活习惯，他的说话语气，去出师门任务，甚至连衡阳宗的剑式，他都一看就会。

有一次苏苏在殿门口看见他，低眸温和地在与门内弟子讲话。

她知道，沧九旻是不屑这样的。

如今他却甘愿成为另一个人的影子，模仿着他，在每日的清晨与黄昏，为自己细致地打理一切。

她想起他神识中炽烈的爱意，微微失神。

以至于他回头时，苏苏也不知道这时候自己想了什么，下意识对他笑起来。

下一瞬，她在那双漆黑的眼睛里，看见被点亮的星光。

‖ 第一百零八章 ‖

沧九旻这一装，大有装到地老天荒的架势。

苏苏暂且没和他双修，沧九旻想到什么，反而忍不住弯了弯唇。

她心有芥蒂，是不是证明，她心中并没有月扶崖？

苏苏等了几日，见他越演越逼真，现在衡阳宗的弟子真把他当尊敬的首席弟子了。

一群绵羊中混入一头心思阴暗的豺狼，豺狼偏偏得压抑本性，装作纯良正直。

苏苏存着几分整他的使坏心思，既然你想演，那好，千万要忍住啊。

白日她让仙侍抱了两盆香兰草进来，夜里沧九旻回来，一眼就看见了房里多出的两盆香兰草。

苏苏站在旁边，为它们浇水。

她今日看上去面色不错，比往日有精神不少。

他看了片刻，眼里带上几分柔和，从身后环住她："今日怎么有心力做这些？"

两人结为道侣以来，鲜少有这么亲近的时刻。

沧九旻很注意分寸，月扶崖是个性格相对沉闷的人，绝不会太过主动。因此他哪怕抱住她，也不敢抱太紧。

苏苏暗笑，知道他维持体面和守礼的外衣很不容易。她道："仙殿中没什么色彩，我让弟子弄了几盆花草。"

沧九旻的唇隐隐约约地擦过她的脖子，嗓音喑哑："你若觉得仙殿无聊，明日我们便回长泽。"

"那倒不必，长泽太冷清了，仙殿挺好。"

"现在困不困？"他问，视线落在她细腻的脖颈上，语气平静，试探般说，"成亲几日了，你的命魂还未修补。"

修补命魂，得在她清醒的时候双修。

这事说不清谁占便宜，苏苏现在的情况，只有沧九旻把修为传给她，他自己的修为只会不进反退。

苏苏在他怀里转过身，他差点没来得及转换神情，表情一僵。旋即他带上一丝羞赧看她，目光澄净，仿佛毫无邪念。

苏苏心想：你是希望我同意，还是拒绝呢？

她憋着笑，想想一会儿的好戏，她便也配合他，脸颊红红地看着他，轻轻点了点头。

沧九旻脸上冷了一瞬，手猛然收紧。

苏苏看他的神情，便猜到了他此刻想的是什么。无非是以为自己愿意和月扶崖双修。

她懵懂明白，若这个人脑海里只有淫邪的念头，他断然不会生气，还会为此窃喜。

可当自己点头，他生气了。有片刻他险些忘记了自己在扮演月扶崖，差点撕破伪装的面目，手掐得她腰疼。

苏苏装作不知，困惑地看着他："扶崖？"

怒意被他强压了下去。

"抱歉。"他说。

苏苏发誓，她从他的语气里听出了一丝咬牙切齿的味道，明明怒火都快淹没神志了，还要装作理智冷静的模样。

甚至在苏苏的目光下，他生生挤出了一丝欢喜，黑黢黢的眼睛里却没有丝毫笑意。苏苏故意低眸去解他的腰带。

他沉默着没动，眼睛死死盯着她的发顶。

"你喜欢月……我？"苏苏的下巴被人抬起，"看着我。"

苏苏都想提醒他一句：你演的是月扶崖，不是想杀了我的仇人。

她突然想知道，这个人能忍到什么时候。

在他逼迫的视线下，她咬了咬唇，道："当然喜欢。扶崖，你怎么了？脸色这么难看。我喜欢你……你不开心吗？"

他闭了闭眼，再睁眼时，便笑道："当然开心，怎么会、不开心！"

他把她扯过来，转眼，早上他精心为苏苏穿的外衣在他的掌下粉碎。

苏苏知道他恼了。

估计现在恨不得掐死她。看他生气，苏苏更加想笑。

他压到自己身上时，苏苏心知不可以。

若真让他来了，这种时候他估计得往死里折腾她。

她手指微动，外面一个女弟子跑进来。

"毓灵仙子，毓灵仙子……"

仙侍跑进来，才看见他们二人此刻的姿势，连忙低下头，满脸通红。

沧九旻冷冷地说："滚出去。"

仙侍也臊得慌，连忙要走。

苏苏说："什么事？"

在衡阳宗，苏苏的地位到底是大过扶崖的，仙侍连忙道："白日我弄错了，本来要送辟邪草来，结果拿成了香兰草，可仙君对香兰草过敏……"

话毕，她低着头，抱起两盆香兰草就跑了，也不敢看苏苏和沧九旻。

听完她说话，苏苏回头，关切地问道："是啊，我险些忘了，你一直对香兰草过敏，一靠近身上就会长红疹发热，你可有不适？"

身上的人僵了僵。

她抬起手，覆在他的额上，奇怪道："为什么没……"

他猛然握住她的手，平静地笑了笑："是有些不舒服，刚刚没注意。"

他不动声色，过了一瞬，拿起苏苏的手放在自己的额上。

苏苏一摸，刚刚还温度正常的额头，此刻却滚烫。

她解开他束着的袖口，撩开他的袖子，果然少年精壮的胳膊上，起了零星的红点。

她差点笑出声，面上却焦虑道："扶崖，你等等，我帮你拿药。"

她推开他，从妆匣中拿出一个蓝色瓶子，唇角一弯，回到他身边，兴致勃勃道："吃了这个就不难受了。"

沧九旻盯着她手中的瓶子，眸色不定，笑道："好。"

苏苏倒了两颗丹丸出来，一本正经地胡说八道："这种丹丸以笑止痒，扶崖，你服下以后，可能忍不住会笑，没关系，笑着笑着，就好了。"

他的表情微微僵硬，苏苏捏着他的脸。

料定身为"月扶崖"的他不敢反抗，她给喂了进去。

过了片刻，看着面无表情的沧九旻，她好奇道："你为什么不笑？这药很有效果的。"

他额上的青筋跳了跳，说："我忍着的。"

她还要说什么，他忍无可忍，一把按住她，长腿压住她："乖，别闹了。"

感受到沧九旻快被自己玩坏了，她老老实实地躺着，打算今日放过他，明日再继续。

一个人永远不可能成为另一个人。

要成为他，必定忍受许多委屈和辛苦。

不知不觉，苏苏睡了过去。过了许久，苏苏恢复意识，衡阳宗已是夜晚了，仙殿内的明珠散发着盈盈光辉。

她感觉身上很舒服，像泡在温暖的水中。

睁开眼睛，才发现是沧九旻在为她传输修为。

他苍白的手指抵在她的额心，蓝色的光在他们间流转。苏苏每夜睡得很安稳，今日才知道，原来是这样。

怪不得，即便二人没有双修，她依旧没有感受到命魂缺失的难受，原来是沧九旻每日为她渡修为。

可是不完整的命魂下，这些修为只会流散得很快。

他意识到她醒过来，轻轻摸了摸她的发："怎么了？哪里不舒服？"

她心中百感交集，突然有几分难受。

清明的灵台，像是被什么缚住，再一次，她触摸到了那种滋味，酸酸胀胀的，让人眼眶都要红了。

苏苏揽住他的脖子，他低眸看她，眼里本是沧九旻生来的淡漠与凉薄，被他缓缓换成了月扶崖的乖巧温和。

她一言不发，突然支起身子，在他脸上吻了一下。

沧九旻神色滞住，一脸震惊地看着她。好半晌，反应过来什么，他把她搂在怀里，强忍住阴阳怪气和酸味："睡觉，黎苏苏。"

她的手轻轻拽住他的衣衫，嘴角上扬，那是她这辈子第一次生出眷恋的滋味。

不是想亲月扶崖，而是你，沧九旻。

每日看沧九旻扮演月扶崖的生活太丰富，以至于苏苏差点忘了，还有东翼主的事情没解决。

经衢玄子和几位长老商议，衡阳与东沭彻底决裂，心法、剑术、仙法，再也不传给东沭任何一个弟子，甚至百年大比，也不再让东沭弟子参加。若东沭弟子出现在衡阳宗的地盘上，便是魂飞魄散的下场。

数万年来，头一次有仙宗之间的决裂。

这影响不可谓不小，至少与衡阳宗交好的仙宗，也表明了自己的态度，不再与东沭往来。

损失心法，不能再参加百年大比，甚至衡阳宗的仙山出现秘境，也不再允许东沭弟子进入，对于东沭来说，是巨大的损失。

苏苏去看沧九旻的反应，他垂着眸子，神色不咸不淡，没有很在意，仿佛东沭的事情与他无关。

苏苏其实没有指望东翼主给自己低头道歉，毕竟作为活了数千年的前辈，这样的仙尊好战、脾气很大。东翼主宁愿与衡阳交恶，也不会向一个小娃娃低头。

可是当她因为命魂缺失晕过去，醒来却在一个亭子中，对面青衣白发的中年人在下棋。

她一惊，警惕地看着他："东翼主？你想做什么？"

她知道这个人先前想杀了她。

东翼主说："小丫头，别怕，我只是想和你讲讲话，来，坐，陪我下一局。"

苏苏看他一眼，知道自己修为不敌，也不推诿，爽快坐下，开始乱落子。

果然没一会儿，东翼主的脸色就黑了，恼怒地看着她。

对于爱棋之人来说，能容忍别人赢他，却不能容忍别人乱落子。

他手一挥，棋盘消失，叹了口气看她，半晌，却又笑了笑。

"是很有趣。"还很聪颖，怪不得那逆子这般喜欢她。

"你到底要说什么？"

"没大没小。"东翼主端坐着，过了许久，他从袖中拿出一个玉盒，"打开看看。"

里面是一支紫晶如意。

苏苏抬起头："这是？"如果她没猜错，这是东沭历来主人的仙器，可以吸纳天地灵气，甚至传说短短几年，就能让一个原本毫无资质的凡人，结了金丹。

"向你赔罪。"东翼主似乎知道她在想什么，"别妄想，传说只是传说，紫晶如意虽厉害，却只能在化神期用。"

"为什么给我这个？"东翼主不像是会向人低头的人，何况是拿出这种级别的仙器，这远远不只道歉了。

过了许久，东翼主说："就当我拜托你，对他好些。"

他起身，怅然地说："你是个聪明的丫头，他倾尽所有，也陪不了你多久。就当可怜他，别让他这辈子太难过。"

他走了许久，苏苏一人坐在亭内，看着紫晶如意。

什么意思？

东翼主，也知道沧九旻化作月扶崖的事了吗？

没多久，沧九旻匆匆赶来。他上下打量她，苏苏难得从他的语气中听出焦躁："没事吧？他有没有把你怎么样？"

苏苏摇摇头。

"他送了我这个。"她捧起如意给他看。

沧九旻神色一顿："送你这个做什么？"

默了默，苏苏笑道："说是祝福我们长生相伴，直至白首。我想着这么好的宝贝不要白不要，就接受他的祝福了。"

他牵起她的手，平静地笑道："好。"

沧九旻低头，在她的额上亲了亲。

这世上哪有什么温柔的长生相伴，直至白首？

他嘲讽地想：我还活着，你就别想摆脱我。哪怕腐烂枯朽，也不想放过你，你遇上我，真是……可怜。

‖ 第一百零九章 ‖

没过两日，摇光从凡间历练归来，与苏苏说起很多趣事。

"我在凡间，还见到了一个故人，你猜是谁？"摇光冲苏苏眨眼。

凡间，怎么会有故人？

苏苏摇头。

摇光道："是东翼主之前那个义女，我没记错的话，叫作采双。先前我在蓬莱见过她几次，那副故作柔弱的模样让人不喜。没想到，这次在凡间相遇，她的仙身没了，变成了一个垂垂老矣的凡人女子，坐在破庙中，与一群乞丐抢食。"

苏苏低声道："你是说，采双被送回了凡间？"

"对。东翼主以前不是最护她的吗，此次怎如此心狠？"

苏苏突然想起乾坤袋中的紫金如意，还有那日采双说的话。她说沧九旻去寻鲛人泪来为她做聘礼，有没有可能，鲛人泪并非聘礼……而是沧九旻拒绝娶她，和东翼主的交换。

东翼主变成沧九旻打伤自己，可能也存在让自己和沧九旻决裂的心思。

苏苏有几分失神，洗剑池中沧九旻的教导，杏林里遇见自己和蓬莱弟子时他的怒意，还有每日清晨的青果，都在说明一件事——他从没有想过伤害自己。

"苏苏，你怎么了？"摇光关切地问，"你与扶崖在一起这般久，怎么还不见你命魂修复？"

苏苏说："没事。"

她突然不知道该怎样与沧九旻相处，他们之间的一切，其实他并不欠自己。唯一有所亏欠的东翼主，拿出紫晶如意来道歉。

没有怨恨他的点，她有些茫然。

与自己合灵的并非月扶崖，而是沧九旻，所以……他是她的道侣吗？命魂虚弱，无情道的影响越来越浅，她按住胸口，有种奇怪的感觉。

即便沧九旻真的是她的道侣，似乎也没有那么糟糕。

苏苏还没想好该如何做，人间荒渊却迸发出滔天魔气。

事关三界，引起所有门派的重视。

沧九旻现在以月扶崖的身份留在衡阳，不日便要随衢玄子动身去荒渊。荒渊危险，苏苏现在的情况，没办法和他们一同前去。

知道这个消息以后，苏苏趴在桌上，盯着窗外一群叽叽喳喳的小灵鸟。

沧九旻怕她在仙殿无聊，把长泽的灵鸟全部弄到了仙殿外，也不知他怎么办到的，终生生活在长泽的灵鸟们委屈极了。

看着它们，她突然笑了笑。

夜里沧九旻回来，苏苏说："我有样东西想给你，你要等我回来。"

沧九旻见她匆匆往外走，愣了愣："去哪里？"

她摇摇头，道："天亮之前，我一定会回来，你先别走啊。"

说罢，她跑出门外，朝长泽仙山去了。

自受伤归来，她已经许久没有回长泽仙山了。

苏苏御剑，到一棵梧桐树中，取出一片红色翎羽。

这是她本体成年时掉落的翎羽，爹爹告诉她好好珍藏，将来或许能救她一命。

苏苏拿着翎羽，坐到天池边，打起精神，凝结灵气为丝，编织剑穗。

只有把自己的灵气融入翎羽，翎羽才能使用。

长泽山已是夜晚，天空繁星满天，晚风习习。苏苏抵抗着命魂缺失的困意，让自己别睡过去。

她从来没有为沧九旻做过什么，但这次不一样，她突然想为他做些事。

她最好的东西，就是这片珍贵的翎羽。

很多年后，在梦境之外，苏苏忆起这一幕，那个时候她并不知道自己即便修炼了无情道，依旧心心念念把凤凰最宝贵的翎羽系在剑穗上，佑他安好。

天亮之前，她身体晃了晃。

沧九旻找到她时，她已经在天池边睡着了，手里紧紧攥着一条快要完成的剑穗。

红色的翎羽流转着充盈的灵气，他盯着那条未完成的剑穗，眸光冷沉，不辨喜怒，把她抱了起来。

沧九旻轻嗤："真就那么喜欢他？"

他握住她的手，在床边守着她，直到第一抹天光亮起，衡阳宗的人都在等他出发。

他在她的唇上吻了吻："走了。"

他信守承诺等她到天明，可是她自己没有醒过来。

沧九旻走之前，回头看到她掌心的那条剑穗，嘲弄地笑了笑，反正也不是给他的。

明明下定决心扮演另一个人，可当真的看到她情根深种，对那个人好的模样时，他心里依旧会翻涌铺天盖地的冷意。

一直到黄昏，苏苏才醒过来。

她追出去，发现衡阳宗的人已经出发了，她看着掌心的剑穗，懊恼地叹了口气。

想了想，她连忙从乾坤袋里翻出一个小海螺。

可惜，小海螺只能把她的声音送到那头去，她听不见他们的话。

"爹爹，你能听见吗？沧……月扶崖在你身边吗？"

另一头，衢玄子看一眼闭目养神的沧九旻。

苏苏对着海螺，头一次有几分羞赧："我有些话没来得及和他说，如果他在，你能把海螺给他吗？"

衢玄子何其聪慧，不用她讲，已经把海螺放在了沧九旻手中。

沧九旻不明所以，皱眉看他："师尊？"

衢玄子笑而不语，摇摇头走远了。

手中海螺发出白色光芒，沧九旻听见她说："有些话，本来之前想和你说的，但是没想到来不及，剑穗也来不及给你。你一定要好好保重，平安归来。"

顿了顿，她又认真道："等我命魂修补好了，我们四处去走走好不好？三界那么大，这世间的山川、流岚，人间的清晨与日暮。此前多有误会，相遇也不太好，但是往后，我也会好好待你的。"

沧九旻的眉目柔和下来。

她……也会好好待他吗？

他刻意不去想自己与月扶崖的区别，只当她这番话是说给自己听的。

直到最后，苏苏笑着说："我又在仙殿放了不少香兰草，我早就知道，你不讨厌这个味道。"

海螺闪了闪，重归寂静。

沧九旻顿住，听到"香兰草"的瞬间，心里几乎跳漏了一拍。香兰草……怎么回事？月扶崖不是不能靠近香兰草吗？

除非！

沧九旻猛地握紧了海螺，她知道他是谁！

知道他是谁，却依旧说出了这番话，不是对月扶崖说的，是对他说的。

他难以形容那一刻自己的心情，原先连他自己都认命了，等着慢慢在谎言中腐烂，可是峰回路转，苏苏竟然告诉他，她早就认出了他是沧九旻。

所以她与他，抱他亲他的时候，都知道他是谁。

他的手盖住半边脸，突然低声笑起来。

所有的苦涩和忌妒，在此刻，尽数变成蜜糖般的甜。

突如其来的喜悦，让他阴沉沉的气息一扫而空。衡阳宗的弟子们惊异地回头，就看见了早上出门时还沉着脸的师兄，此刻唇角上扬，心情好得不得了的模样。

去荒渊这样的地方，他还能这么愉悦，不愧是掌门的亲传弟子，委实让人钦佩。

沧九旻收紧海螺，等他回去，就摘去这层虚假的外衣，把困住的月扶崖也放回去。他会认错，会亲自恳求衢玄子和月扶崖的原谅，他什么都不畏惧，不怕别人的目光，不怕闲言碎语。

他有些后悔，那剑穗原来是苏苏给自己的，可惜清晨时妒火攻心，他没能等到她醒来，只可惜现在已经来不及回到衡阳宗。

他低声道："等我回来。"

魔魔目瞪口呆地看着梦境发展，原来给魔君另一个好些的身份，哪怕过程曲折，他依旧有了一场美梦。

澹台烬比旁人缺少的，原来只是个公平的起点。

他狡诈冷酷，却也执着无畏，虽说手段卑鄙了些，最后却把糟糕的局面生生扭转了回来。

眼见眼前的琉璃珠快要碎裂开来，魇魔连忙飞掠到两人身边："魔君，醒醒！黎仙子，醒过来！"

幻颜珠力量不足，能维持到现在已经不容易，假的到底是假的，他的梦境即将碎裂。

琉璃珠中，画面定格。

白衣少女坐在长泽仙山上，梧桐叶深红，她眺望着荒渊的方向，等他归来。

少年走出漆黑的荒渊，与身边师兄弟说说笑笑，手中拿着一个海螺。

她为沧九旻动了心，他们最后却没有再遇。

她话里的一辈子，最后只能变成一滴水，汇入他的记忆中。

屠神弩感知到主人即将醒来，在两人身边嘶鸣。它已经吸纳了其他妖物，如今变得越发强大。

可惜在这片狭隘的空间中，它饮不到人血，没法杀戮，早就憋坏了。

只等着澹台烬醒过来，带着它出去杀戮。

魇魔紧张地看着二人，它心想：殊途同归，我的任务也勉强算完成了吧？魔君，应、应该不会计较的。

苏苏睁开眼睛。

她的意识空洞了片刻，回过神，才发现自己在一处狭隘的空间中，四周漆黑，像是在地底。

重羽安静地伏在她的颈间，一个冰冷的怀抱环着她，周围魔气滔天。

她猛地坐起来，盯着角落的魇魔，和身边的屠神弩，还有……另一边同样缓缓坐起来，沉默地看着她的少年。

他的白衣染了血，红色的血瞳已经转变成了正常的模样。

澹台烬……沧九旻……

苏苏气息紊乱，梦中的少女，故意整蛊，心里酸软和欢喜的感觉，让她忍不住按住自己的头。

假的，都是假的。

世上本就没有沧九旻这个人，他只是澹台烬，那个天生邪骨，控制她放弃了她的人。

他们入梦前，他已经有了屠神弩。

原来不管是否改变过去，有的人，生来注定与黑暗为伍。勾玉牺牲了，只为阻止他走到这一步，可是如今他还是走上这条路。

正邪本就不两立。

"苏苏。"

"你别碰我！"苏苏猛然后退了一步，"你骗我，你用梦境来骗我。"

澹台烬唇边的笑淡了下去。

"你是这样想的吗？"

他不笑的时候，整个人的气质沉郁又森然，和梦境中那个出身优异的沧九旻完全不同。

屠神弩在他身前，他偏了偏头，竟带着几分梦里沧九旻才有的纯然和真诚："你听我说，我记得五百年前你的话，不会入魔。你若不喜欢屠神弩，我便把它永远封印，永远封印就好了。你不是说，等我回来，你以后也好好待我吗？"

他语气很轻，呢喃道："我好好修仙，将来成神，我不骗你，你至少，也别再骗我了啊。"

苏苏摇头，说："那都是假的。"

"假的？"他冷冷问，旋即笑出声，"黎苏苏，你问问自己。你不知道我的情感吗？"

他竟会问，你不知道我的情感吗？

苏苏抬眸，心中的怨，在此刻体现得淋漓尽致，说："我只知道，我曾苦苦哀求，你却随手用永生花来讨好叶冰裳。人间的冬日那么冷，那么黑，你依旧选择了叶冰裳。如果我不是黎苏苏，我早就魂飞魄散了。是你亲口和我说，你多么喜欢她，可以为她颠覆天下，不在意她已为人妻。现在你来问我知不知道——我不知道，我凭什么知道？"

"到了现在，"她压住话里的哽咽，"你依旧骗我。澹台烬，天下所有人，都只是你掌中的棋子吗？"

你喜欢叶冰裳时用尽心机，你说喜欢我时，也不惜用梦魇造出虚假的场景。

他黢黑的眸泛出水光。

许久颤抖着唇，努力笑道："我知道错了，苏苏。可是，我没有办法了。"

他什么都做了，她曾说愿他成神，庇佑天下，于是他从鬼哭河中爬出来，在逍遥宗学习如何走正道。他收敛起卑鄙，学着旁人一般敬爱师尊，尊敬同门。

他但凡有路，生来有情丝，有母亲教养，能吃饱穿暖，就不会走到今日这一步。但凡有机会堂堂正正与她在一起，他怎会用虚假的梦境骗自己？怎会自甘下贱，宁愿成为别人的影子，去做给她补魂的炉鼎？

第十六卷

入骨相思

‖ 第一百一十章 ‖

错了？

苏苏看着他。

不，他并没有错。

在活下去这件事上，谁会有错呢？他生来便是魔界的君主，蛰伏数万年，天地间才有一个天生邪骨的人。

他生来不知尊严和善良为何物，一心只想活下去，渴求力量。

唯一的错误，是她生为仙胎，而他生为魔物。

尽管不想承认，她在梦境中动了心，在五百年前，也动了心。动了心的人，心中才会有怨气。

苏苏有几分生自己的气，明明修了无情道，明明已经过去了五百年……

苏苏看着杀伐之气浓重的屠神弩，视线又缓缓转到澹台烬身上。

退去了魔瞳，他身上的魔气依旧很重。单看他如今的模样，谁也不会把他当作一个修仙者。

"重羽。"

重羽琴出现在她的手中，她咬牙看着他。

屠神弩感受到杀气，周围出现猎猎煞气。他一动不动，没有去拿屠神弩。如果不是先前见过他打败公冶寂无，苏苏看他的神情，甚至会以为他是个委屈无辜的羸弱凡人少年。

她猛地转身，拿着重羽离开了。

苏苏跑出老远，懊恼地在一棵树旁蹲下。

重羽化成一只修长白净的手，拍拍她的脑袋，安慰道："苏苏，苏苏，不要自责，重羽知道你不杀那个邪魔，是因为打不过他，才会落荒而逃。没有关系，重羽观察过了，你是个有潜力的孩子，假以时日，你一定能打得他哭爹喊娘。"

苏苏本来还在难过，当下却险些被它气笑了。

"胡说什么！"

她以为自己有眼泪，下意识去擦擦眼睛，才发现什么都没有。苏苏缓缓放下手，是因为无情道吗？

他们昏迷之前，人间还是夏天，可现在已经是秋天了。

竟然过去了这么久？

苏苏心里一沉，外面肯定出事了。

姒婴和公冶寂无还在，这段时间他们不可能什么也没做。公冶寂无有斩天剑，这对于仙界是个坏消息。

澹台烬现在还有屠神弩，他没有和姒婴为伍，未来的事情却说不准。

就当重羽说得对，她不是不动手，而是动手也暂时打不过有屠神弩的澹台烬。

苏苏收敛心情，看着变成一只手的重羽琴："你会变幻？"

重羽奶声奶气说："那有什么难的？苏苏忘了吗，重羽可是神器。"

"变一柄剑来看看。"

重羽二话不说，化身成一柄冰蓝色的剑，它喜好华丽的风格，剑身上还有蓝色流萤。

"只不过别的形态，没有本体箜篌厉害。"

苏苏握住重羽化作的剑，心里有了几分信心。

情况不算太糟糕，至少世间还剩唯一的神器重羽箜篌。

它在苍元秘境中万年，懵懵懂懂，力量却十分强大，只是她尚且不能发挥它的力量。

她看一眼澹台烬所在的方向，心知再也耽误不得，立刻御剑回衡阳宗。

苏苏走了，澹台烬却还留在原地。

魇魔也不敢逃跑，屠神弩还在一旁虎视眈眈呢。

澹台烬乾坤袋里的老虎忍不住解开袋子，它见证过苏苏与他的过往，不知道怎么安慰他，探出个头说："烬皇陛下，你把那个屠神弩收了嘛，好吓虎的哟。"

屠神弩黑气森然，虎妖连忙缩进袋子里。

澹台烬半晌没有反应，过了许久，他抬手，屠神弩融进他的身体。

他拿起兆悠仙尊的混元剑，离开这个阴暗的地方。

老虎高兴起来，原来它不是毫无地位的，当狗腿当了数百年，烬皇陛下第一次听它的话。

才这样想，它就被澹台烬从乾坤袋中拎了出来。

少年的眼眶是红的，唇也鲜红。

像在外面受够了委屈，回家要狂怒杀人。

见他打量自己的目光甚是可怕，老虎颤抖着说："老虎不好吃的。"

他低语："我不入魔。"

知道了，知道了，不入魔，我相信你啊，眼神别那么恐怖。

澹台烬盯着虎妖看。

许是跟着他久了，又入冥界，又吸魔气，虎妖的形态已经不像一头虎，反而隐隐和魔域洗髓印上的饕餮有几分像。

果然，他身边的东西，慢慢地也会变成怪物。

澹台烬把老虎塞回乾坤袋，人间的太阳刺得他眼睛疼。空中烈日炎炎，温度高得不像话，他看着人间空荡荡的街道，四处妖魔横行，大部分宅院妖气冲天。

澹台烬随手用混元剑杀了一只吸人精气的妖魔，不知道该去向何方。

往日谦恭友爱的逍遥宗还能容他吗？

"逍遥宗不再容他，"清无长老冷着脸说，"他身为魔物，却潜入逍遥宗几年，现在逍遥宗大弟子藏海，在带人搜捕沧九旻。"

"对，我们早就说他不对劲了，当日在苍元秘境中，他打伤扶崖和苏苏，如果沧九旻不是魔修，怎会残害仙门中人！"

"苏苏，你说呢？"

苏苏也没想到，短短数月，竟然发生了翻天覆地的变化。

旱魃娅婴打开魔域，和公冶寂无一起，借助斩天剑，呼唤八方妖魔，让妖魔涌向人间，吸食凡人精气壮大自身。

旱魃所行之处，百草枯死，河流干涸，井水枯竭，人间开始出现旱灾和瘟疫。

仙门连忙补救，派出无数弟子，分散去各地，猎杀妖魔，驱逐瘟疫。尤其是水灵根的弟子，忙得脚不沾地。

月扶崖的伤才好，也开始日日在外奔波。

饶是如此，救人哪有杀人容易，人间处处哀号。澹台烬那日使用屠神弩的事，已经传遍了六界，仙门和凡人恨透了妖魔，眼里容不得他。

所有人都看向苏苏。

苏苏沉默片刻，说："他使用屠神弩，是为了救我和师姐，还有藏海。"

众人不赞同地看着她，尤其是清无，冷着脸，蹾了蹾手中的仙杖："苏苏，你身为衡阳宗人，怎可为妖魔说话！"

"可我说的是实话，我不知他日后是否会成为妖魔，但是目前，我没有见过他伤害凡人。"

清无脸色变了变，看向摇光："就算如今不是妖魔，被屠神弩控制以后，也会是妖魔。摇光，你来说。"

摇光看一眼苏苏，又看看清无，磕磕巴巴道："师叔，苏苏说的是实话。"

"你们两个！"清无气得七窍生烟，"给我去九思谷思过！"

如今仙门中人谁不是提起邪魔，就恨不得诛之？以执法长老清无为其中之最。苏苏和摇光这种时候，还敢为澹台烬说话！

九思谷只有犯错的弟子会去。

当即，清谦长老连忙说："两个小辈只是说出自己所见，并非在为邪魔说话。如今仙门弟子忙得分身乏术，让她们去九思谷，不如让她们去一趟人间，看看疾苦也好，凝水救人也好，总比去九思谷有意义。掌门，你说是吗？"

一直没讲话的衢玄子点头，道："清谦说得对，让苏苏和摇光、扶崖一同去人间。"

衢玄子发话了，清无皱眉，躬了躬身，不再讲话。

苏苏自然也不会违背衢玄子的话。

等人都走得差不多了，衢玄子道："苏苏，跟我来。"

"自你从苍元秘境出来，爹就没有好好和你说过话，"衢玄子说，"清无长老疾恶如仇，你别放在心上。"

苏苏摇头："我知道的，爹爹，你突破了吗？"

衢玄子拿出一颗试灵石，试灵石出现幽蓝的光芒，却在慢慢枯竭。

苏苏骤然看向他，道："怎么会这样？"

衢玄子笑道："苏苏，每个修道者，不能成神，便会走到如今这一步。我在渡劫中期已有百年，却无法勘破，我早知道有这一天。爹能看透，你也不必伤怀。"

若再不突破，不出百年，他便会陨落。

接二连三的坏消息，让苏苏心里难受极了。衢玄子摸摸她的头："孩子，爹很高兴，你依旧是原来的你。勾玉曾教你，不管邪魔还是仙神，都自洪荒走来，同样挨过天劫，有坏的仙神，自然有好的妖魔。"

"你说澹台烬没杀人，爹信你。"衢玄子叹了口气，"但是苏苏，清无有句话也说得对，使用过屠神弩的人，终将慢慢走入魔道，心向杀戮。"

魔道，可以掠夺他人，来强大自身，远远比修真者的苦修快得多，是许多人难以抗拒的捷径。

"听摇光说，你有一件很厉害的仙器。"衢玄子看见重羽琴，猜到是谁把它留给苏苏的，他笑了笑，"你现在或许还不能完全掌控它，但是当你下定决心，把无情道彻底融入灵识，你便足够驾驭它。"

"我要怎么把无情道融入灵识？"

衢玄子摇摇头："谁也没办法教你，爱和信仰是无法轻易割舍的东西，等到你彻底了悟那一日，自然就明白了。"

见衢玄子要走，苏苏突然叫住他："爹爹！"

她抿抿唇："东翼主……有孩子吗？"

衢玄子似乎没想到她会突然问这种问题，他沉吟片刻，道："有过，那孩子芝兰玉树，天资聪颖，可惜后来陨落了。"

魇魔造梦果真是有依据的，苏苏也没想到，世上原本真有那样的人。若澹台烬生来不是周国皇宫的小怪物，而是东翼主的儿子，或许又是另一个故事。

人间干旱，大地龟裂。

苏苏扶起一个嘴唇干裂的人，回头道："扶崖。"

月扶崖拿着碗，他是水灵根，凝水很容易。

摇光看着满目疮痍的人间："这样的日子，什么时候是个头儿？"

"仙魔大战结束那一日。"苏苏说。

摇光的眸光黯淡。

苏苏知道，摇光的心情也很不好，公冶寂无入了魔，这段时间失去神智，杀了许多修真者。

若无人能救回公冶寂无，他要么杀了他们所有人，要么被他们杀死。

摇光才要说话，突然有人跑过来："仙长救命，妖魔来杀人了！"

几人连忙看过去，没想到却看见藏海和一众逍遥宗的弟子。

藏海讪笑道："好久不见。"

男子躲在月扶崖身后，指着藏海说："就是他们，他们是妖魔。"

苏苏说："你别怕，他们也是仙门中人。"

男子看看苏苏，又看看藏海，选择相信了她的话，他犹豫着说——

"仙人见谅，我们有所误会。实在不是我们故意误解仙人，前段时日，有个和你们穿着一模一样衣裳的小哥，衣服上也有这种纹路。"男子指了指藏海衣服上的鱼纹，"他一句话不说，来镇上杀了不少人。"

穿着逍遥宗的衣服？

"对了，他的武器是一把弩。他长得很高，很俊俏，可是手段却十分狠辣。"男子咬牙，显然又怕又恨。

几人对视一眼，都明白了凡人男子说的是谁。

藏海抱了抱拳，对苏苏他们说："让仙友见笑了，逆徒背叛逍遥宗，为祸苍生，是逍遥宗之罪。"

藏海苦笑一声，这种话不是第一次听人说了。哪怕再相信师弟，心中的信任也渐渐摇摇欲坠。他真的在四处杀人，吸食精气吗？

苏苏突然说："藏海师兄，你既然过去信任他，这次不妨也等找到他时问问再下定论。"

藏海呆住，摇光也呆住。

摇光小声说："苏苏，你和之前提起他时不一样了。"

苏苏垂眸，说："没什么不一样。"

想起梦境中那个意气风发、受人敬仰的沧九旻，再对比不知流落到何处角落躲藏、被六界讨伐犹如阴暗影子的澹台烬。

她只是有点儿酸楚，仅仅没了光鲜体面的身份，便走向如此遭际。

难道天煞孤星的命运，真的注定被所有人厌恶背弃吗？藏海曾经，是那么地维护他啊。

‖ 第一百一十一章 ‖

藏海听苏苏这样说，心里有点儿惭愧。

那日澹台烬与公冶寂无打起来，他也在场，不论如何，师弟不但没有伤害他们，还救了他们，他不能听信外人的话就怀疑师弟。

师尊最疼师弟，倘若知道师弟现在有宗门不能回的处境，一定会责怪自己。

藏海说："多谢黎仙子，待他日找到师弟问清真相，一定给各大仙门一个交代。"

顿了顿，他拜托道："若仙子看见我师尊兆悠尊者或者师弟，烦请通传一声逍遥宗。"

苏苏应下来。

与澹台烬分别以后，她也不知道他在哪里。

藏海："说来惭愧，逍遥宗这些年没有建树，唯一拿得出手的，便是宗门内的逍遥丸。我们在魔域看见，魔头姒婴可以把修仙之人转变为魔修。这些逍遥丸，黎仙子你且拿着，遇见入魔的弟子，可喂他一颗，能稳住金丹，再把他送回仙门，取出魔丹或许能得救。"

他的话让众人一喜，这些天不少仙门中人被抓去魔域，成了魔修，苏苏他们找到人送回仙宗，已经来不及。

有了逍遥丸，对于仙门弟子来说是个保障。

苏苏接过瓶子，诚恳说："谢谢你，藏海。"

藏海离开后，摇光问："我们现在去哪里？"

"旱魃走过的地方，四处干旱。我们救人远远赶不上他们杀人的速度。"扶崖皱眉道，"你们有没有觉得，灵气越发稀薄了？"

他刚说完，苏苏的脸色变了变。

灵气越发稀薄，到了最后，会不会和五百年前一样，六界都被魔气笼罩，再无凡人和修真者的生存空间？

"为什么灵气会越来越少？"摇光道，"万年前也没有这种现象。"

"摇光，你还记得魔族的洗髓印和九转玄回阵吗？"苏苏突然想到一种可能，"它能把修真者变成魔修，是不是也可以把灵气变成魔气！"

万年前魔神留下的东西，竟然会慢慢成长！

摇光脸色都白了，连忙说："这件事一定要立刻和宗门的人说，再让那个阵法存在，很快就是妖魔的天下了。"

苏苏越想越不对劲，当机立断道："姒婴放出妖魔为祸人间，是为了拖延时间，让仙宗分身乏术救治凡人，她在等九转玄回阵转化足够的魔气，变得强大可怖。我们却不能再等，必须攻入魔域，毁了那个阵法。扶崖，你回宗门告知掌门和各位长老，我和摇光去一趟宁鹤镇，拿打开魔域的令牌。"

现在可以让仙门靠近那个阵法的，只有吞了幻颜珠的张小公子。

不管打不打得过，总要试试！

扶崖也知道事情刻不容缓，说："好，师姐、摇光师姐，你们多多保重。"

苏苏和摇光御剑到宁鹤镇时，发现整个镇子荒芜一片。

"张员外家好重的魔气。"

两人推开门，几个月前的门童不在，张沅白也消失不见了。

摇光说："可恶，一定是被妖魔捷足先登了，他们也怕我们找到张沅白！"

苏苏的手指放在唇上，低声道："嘘，你听，好像有声音。"

两人循声找过去，在柴房捉住一个全身脏污的女人。

"别杀我，别杀我！"女人惊恐万分，面黄肌瘦，看上去饿了许久。

"别害怕，我们不是坏人，"摇光安抚道，"你能和我们说说，张府发生了什么事吗？"

苏苏递给她一些吃的，她一面狼吞虎咽，一面说出她看见的事。

"我是张府的厨娘，几日前，来了一堆妖魔，进了张府就杀人。他们带走了张小公子，我藏起来，没有被他们发现。"

苏苏心想，魔族的人要张小公子，无非两个原因，第一是不让他拿到去魔域的令牌；第二就是，利用张沅白幻化的力量。

张沅白利用幻颜珠幻化的人，足够以假乱真。

苏苏也被幻颜珠变幻的妖魔骗过，有人说在人间看见澹台烬杀人，那人会不会并非澹台烬？

入夜，灼热温度依旧炽烈地烤着大地。

旱魃现世，让冬日的温度，高得不太正常。

白衣少年拎着一个小女孩，放在镇子口，在她衣襟处塞了一张符纸，说："回去，找你爹娘。"

小女孩泪眼朦胧："怕。"

他顿了顿，拎着她，往里面走："记得你家在哪里吗？"

她太小了，三四岁的样子，澹台烬从几个妖魔口中把人抢下来的时候，她吓得一把鼻涕一把泪。

他心中冷哂，如今自身难保，他竟还有心思管这凡间的破事。

可澹台烬也不知道，天下之大，何以为家。除了在凡间晃荡，哪里才有他的容身之所？

屠神弩在他的身体中，靠近他的修士，都能觉察到他身上滔天的魔气。

与苏苏分别后，他见到了媪婴。

旱魃带着一众妖魔，跪在他面前，恭迎他回魔域。

若澹台烬还是五百年前没有情丝的人，或许会非常感兴趣，正如何，邪又如何，只有无上的力量，才能让人臣服。

他如今有了情丝，才明白差别。

若走那条魔道，他最后会永世孤独，一如当年的仙蛟冥夜，沉眠在漠河。他会背弃师门，与她为敌，仙神不容他，天道也不容他。

媪婴并未生气，幽幽道："魔君终有一日会明白，正道之人道貌岸然，说着最正义可笑的话，做着最绝情之事。你与他们不是同路人，就算你修神道，他们岂能容你？只有吾等，才是最忠诚的。"

澹台烬看一眼媪婴身边像个提线木偶的公冶寂无，他嘲讽一笑，没理他们，转身离开了。

澹台烬还没找到女孩的家，街上突然亮起无数火把。

"那个魔物又回来了，囡囡在他手中！"

话音刚落，黑狗血朝澹台烬泼过来，人们拿着利器，嘶喊着朝他砍。

澹台烬本就不是软柿子，踢飞了来人，捏住领头喊话的人的脖子："你们找死！"

他在周围布上结界，一动用灵力，一双黑瞳便变成冰冷的血红色。

他红色的瞳，把其他人都吓坏了。凡人们纷纷后退，身边的小女孩哭得撕心裂肺。

人群中冲出一家人，拿着锄头，不要命似的打他的结界。

"魔物，放过我的孩子！"

澹台烬回头，看见一张张憎恨恐惧的脸，火把照亮街道。一如曾经在周国皇宫，宫女太监们对他避之唯恐不及，在背后叫他小怪物。

只不过曾经没有情丝，他内心冰冷，毫无感觉。

"与他拼了，他杀了我们那么多亲人，就算死了，也要带他下地狱！"

不知是谁喊的第一声，凡人们纷纷举起手中的犁、耙、锄头，发疯似的要杀了他。

澹台烬红瞳中映照出的冬夜，戚戚冷冷。

又是这样，总是这样。他已经走过许多个村庄，和繁华的街道，道士和除妖师要杀他，修真者在通缉他，凡人也要杀他。

他做错了什么？

澹台烬松开手，骤然沉默下来。

"他跑了，魔物被我们打跑了！"人群欢欣鼓舞，女孩的亲人连忙抱住女孩。

他坐在屋顶上，看着火把慢慢分散，苍穹之下，整个人间重回寂静。

少年抱紧自己，红瞳含着浅浅的恨。

他死死咬住食指的骨节，咬出血来。

"好想杀了他们，"他低声说，"不过一群低贱的蝼蚁，全杀了就好了。"

屠神弩叫嚣着他动手，如今四不像的虎妖连忙从乾坤袋中叼出一块玉来，放进他的掌心。

曾经也有人，许诺长大后好好保护你。

"你至少相信她，等她来。"虎妖说，"小夕雾很厉害的，五百年前她是凡人时，我就打不过她。让她狠狠揍这些人，她不会认为你是魔物的。说不定她不生气以后，还会帮你想办法驱散魔气，摆脱屠神弩。"

温润的玉触到他的掌心，有一刹那，他觉得自己被它灼伤。

"她不会来，"澹台烬手指上的血滴滴答答，落在房顶上，把瓦片熔穿，他冰冷麻木地看着脚下人间，"她和他们一样，都恨不得我去死。"

虎妖摇摇头，说是这样说，可你至今不愿去魔域，又是在等谁呢？

你心里依旧希望她对你好，来救救你。

"苏苏，你在想什么？"摇光问。

自上次魔域逃命以后，小师妹偶尔会发呆。仙魔大战即将开始，月扶崖传音说，师门开始集结弟子，势必诛杀魔头姒婴，毁去洗髓印和九转玄回阵。

"我在想，或许那日，我不该走。"苏苏低声说。

别人不知道，苏苏心中却清楚，六界最大的威胁从来不是旱魃姒婴，而是本来的魔神澹台烬。

邪骨虽被毁，但澹台烬若要入魔，依旧是比婳婴更可怕的存在。

他是仙体时，就能驱使屠神弩，入魔之后，后果不堪设想。

摇光知道她说的是澹台烬。

"有时候是神是魔，仅在一念之间。"摇光道，"师叔们都说他使用了屠神弩，会杀戮不止，我却不这样认为。"

"为什么？"苏苏问。

摇光看着她："因为他有割舍不下的东西，就像假若有一日我被植入魔丹入了魔，我也……不会对公冶师兄动手。"

有些事情是本能，在魔域公冶寂无不也没有杀他们吗？如果不是公冶寂无入了魔，摇光觉得自己一定也和清无师叔一样，恨不得屠尽这世间的妖魔。

可是心中有爱的人，就愿意站在他的角度为他思考。

人人都不想走那一步，公冶师兄入魔，每当他控制不了自己杀人，他一定比所有人都痛苦。

"割舍不下的东西。"苏苏轻声重复了一遍。

澹台烬的话，再次响在她耳边。

那时候少年的眼睛里带着水光："我记得五百年前你的话，不会入魔。你若不喜欢屠神弩，我便把它永远封印，永远封印就好了。你不是说，等我回来，你以后也好好待我吗？"

苏苏突然说："摇光师姐，我想去找他。"

摇光惊讶道："我们不去找张沅白了吗？"

苏苏眉间朱砂灼灼，重羽在她手中化作一柄剑："找不到张沅白，爹爹总有别的办法去魔域。可是有些事情……我们不能再多一个强劲的敌人，我要么杀了他，要么带回他，不能让一些事情重演。"

如今这世间，人人都在等澹台烬入魔。

苏苏先前也这样想。

她对他的偏见就注定了，认为一个天生的坏坯，早晚会堕入魔道。

可一路走来，看见人人唾骂他，说他是屠戮众生的魔物。

苏苏知道背后有一只手，在推他入魔。

她知道不是这样的。她怎么就忘记了，澹台烬的身体中，早已不是主宰杀戮和血腥的邪骨，而是以涅槃为代价，她亲自换上的神髓。

旁人都不明白，她总该明白的。

他本是神，而非邪魔。

魔恨世人，神爱苍生。

‖ 第一百一十二章 ‖

"再往前走，就是昭和城。烬皇，我以前来过这里，这个地方鱼龙混杂，有散仙，有凡人，如今肯定也有妖怪，我们在这里，就安全了。"老虎妖说。

它边走边和澹台烬说话，与其说它是虎妖，不若说已经成了四不像。

澹台烬冷冷地说："闭嘴。"

对他来说，躲藏着生活是件极其耻辱的事，他宁愿冲出去把那些人杀光。

偏偏这虎妖哪壶不开提哪壶，总在提他躲开人群的事。

天地间灵气和魔气失衡，屠神弩越发强大，澹台烬的仙体再不能压制屠神弩，全身魔气森然。

他先前还能勉强盖住自己的红瞳，如今却完全没法遮掩。

仙门中人和凡人，看见他便要动手。许多次他在屠神弩的唆使下要杀人，最后关头清醒过来。

天下已经没有他容身的地方。

虎妖耷拉着脑袋，虎须抖了抖。

澹台烬再孤单，也不需要它来可怜他。

"前面不对劲。"澹台烬顿住步子。

"哪里？哪里不对劲？"

白衣少年微微眯了眯眼，看着眼前"昭和城"的界碑，说："血的味道。"

本以为昭和城相对来说暂时安生，可是以目前的情况来看，这么浓烈的血腥气，昭和城的人，可能已经死绝了。

"那咱们快逃……欸，烬皇，你去哪里？等等我！"

城主府。

斩天剑落下，眼见要杀死地上蓝色衣衫的男子，一只狐狸凭空窜出，尖啸一声，撞在来人握剑的手上，斩天剑一偏，堪堪在地上划出一条几丈深的口子。

"无知黄毛畜生，也敢挡本座的路。"公冶寂无手掌一翻，狐狸飞出去，落在地上，身子抽搐，大口大口吐着血。

地上男子抬起眸，竟是曾经的叶储风。他艰难地爬过去："翩然，翩然……"

眼见他的手指要碰到小狐狸，斩天剑再次落下，狐狸眼珠中惊恐映出这一幕。

"吱吱吱！"

一口钟猛然扣下，罩住公冶寂无。

白发白须的老人扶起叶储风："快走！"

叶储风手疾眼快，抱住地上重伤的狐狸，与老者一同化作白光，消失在昭和城的夜色中。

他们刚走，金刚钟猛然爆裂，公冶寂无飞身追出去。

老者知道跑不过他，把叶储风一推："带着你的狐狸赶紧走，你知道他是来做什么的，保护好聚生珠，千万不能落在魔族手中。"

叶储风看一眼怀里虚弱的狐狸，咬牙道："好。"

老者迎身对上公冶寂无。

知道自己不是公冶寂无和斩天剑的对手，只能阻拦片刻是片刻。

斩天剑一把将他手中拂尘斩成两段，老者被打落在地。

"是你，"公冶寂无道，"开阳珠去哪里了？"

老者呵呵笑道："自然在你们这些妖魔找不到的地方。"

公冶寂无脸上的魔纹蔓延至额头，面无表情看着他。

斩天剑拖曳在地上的声音刺耳，天空中有轰隆隆的雷声。

老者知道等待自己的是什么，笑得释然："这一天来得太快了，也还好斩天剑在你手中。"

若是换成万年前的魔神，早就生灵涂炭。

公冶寂无抬手，觉察到什么，他脸色一变。

玄色魔矢穿过云层，破空而来，带着鸣镝声，刺向公冶寂无。公冶寂无连忙用斩天剑去挡，屠神箭矢撞上斩天剑，剑上隐有鬼哭声传来。

公冶寂无后退一步，他抬头，看见弯月下白衣少年带着一只老虎走来。公冶寂无冰冷瞳孔中浮现出一抹不甘，命令周围还在杀人的魔修道："走！"

澹台烬远远站定，没有去扶地上的兆悠。

少年手握屠神弩，一路走来，身上沾了无数妖魔的血，比起公冶寂无，他墨发红瞳，更像妖孽。

看着兆悠的目光震惊，澹台烬心中冰凉一片。

这人曾在鬼哭河中捡他回来，一点点为他剜去身上腐肉，剃去缠住他灵魂的恶鬼。

兆悠拿着教孩童的书，像教导初生稚童一般，告诉他："人之初，性本善。"

他教自己引气入体，教自己御剑，教他与逍遥宗的师兄弟友爱和睦。

澹台烬握紧拳头，低垂着的眸阴郁。

他转身要走，身后传来兆悠的声音："九旻，你怎会变成这样？"

老者的声音中没有厌恶憎恨，只有浓烈的痛惜。

"让藏海保护好你，这个没用的，不知道哪里去了。"兆悠叹了口气，"见了师父，跑什么跑？"

澹台烬没动。

虎妖连忙用头把他往前顶了顶。

澹台烬沉默地扶起地上的兆悠："师尊。"

兆悠看着澹台烬手中玄色的弩，皱起眉："能打得过斩天剑，这是？"

"屠神弩。"

"哪里来的？"

"你把我带回逍遥宗之前，它已经融在我的身体里。"澹台烬说。

当年澹台烬被恶鬼啃噬得只剩一具骨架，如果不是鬼哭河底的屠神弩与他融为一体，他在鬼哭河中数百年，早该魂飞魄散，也不会有机会遇见兆悠仙尊。

兆悠沉沉叹了口气，与骨血相融，证明完全驾驭了屠神弩，屠神弩取不出来，和没能驾驭斩天剑的公冶寂无是两种情况。

"为师早就知道你不简单。"刚学会引气入体，就能筑基的天才，哪有什么简单来历。

澹台烬突然抬眸，皱眉道："你怎么了？"

兆悠咳嗽着说："扶我去树下歇歇。"

兆悠偏头，露出脖子。

只见他身上大片魔纹，像是交错的枯树枝丫。

兆悠快入魔了！

"那日我去太虚，没想到见到了上古旱魃，我知道不是对手，藏了起来，想办法跟她回了魔域，阴错阳差，发现一个秘密。"

兆悠说话间，魔纹蔓延到了他的手背，他神色平和，像尊慈祥的佛像。

"魔域里面，有个阵法。"

"九转玄回阵？"

"不错，但并非这样，"兆悠道，"而是万年前神魔大战还没来得及开启的同悲道。"

"同悲道……"澹台烬握紧手中的屠神弩。

学道心的时候，兆悠就教过他，大道同悲，相生相成。

魔域之下，竟然有另一种天道？魔族到底想做什么？

兆悠娓娓道来："万年前，魔神强大无双，他野心勃勃，希望六界皆妖魔，为他俯首，于是在魔域创造了同悲道，企图开启同悲道，他自己成为天道主宰。

"他疯狂弑神，神一旦陨落，会为世间留下馈赠。天地初开的上古神灵，神魂消散以后，留下的灭魂珠泪，被魔神炼作四枚珠子，分别是幻颜、开阳、贪狼、聚生。

"魔神倾注大半灵力进去同悲道，最后炼化四枚神珠的时候却出了错，被身边的上古妖王拿走幻颜珠和聚生珠，魔神失败，邪骨消散。"

兆悠的瞳孔渐渐涣散，他握住澹台烬的手："但是同悲道还在，旱魃觉醒，魔器犹存。姒婴想借助魔气，转化天下灵气为魔气，开启同悲道，让六界全部变成妖魔！"

上古妖王？澹台烬想起那片荒芜的魍地，在等苏苏的男人——小凤凰的生身父亲。

原来是这样。

同悲道一旦开启，或许仅有一成的人能活下来变成妖魔，其余都会死在仙魔之气相冲下。

一如现在姒婴给仙界之人种魔丹。

上古妖王动了情，最后关头阻止了同悲道开启，这才有了六界万年安好。

可惜这些往事，尽数被埋在了历史的灰烬中。

"幻颜、贪狼，现在都在姒婴手中。"兆悠说，"我拿走开阳，来不及跑多远，就被姒婴发现了。"

因此被打伤，眉心还渗入旱魃的一滴血，旱魃本就是僵尸始祖，好让他死后为姒婴所用。

兆悠好不容易撑到回到人间，正好见到昭和城被屠城，公冶寂无来夺最后一枚聚生珠。

兆悠从怀里拿出一颗黄色流光的珠子，放进澹台烬掌中。

"能在死前见你，为师很高兴。"兆悠笑道，"凡间说养儿防老，我收了两个弟子，终了能见到你，也不算缺憾。拿着开阳珠，你知道该如何做。"

澹台烬说："你不会死，我现在带你回道遥宗。兆悠，我通身的魔气，已经成了堕仙，你竟然把开阳珠拿给我，你若是真的心系苍生，就撑到看见藏海，亲自交与他！"

兆悠温和地笑着："九旻，还记不记得，为师为何给你取这个名字？"

"九旻，是朗朗乾坤，无上九天。

"你生而不祥，命里孤独。但没有人永远是黑暗里腐朽的枯骨，你在鬼哭河中五百年，如果不是内心的爱一息尚存，怎会坚持到现在？

"你的所爱还在，你永远不会堕魔。

"九旻，人间是冬日了啊，为师可否，求你最后一件事？"

那日苏苏一路追寻到昭和城，看见护城河被血水染红。

无数修真者怒而赶往昭和城，苏苏匆匆御剑过去，听见有人惊呼。

她穿过人群，看见了孤单的白衣少年。

他依旧苍瘦，握住一柄剑，坐在台阶上，身后大火熊熊燃烧。火中，依稀可见兆悠的仙躯，在火中化作尘埃。

修士们的剑全部指着他，他安静地坐着，握住兆悠生前留下的混元剑，只一人一剑，却所有人都不敢靠近。

"魔修沧九旻，你背叛师门，杀害你师尊兆悠，大逆不道，还不速速受死！"

"弑师叛徒，仙门败类，人人得而诛之！"

"你残害凡人，杀了四十二个城池的百姓，今日还屠戮整个昭和城，仙门不容你，天道也不容你！"

苏苏甚至看见了藏海。

藏海跌跌撞撞地从仙剑上落下来，冲上台阶，红着眼眶拽紧澹台烬的衣领："为什么？你为什么要杀师尊！他们说的我都不信，可我亲眼看见了，你把混元剑刺入师尊的胸膛，你用真火烧了师尊的仙躯。他把你当成自己的孩子，一生心血全部传给了你！为什么？你告诉我，为什么？"

澹台烬抬眸，昔日疼爱他的逍遥宗弟子，如今一个个眼睛泛着红，恨不得扑上来生啖他的血肉。

他从来没有哪一刻，如此刻般如鲠在喉。澹台烬从不解释，这次却忍不住开口："因为若他死了……"

"主上做得很好，恭迎主上回魔域。"

空中魔气四溢，紫衣魔修笑笑，带着一众魔界弟子跪在澹台烬身前。

惊灭说："主上忍辱负重，这些牛鼻子胆敢对主上不敬，今日就让他们有来无回。"

澹台烬顿了顿，觉察到什么，脸色变得很难看，他手背上的皮肤开始蠕动，仿佛要碎裂脱落。

虎妖一见，也知不好，竟然在这种时候，澹台烬的身体再次破裂。

惊灭已经对藏海动起了手。

以他的修为，藏海哪里是对手。眼见藏海要血溅当场，一柄带着蓝色流萤的琴挡在藏海面前。

苏苏一掌打在重羽琴上，重羽飞出，撞上惊灭的头。

惊灭猝不及防被打到，眸中暴戾："又是你这个小丫头！"

苏苏看得生气，这都什么东西，这群魔修显然故意不让澹台烬开口。

她来得晚，没有看见澹台烬杀兆悠那一幕，澹台烬不该杀兆悠，一定是发生了什么事！

重羽飞回她手中，她手指一拨琴弦，惊灭连忙伸手去挡。

他脸上阴晴不定，想起此次来的任务，急切地想去拉澹台烬："主上，和属下走！"

白衣少年一双魔瞳却看着那少女。

"主上，快走！"

虎妖也连忙说："烬皇，赶紧找个地方躲一下，别让他们看见你……"

不然到时候跳进黄河也洗不清了。

澹台烬却只看着苏苏，那个时候，他说出的每一个字，从喉咙里挤出来，都如破碎的音："你也是来杀我的吗？"

我穿白衣，做善事，我学公冶寂无，学月扶崖，你为什么还是不爱我？

眼见他的身影越来越淡，要离开这里。

苏苏上前一步，想拉住他的手。

重羽传音说："事情不对劲，苏苏，无论如何，都要留下他！"

"不是！澹台烬，"苏苏咬牙，双眸熠熠，把心一横，"我来履行承诺！"

所以，你别再次入魔。

‖ 第一百一十三章 ‖

在苏苏的手碰到澹台烬手的瞬间，他如同被灼伤，猛地收回手。

屠神弩觉察到主人的心绪，横飞出来，挡在所有人面前。

别看，你别看！

玄色弓弩上雷霆弥散，不分敌我地横扫出去，直指每个人的眼睛。

有人痛号出声，苏苏连忙以袖遮住脸，结果就一刹那的工夫，人就不见了。

苏苏低头看着自己的手："怎么会这样？"

她触碰到澹台烬的指尖，带着点点鲜血。他到底……怎么了？

虎妖变大，驮着澹台烬一直跑。

跟着澹台烬久了，烬皇又向来大方，虎妖的修为都是蹭的，它平时不锻炼，这种时候全身都是肥肉。

虎妖舌头伸出来，累得直喘粗气。

屠神弩森然跟着它，幻化出一支锐利的箭，猛地刺在虎妖屁股上。虎妖痛得"嗷"一声，夹紧尾巴，转瞬身形如风，身影消失。

屠神弩紧随它。

虎妖智商不高，不知这种时候该躲去哪里，只好把澹台烬带到当初师尊捡澹台烬的地方。

想到地下或许就是阴森森的鬼哭河，虎妖打了个寒战。

澹台烬落在地上。

他的衣裳已经破碎，苍白精瘦的胸膛之上，恶鬼抓出来的印子狰狞。红色裂痕蜿蜒在他的身体上，他像一具碎尸。

裂痕把他整个人拆开，他的手指死死掐入地面。

他被生生拆筋分骨，手背的皮肤破碎又长好，反反复复，渐渐成了一个血人，一如兆悠当年捡到他时的模样。

他如从鬼哭河中爬出来的阴暗厉鬼，只有骨头带着浅金色光芒。

月亮不知道什么时候出来了，冬日的月苍白，如一把冰冷的镰刀，俯视着他。

夜色漫长。

周围鬼魅蠢蠢欲动。

澹台烬知道，他现在弱小得可任人宰割，但凡来个大妖，他便毫无还手之力。

不可以死，不能死！

澹台烬的手指抠进泥土中，一点点朝前爬。

虎妖完全不敢碰他，他现在一碰就碎，只能亦步亦趋跟着他，提高警惕，咬死觊觎烬皇的妖物。

澹台烬不知爬了多久，爬进一旁的山洞，他趴在地上。

冰冷的地面挨着他的脸颊。

天将明，人间拾柴的小孩路过，尖声叫道："怪物，这里有怪物！"

"打死他，打死怪物！"

石子被扔进洞口。

虎妖忍无可忍蹿出来，把他们吓走了。

朦胧间，有个声音幽幽地叹——

"后悔过吗？这就是你入冥界鬼哭河，寻她五百年的代价。"

年年如此，整整五百次啊。

"修士误解你，凡人见你便害怕，你所爱之人恨你。五百年的苦楚，你孤单走过。还不明白吗？本就是天生邪骨，这世间，还有何处能容你？"

女子撑着一把红伞，轻盈的脚步停下，怜悯地看着他。

苏苏本来还能追寻到澹台烬的下落，可是屠神弩一干扰，他的气息完全消失不见。

昭和城尸横遍野，地上也躺了不少妖物的尸体。

重羽化作一柄剑，她御剑飞行在上空，看见整座城池几乎成了死城。

现在人人都说，是澹台烬做的。

澹台烬把混元剑刺入兆悠身体内那一幕，不少人看见了。昔日信任澹台烬的藏海，在逍遥宗内发布诛杀令，凡逍遥宗弟子见到澹台烬，必诛之。

不知飞了多久，苏苏看见一个人影。

她掠身下去，怔怔走到那个人近前。

来人侧头，时光猛然被打破，眼前是一张熟悉的脸。

"二哥……"苏苏喃喃道。

竟然是，五百年前的故人，叶储风。是叶储风，还是光阴流转，已是叶储风的转世？

"姑娘？"叶储风却没有认出她来，听她叫自己"二哥"，他愣了愣，"你……"

怀里的小狐狸兴奋得"吱吱"叫。

叶储风沉吟片刻，犹豫地对着苏苏道："你是……夕雾？"

苏苏没有否认。

看着眼前朱砂明艳的仙子，叶储风不禁感叹物是人非。无数故人已成了黄土白骨，当年那个当着万千将士的面，毅然决然跳下城墙的少女，却成了眼前绝色的姑娘。

"你为什么会从昭和城出来？"苏苏看向他怀里的狐狸，问，"她是……翩然吗？"

"此事说来话长。"叶储风苦笑。

原来五百年前，他与澹台烬离开周国皇宫，有一日澹台烬说他要去追寻无上仙道。

临走前，他把一个琉璃瓶子拿给叶储风，里面装了翩然的一魂一魄。

那也是当年叶储风明知翩然已经死去，却依旧对澹台烬言听计从的原因。

这些年，叶储风带着琉璃瓶，遍寻三界，巧合下杀了个妖物，得了聚生珠，用聚生珠养着翩然的残魂，渐渐玻璃瓶里的魂魄有了意识。

他花了数百年，养出一只懵懂的小狐狸。

但是狐狸没有神智，不再是数千年前的九尾狐，也不是当年的七尾。

她只是一只普通小妖狐，仅一条蓬松的尾巴。

叶储风把她当作失而复得的爱人宠爱，她却不认得叶储风，把他当作喂养她的主人。

小狐狸向往自由，年年逃跑，想回丛林。

直到有一日，她终于成功地逃离叶储风身边，回眸却看见这个平日坚强又刻板的男人，望着她的背影潸然泪下。

许久，她犹犹豫豫地走回他身边。

后来叶储风去了昭和城，慢慢成了昭和城的城主。他养着妖狐，人间不容他，昭和城却可以供他和翩然安身立命。

可惜全被妖魔毁了，如今昭和不复存在，多亏兆悠仙尊，他们才捡回一条命。

"这样说，你看见是谁屠城了？"苏苏问。

叶储风看她一眼，说道："那个人和萧凛长得一模一样，拿着一柄恐怖的魔剑。"

他和澹台烬一样，以为"三妹妹"深深爱着萧凛。

"是师兄，"苏苏低声道，"原来真的不是澹台烬。"

"三妹妹，你看见救我的那位仙尊了吗？"叶储风担忧地道，"他救了我和翩然，但是我观他身上带着魔气，像是被魔物打伤。"

苏苏这才知道救叶储风的是兆悠仙君。

"你是说，兆悠仙君身上有魔气？"她瞬间联想到之前被种入魔丹的人，澹台烬会不会也是这个原因，才杀了将要入魔的师尊？

不好！妖魔界的人，现在一定在找澹台烬。

修士凡人都要杀他，如果自己面临这种情况，苏苏不确定她会不会在重重误会之下，投入妖魔界。

她得立刻去找他，把澹台烬带回来！

"三妹妹！"叶储风突然说，"当年我和陛下分开后，其实没有走远，我跟着他，看他跳入了冥界鬼哭河。"

"你知道鬼哭河是什么地方，对吗？"

苏苏愣住。

她当然知道。

小时候勾玉还在，她一顽皮，它就讲故事吓她。在她的记忆中，最可怕的有两件事，其一是翻手为云覆手为雨的魔神，其二便是阴暗可怖的鬼哭河。

据说那条河没有尽头，没有光，无生命，破碎的魂魄在里面撕咬。一旦掉下去，会被残魂生生咬碎，魂飞魄散。

"当年他对付叶家，我也恨他，我甚至想过，等拿到翩然的魂魄，我就设法杀了他。可是后来……"叶储风神情复杂，"我觉得不必我动手了，他生不如死，我竟开始可怜他。"

至少，他的翩然还有一魂一魄，而苏苏什么都没给澹台烬留下。

"还有样东西，我要给你。"

叶储风从储物袋中，拿出一个老旧的扳指。

"他救回了祖母，后来我为祖母养老送终，这是祖母留给你的。她临死前只有一个愿望，说夕雾嫁了人，这辈子要好好的。"

愿那人珍你重你，疼你惜你。

一生一世。

扳指温热，放入掌心。

灵台像是被轻轻叩开一扇门。

曾经的怨，答应了叶夕雾却没做到的自责，在此刻被尽数溶解。

一滴泪落在扳指上。

苏苏以为修炼无情道以后，这辈子再不会哭，她的眼泪已经干涸。

可是此刻，叶夕雾的爱恨，黎苏苏的爱恨，全部得到了一个答案。衢玄子的话渐渐清晰，不是无情之人，怎修无情之道？

只有与过去的自己和解，才能真正领悟无情道。太上忘情，必先动情。

原来她一直被爱着。

不论是祖母，还是曾经没有情丝的澹台烬。

他在用世上最痛、最笨拙的方式爱着她。

不知她现在把他找回来，还来得及吗？

叶储风惊讶地看着眼前的神女，她眉心的朱砂如泪晕开，又似昙花盛放，灼灼朱砂化作半枚冷清神印。

凤凰本应生而为神，她半妖半神的血统被刻意压制，才会历劫重生，今日对苏苏来说才是真正历劫结束。

她离成神，仅半步之遥。

苏苏也没想到，这一错过，人间一月便过去了。

人间的冬日依旧温度灼灼，仙界的岁月流逝缓慢。据说传说中的上古神界，会让时光凝滞，故而永生。

她没寻到澹台烬，衢玄子等仙界大能却已经找到开启魔域的办法，今日便要杀入魔域，毁去九转玄回阵。

苏苏低眸，掌心的绿色珠子莹润。

这是聚生珠。

虽然不知道它有什么作用，但是叶储风和她都知道它很重要。

越靠近魔域，摇光越紧张。

与其他人诛魔的心情不一样，如今失去心智的公冶寂无杀了不少人，摇光感到忐忑。

摇光希望公冶寂无有一线生机，只要师兄体内的魔丹被取出，他依旧会是曾经光风霁月的师兄。

可若再救不出师兄，公冶寂无会彻底成为魔族的人。

森然界碑出现在眼前。

有人喜道："魔域开了！开了！"

"杀了姒婴那魔女，杀了惊灭，毁了九转玄回阵！"

话音刚落，一把盈盈的红伞出现在众人视线中，大家警惕地后退。

银铃般的娇笑声传来。

"诸位远道而来，姒婴自然该恭迎。"伞抬起，露出姒婴一张魅惑的脸，"可区区后生，也敢在吾门前叫嚣。吾允，吾之魔君，可不允呢。"

此言气着了清无长老。

"魔女！你残害我寂无徒儿，他堂堂仙门中人，怎容得你这般折辱？今日我清无便要取你狗命。"

"大言不惭，"姒婴言语诡谲，"吾口中的魔君，可不是你们衡阳宗的黄毛小儿。"

清无大喝一声，便朝她打去。

无数忍不了的仙门中人，也随之攻去。

姒婴却一动不动，目光带着灼热的温度，看着空中某一处。

苏苏有种不太好的预感，也跟着抬眸望去。

只见翻滚的魔气云层中，渐渐出现一个玄衣少年，魔气把他的衣衫吹得猎猎飞舞。

衣襟上的银色纹路妖异，他安静地握着斩天剑。

如果说当初斩天剑在公冶寂无手中压迫力很强，如今的斩天剑在他手中则是沉寂得可怕。

他的额上有一枚似火焰又似利刃的黑色堕神印。

少年睁开眼睛。

来自上古魔器的强大压制，让众人忍不住后退。

连衢玄子的心也沉到了谷底，怎么会呢？传说中的魔神印！

少年皮肤依旧是病态的苍白，面孔隽秀，但再没一个人敢看不起他。

不知道哪个宗门的人第一个逃跑，仙门这边瞬间乱作一团。

少年启唇，冷冰冰吐字："斩天，诛。"

斩天剑震颤，天幕被撕开一个口子，在澹台烬手中，它通体成了血红色。

斩天剑落下，磅礴可怖的剑气瞬间蔓延百里，逃跑的弟子们来不及惨叫，就化作了飞灰。

少年压低嗓音，愉悦地笑起来。修士的魂魄尽数飞到他的掌中，被他捏成齑粉。

他将身后的屠神弩拉开，对准众人。

他杀修士比捏死蝼蚁还容易。

修士们瞬间明白，今日再无人能进魔域这扇大门。

衢玄子说："苏苏，快走！"

再不走，所有人都会葬送在这里。

玄衣魔神的手被人拽住。

"澹台烬！"少女眉心神印如昙花，眸中带着浅浅水光，"叶夕雾回来了，你呢？"

‖ 第一百一十四章 ‖

魔域中涌出无数妖魔，全部敬畏地看着新任魔君。

苏苏拦住澹台烬，娇嫩的指甲掐入掌心。

在所有人的视线中，澹台烬回眸，红色的眼珠冷冷盯着苏苏。

指尖苍白的手，顺势掐住了少女的下巴。

他身形瘦弱，却比她高出许多，此刻低眸冷漠地看着她。眸中苍冷，隐隐透着残忍之色。

这个目光，正是苏苏小时候午夜梦回，常常梦到的魔神眼神。

五百年前，苏苏在马车上让凡人少年扮演，五百年后，这一幕成了真的。

"叶夕雾？"他的眸光中隐忍着什么，冷冷笑道，"你未免太看得起你自己。五百年前，你来我身边，不就是害怕今日？你凭什么认为，本尊还会受制于一个骗子？"

话音一落，他的袖子抬起，重羽化作仙剑，抵御在苏苏身前。澹台烬一掌打在重羽剑上，苏苏踉跄着，摔倒在地。

澹台烬手指紧了紧，拎着斩天剑，不再回头看她。他朝前走，路过的地方，惨叫声不绝。

苏苏抱紧重羽琴，澹台烬竟然全部明白了，自他成魔那一刻，他就猜到了五百年前自己去他身边的原因。

摇光喊道："苏苏！"

苏苏抬头，妖魔们欢呼鼓舞，化作一道道黑气，朝着仙界众人涌去。

天空变了颜色，乌云汇聚，魔域的妖魔如同打开闸门倾天涌出的洪水，朝人间奔流而去。

眼前这一幕，与记忆中的历史重合——

诸仙黄昏，万仙坟冢。

仙界所有人的噩梦，在此刻开启。

不，不可以。

苏苏从地上爬起来："澹台烬！"

红色血剑映在清瘦少年的瞳孔中，眨眼间，他已经消失在百步之外。

一把红伞旋转，拦在苏苏身前。

姒婴接住飞旋的伞，嘴角含笑，眸中却带着几分冰冷。

"小丫头，你太放肆了。竟然成了半神，可惜，今日你注定折在这里。"

姒婴已经看出面前的女子是个不小的威胁，头一回动了强烈的杀意。

苏苏心思一动，顿时有了个计划，她不再追澹台烬，干脆折身迎战旱魃。

重羽化作箜篌，横在苏苏身前。

苏苏如今使用重羽再也不用担心反噬，音潮如流水潺潺，细如丝，利如刃。

姒婴本以为能轻易解决这个小丫头，临到头才发现，苏苏很棘手，并非想象的那么容易。

她眸光流转，看着对面清清冷冷的少女，笑道："你可知，我找到魔君时，他在何处，又为何愿意入魔？"

苏苏微微恍惚。

姒婴红唇轻启："这个问题，你恐怕永远不会知道答案。"

话音刚落，一道紫光打入苏苏身体，惊灭不知何时出现在苏苏身后。苏苏嘴角流下鲜血，如凋零的落叶，从空中坠下。

姒婴手中的伞飞出，直刺入苏苏胸口。

摇光试图阻止："苏苏！"

衢玄子："苏苏！"

黑色箭矢穿过乌云和天幕，刺在红伞上。

姒婴踉跄着后退一步，笑容不见："魔君？"

澹台烬魔瞳冰冷，从浓重魔气中走出来，他怀里抱着从空中坠下的神女，说："收兵。"

魔兵们听见命令，尽数涌回魔域。

惊灭也只是顿了顿，半跪行礼，退回魔域。

功败垂成，姒婴回头看向仙界残兵，心有不甘，几乎红了眼眶。

澹台烬用毫无感情的声音道："最后一枚聚生珠，在黎苏苏这里。"

听了这个消息，姒婴转悲为喜。

怪不得魔君会回来救这个半神少女，原来是知道了聚生珠的下落。

有了最后一枚聚生珠，同悲道便能立即开启。

如今苏苏被俘，他们确实没有必要继续与这些仙界的牛鼻子纠缠。

她感觉到有人在看自己。

苏苏沉住气，没有睁开眼睛。

依旧安安静静，那人用冰冷憎恨的目光看了她许久，这才起身。

魔气森然的水漾在她身侧，铁链声哗啦啦响，少女趴在一处光滑的石床上，双手被铁链束缚住。

过了许久，重羽道："人走了，别装啦！"

方才还"吐血"的苏苏，睁开眼睛，完好无恙地从石台上坐起来。

她擦了擦嘴角的血迹，咬破的口腔瞬间痊愈。

苏苏低眸打量周围环境。

重羽说："他把你关到了魔域的水牢，说来也奇怪，魔域不是寸草不生的吗？这地方好亮，还开着花。"

苏苏放眼看过去，水域上果然如重羽所说，开了大片大片紫色的莲花。倘若周围没有弥散的黑气，这一幕称得上美景。

几缕光束照在她身上，苏苏抬眸，盯着那几个透光的洞看了一会儿，忍不住弯起唇。

重羽困惑："你笑什么？"

她不答。

那个口口声声说着恨她的人，把她关在了魔域唯一有光、有生命的地方。

"重羽，按原计划行事。"

"好。"重羽变成一把钥匙，刚好契合苏苏的手腕，把苏苏手中的链条解开。

苏苏动了动手腕，额间神印清丽，她的手拂过，石台上很快多了一副和她一模一样的身体。

重羽高兴地说："还好来魔域之前，预料到了这种情况。"

苏苏蹲下，对那具傀儡说："拜托你了。"

石台上的傀儡笑着点头，笑容可以假乱真，几乎和真的苏苏一模一样。亏得叶储风体内狐妖的力量，这是六界唯一可以短暂与幻颜珠比肩的存在。

苏苏的身影消散在水牢中。

来魔域之前，她心里已经有不祥的预感，澹台烬凭空消失，遍寻不见，最大的可能是已经去了魔域。

受到张沅白幻颜珠的启发，苏苏提前和叶储风商议，若攻入魔域时出现变故，她便想个法子潜入魔域，毁了洗髓印和九转玄回阵。

这个办法也得到衢玄子的同意，难为衢玄子一把年纪，之前在魔域外面，还得按捺住，陪着一众小辈演戏。

只可怜一无所知的摇光，看见苏苏受伤被俘，差点冲了过来，好在她师尊清谦的反应快，把人带走了。

苏苏的身形透明，小心避开魔族守卫。

这次来魔宫，与上次来的感觉完全不同。之前是一盘散沙，如今变得井然有序。

岩浆咕噜噜冒着泡，魔宫外腥气冲天，没有半点儿生命，也没有水，只有脏污的血。

"九转玄回阵会在哪里？"重羽变成一只蝴蝶，飞在苏苏身侧。

"在最重要的地方。"

"哪里是最重要的地方？"

苏苏的脚步在一处顿住，示意它看。

眼前的宫殿在魔宫之中最为精致，一只体形庞大的怪物趴在门口。

重羽飞到苏苏耳边，惊讶地说道："竟然是上古凶兽饕餮。"

苏苏打量片刻，她怎么觉得饕餮有老虎的雏形？

但这些都不重要，她轻手轻脚避开饕餮，潜入殿中。

墙壁上蓝色幽暗的火跳动着，玄衣少年撑着下巴，冰冷的魔瞳慵懒地看着底下的人。

好几个修真者被迫跪在地上，还有数个魔修。

姒婴和惊灭分别站在两侧。

澹台烬抬起手，他的眸中毫无感情，下一瞬，手指慢慢收紧，那些人身上不论是魔气还是灵气，皆朝他涌去。

转瞬，地上的人变作一摊黄沙。

重羽倒抽一口凉气。

他们竟然到魔域魔君的大本营来了，三个最厉害的魔头都在这里。

饶是苏苏，也不敢靠近，一动不动。

上次她尚且会被姒婴发现，这次不论如何都得小心行事。她现在是半神，神与仙之间，远非一个境界的差距。但若想要藏着，姒婴等人还真发现不了她。

澹台烬抬眸，目光扫过重羽和苏苏所在的地方。

苏苏心一紧，以为被发现了，好在少年很快移开目光，低声道："出去。"

姒婴和惊灭告退。

苏苏很快发现了不同，旱魃在公冶寂无面前，妖娆又狂妄，可到了澹台烬面前，她十分恭顺。

感觉骗不了人，旱魃不臣服于公冶寂无，却臣服于澹台烬。

所以，澹台烬发生了什么？

苏苏看着澹台烬身上的滔天魔息，心想，会不会公冶寂无体内的魔丹，到了澹台烬身上？

纵然没了邪骨，可澹台烬有神之髓，还有三样魔器。

退一步来说，可以说他是堕仙，也可说是魔神。

那师兄如今去了哪里？会不会有危险？

姒婴和惊灭离开，澹台烬闭眼，躺在玄色的榻上。

魔气流转，他额间的魔印妖异，在转化力量。

事情终于到了最糟糕的一步。

苏苏不知用什么办法才能回到事情没发生的时候，公冶寂无或许有一个重来的机会，澹台烬呢？

苏苏沉住气，她知晓现在不是和澹台烬较量对峙的时候。毁去九转玄回阵才是最重要的。

榻上有四角，分别是上古四个凶兽，像某种开启机关的阵法。

苏苏走到榻边，转化力量的澹台烬依旧没有醒来。

这榻很宽，苏苏拎着裙摆踩上去，屏住呼吸，趴着细细研究上面的图案。

玄回、玄回。

怎么去阵法旁边？

她和勾玉学过阵法，刚领悟到一种图案的含义，正要去另一端查看图案，身边的人不知什么时候睁开了眼睛。

苏苏一惊。

她顿时不敢动了，也不敢当着他的面离开。

少年翻了个身，枕着自己的手臂，面朝她的方向。

他红瞳幽冷。

如果不是瞳孔内毫无焦距，苏苏还以为他能看见自己。

她突然有几分慌张，叶储风这个办法灵不灵啊？！

靠得这么近，澹台烬再往前一点儿，几乎能触到她的脸颊。

两人僵持着。

少年伸出苍白的手指，苏苏全身紧绷。

就在她以为他的手会碰上自己的脸颊时，一件玄色披风飞过来，被他握在掌心。

澹台烬旋身下榻，披上斗篷。

他神情冷淡，走出门外。

"去审问衢玄子之女黎苏苏。"

重羽化作的蝴蝶飞到苏苏身侧："苏苏，你在庆幸，还是在失望？"

苏苏瞪它一眼："不会说话就闭嘴！"

‖ 第一百一十五章 ‖

澹台烬离开，苏苏和重羽连忙在寝宫内找阵法入口。

"不是九转玄回印的阵法，是杀阵。"苏苏盯着四种凶兽图案说，"姒婴是个谨慎的人，之前只给妖魔们看过镜像。"

重羽飞过来："趁他们都在水牢，我们去别处找找。"

"好。"

苏苏刚要离开澹台烬寝宫，视线突然落在一个楔形石座上。

"苏苏，你怎么了？"

苏苏福至心灵，勾玉好像跟她说过这种古时候用来开启密道的把手。

她手指相合，掐了个诀，盈盈白光笼罩在她手上。苏苏按照勾玉告诉她的方法扭转石座，"嘎吱"一声，一个仅容一人通过的入口出现。

苏苏谨慎地走进去。

重羽化作的蝴蝶散发着莹白的光，苏苏本来以为会在这里找到九转玄回阵，没想到密室里是一个牢房。

看清被锁住琵琶骨的男子，苏苏脸色变了变，上前去："师兄！"

公冶寂无被他们关在了这里！

他脸上的魔纹退去，一张俊俏干净的脸露了出来，听见声音，他睁开眼："苏苏？"

他身上的魔丹果然被取出来了，苏苏试图触碰锁住他的链条。

"不要动，"公冶寂无低咳一声，"锁印上有连着魔神寝宫的法术，你一动就会被发现。"

苏苏只能停手。

公冶寂无低声说："抱歉，苏苏，你别管我了，魔域危险，若有机会，你还是赶快出去吧。"

"师兄，你是想被困在这里，为自己赎罪吗？可是大家都在等你回去，爹
爹、清无师叔、清谦师叔，还有摇光师姐。衡阳宗的弟子都知道，被种下魔丹
非你所愿。"

公冶寂无手指颤了颤，没有说话。

被种下魔丹，成为旱魃的一把刀的这段时间，他杀了许多人。纵然别人能
原谅他，他自己却不能原谅自己。

苏苏知晓公冶寂无心中想法，说："如今魔神与上古旱魃出世，六界人人自
危。师兄，我们需要你。你若觉得自己犯了错，那就将功抵罪，做些什么！"

公冶寂无笑了一下，依稀是当初风华绝代剑仙的模样。

"好，"公冶寂无哑着嗓音，一如曾经对苏苏的纵容，他说，"师兄听你的。"

"师兄，我是来找九转玄回阵的，你知道它在哪里吗？"

公冶寂无说："当初我被种下魔丹，姒婴带我去过一次，在魔域禁地，那地
方需要一枚上古魔神的扳指才能进去。之前那枚扳指在姒婴手中，现在应该在
新魔君手上。"

苏苏在心里低咒了一声，戴在澹台烬手上的东西，这可怎么拿？

"师兄，你在这里等等我，我想办法毁了九转玄回印，再来带你回家。"

回家？公冶寂无的瞳孔颤了颤，说："好。"

苏苏走出老远，公冶寂无看着她的背影，仍没有收回视线。

苏苏沿着原路回去，发现澹台烬他们还没回来。她干脆再次隐去身形，悄
悄去往水牢的方向。

也不知道傀儡能坚持多久，不会露馅儿吧？

水牢中，紫色的魔莲开得馥郁，姒婴掐住那具傀儡的下巴。

"说，聚生珠去了哪里？"

傀儡全身都是血，对着姒婴哧哧一笑："我不知道，你有本事便杀了我。"

苏苏躲在石柱后面，看情况，傀儡已经被折磨好一会儿了。

它没有生命，也不知疼痛，但是这样下去，显然不能坚持太久。

姒婴拿不到聚生珠，脸上没有笑意，她的指甲疯长，陷入傀儡的脖子里。

傀儡脸上，那张和苏苏一模一样的脸，露出痛苦不堪的神情。

苏苏看向中央坐着的那人。

澹台烬单手支着下巴，面无表情看着姒婴凌虐"苏苏"。

似乎她哪怕死在他面前，他心中也不会有任何波澜。苏苏看着这一幕，心
里有种说不出来的滋味儿。

上次分别，少年眼中分明带着泪光，企盼她一个回眸。

再见他却变成记忆中冷心冷情、杀人如麻的魔神，眼中再没了暖。

想起叶储风说他跳下鬼哭河，藏海曾说师尊在三年前捡回小师弟。他在鬼哭河足足找了她五百年，苏苏心中微涩。

重羽悄悄看看苏苏，它有点儿心虚，现在仍然没有和苏苏讲千里画卷的事。

它的感觉果然没错，澹台烬不是什么好人，还成了让人胆战的魔君。可是……事情发展到今天这一步，好像也和自己脱不了干系。

如果当时从千里画卷中出来，自己告诉苏苏，澹台烬没有撒谎，苏苏的确承诺过不会抛下他，澹台烬是否就不会入魔？

它该不该说？但现在说这些，岂不是让苏苏心里雪上加霜吗？

眼见婳婴要杀死傀儡，一把刀格住婳婴锋锐的指甲。

惊灭道："够了婳婴，魔君还在这里，轮不到你做决定。现在她是唯一知道聚生珠下落的人，你把她杀了，我们去哪里找聚生珠？"

惊灭心里有自己的盘算，都知道此女是魔君的故人，魔君……先前还倾心于她。魔君的脾气阴晴不定，婳婴若杀了她，魔君恐会不悦。

婳婴看向澹台烬，她美眸盈盈，转怒为嗔："魔君大人，可心疼黎苏苏？"

她故意拨弄了下傀儡的脸颊，瞬间，那张绝色的脸上出现两道深红血印。

傀儡闷哼，惊灭轻轻地"啧"了一声。

澹台烬的目光，落在傀儡那张脸上，他讥笑一声："心疼？"

澹台烬漫不经心地说："想如何处置她，你们随意，本尊只要聚生珠。"

说罢，他最后看一眼那具傀儡，神情冷淡，身形凭空消失，真正做到了对"苏苏"不闻不问。

婳婴轻笑一声："惊灭，看到了吗？魔君大人可真是狠心啊。"

她红唇扬起："既如此，吾便不急。惊灭，你守着她，什么时候她愿意说了，什么时候放过她。"

婳婴裙摆迤逦，施施然走出水牢。

等她离开，惊灭看着她的背影，"呸"了一声。

"不过是一具幻化出来的皮囊，毒娘们儿。"

上古旱魃狂妄自大，实力强横。但妖魔俱贪婪，不甘居于人下。惊灭也曾是名动一时的魔修，婳婴先前能做妖皇，自己却只能低她一等，他心中早有不忿。

旱魃总让他善后，即便现在魔君出世，旱魃依旧高他一等。

惊灭眯了眯眼，转身盯着傀儡。

他冰冷的手指如蛇芯，摸了摸傀儡的脸。傀儡咬牙后退，惊灭可惜地说：

"小丫头，你虽屡次坏我好事，可……"

他舔舔唇，阴戾地笑起来，在傀儡的颈间嗅了嗅："半神啊，神女……是什么滋味儿的？不如你乖乖说出聚生珠的下落，我或许能放过你。"

躲在石柱后的苏苏看着他那个充满邪气的笑容，心中硌硬。

她双手结印，打算借助傀儡之手，给惊灭一个教训。

谁知惊灭的手指才碰到傀儡的衣襟，一道惊雷劈在惊灭身边。

惊灭踉跄着后退一步，狼狈地四处看看，咬牙跪下："魔君，小人只是吓吓她……"

四周空无一人，惊灭没看见人，却不敢再放肆。

想到也许澹台烬的魔息还留在水牢，魔修虽淫邪，可惊灭更惜命。他还没到色胆包天的地步，连忙倒退着离开。

苏苏也立刻收回了手，庆幸自己没有出手，不然恐怕就被澹台烬发现了。

她心想：姒婴谨慎残忍，这个惊灭看上去倒是野心勃勃，也有弱点，或许是个突破口。

苏苏本来只是抱着试试的态度，没承想真让她找到了机会。

惊灭如今是魔修合体期，马上要迈入渡劫期。他走的邪道，与澹台烬不同，他没法直接吸纳其他修士的力量，于是在殿内豢养了不少女修。

苏苏跟上去，发现那些少女均为炉鼎。

有魔修，也有正道修士，少女们衣衫残破，容颜枯败。

重羽说："苏苏，别冲动。"

它一看，好吧，苏苏没冲动。

苏苏的脸色很难看，却没有立刻把惊灭拎出来打一顿的冲动。若现在逞一时之气，九转玄回阵就毁不了了。

到时候不仅六界遭殃，这些少女同样跑不了。

这些可怜的姑娘奄奄一息，重羽奶声奶气叹道："做炉鼎，就是这么可怜。"

修为会消失，容颜会枯败，原本年轻的肉体，会慢慢衰弱下去，垂垂老矣。

苏苏突然想起，在魇魔造的梦境中，白衣少年曾来她身边，甘愿做她的炉鼎，帮她修补命魂。

他也是知道下场的，炉鼎不仅低贱，还会变得很弱小，慢慢变老。

苏苏垂下眸，心绪复杂。

尾随着惊灭一阵，苏苏发现他在魔修中挑选新的美人。

本以为他是为自己挑炉鼎，可是那些人他一个没动，反而叮嘱着什么。

魔修美人们身段妖娆，眼中含着期待和野心。

"魔域的夜寂寞，还冷，"惊灭笑道，"魔君并非不近女色，若你们谁真的俘获魔君的心，许是未来的魔后呢。"

"惊灭大人说笑了。"魔修们与惊灭调笑。

惊灭抓过一个人，在她的腰上揉了一把："一会儿我便送你们过去。"

苏苏一数，足足有九个女魔修。

惊灭可真会玩，澹台烬艳福不浅。

重羽停在她的肩上："苏苏，你好像不太高兴。"

"没有，"苏苏把它塞进乾坤袋中，"入世最大原则，便是多做事，少说话。"

重羽似懂非懂："真的吗？"

"嗯。"

也亏得惊灭这一手，苏苏想到怎么拿澹台烬手上的扳指了。

魔域不分白昼黑夜，一到某个点，温度会变得非常低。按理说仙魔早已不畏寒冷，可是这股冷直往骨子里钻。

妖魔们把这个时间段称作"夜"。

魔域环境艰苦，寸草不生。

魔域的"夜"本就寂寞，魔宫里面井然有序，魔宫外面却四处有妖魔醉生梦死。

入夜后，惊灭带着一众妖娆女魔修去澹台烬的寝殿。

"我去里面打点，你们抱着酒，在外面等。"

众女点头。

趁这个间隙，苏苏悄无声息打晕其中一个女魔修，接住她手中的酒坛。

这些女魔修长相妖艳，却修为低下。苏苏偷梁换柱，捧着酒出现，谁都没有发现同伴已换了人。

她们中有故意戴上透明面纱，更增添妖异的，也有露出柔软腰肢的。

苏苏打晕的这位，也戴着面纱。

为确保万无一失，苏苏化作她的模样，把面纱换成了鲛纱，抹去额间半神昙花印，学着女魔修那样，在眼尾缀上几枚蓝色晶石。

不一会儿，惊灭出来了，低声道："进去。"

苏苏低着头，和众魔修一同进去。

她怀里抱着这酒，叫作醉神酿，是以前人间进贡给神灵的，现在不知怎么，魔宫也出现不少。

苏苏一进去，就看见了澹台烬。

澹台烬手中把玩着几枚魔丹，头也没抬，说："放下。"

众女依次把醉神酿放在他面前的桌案上。

苏苏蹲下，学着她们放下手中的酒。她刚把酒放在桌案上，把玩着醉神酿的澹台烬顿了顿，突然抬起眸。

他这一抬眸，所有人都屏住了呼吸。

澹台烬的视线扫过苏苏，随即百无聊赖垂下眸光，不辨喜怒。

魔修本就胆大，领头那女子被他这一眼看得春心荡漾，语调千回百转引诱说："魔君，此次仙魔大战，魔界大捷，妾等可否为魔君献一支舞？"

澹台烬苍白的手指拂过酒壶，不置可否。

苏苏心中一惊。

她怎么不知道原来喝酒还有助兴节目？她们排练的时候，也没带上她啊。

这种时候，苏苏自然希望澹台烬拒绝并让她们滚出去。

下一刹，仿佛与她作对般，那人凉飕飕的声音冷不丁响起，说："可。"

澹台烬微微抬起下巴，靠在王座上，冷眼看着苏苏，对众人说："跳，跳得好有赏。"

‖ 第一百一十六章 ‖

这句话一出来，苏苏的心都凉了半截。

给她一柄剑，她可以把在场所有人都干翻，可她哪里会跳什么舞？

记忆里的叶夕雾倒是会跳，可是这项技能，没有在苏苏身上点亮过。

琴师已经准备好。

魔姬们走向寝殿中央，苏苏硬着头皮跟了上去。

她默默站在队伍后面，试图借由她们挡住充数的自己。

前面的魔姬怪异地看了她一眼。

说起来，苏苏打晕的这具身体，原本该站在前面，魔姬见她"主动让位"，心里一喜，也不管苏苏什么毛病，兴高采烈站在了苏苏原本的地方。

琴声响起，众女抬起袖子，身段妖娆婀娜，翩翩起舞。

澹台烬曾是人间周国皇子，周国的乐律舞蹈享誉天下，他手下的夷月族也擅长歌舞。

对比起来，魔姬的舞蹈除了更加魅惑，并不比当年艳绝天下的凡间歌舞强。

苏苏灵光一闪，她不会跳，可此次胜在人多，九个人少一个视觉上差异应该也不大。

只要她的身姿足够灵巧，就可以在舞姬们换姿势期间，把自己的身体藏好。

澹台烬冷冷地看着魔姬们，饮下杯中酒。

他一直没喊停，魔瞳幽冷，表情也没有半点儿看美人献舞的迷醉。

苏苏把自己的存在感降到了谷底。

魔姬表面在跳舞，实际都在观察澹台烬的反应，魔君这个表情，满意还是不满意？

他的神情依旧冷淡，与外面那些兴奋的男魔修完全不同，众女跳到一半，全都心中忐忑。

今日献舞，为的是留下，与魔君共赴良宵。

魔君面无表情，她们还能留下来吗？

众人心中惴惴，完成最后一个收尾的姿势。

苏苏蹲在人群后，松了口气，终于结束了。

"跳完了？"那人语气里带了点嘲讽的笑意。

领头的女子额上渗出汗珠，不知怎的，觉出几分无形的压迫感。但野心和贪婪促使她开口："妾等，还为魔君准备了别的。"

"别的？"他低声道。

他这副面孔，本就漂亮精致到极点，略微暗哑的嗓音，更是勾人。

比起女修们，他才是倾倒众生又残忍强大的魔。

妖魔们本就慕强，为首的女修几乎膝行过去，目光痴迷："魔君，让妾等服侍魔君可好？"

所有人都目露期盼。

澹台烬偏头看她们，低低一笑："那便留一个。"

他这话一出，本来试探的众女，心中一下沸腾。遗憾不能全部留下来，立刻暗暗较劲，方才还和睦的氛围，顿时紧张起来。

苏苏在心中骂了句色坯。

被他视线扫过的女子，眼神带着无声引诱，苏苏知道演戏这种事，得演全套。她现在是神之躯，澹台烬不可能一眼分辨出她的幻化术。

若她不合群，才会被注意到不同。

苏苏想明白，调整自己的表情，眼波流转，她本就是仙界第一美人，平时一颦一笑就很美，她自己并不能意识到，生涩天真的媚意最是勾人。

她明眸带上清浅的笑，眼尾和眉梢的晶石湛蓝，看向斜斜靠坐的玄衣少年。

四目相对那一瞬，他顿了顿，手指死死捏住寒石座椅。

片刻后，澹台烬冷冷移开目光，抬手一指。

被他点到的女修又惊又喜，才要去谢恩，他手指一转，指向苏苏："你。"

苏苏虽然想过用这个身份拿他手上扳指，可是他选自己，她不免怀疑，澹台烬是不是已经认出了自己？

她才生出这样的疑窦，王座上的人淡淡道："明日她，依次过来。"

他又随手点了几个人。

这回苏苏不怀疑了，她咬牙，心里憋住一股气。

成魔的人果真淫邪！

女子们虽不甘心无法立刻留下，但想到还有机会，便心满意足地离开。

"愣着做什么？要本尊伺候你？滚过来。"澹台烬嗤笑一声，命令道。

苏苏只好走过去。

"倒酒。"他说。

苏苏按捺住气愤，九转玄回阵！九转玄回阵最为重要！

她在他身边侧坐，为他斟了一杯酒。澹台烬接过玉杯，苏苏注意到，一枚玄色的扳指，果然戴在他的拇指上。

澹台烬的修为深不可测，还有三件魔器，苏苏不知道九转玄回阵所在之地，也没拿到扳指，不敢轻举妄动。

他转入魔道，但向魔的心有几分，谁也不知晓。

"继续。"

她一杯杯倒，澹台烬一杯杯喝。

两人都没有多话。

魔域的夜越发深冷，即便是神躯，苏苏也觉得皮肤冰冷。魔域是被六界遗弃的地方，这里艰苦，时而寒冷，时而酷热。

她没有特意抵御寒气，这个身份不容她修为高深。

澹台烬喝光了所有醉神酿，突然握住她的手腕。苏苏反应过来，已经坐在他的怀里，他隔着面纱，掐住她的下巴，冷冷看着她。

"什么修为？"

苏苏改变了音色，说："凝元。"

王座是寒石铸就，更是冷得不像话，苏苏牙齿咯咯发颤，他目露轻蔑，捏住她下巴的手微微使力。

苏苏低低闷哼一声。

他的身上同样冷。

成了魔，便与这片被遗弃的土地一样，被剥夺了温度。

他一言不发，抱起她，朝那张宽大的榻走去。

跳动的魔焰绰绰映出影子，苏苏突然有几分心慌。

这种事并不是没有做过，那时候她和澹台烬都尚且是个凡人。彼时他恨她，很多次都不温柔，只有情难自禁时，她才会在那个没有情丝的凡人少年眼中，看见盖不住的怜惜和欢愉之色。

结春蚕早已消失在历史长河中，她下意识便要后退，但看见他手上的扳指，苏苏忍住了。

此刻退却，便功亏一篑。

可是不走，难不成真要和澹台烬在魔域中颠鸾倒凤？

玄衣魔君捕捉住她眼中一闪而过的退却之色，讥讽开口："若你不愿，滚出去，换个人进来。"

这句话惹恼了苏苏，什么乱七八糟的想法和无措都退去，她看着澹台烬额上火焰般的魔印，只想毁了九转玄回阵以后，在这张可恨的脸上狠狠踩几脚。

她咬牙笑道："魔君误会了，能为魔君侍寝，是妾之幸。"

等着吧，傻狗。

大道济济，何需在意一具肉体？凤凰的焚身之痛她都经历过了，以后要用重羽把他的头都打爆。

澹台烬玄色衣衫落下，他并没有揭她的面纱，似乎也不在意她面纱下的脸，到底长什么模样。

是美是丑，都无所谓。

他只看着眼前少女这双灿烂愤怒得似乎要燃烧的黑色眼睛。

半晌，他冷冷地说："眼睛给本尊闭上。"

苏苏的侥幸心理破碎，她心想，快，赶紧完事。

冰冷的手，落在她的眼睛和长睫上。眼前一片黑暗，以至于那一刹那，她生出了一种错觉，身上的人是深深爱着她的。

她心中有点儿茫然，几乎忍不住睁眼去看澹台烬的表情。

下一刻，她的眼睛被一条玄色的布蒙住。

苏苏听见他讥讽羞辱的声音："不是你们说，给本尊点儿别的？呆若木鸡，你就这点本事！"

她忍无可忍，魔修又不是凡人女子，她手中幻化出与此刻身份相符的冰凌，刺在他的肩上。

但澹台烬现在是魔神之躯，那冰凌一触到他，便化作虚无。

苏苏似乎听到他低笑了一声。

是错觉吗？

她再听，便没有其他声音了。

一夜酣畅，不知什么时候，魔域不再冷。

魔域的"夜"过去，苏苏不敢露出自己作为神女的修为，只得压抑了修为，沉沉睡去。

少女赤裸的足漂亮小巧，她的面纱依旧没有摘下，白皙的手无意识地搭在澹台烬胸口处。

胸膛之下，便是跳动的心脏，也是每个人的死穴。

他没有把她的手移开。

墨发红唇的魔君隔着面纱，在她唇上吻了一下。

外面姒婴道："魔君，姒婴有事禀告。"

澹台烬没动，传音出去，姒婴听见他冷冷淡淡的嗓音："等着。"

"是。"

过了好一会儿，姒婴觉得奇怪，殿内有馥郁香气，像是昙花盛开，带着驱逐魔气般的圣洁。

上古旱魃的敏锐让姒婴忍不住皱眉，顷刻间，那种香味消散，成了浓烈的魔气。

就像方才只是她的错觉。

姒婴狐疑片刻，又定下心来，有魔君，魔域不可能出现神息。

玄衣魔君没让她进寝殿，披衣走出来。

"说。"

姒婴刚要开口，嗅到了他身上的香，是女子的味道，玄衣魔君颈侧，隐隐有几条口子。

"魔君，您昨夜……"姒婴许久才调整好自己的表情，古怪道，"您太放纵了。"

妖魔纵欲本为寻常，可是魔神生来淡漠，对这方面的事情本就可有可无。

哪怕澹台烬经历不同，体内有情丝，可融合魔丹，修为无双的情况下，也不应如此……

姒婴说不上来，魔君可以沉浸欢愉，然而他不该毫不吝惜魔神之躯，纵容那女子伤他的神躯。

这是把命都交在了对方手里。

澹台烬冷冷看着她："有事说，没事滚。"

他巨大的压迫，让姒婴不适地捂住心口："是姒婴僭越了，玄回阵的魔气不太对劲。"

旁人不知道，澹台烬和姒婴却都清楚，玄回阵只是表面一个靶子，真正起作用的，是上古魔神留下的那个可吞天噬地、能改变乾坤的同悲道。

玄回阵转变天地灵气成魔气，滋养同悲道。

只等同悲道足够强大，便放入四枚珠子，启动同悲阵，到时候天下魔气倾巢而出，上古魔神留下的力量觉醒，颠覆六界，万物皆魔。

这段时间妖魔都在四处杀人，现在眼见同悲道需要的魔气慢慢充足，可日日谨慎守着同悲道的姒婴，却发现不对劲。

一种危机感席卷了她，她却说不上来为什么。

澹台烬说："去看看。"

姒婴跟上去，离开之前，她的眼瞳变成灰褐色，一眼看穿寝殿的墙壁。

那张榻上，魔君玄色宽大的披风盖在女子身躯上。

她白皙的小腿露在外面，上面如缀着点点盛开红梅。

姒婴冷笑一声，只得装作不知，跟上澹台烬。

一丝白色神息安静附着在澹台烬身上，随他们穿过阴暗的魔域荒地，到了一处遍地是血鸦的地方。

血鸦惊掠而飞，为澹台烬开出一条道路。

血腥气四溢，眼前出现一层透明结界。

结界后，仿佛一个虚空的世界，黑暗、阴寒、无声的可怖，再难窥探。

结界触到澹台烬手上扳指那一瞬，他和姒婴无恙走进去，附在他身上的白色神息悄悄消散。

魔宫寝殿，原本睡熟的少女睁开眼睛，从榻上坐起来。

"找到九转玄回阵了。"

苏苏看了眼身上的披风，磨了磨牙。

‖ 第一百一十七章 ‖

结界内，澹台烬和姒婴走进去，九转玄回阵上方，洗髓印缓缓旋转，环绕着洗髓印的饕餮之魂原本是透明的，现在已经有了实形。

九个方位分别有九扇门，下为大，上尖锐，汇聚成一个"聚灵斗"，洗髓印便在无形的斗上方，吸纳着天地间的灵气。

源源不断的灵气被玄回阵变成魔气，从下方四散开来，重新回到天地间，供妖魔们修炼。

周围魔气森然，鬼哭声阵阵。

姒婴当初血洗好几个门派，用来开启玄回阵。许多仙魂被困在这里，染了魔气，成了镇守玄回阵的魂灵，日夜啼哭。

澹台烬抬手，握住一缕残魂，认出了他："太虚掌门的魂魄。"

"正是，"姒婴笑道，"这老头修为不如何，但至今魂魄没有被魔气污染，想把他炼成守阵灵，倒是要耗费姒婴不少工夫呢。"

姒婴观察澹台烬的表情，澹台烬收紧手指，捏碎了太虚掌门的残魂："冥顽不灵。"

残魂破碎以后，澹台烬挥袖，太虚掌门的散魂飞向九个角落，彻底变成魔气。

姒婴掩唇，娇笑起来。

她心中原本有所怀疑，现任魔君按理说当与上古魔神平分秋色，可澹台烬的邪骨消散在五百年前，姒婴总怕他的心还向着那些修士。

如今看来，自己多虑了，生来便轻视生命的天生魔神，手段比自己残忍，实力也令人心惊。

旱魃可做不到随手就能捏碎人的魂魄。

"如今九转玄回阵越发强大，大半个人间全是魔气，很快这些魔气就足够开启尘封万年的同悲道。"姒婴眯眼道，"可是前几日，九转玄回阵中，似乎有灵气溢出。"

不该这样，眼见就能开启同悲道了，这个时候玄回阵却出了问题。

澹台烬在心中冷笑一声，祭出斩天剑，斩天剑飞向阵法中的伤门，带出一个银鱼铃铛。

姒婴见到铃铛，眼神冰冷："原来是逍遥宗那老牛鼻子留下的东西在作祟。"

澹台烬把银鱼铃铛扔给她，走出阵法，结界在他们背后阖上。

姒婴毁掉铃铛，追上他："听说惊灭大人昨夜献了几个魔姬给魔君？"

澹台烬看着乌压压的血鸦，道："你的消息倒是灵通。"

"妾可不是在吃醋，"姒婴的手搭在他肩上，涂满红色蔻丹的手指下滑，"只不过区区低等魔姬，配不上魔君。魔君能予她们修为，她们能予魔君什么？"

姒婴娇娇笑道："妾自上古诞生，与天地同寿，待他日同悲道开启，六界皆妖魔，妾才是能陪魔君数万年的人。再说了……"

姒婴顿住，媚眼如丝："魔君不想知道，上古冷清无欲的众神是如何双修……咝！"

她话还没说完，抚上澹台烬手臂的那只手突然一疼。

姒婴连忙捂住自己的手，咬唇道："魔君。"

"姒婴，"澹台烬凑近她的耳边，讥诮笑道，"需不需要本尊提醒你？你这副美人皮下，只是一具……腐朽干枯的躯体。"

姒婴的脸色一变，眸光冰冷。数万年来，哪怕所有人都知道这个事实，却从来没人敢在她面前说。

"旱魃"说直白些，就是上古的一具僵尸，没有血液，有强大的力量，却容颜可怖。

姒婴跟随上古魔神之时，就倾慕那具强大身体的力量，可是上古魔神不近女色，只有野心。

现在年轻的魔君既然愿意走双修合欢之道，姒婴自然垂涎天生邪物的力量。

生来便是黑暗的主宰，多么令人向往。

可这个人的心，比曾经那位魔神更加冷，他薄唇吐出来的字眼如刀，带着轻慢的羞辱。

姒婴收紧拳头，心中的愤怒和不甘滋味只有她自己清楚。

若是其他人敢说这样的话，早就被她碎尸万段。偏偏眼前的玄衣少年是她的君王，她眸光冷厉过后，重新带上笑意："姒婴明白了。"

澹台烬弯起唇，道："你很聪明，比惊灭那个蠢物聪明得多，你总该明白，什么东西该想，什么东西不该想。"

说完这句话，澹台烬也没看姒婴什么表情，消失在密林中。

他回到魔宫，不出意料，榻上那位小魔姬不见了。

澹台烬抬步，走入殿内暗藏的通道。

公冶寂无被关在里面。

澹台烬走过的地方，蓝色磷火幽幽亮起，澹台烬施施然在公冶寂无面前坐下。

"怎么，见过她了？"澹台烬说这句话时，带着笑意，可他的眼睛是冷的。

公冶寂无抬眸，玄衣少年墨发红唇，在蓝色磷火的映衬下，他精致漂亮，神情无声透着一股对自己的厌恶。

"沧九旻，你到底想做什么？"

"沧九旻？"澹台烬撑着下巴，"本尊险些忘了，你没有上辈子的记忆。公冶寂无，或者说萧凛，本尊和你打个赌，如何？"

公冶寂无平静看着他，仿佛在看一粒尘埃。

澹台烬恶意地弯起唇："你这样的人，出生便高人一等，受万人敬仰。可是你猜，你倘若失去灵力，成了一个普通人，坠入凡尘，他们还会不会尊敬你？"

公冶寂无冷冷看着澹台烬，他不清楚澹台烬对自己的敌意从何而来。

"嗦，小心，"澹台烬眼尾挑起，笑道，"凡人有时候，比我这样的妖魔更可怖哦。"

笑语间，澹台烬抬起手，封印了公冶寂无的灵台。

公冶寂无身上的锁链随之脱落，灵台被封印，公冶寂无和凡人无异，他脸色苍白，没有说话。

澹台烬怜悯地看着他，半晌，止不住低笑起来。

下一刻，原本还无还手之力的公冶寂无，袖中飞出一枚金色的针，刺入澹台烬的心脏。

澹台烬看着这枚针，脸上的笑容淡了。

上面有苏苏的气息。

想来是苏苏留给公冶寂无防身的，公冶寂无却选择用来杀他。

他低头，把那枚针取出来，面无表情把玩着。

公冶寂无闭了闭眼，还是忍不住问了出来："你对小师妹做了什么？"

澹台烬身上也带着苏苏的气息。

熟悉的修士间，自然认得彼此的气息。公冶寂无很确定，眼前这个人是故意的。

澹台烬笑道："你说呢？"

方才虚伪的平和被打破，澹台烬头一回在始终淡然的公冶寂无眼中看见滔天怒意。

澹台烬并没有觉得高兴，他心中那个阴暗角落，无时无刻不在忌妒着眼前这个人。

不管过去多久，依旧忌妒。

黎苏苏来到自己身边，永远都有目的，曾经为抽他邪骨，如今为毁去九转玄回阵。

无论怎样骗自己，有些东西一旦被点破，就像刺入心脏的一枚又一枚灭魂钉。

而黎苏苏永远不可能这样对萧凛和公冶寂无。

五百年前，她多爱萧凛啊！五百年后，命都不要也要来魔域寻公冶寂无。

不过没关系，公冶寂无已经是个废人，只要扳指还在自己手中，只要自己身上有黎苏苏想要的东西，即便她的心不在他身上，人也总会是他的。

公冶寂无皱着眉，他的小师妹，怎会和这样的魔物在一起？

"本尊不杀你，但是生是死，看你自己的造化。"澹台烬冷冷地说，"滚到人间去，越远越好。"

至少他活着一天，公冶寂无永远不要出现在他面前硌硬他。

澹台烬挥袖，公冶寂无的身影消失。

他知道，他不能杀了公冶寂无。五百年前就明白了，活人永远争不赢死人。

但若这次……公冶寂无是活下来那个，而自己是死去那个呢？

澹台烬面无表情地看着眼前的虚空，许久才走出密道。

苏苏白日去水牢看了眼自己傀儡，它无比虚弱，怕是坚持不了几天了。

苏苏只能在七日内拿到扳指，毁了九转玄回阵才行。

惊灭听说魔君留下了他昨夜送去的小魔姬，喜形于色，今日还让苏苏去送酒。

这些醉神酿是他搜刮来的，人间帝王都不一定能喝到一壶。

这恰好符合苏苏的心意。

她在醉神酿里下了衢玄子给的药，只要澹台烬喝一滴，就人事不省。

现在知道了九转玄回阵在哪里，只差那枚打开结界的扳指了。

她端着酒壶进入澹台烬的宫殿。

玄衣魔君靠在石座上，面前凭空有一面水镜。

苏苏进来，他微微转过目光，说："过来。"

苏苏走过去，发现水镜里竟然是衢玄子、清无长老和清谦长老等人。

他们全部被关在一处阴暗的地方。

苏苏一惊，旋即发现不对劲。

姒婴没有能力打败那么多仙界中人，澹台烬又没出魔域，修士们不可能就这样被困住。

她困惑地去看澹台烬，他正好也在看她，微笑道："如何？"

"魔君，他们是谁？"她故作不知，好奇问道。

澹台烬低眸，手指卷住她的发，让她坐在石座旁："衡阳宗、赤霄宗的掌门和长老。"

在她配合着眼中流露出倾慕之色的时候，他笑笑："当然，都是假的。"

"假的？"

"幻颜珠变出来的妖魔罢了。"他漫不经心地说，少女发丝如瀑，手感极好，他饶有兴致看着她，"你说，若赤霄宗的'掌门'，去衡阳宗杀人，有几个人能防住，嗯？"

苏苏的目光冷下来："魔君可真聪明。"

澹台烬手拂过，水镜顷刻消失。

这是姒婴的计谋，九转玄回阵需要的魂魄和灵气都不够，姒婴急着开启同悲道，自然会打仙门的主意。

澹台烬随口便说给了身边的小奸细听。

"今日什么修为？"澹台烬淡声问。

苏苏抬起头，本来还想说"凝元"，可是想到什么，咬牙笑道："多谢魔君，妾已至'意欲'境界。"

我可真是谢谢你。

他的眼里突然带上几分笑意，控制不住的那种："嗯。"

第一百一十八章

苏苏吸了口气，微笑说道："惊灭大人看魔君喜欢醉神酿，让我又拿了些来。"
她把醉神酿倒入杯中，举起递给澹台烬。

澹台烬的目光在她面上扫了一圈，落在她手中的酒杯。苏苏被他看得有几分紧张，心里还藏着说不出的低落。

苏苏不知道自己是盼澹台烬饮下这杯酒，还是不接这杯子。

她从昭和城来寻他，想拉他走出孤独和被唾弃的困境，可是到底来晚了一步，澹台烬已经堕入魔道。

苏苏却是世间最后的神族。

她知道现在做的事情，与他再次对立，她的承诺无法在这种时候兑现。

他其实说得没错，她是个骗子。

澹台烬接过她手中的酒杯。

"惊灭有心了。"他眼里的笑意淡了些，苍白的手指晃了晃酒杯，醉神酿的香气漾满整个寝宫。

酒杯到了唇边，澹台烬随手放下，想起什么，看着苏苏，低声道："今日是人间花朝节，想不想出去看看？"

一听"花朝节"三个字，苏苏猛然抬起眼睛。

他沉默看着她，等她的答案。

五百年前花朝节那日，澹台烬许她一生一世，他把皇后之位给了她，等来的却是六枚灭魂钉。

这数万个日日夜夜，是他一个人的一生一世。

叶储风说他救回祖母，还给祖母养老，叶啸当时也没死。

苏苏的视线从那杯酒上移开，低声说："好。"

两人间冷沉的气氛散开，他魔气森然的眉眼冷意少了几分，澹台烬淡淡地说："既然要出去，你这样可不行，小魔姬，本尊为你改个装束。"

他就地环住她，袖子拂过，面前出现一个桌案。

苏苏定睛一看，是凡人女子的妆匣。

少年的手指修长漂亮，拿起桌上的木梳，竟亲自为她束发。

苏苏被他禁锢在身前，看不清他的神情，忍不住问："魔君会这个？"

澹台烬手中的木梳已经梳到她的发尾。他平静地说："没什么不会的。"

一个冷宫长大的孩子，什么都该会。

他不仅会梳女子的发髻，还穿过女子的衣裙，为了活下去，什么都得会。

"本尊幼时，有几位兄长，"他说，"他们对女子比对男子宽和些，告诉本尊，若本尊愿意穿女子装束，便让本尊吃饱穿暖。"

这是他第一次和苏苏讲起他过去的事，苏苏忍不住问："那你穿了吗？"

他拿梳子的手顿了顿，笑道："没有。"

苏苏见过他童年多艰辛，听他这样讲，松了口气："嗯。"

澹台烬冷冷勾起唇。

他并没有说实话，他穿过小宫女的衣裙，整整七日。可他们不但没有放过他，反而变本加厉地折辱他。

他被关在耳房，全身湿漉漉的，再被设计跑到皇帝面前。

皇帝看一眼他身上的装束，脸色大变，许久怒而拂袖："荒唐！孽种就是孽种。"

最后荆兰安出现，救了他一命。

从那以后，他再也不信皇兄们的话。他们一个个，全都死了，活下来的，是他这个小孽种呢。

他这双手，杀过许多人，为了活下去，也渐渐懂得怎么取悦别人。可是在这肮脏的世界，只有怀里这个人，让他心甘情愿取悦。

澹台烬为她梳了一个精致的发髻，拿起两支红色的步摇，戴入她的发间。

他抬手，手上凭空出现一面镜子："看看。"

苏苏惊讶地发现，挺好看的，与她穿白衣时不同，像朵灼灼盛放的桃花。

她犹疑着，要取下面纱。

这种时候若她还戴着面纱，澹台烬难免起疑，可当她的手刚到耳后，便被一只冰冷的手握住。

澹台烬说："就这样。"

他似乎并不在意她面纱下是怎样一张脸。

两人走出魔域。

如澹台烬所说，人间正是夜晚，这几年妖魔横空出世，人间远远不如过去繁华。

朝代变迁，五百年前的夏国没了，周国也没了，每一片土地都有了新的王朝。

旱魃让许多地方干旱不止，妖魔也曾肆意杀人，可花朝节这晚，却出乎意料地热闹。

街道上甚至有舞火龙的，孩子欢呼着追逐，年轻的女子笑语盈盈。

酒肆开了业，还有猜灯谜的活动。

澹台烬抬手，纸条落在他的掌心，他低笑一声："细雨如丝正及时，这就是凡人，脆弱不堪，又顽强如野草。"

他们生生不息，强大的神陨落了，贪婪的魔被封印了，只有最弱小的凡人，永远存在着，一代又一代，春风吹又生，连某些习俗，都尽数保留了下来。

苏苏不知道他是夸是贬，只好站在他身侧，充当乖巧听话的小魔姬。

街边老妪招呼苏苏："姑娘，来看看珠子，花朝节为你的夫君穿上十二颗同心珠，便可以永远不分离。"

苏苏回头，目光落在老妪口中的"同心珠"上。这些只是凡间普通的珠串，冠上好听的名字，便有了吉祥的寓意。

苏苏没有过去，旁边一对年轻的夫妻，女子虔诚地挑了十二颗珠子，男子微笑宠溺地看着她。

"姑娘，愣着做什么？"老妪笑道，"你身边的公子一直在看你。"

苏苏顺着老妪的话抬眸，果然看见似笑非笑的澹台烬，他的目光透出几分危险之意。

她这才想起来，自己现在扮成一个魔修女子，天下的魔修女子，自然都想和魔尊在一起。

"去买。"见她还不动，澹台烬出声道。

苏苏弯起眼睛一笑："我出来得匆忙，身无分文，魔君，咱们不可能去抢一个凡人吧？"

澹台烬看着她的笑眼，解下自己腰间的暖玉，塞给她："用这个。"

"可是它……"

"本尊让你去就去，哪儿那么多废话！"

苏苏只好捏着价值不菲的暖玉去和老妪换几个普通的珠子。

老妪连忙道："使不得使不得。"

她在心中低低一叹，把澹台烬给的玉佩，换成一颗小小的珍珠。

珍珠也是好东西，老妪喜笑颜开，恨不得把珠子全部送给苏苏。

苏苏说："我挑十二颗便好。"

她挑同心珠的时候，澹台烬转身，看着街道另一端。

他的魔瞳中倒映出那个人的身影。

昔日天之骄子，被困在囚车之中，几个除妖师抱拳，义正词严地说囚车上的人乃是妖魔，先前杀了不少人，现在已失去妖力。

花朝节本就热闹，如今所有凡人都憎恨妖魔，一听说囚车上的人不能反抗，人人蜂拥而上，朝着囚车上的人砸东西。

澹台烬冷冷翘起唇角，倒是巧了，竟然能在这个地方遇见公冶寂无。

看啊，这尘世多肮脏，一旦境地不同，连公冶寂无这样心怀苍生的人，也有今日。

苏苏走过来："你在看什么？"

她正要去看，澹台烬淡淡道："没什么。珠子呢？"

苏苏摊开手，掌心十二颗珠子，莹润发亮。

一想到此刻她昔日喜欢的人，在另一端狼狈至极，他心中掩盖不住的恶意翻腾而上。

"穿好再给本尊。"

苏苏顿了顿。她垂着眼眸，明知道自己和澹台烬没有结果，她并不想留下这样的东西。

在魇魔的梦境中，她曾用凤凰翎羽为他做剑穗，可是剑穗还未送出，她也永远没有等来沧九旻。

"魔君，我只是个小魔修，说不定没多久就陨落了。这个寓意，该留给您将来的魔后。"

"你以为本尊会信这样的东西？"他讥诮道，"本尊的魔后，自然会有更好的东西。本尊要什么，不需向任何人祈求。"

苏苏听他说完嫌恶的话，眨了眨眼："既然是魔君看不上眼的东西，那我便不给魔君了。"

他的脸色冷了冷，死死盯着她。

苏苏忍住了笑，低眸道："穿珠子也要时间。"

澹台烬便知道她是故意的，他的神色呆怔，这样鲜活的苏苏，他许久没见到了。

一时间心中说不出是什么滋味。

"走了。"他率先转身，淡淡道。

身后少女追上来："等等。"

猝不及防，掌心被人塞进来一块暖玉，他听见她笑着轻声说："到底是贴身的东西，好好收着，用来换几颗珠子可不值。"

见他久久不语，苏苏疑惑地看着他。

澹台烬从喉咙里挤出干涩的声音："嗯。"

哪怕只是偷来的片刻温馨，他竟然也觉得满足。其实哪里还有多少恨呢，他自己都清楚，那些恨意源自求不得，一旦她给一点儿反应，心头早已枯死的地方，又会源源焕发出生机。

心里的恶意也消失无踪，澹台烬突然不敢再让苏苏停留。

他怕苏苏见到公冶寂无，他怕她去可怜另一个人，他已经放过了公冶寂无，怎么能容忍她再去公冶寂无身边？

只要他还活着一天，她就只能是自己的。

他的手指下滑，扣住她的手，低眸道："回去了。"

街道上笑语阵阵，下一刻他们便出现在了森冷的魔域。

魔域的时间过得比人间缓慢得多，依旧是冰冷孤寂的夜晚。

似乎怕她反悔，澹台烬坐在她身边，监督她穿珠子。

苏苏本来也没打算在这种小事上骗他，她用红色丝线把十二个珠子一颗颗串联起来。

这一幕，莫名和魇魔梦境中的经历重合，她沉默着穿好珠子。

藏在她身上的重羽注意到，每一颗珠子经过苏苏的手，最后都镀上了一层淡淡的白光。

那是看不见的东西，原本普通的凡人珠串，渐渐真的包含了神灵的祝福。

只可惜神的祝福，从来不能应验在自己身上。

重羽突然觉得他们之间，有些可怜，毕竟澹台烬永远不会知晓这个秘密。

苏苏穿好，把珠串放进澹台烬的掌心。她知道今日动了恻隐之心，已经不再适合拿扳指，只能明日再找时间。

她行了个礼，准备要走。

手突然被人握住，放进来一个东西。

玄衣魔君冷冷说："回礼，你走吧。"

苏苏低眸，是一个玄色莹润的扳指。

她突然不敢抬头，原来澹台烬知道，他什么都知道。

第十七卷

与君同归

‖ 第一百一十九章 ‖

"你什么时候发现的？"苏苏轻声问。

澹台烬垂眸，把珠串戴在自己手上，红色丝线，像他曾经缺失的情丝。

澹台烬淡淡地说："本尊听不懂你的话，收了回礼便回去吧。魔域昼短夜长，今日该来本尊寝殿的，不是你。"

他没有点破苏苏的身份，隔着一张面纱，两人相见而不识。

苏苏抬眸道："澹台烬……"

她话还未说完，一个无比妖娆的魔姬走进来。

魔姬笑语嫣然："魔君陛下，妾奉命过来伺候魔君安寝。"

来人叫祁雪儿，是惊灭手下所有魔姬中修为最高深的一个。祁雪儿看一眼苏苏，眸中带着显而易见的敌意。

祁雪儿说："妾还奉命给魔君大人带了好东西呢。"

"哦？"澹台烬支着下巴，弯起唇，"让本尊看看。"

祁雪儿笑着倚靠在他身旁，手掌上露出几颗金丹。

"魔君请看，妾可是费了好一番工夫。"

苏苏的瞳孔微缩，那几颗金丹是从修士身上剜下来的。修士修炼数百年，有天资的人才能凝成这样一颗金丹。

祁雪儿的掌心躺着五颗金丹，证明她至少害死了五名金丹修士。

澹台烬不辨喜怒，拿起一颗祁雪儿手中的金丹打量。

祁雪儿凑到澹台烬耳边，嗔道："这些金丹啊，都是人家去逍遥宗取的呢。雪儿听说先前他们称魔君为叛徒，就替魔君好好教训了他们，魔君怎么也不表扬人家？"

苏苏看向澹台烬。

这些全是昔日他逍遥宗的师兄弟……

澹台烬弯起唇，赞许道："你做得很好。"

祁雪儿得了夸赞，笑容满面，她柔柔地靠在澹台烬的肩上，转头看向苏苏：

"怎么，这位妹妹今夜也想留下来，与我们欢好？"

魔域中人放浪，可若能吃独食，谁想分旁人一杯羹？

苏苏的目光从她身上移到澹台烬身上。

澹台烬冷眼看着苏苏，道："怎么，她的话你没听见吗？不想走是想留下来？"

苏苏起身，捏紧了掌心的扳指，忍住心里的怒，笑道："当然不，祝魔君今夜快活。"

她一口气走出老远，没有回头看那对狗男女。

苏苏一遍遍告诉自己，澹台烬是个混账，他是天生邪物，魔的心里，哪有什么纯净的感情？

给了她扳指又如何？他的心思本就难揣摩，说不定这是他另一个阴谋。

可是还有个声音在低声反驳，不是的。

你知道，他不是这样的人。

他曾经或许卑劣、歹毒，为达目的不择手段，可一个不爱她的人，不可能跳下鬼哭河，不可能任由重羽琴打伤，他却在最后一刻收回屠神弩。

苏苏靠在一旁的石柱上，看着手中的扳指。

一旦毁了九转玄回阵，仙魔大战就一触即发，澹台烬成为众矢之的，再无回头路可走。

"苏苏，你在难受吗？"重羽飞出来，眨巴着眼睛看她。

它以前喜欢威武的形态，可最近发现，娇小一点儿更适合跟着苏苏。

苏苏说："没有！"

"好吧，苏苏没有。"重羽说，"那咱们走，就让这个魔君在魔域自生自灭，等咱们毁了九转玄回阵，就给衢玄子消息，让他带领仙界的人攻进来，把这些魔修杀得片甲不留。"

苏苏的长睫垂下，魔界的地面猩红。

重羽偷偷瞧苏苏："澹台烬可不像公冶师兄，仙门的人不会怜悯他，只会杀了他。"

"你别说了，"苏苏咬牙道，"他自甘堕落。"

"有件事，重羽一直瞒着苏苏。本来重羽一直不打算说，可是今日在街上，澹台烬看苏苏的目光，重羽觉得他有些可怜。"

"你不是神器吗？神器的器灵怎么会同情人？"

重羽轻轻蹭了蹭她的脸颊，声音清越："神爱世人。"

所有人都觉得，神该无欲无求，断情绝爱，可断情绝爱只能被叫作行尸走肉，又怎么配称作神呢？

"神爱世人。"苏苏低声重复，她突然想起荒渊里温柔又包容的稷泽，稷泽对荒渊里的妖魔，都留着一份善心。

那才是上古的神。

"苍元秘境中，你掉下断崖，重羽把你放进了千里画卷养魂，那时候你是个小女孩形态，一天天长大，你的血开启了过去镜碎片，外面的魑每日都觊觎你的魂魄，是澹台烬在保护你。后来你承诺他，等从千里画卷出去，要去找他，带他回家。"

重羽抵在苏苏的额上，把千里画卷的场景给她看。

苏苏闭上眼，缺失的那段记忆，尽数浮现在脑海中。

女孩破壳而出，看向玄衣少年。

"我知道你喜欢我！"

从千里画卷里出来，澹台烬不再穿玄衣，原来是因为她曾说他穿白衣好看。

一句好看，他的白衣即使沾了血，也不曾脱下。

她承诺他从头来过，可是她遗忘了他，打伤了他，最后抛下了他。

苏苏睁开眼。

重羽本来以为她还要犹豫，谁知她笑了笑，说："回去，重羽。"

承诺的事情，总不能做不到。

祁雪儿靠在男子胸前，心旌摇曳。

妖魔两界谁不崇敬魔君？想到一会儿会和这个人翻云覆雨，祁雪儿兴奋不已。

祁雪儿充满醋意地给苏苏上眼药，娇声道："魔君，妾可比小绝那丫头会伺候人多了，也不知魔君昨日怎看上了她，她没少惹魔君不愉快吧？"

她的手指在澹台烬的腰带上打着旋。

"是啊。"那人可是把他的心踩了一遍又一遍。

祁雪儿没看见他红色魔瞳里的嘲讽，以为自己的话得到了肯定。澹台烬周身魔气强大，祁雪儿一面被这样的气息压制着觉得难受，一面又因为魔神的强大而心生向往。

她忍耐着不适，颤抖着手，去脱他的衣裳。

澹台烬偏头散漫看着她，像在打量砧板上的一块肉。

祁雪儿刚碰到他的衣襟，魔域寝殿的门被人一脚踹开。

澹台烬掌心的魔气一滞，看向门口。

苏苏站在那里。

少女发上是他亲自戴上去的步摇，她抿唇看着他和祁雪儿。

澹台烬目光冷淡，一动不动。

若是过去，他恐怕还想着解释，可如今，反正他在她心里再糟糕不过了，多一点儿少一点儿，也没什么关系。

祁雪儿的眉眼带上愤怒："你竟然擅自闯入魔君的寝殿！魔君，她屡屡冒犯您，您……啊！"

苏苏手指掐了个诀，祁雪儿咕噜噜从澹台烬的骷髅石座上滚了下来。

一路滚到苏苏的脚边。

"你、你！"祁雪儿惊疑不定地看着苏苏，明明她的修为没有自己高，怎么会这样？

苏苏笑盈盈看着她："你是自己出去，还是我杀了你？"

祁雪儿莫名抖了抖。她捂着脸上的伤口，可怜兮兮地回头看澹台烬，期盼魔君为自己主持公道。

可魔君的目光，一眨不眨落在她身边的这个女人身上。

澹台烬冷冷对苏苏说："你又要做什么？"

目的都达到了，为何还要回来？我身上还有什么是你想要的？

苏苏几步走到他身边，她把他从骷髅石座上拽起来，认真地看着他。

"澹台烬！不管你信不信，"苏苏说，"那日我来昭和城，其实是来寻你的。"

苏苏第一次对澹台烬说这样的话，她自己都觉得难以启齿，但她还是说了。

澹台烬搭在石座上的手指一紧。

眼前的少女一字一句认真地说："我记起魇魔梦境中的承诺，我说等你回来。可是我没能在昭和城留下你，让你入了魔。我也想起了在千里画卷里对你的承诺，我答应带你回家，答应你从头来过，我全部记起了。你呢？你还记得自己说过的话吗？"

苏苏吸了口气，看着他隽秀漂亮的脸庞："你愿意离开魔域，从头来过吗？"

他的红色魔瞳里漾起苏苏看不懂的情绪，许久，那些情绪沉淀为冰冷。

澹台烬漫不经心地垂眸，把苏苏的手指一根根掰开。

"从头来过？"他意味不明地笑了一声，"黎苏苏，你凭什么认为，你比得过我现在拥有的一切？从哪里开始？是做回那个无力回天、懦弱可怜的凡人，还是回到逍遥宗，做日日洒扫被人使唤的弟子？"

澹台烬像是听见了什么笑话，不可自抑地笑出声。

"嗯？或者你以为我会因为你，不做他们的魔君，反而继续在你身边摇尾乞怜，盼你一次回眸？你怎么就忘了，在我心里，"他用残忍的语气在她耳边道，"你从头到尾，就是个骗子？"

澹台烬看着她眼里的光一点点熄灭。

苏苏的手指被他掰开，从空中落下去。

"你骗我，"苏苏抿抿唇，说道，"如果真如你所说，你为何不拆穿我？为什么还把打开结界的扳指给我？"

澹台烬好笑地看着她："拆穿了你，这出戏还怎么唱下去？与魔交欢的神女，黎苏苏，数万年来，你是第一个。"

"至于扳指，你拿到了，但有没有命从禁地出来，就是另一回事。"他的语调转冷，"人都会变，何况是魔，你以为本尊现在还需要你吗？"

斩天剑凝实，出现在他手中。

"来本尊的地盘伤本尊的人，你未免太放肆了。"

杀意在他们之间弥散，重羽也没想到苏苏回来找澹台烬会是这样一个结果。

重羽篌篌琴音作响，催促苏苏赶紧离开。

斩天剑可以屠神。他是真的想杀了你！

苏苏后退一步。

澹台烬的红色魔瞳冷冰冰看着她，重羽一出，必要血来祭奠。

苏苏的长睫颤了颤，摇摇头："全是戏弄？"

他不语。

苏苏看着他，没说信，也没说不信，身影越来越淡，消失在寝殿中。

地上的祁雪儿来到澹台烬身边，惊疑不定地说："魔君，你就这样放过她吗？听她方才说的话，她不是我们魔域的人！"

澹台烬平静地问："你叫她什么？"

祁雪儿终于觉出不对劲，猛地回头，看见一双猩红的眼。

她突然感到害怕，危机感告诉她，她在自作聪明。

下一刻，祁雪儿看见面前的人朝她笑了笑。

少年的笑容纯净，若不是滔天魔气，祁雪儿甚至会以为他是个普通害羞的凡人。

她捂住自己的腹部，鲜血汩汩，从嘴巴里流出来。

"救……救……"祁雪儿再也说不出一句完整的话。

澹台烬满手鲜血，把玩着手中紫色的魔丹。

他笑问她："这个滋味如何？"

斩天剑穿过祁雪儿的身体，她化作一丝魔气，悄无声息汇入玄回阵。

澹台烬转身，重新坐回孤独冰冷的王座。

他看着寝殿，失神地说："你早点和我说这些话，该有多好。"

他伸出手，触摸着空气，温柔又腼腆地笑。

"我答应你。"

‖ 第一百二十章 ‖

苏苏一路奔向禁地。

她按照上次神识跟踪澹台烬的方向走，暗处的血鸦用瘆人的目光看着她。

重羽说："苏苏，你没事吧？"

苏苏默默摇头。

澹台烬说出那番话，她心中自然不会毫无感觉。她跨过了那段过去，下定决心回去找他，澹台烬却说一切只是戏弄。

面前有一层透明结界，血鸦对这个地方敬而远之。

"玄回阵到了。"

苏苏举起手中扳指，结界散去，她顿了顿，走进阵法前一刻犹豫了。

"怎么了？"重羽问。

苏苏看着眼前森然的阵法，说："澹台烬主动把扳指给了我，他知道我会来这里，如今他是魔神，他怎么会让我破坏九转玄回阵呢？"

重羽说："里面有危险？"

苏苏摇头："危险倒是不可怕，最可怕的是，比危险的情况还要糟糕些。"

她深深看了眼玄回阵，在最后关头收回了脚，重新退回结界之外，结界缓缓阖上，恢复成原样。

"苏苏？"

觉察到四周的静谧，苏苏果断说："不对劲，我们走！"

离毁去九转玄回阵只有一步之遥，重羽不舍地看了眼阵法。

苏苏掐了个诀，转瞬身影消失在原地。

她不恋战，一心想离开魔域。

苏苏才消失，暗中两个人显出身形，惊灭遗憾地说："真可惜，布局这么久，让她给跑了。"

姒婴冷冷笑着，笑意不达眼里，指甲几乎掐入掌心。

姒婴说："就该直接抢聚生珠。"

惊灭嗤笑道："你要和她打？先不说这丫头诡计多端，她身上那把琴就够你喝一壶，她现在是半神之体，真的觉察到我们的意图，她毁了聚生珠，我们谁也讨不着好。"

姒婴召出自己的伞，往魔殿走。

惊灭跟在她身后，道："我知道姒婴大人为何生气，你觉得魔君心里偏袒她，即便成了魔，心中依旧有她的一席之地。"

姒婴睨他一眼："少自作聪明，惊灭。"

惊灭撇了撇嘴。

两人去澹台烬的寝殿，殿内血腥气浓厚。石座上的玄衣少年冰冷如玉雕，觉察到他们进来，澹台烬睁开眼。

姒婴说："魔君，不知道黎苏苏想到什么，没有进阵法，离开了魔域，聚生珠还在她身上。"

澹台烬往后一靠，把玩着手腕上的珠串。

琉璃一般透明的珠子，在魔域显得沉暗，如血的红线衬托他的皮肤更加苍白。

"所以呢？"澹台烬抬眼看姒婴，笑道，"这主意不是你出的吗？知道她骨头硬，逼问不出聚生珠的下落，设计让她自己送出聚生珠。"

姒婴咬唇，解释道："黎苏苏不知道聚生珠的作用，若她进了九转玄回阵，剩下三枚安置好的珠子会感应到聚生珠，那时候聚生珠自动归位，黎苏苏留不住聚生珠。"

"可她没进去。"澹台烬说，"姒婴，无能之人才会找诸多理由。"

"是，"姒婴叹息道，"魔君，现在怎么办？聚生珠倘若在叶储风手中还好，他一个得了狐妖内丹的半妖，没办法毁去聚生珠。可聚生珠在黎苏苏手上，我们要怎么拿？"

"你不可以，但有人可以。"澹台烬说。

"谁？"

澹台烬拍了拍手掌，一个男孩走进来。

看清男孩的模样，姒婴笑道："张沅白？魔君想让张沅白去骗黎苏苏？可黎苏苏见过幻颜珠幻形，不会轻易相信假象，若是反而被她觉察我们要聚生珠的目的，恐怕不妙。"

澹台烬没说话，取下手腕上的珠串。

苏苏一点点编织的。

在她编织的时候，他便悄无声息地在珠子上面下了咒法。澹台烬伸手，张沅白想挣扎，却身不由己飞到他的掌中。

玄衣魔君微微眯眼，幻颜珠的力量源源不断地自张沅白身体里涌入他的身体。

悬浮在空中的玉佩慢慢变成一个少年的模样，少年面如冠玉，看上去却瘦弱单薄。

这一幕不仅让惊灭看呆了，连姒婴也没想到。

澹台烬竟然能吸纳他人的力量为己用！

夺取他人的能力自上古便有，但是往往只能增加自己的修为，可是澹台烬吸纳张沅白的力量以后，竟然可以把死物幻化成真人！

上古魔神都不曾尝试这样。

姒婴怀疑过澹台烬有异心，缺失了邪骨的魔神，在她心里的地位远远比不上曾经的上古魔神。

她甚至冷冷地想，澹台烬有异心也没关系，虽然他失去了魔神最重要的邪骨，但同悲道却是上古魔神留下的东西，没了邪骨的澹台烬无法毁去同悲道。

纵然所有妖魔都消亡了，同悲道却会慢慢成长，早晚有一天会吞噬万物，创造一个新的世界。

可此刻，她清晰地认知到，哪怕澹台烬没有邪骨，他本身也是一个触类旁通的天才。

多么可怕的领悟力。

若是他夺取自己的力量，是否也可以造成干旱瘟疫，以及死尸复生？

惊灭和姒婴同时垂下头。

他们知道，这是他们第一次臣服于强者。

一具少年的躯体在澹台烬手下慢慢成形，少年睁开眼睛，模样和五百年前的凡人澹台烬有三分相似。

澹台烬说："知道怎么做吗？"

少年弯唇笑："知道。"

"惊灭带他出魔域，他会把聚生珠带回来。"

姒婴看着他们离开，先前她还有所怀疑，可是看着趴在地上喘气、脸色苍白的张沅白，她突然相信，澹台烬可以把聚生珠拿到手。

惊灭纳罕地看着身边的少年。

他知道幻颜珠可以把妖魔变成长相一样的人，可是第一次见死物在幻颜珠的力量下被造成一个活生生的人。

"你真的可以拿回聚生珠？"惊灭问。

少年回眸，笑道："当然。"

"用什么办法？"

少年直勾勾盯着他，片刻后，抬起手，剜出自己的两只眼睛。

"喂！你！"惊灭吓了一跳，来不及阻止，两条血痕蜿蜒从少年的脸上流下。

少年的脸色白了，却似乎没有觉察到痛，他失去了一双眼睛，微笑道："惊灭大人，就是用这个办法呀。你还想知道更多吗？"

惊灭皱眉说："不用了。"

真是个疯子。

这样的人，能骗到黎苏苏？

惊灭带着少年离开以后，澹台烬说："近日本尊要闭关，别来打扰本尊。"

姒婴连忙道："是。"

"等他带回聚生珠那一日，开启同悲道。"

姒婴笑容明丽，点点头。

那一日，便是他们的世界。仙门和凡人将成为他们脚下最不起眼的淤泥。

六界将会充斥滔天魔气，一切弱小的东西无法存活，强大的则会充满杀戮之心。

妖魔们再也不用躲在荒芜贫瘠的魔域中，也不用东躲西藏过日子。

姒婴带走张沅白。

澹台烬起身，朝九转玄回阵走去。

苏苏没进去的地方，他从容地走进去了。

九个方向的生死门悄无声息地运转，世间之阵，总共有八个方位，分别是"生、伤、休、杜、景、死、惊、开"八门。

他坐在生门处，拉开屠神弩，对准第九扇无名之门。

玄色箭矢破空而去，没入第九扇门，里面一道磅礴魔气翻滚反击出来，打向澹台烬。

生门帮他抵挡了一部分，还有一部分没入他的身体。

澹台烬闷哼一声，低声道："果然是上古魔神用命换来的东西啊。"

无法破坏，得以留存万年。

若他没有身处生门，此刻已经被重伤。

没了邪骨，他根本没法毁去同悲道。

屠神弩隐去，澹台烬盯着第九扇门，嗤笑说："真麻烦，就只剩那一条路了吗？"

一条注定他一个人走的路。

真是不甘心。

他闭上眼，开始吸收四周的魔气，额间的魔神印越发浓重。

既然已经成魔，不妨更彻底一些。

手腕处突然像被人轻轻一扯，澹台烬知道，派出去的少年找到人了。

澹台烬神情沉静，凝视着传达而来的画面。

"这两个都是怪物，晦气。"着蓝色衣衫的除妖师说，"已经不吃不喝数十日了，他们还没死。"

另一个高瘦的除妖师看着囚车里的人皱眉道："会不会他们根本不是什么妖魔？这几日我们把杀妖的方式在他们身上均试了一轮，他们都没有反应。"

"胡说什么！"蓝衣连忙瞪他。

要知道，他们如今在凡间受追捧，就是因为囚车里这个狼狈的人。这人之前杀了不少人，如今落到这个下场，除妖师们折磨他，人人拍手称快。

若此刻承认囚车中的男子不是妖魔，他们也别干"除妖师"这一行了。

"用对付妖魔的办法没用，便直接砍下他们的头吧。"蓝衣眼中的阴狠一闪而过。

高瘦除妖师沉默着，默认了同伴的说法。

"明日找个人多的时候，弄个障眼法，让他们看上去像死于除妖的手法。"

公冶寂无闭眼靠在囚车中，听他们讨论。

他身上狼狈，到处都是伤口，神情却十分平和冷漠。远处另一辆囚车里传来窸窸窣窣的声音。

公冶寂无知道，那是前两日被抓来的少年。

他们说他有一双会蛊惑人的眼睛，便剜去少年的双眼，装入囚车，日日虐待他。

公冶寂无灵台被封，失去了法力，可他知道，那少年只是个普通的凡人。

听他们说明日了了他，公冶寂无心里比他想的要平静得多。

他很久以前就知道，他守护的六界，有好人，也有坏人。三千法相，芸芸众生，每个人都有一种姿态。

入夜，两个除妖师喝得酩酊大醉，一个人影摸索着来到公冶寂无的囚车前，打开他的囚车。

公冶寂无睁开眼，少年低声艰涩地说："我看不见，你为我指一条路，一起逃吧。"

‖ 第一百二十一章 ‖

天空灰暗。

苏苏走出魔域，六界快要和她记忆里的重合，魔气四处弥散，灵气越来越稀薄。

到底还是走到这一步了。

抽去澹台烬的邪骨，延缓了这一切的发生，但是只要魔域内的九转玄回阵开启，世间灵气就会转化成魔气。

一个意想不到的人朝她走来。

看清他的轮廓，苏苏意外道："扶崖？"

月扶崖背着剑，轻声喊："师姐。"

"你怎么会在这里？"苏苏疑惑道，出于幻颜珠的缘故，她难免怀疑眼睛看到的一切是否真实。

月扶崖抿了抿唇："你入魔域之后，我一直在这里等你。"

昔日死板严肃的小师弟，今日像是换了个人，苏苏说不清这种情绪是高兴还是难过。

"扶崖，你怎么了？"

"那日众仙去魔域讨伐旱魅，恰逢魔神出世，我听见你唤那个逍遥宗弟子澹台烬，可他不是叫沧九旻吗？"

苏苏沉默片刻："他曾经……叫作澹台烬。"

月扶崖执拗的眼睛看着她，似乎想要露出一个微笑，可是对他来说有点儿艰难："师姐，我能最后问你一遍，那个问题吗？"

苏苏看出他的认真，点点头。

"五百年前，你可去过人间，在弱水冰棺里救过一个男孩？"

苏苏惊讶地看着他。

"我问过师姐很多次这个问题，你次次说没有，今日我再问，师姐依旧是那个答案吗？"

一个猜测在心中成形，苏苏看着眼前气质英武的少年，她很难把他和五百年前救过的男孩小山联系起来。

可是有这段记忆的，只有她和小山。

"你是小山？"

月扶崖的眼睛里突然带上零星笑意，低声道："原来你还记得我。"

他以为，那样孱弱不起眼的孩子，已经被她遗忘，可苏苏还记得他的名字。

"月扶崖，字楚山。"他看向苏苏，隔了整整五百年，有些话终于在今日说出口，"我曾为夷月族少主，生来有疾，母亲怕我夭折，把我封印在弱水冰棺之中。"

"后来机缘巧合，冰棺被妖魔夺走，你救下我。养我的那对夫妇是好人，可是死于流寇之手。"月扶崖顿了顿，说，"对不起，你送我的灵鸟，我没保护好它。"

苏苏摇头："不是这样的，我当初给你灵鸟，是希望它陪着你。"

那么懂事的男孩，别太过孤单。

月扶崖说："它陪了我很久。"

那年下着大雪，他四处飘零，打听苏苏的下落，可是没有人告诉他。

景和三年，连她心心念念要阻止的那个帝王都没了消息，消失在人间。

因为被灵药养大的特殊体质，月扶崖机缘巧合拜入一个年长的散仙门下学艺。

后来他的身子撑不住，散仙把他封印，让他养魂。再醒来时，散仙的修为已经到了瓶颈，再不能突破，于是把他托付给了好友衢玄子。

对比起许多人，他是幸运的，可他最想要的幸运，并没有发生在他身上。

他想见到当年那个背他下山的少女。

可惜当他不再问时，她已经出现在他的身边。

月扶崖提起这件事，苏苏浅浅微笑着。

年少时无法启齿的心事，在此刻酸涩到了极点。月扶崖明白，她如此淡然地看待那段过往，是因为曾经的自己在她眼中，只是个不知事的孩子。

"师姐，我现在才认出你，会晚吗？"

苏苏也不明白，以前像个修炼小工具人般的师弟，语气怎么会变得这样软和。

如果不是确定他就是月扶崖，苏苏都要怀疑他是幻颜珠变出来的妖魔。

"当然不会。"苏苏说，"我也才认出你。"

月扶崖低声道："那我以后好好保护师姐。"

他努力修行，就是为了有一天站在她身边时，不再是被她保护的那个角色。

"月扶崖！"空中御剑落下一个狼狈的橙衣少女，"总算让我找到你了，你竟然敢要本小姐！"

苏苏一看，竟然是岑觅璇。

月扶崖面不改色，道："是你自己要跟着我，我已经说过了，我不喜欢你跟着我。"

"谁想跟着你了！"岑觅璇的脸涨得通红，看一眼苏苏，鞭子指着苏苏道，"你就喜欢她跟着你是不是？！"

月扶崖手指一颤："你别乱说，再对师姐不敬，我就对你不客气了！"

苏苏也没想到这把火会烧到自己身上。

她偏头一笑："扶崖师弟、岑师姐，你们好好聊，我还有点事。"

"师姐！"

"扶崖，你身上有传音符吗？我有重要的事跟爹说。"

月扶崖也明白当下不适合说儿女情长，他把传音符给苏苏，苏苏到一旁跟衢玄子说魔域中的事情。

岑觅璇嘲笑道："还看什么看，很明显你师姐不想理你。"

扶崖的脸色沉了下来："你若不回赤霄宗，便另寻去处吧，先前的事情我道歉，总之你别再跟着我了。"

说罢，他不再看岑觅璇难看的脸色，跟上苏苏。

衢玄子听完苏苏的话，道："三日后，所有渡劫期大能潜入魔域，毁去九转玄回阵。"

他做这个决定，苏苏并不意外。

这些去魔域的人，都是各宗门的掌门和长老，每个人早已做好必死的准备。

对于衢玄子他们来说，仙界未来的希望是小辈们，只要小辈们还活着，总有一日三界会重新昌盛。

"苏苏，"衢玄子说，"爹对不起你。"

别人家的孩子在羽翼中躲藏着，等着仙界重新兴起那一日，而苏苏一直在与他们一起战斗。

只因她是世间最后一个神的血脉。

苏苏道："爹，别这样说。"

她也一度因为这条路太难走而痛苦退却，可是到了现在，放眼看去满目疮痍的人间，守护他们，何尝不是她的初心。

"师兄有一日能回来吗？"苏苏问。

过了许久，苏苏听见衢玄子说："他会回来的。"

公冶寂无也一直都是衡阳宗未来的希望啊。

苏苏沉默着，是啊，走错路的人终究可以回头。

除了……澹台烬。

天下皆恨他，连逍遥宗都不再接纳他相信他。

他哪里还有回头路可走？

苏苏在魔域见公冶寂无时，留下了两样东西，除了给公冶寂无自保的淬火针，还有追踪蝶的花粉。

其实公冶寂无一出魔域她便知道了，当时为了拿扳指，她没办法去找公冶寂无，但现在可以。

和月扶崖找到公冶寂无的地方，是在人间一处山坡。

公冶寂无身边还有一个将死的少年。

两人同样狼狈，身上布满了除妖师留下的伤口。

月扶崖看见公冶寂无的模样，也忍不住脸色一变："师兄！"

他查看以后，神情凝重地说："师姐，师兄灵台被封，还少了一魂一魄。"

人有三魂七魄，任何魂魄都不能少，正如只留下一魂一魄的翩然，最后变成了一只普通没有灵智的狐狸。

公冶寂无现在的情况很糟糕。

苏苏蹲下，视线落在了另一个少年身上。

他穿着灰布麻衣，人间快冬天了，他的皮肤被冻得青紫。

眼睛处流下两行血泪，他蜷缩着身体，身处黑暗，无知无觉。

这个普通的凡人，也少了一魂一魄。

顿了顿，她的手指点在少年的额上，一幕幕景象出现。半神的能力，可以探知过去发生的事情。她看见幼小的孩子在村里被欺辱，说他长了一双不祥的眼睛，看见谁，谁便会走厄运。

后来村子干旱，青黄不接，他采了草药拿出来卖，偷偷接济整个村子的人。

闭塞的村子却把他当作一切不祥的来源，认为他和那些妖魔是一伙儿的，请了捉妖师带走他，剜去他的眼睛。

他和公冶寂无逃出囚车，被捉妖师用了卑劣的法器摄去一魂一魄。苏苏看着这张与曾经的澹台烬三分相似的脸，收回手指。

"师姐，魂魄离体是大事，师兄的灵台被封，再不救人就来不及了！"月扶崖说。

灵台被封等同凡人，凡人的魂魄不能离体太久，天亮之前，若她找不回他们的魂魄，他们便没了生机。

苏苏的手拂过公冶寂无，盈盈白光在她的指尖亮起。

苏苏说："寻不到师兄的散魂。"

纵然是半神，可不知魂魄飘零到何方，也无法立刻找回来。

"那怎么办？"月扶崖沉声道，"去找师尊，来得及吗？"

苏苏摇头。

想起什么，她拿出怀里绿色的珠子，这是聚生珠。

叶储风曾用这个珠子，养好了小狐狸的一魂一魄，让她得以再次睁开眼睛。

那么她是不是也可以用聚生珠，召回他们缺失的魂魄？

可是天快亮了，聚生珠一次只能召集一个人没有消散的魂魄，另一个人或许来不及。

灰衣少年便是在这时候动了动手指。

他看不见，却敏锐地转过脸，朝着苏苏的方向。

或许觉察到来人可以救他，他瘦削的脸颊上流露出茫然之色，吃力地拉住了苏苏的衣摆。

凡人的血染红了她白色的衣角。

她蹲下来，摸了摸他脏污的发。

许是这片刻温柔，让他觉得安心，他的脸上露出孩子般的依赖之色。

缺失魂魄的人，心性会如孩童。

他明明很痛苦，却忍耐住，没有做出疼痛的姿态，紧紧拉住苏苏的衣角，嘴角带着满足。

一个疲惫孤单的灵魂，纵然在生命消散之际，有人予以他温柔，他就觉得知足。

聚生珠在苏苏手中散发着绿色光芒。

月扶崖看见珠子，他是个聪明人，立刻明白了师姐有办法救人，却没办法同时救下两个人，她必须做一个决定。

选择救师兄，还是这个看上去可怜凄惨的少年？

‖ 第一百二十二章 ‖

"师姐，必须做一个决定。"月扶崖说，"若师姐不忍心，便让我来做决定。"

无须月扶崖说什么，苏苏知道他会选公冶寂无。

衡阳宗师兄弟情谊深重，公冶寂无对月扶崖有教导之恩，人都会偏袒和自己有情谊的人。

"不必，我知道该怎么选。"苏苏低声说。

做选择的人势必要背负罪恶感，相比月扶崖，她更适合做这个决定。

衣衫破烂的少年紧紧拽着她的衣角，她凝视少年一秒，说："抱歉。"

她把他的手从自己裙摆上拿开，少年的手冰凉，人间这样恶劣的气候下，他的手生着冻疮，有些地方因为常年采药而皲裂。

少年看不见，却能感受到。

他隐约明白这个给予他温柔的人并不会救他，他缩回手，后退了一步，蜷缩在山坡的角落。

少年背靠着的树枯萎了，零星几片落叶散在他的身侧。

冬日的夜晚没有月亮，月扶崖有仙体，依旧能看得真切。

师姐做出选择以后，再也没有回头看少年，她扶起公冶寂无，把聚生珠放进他的手心。

绿色的光芒像毫不起眼的生机，涌入公冶寂无的身体。

另一端的少年，犹如他背后那棵枯死的树，生命力一点点地流逝。

公冶寂无现在的躯体等同凡人，苏苏布置了一个为凡人招魂的阵法。阵法一成，聚生珠光芒大盛，苏苏的睫毛颤了颤。有片刻，她想回头看角落里另一个少年。

他安安静静待在一隅，如果不是粗重的呼吸声，很难注意到还有这样一个人。

月扶崖一直关注着公冶寂无的情况，说道："师兄的魂魄快要修复好了。"

可是天也快亮了。

公冶寂无的魂魄归位，另一个少年的魂魄注定来不及凝聚，将会彻底消散。

凡人没了魂魄，只会走向死亡。

魔域中，玄衣魔君同样安静地注视着这一幕。

休门和惊门的魔气呼啸，尽数涌入他的身体，澹台烬的视线从公冶寂无身上落到苏苏身上。

她恢复了自己的装束，月白的衣裙，裙边盛放着浅樱色的花朵。他从来不曾说过，他喜欢看她穿白色。

这是最适合她的颜色。

不管过去多少年，他始终记得那年太阳才升起的树林里，浅浅的碎金洒满她的裙角，她抱着双臂，孤零零又冷傲地走在他的前面。

相隔短短几步路，他凝望着她。

过了许多年，澹台烬才明白，那一刻即是永久。

离得再近，终究迈不过相隔的距离。

苏苏眉间的神印隐约显现，第一缕天光到来之前，公冶寂无的魂魄归位。

月扶崖连忙过去查看："师兄，你醒醒。"

公冶寂无身上到处是伤口，足以看出这段时间他流落到人间过得并不好。

"师姐，你要去哪里？"

苏苏走向山坡另一端的少年，回头道："扶崖，你照看师兄，我有些事情要做。"

少年似乎没有想到她会回来，有些无措。

苏苏握住他的手，他并没有反抗。

"走吧，"苏苏轻声道，"带你去看往生花。"

神行千里，下一瞬，他们到了一个峭壁之上。

少年听见"往生花"后，整个人变得十分乖巧。

苏苏带他坐在峭壁顶端，下面是呼啸凌厉的风。他们周身萦绕着白色雾气，雾气中，一朵红色的花将要盛放。

这是传说中的"往生花",生在悬崖顶端,一生只有短短几个时辰,清晨绽放,太阳彻底出来的时候枯萎。

它向阳而生,向阳而死,仿佛在迎接黎明。

少年等不了那么久。

苏苏划伤自己的手指靠近他的唇边,血液涌入他的唇齿间。

少年混沌的思维清明起来。

天亮那一刻,他失去的一魂一魄已经消散了,聚生珠来不及救他,但是加上半神的血,可以让他最后留在人间片刻。

他露出期待的神情,声音喑哑道:"往生花就在我旁边吗?"

苏苏说:"嗯。"

她浅浅笑着,握住他的手,引他去触碰那朵神奇的花。

"我小时候,村里来了个算卦道士,人人都找他算命,那一日我也去了。我没什么能给他的,可他毫不在意。"少年喘了口气,不好意思地说,"我央求他为我算了卦,说我这辈子命不太好,若想被人接纳,像个普通人一样生活,需亲眼见到往生花开。"

"可是往生花是传说中的东西,生在悬崖峭壁上,好几次我采药都试着爬上去,有一次爬到了悬崖顶,可是那里并没有往生花。"

苏苏轻声说:"我知道。"

她都从他的记忆中看见了。

少年苦笑道:"世界上竟然真有往生花这样的东西,可惜,我看不见了。"

他的眼睛被除妖师剜去,无法看见往生花开花。

"不,你可以看见。"

苏苏的视线从往生花上移开,落在旁边另一朵花儿上。

那是永生花。

往生、永生。

往生是求一个来生,来村里的道士看出了少年命途坎坷,注定早夭,于是告诉他需看到往生花开。

道士心中不忍,婉转地告诉少年,他此生注定孤苦,唯有期盼来生。

往生花开不过须臾,而它身边的永生花却可以长久留存。

往生和永生,花开并蒂,却有着完全不同的命运。

她曾在黑暗中向澹台烬哀求能让她重见光明的永生花,可是永生花最后用在了叶冰裳身上。

到死的那一日,她都没能看人间最后一眼。

怀里的少年和她多么像。

她仿佛看见了过去的自己，苏苏知道，少年的容貌和他出现在公冶寂无身边，一定不是巧合。

她应当救了师兄后果断扔下他，不再回头。

可她做不到，她并非怜悯同情他，她清楚地知道，她在救过去的自己。

叶夕雾朝她伸出了手，纵然是阴谋，她也会把自己的手交出去。

当年无人救她，今日她救过去的自己。

苏苏手指结印，凌空采下那株永生花，苏苏金色的心头血滴在永生花上。

闭合的永生花猛然绽放。

重羽大惊，忍不住出声："苏苏，你在做什么？"

它不明白，这个素昧平生的人，怎会让苏苏舍弃神血为他复明？苏苏已是半神，天地不仁，以万物为刍狗，这个道理她理当懂，少年的死就如那棵枯树死亡，是自然伦常。

可是她为了成全少年临死前的心愿，竟用神血帮助少年融合永生花。

永生花没入少年的身体，苏苏低咳一声，却微笑起来，她笑容明丽，推推身边的少年，说："你看，往生花开了。"

夕雾，你看，永生花也开了。

再也不会留你在黑暗和绝望里死去。

身边的少年睁开眼睛。

他眼角的血迹依旧在，失去的眼睛却重新长出来。

那是一双十分漂亮的眼，瞳孔中间带着一圈浅浅的金色。少年循着苏苏的视线看过去，清晨的天光下，红色的往生花果然开放。

"是啊，真漂亮。"他弯唇，微笑起来。

魔域禁地，冷冷注视着这一幕的澹台烬闭了闭眼。

这世上没人比他更了解苏苏，当知晓她害怕黑暗时，他就知道纵然她能看破一切，有一件事她依旧会去做。

澹台烬当年没有救叶夕雾，如今她想救过去的自己。

她回了家，叶夕雾的哀痛却困在了五百年前，每个人一辈子都有一件势必要完成的事，对于苏苏来说，不外如是。

画面里，少年嘴角的笑容变得诡异起来，他舔舔唇："谢谢神女成全在下，神女的血可真美味。"

重羽心道要糟："苏苏！咱们快走。"

"来不及了哦。"少年笑道，失去属于神的心头血，这片刻可不够苏苏恢复。

远在魔域的澹台烬淡淡命令道："诛！"

少年一掌击向苏苏，心头血是苏苏力量的来源，他得了苏苏的力量，用她的力量强行取出她身上的聚生珠。

重羽道："这不可能！"

这世上怎么会有人能窃取别人的力量为己所用！

碧绿的珠子到手，少年抱拳道："姒婴大人、惊灭大人，在下完成使命，她就交与你们处置了。"

空中出现两个人影，姒婴一收红伞，天地间的空气都灼热起来。

"苏苏，起来啊，咱们快走！"

苏苏勉力站起来，握住重羽，却发现自己无法再使用重羽琴。

姒婴笑道："别挣扎了，魔君布局这么久，岂容你再逃脱？"

姒婴很奇怪，黎苏苏已是半神之体，自己都不是她的对手，她却竟然会为一串珠玉化作的人献出心头血。

他们没有打败她，她却输给了她自己。

苏苏注意到她的话，抬眸问："魔君，是澹台烬布的局？"

惊灭道："自然！"

"原来如此。"苏苏笑了笑，笑容冰冷。

他竟用她过去的隐痛和伤口设局，诱她进去。也只有他，才能这般清楚他们之间的点点滴滴。

灰衣少年走到姒婴身边。

"聚生珠到手了，"姒婴眼里冷厉看向苏苏，"那么，你也该去死了。"

重羽化作一把剑："苏苏快上来。"

苏苏知道失去神血的自己比以往都虚弱，她也不恋战，打算先离开。

姒婴掩唇笑道："到底还是半神，不是真正的上古神。"

她手中的红伞飞出，直直朝着苏苏而去。

"惊灭，再看好戏，回去有你好看的。"

惊灭纵身，加入战局。

苏苏对付一个姒婴已经吃力，惊灭一来，她更加力不从心。

她知道今日必须离开，否则后果不堪设想，失去的神血可以养回来，但仙魔大战即将开始，她不能身陷此处。

正当苏苏准备破釜沉舟，无论如何也要离开的时候，天空中魔气翻滚，紫雷轰鸣，隐隐可见饕餮的形态。

一支玄色箭矢破空朝着苏苏而来。

彼时苏苏正被姒婴和惊灭困住，她黑白分明的眼睛里，那支箭矢越来越近，直到穿过她的心脏。

整个六界，能在千里之外使用屠神弩的只有一个人。

她如一只折翼的蝶，从空中跌落下去。

苏苏视线里最后的场景，地面上的灰衣少年抬头冷冷望着她。

灰衣少年所到之处的所有景象，澹台烬也能看见。

所以那支箭矢能准确地穿心而过，疼得她战栗。

是她错了，明明早就该明白的道理，她为什么认为一个堕落的魔还会有感情？

要带他离开魔域的自己是有多傻？

至今还悄悄计划着、想办法在仙魔大战之前把他带走的自己，又有多悲哀！

重羽说神爱世人，不，神注定不该爱魔。

因为兜兜转转数百年，在那个魔心里，排在她们前面的，永远是别的东西。

叶夕雾是这样，她亦然。

‖ 第一百二十三章 ‖

乌云翻滚，在地面上注视着一切的灰衣少年十分冷漠。

他眼睛下的血痕干涸，一双重新生出来的眼睛逐渐黯淡。

永生花是苏苏用半神之血催化出来的，如今她的心脏被屠神箭矢穿透，神力不再，少年的眼睛也会慢慢失去光明。

姒婴见苏苏从空中坠落，眸中一厉，指甲变长，想毁了苏苏的肉体。

灰衣少年突然说："不行哦。"

他俯身抱起地上的苏苏，对姒婴道："我们还需要她。"

姒婴声音冷厉："你想放了她？"

灰衣少年笑起来。

他本就是珠串幻化而成，无须一双视物的肉眼，精准看着姒婴，说道："姒婴，作为上古旱魃，你该知道，世间有灵脉，也有魔脉，神魔大战以后，魔脉被上古神尽数摧毁，灵脉却遍布天下，这才导致仙门长盛不衰，妖魔们却修炼艰难，苟且生存。"

"九转玄回阵把天地灵气转化为魔气，开启同悲道，可同悲道吸收够了魔气，玄回阵自然消逝。我们需要一条魔脉。"

姒婴收回指甲，意味不明地看灰衣少年一眼。

"魔脉的生成需要时间。"

需要山河变迁，妖魔们的诚心供奉，才能生出魔脉。

世间灵脉的生成，不也是凡人对仙神的供奉和诚心吗？

灰衣少年说："不，你错了，不用时间。"

娰婴看向苏苏:"你是说……魔君要用她做引,化出一条魔脉?"

灰衣少年但笑不语。

这个办法可行,每一个神的陨落都对世间有馈赠,正如灭魂珠泪的来历。

可是黎苏苏的神躯若要化作魔脉,需要把她身上每一寸骨血抽干,这个过程极其残忍痛苦。

魔君会这样做吗?

娰婴知道,澹台烬曾在鬼哭河中寻找黎苏苏五百多年,他会亲自封印黎苏苏在深不见底的地底,让她永世不得超生吗?

被当作魔脉,比魂飞魄散还可怕。

一个修正道的人,此生无知无觉,供养世间妖魔。

灰衣少年说完以后,不再看他们,径自抱着苏苏回魔域。

娰婴感知到什么,目光在苏苏身上转了一圈,笑道:"好。"

她和惊灭跟上少年。

走入禁地那一刻,灰衣少年低声说:"魔君,我们回来了。"

禁地结界无声打开,少年抱着苏苏走了进去。

娰婴一眼就看见了生门里盘坐的澹台烬。

澹台烬周身魔气可怖,短短数日,竟然已经到了另一个境界。

娰婴惊骇地发现,他越发像上古那个人。

并非长相,而是给人的感觉。

如果不是清楚地知道上古魔神已经死去万年,娰婴甚至会以为魔神已经复生。

澹台烬与那人仿佛彻底相融。

不,还差一点儿。

澹台烬手上结印,斩天剑从他身体中穿过。

惊灭忍不住道:"魔君!"

然而斩天剑并没有伤到澹台烬,反而斩碎了他身体中一团白色的光。

澹台烬睁眼,眸中没有丝毫感情,只有冰冷的野心和无尽的贪婪。他额间的魔神印森冷,眼角眉梢弥散着浓烈的魔气。

斩天剑旁,躺着一个玉盒,此刻,一根金色情丝从他的身体里抽出,安安静静落在玉盒中。

澹台烬垂眸看着那根情丝,笑了笑,他终是选择了彻底成为魔。

魔神没有情丝。

他要成为那个人,只有摒弃曾经作为凡人的一切,抽出自己的情丝,以九转玄回阵为骨,回到他生来该有的道。

五百年前叶夕雾给他的神髓被他舍弃，叶夕雾让他生出的情丝被他亲手斩断，连叶夕雾这个人给他的感觉，也注定被他永远忘却。

她的音容笑貌不再带给他任何触动，心中的缱绻也散得一干二净。

澹台烬站起来，生门之后，洗髓印落入他的掌心。

娵婴震撼不已地看着这一幕。

斩天剑和屠神弩嗡鸣，与洗髓印交相呼应，洗髓印上的饕餮化作实形，匍匐在澹台烬脚下。

三件魔器同时认主。

魔域上空紫色雷电交织，魔域外万魔一一俯首。

娵婴和惊灭沉默着拜下去。

灰衣少年把苏苏放在澹台烬面前，自己化作珠串，飞上澹台烬的手心。

澹台烬收起珠串，冷冷低眸看着生门高台上躺着的少女。

他的声音淡漠："如今四枚珠子都齐了，只待开启同悲道。"

澹台烬看着苏苏的时间实在太久，久到惊灭都忍不住悄悄抬头。

玄衣魔君看了好一会儿，突然伸出手，轻轻地把苏苏的头发撩至耳后，娵婴低声道："魔君……"

她怕澹台烬再对黎苏苏生出恻隐之心。

可澹台烬的眸中哪里还有对黎苏苏的感情，只剩下空寂的荒芜，他像在审视一件称手的法器。

娵婴心里有几分紧张。她生怕澹台烬发现黎苏苏身上的不对劲，一旦魔君发现了，会不会就此放过黎苏苏？

旱魃曾是所有僵尸的始祖，她创造过"生命"，自然对生命的感知比一切东西都要敏锐。

她不动声色地在苏苏腹部一扫而过，保持了沉默。

只要她不说，澹台烬就永远不会知道，也不会耽误魔君的大业。

澹台烬收回手，神情始终很平静。

他抬起手，打开九转玄回阵的"死门"，"死门"带着深不见底的黑暗，看不见尽头。

罡风阵阵，似乎要把人撕裂。

澹台烬抱起高台上的少女。

本以为做这件事的时候，心里会痛，可是失去情丝，哪里还能感觉到痛？

五百年前，他爱上她不自知，只有六枚灭魂钉见证了这一切。

如今魔神之体大成，她在他心上留下的钉子一并消散。

澹台烬掌心的魔气毫不犹豫地推她入玄回阵的"死门"。

苏苏颈间的重羽箜篌化作一把冰蓝色的琴，它忍不住道："求求你，别把苏苏当作魔脉。"

被当作魔脉，是永世不得超生的下场。

澹台烬不语，眼见苏苏越来越靠近"死门"，重羽喊道："她喜欢你，她曾经整日整夜地找你，她从北之巅，找到昭和城，为了带你回仙门，洗清你所有的污名，她悄悄做了很多努力。"

重羽从苏苏的乾坤袋里翻找出一颗珠子。

"你看！"

是仙门的留影珠，都是苏苏走过的地方。

澹台烬的红色魔瞳看着那枚珠子。留影珠中，无数凡人的脸庞出现，每个人诉说着见到"澹台烬杀人"时的场面。

他们的说辞却鲜少吻合，珠子里的景象许多，凡人们的脸一张张掠过。

澹台烬从珠子中看见，那少女是如何走过许多地方记录下这些，准备将来在仙门面前，为他找一条生路。

他的神色冷漠，重羽不知道他有没有动容，焦急道："重羽没有骗你，甚至苏苏离开魔域的时候，依旧想带你离开。她生为灵胎，修炼无情道却至今没有成神，你知道为什么吗？"

神女的外在最是冷漠，一如澹台烬幼时在梦魇中看见的琉璃像。

可神女心中温柔，她若对一个人动心，也是一生一世啊。

苏苏的灵魂被灼烧撕裂，她是凤凰族最后的血脉，至今无法真正成神，因为她也记得和你的那一世。

澹台烬的手顿住。

重羽带着哭腔说："重羽求求你，放过苏苏。"你曾经那么喜欢她，别把对她的爱忘了，让她万劫不复。

它是世间唯一有神智的神器，千万年只认一个主人。

曾经才入世的时候，鲁莽得让苏苏受伤，可是经过这么多日日夜夜，它渐渐明白了该怎样好好守护她。

重羽都学会了要对她好，你为什么就遗忘了呢？

澹台烬看着空中的苏苏。

她的墨发长到腰身，眉间半枚昙花黯淡，护体法衣觉察到危险，裙边慢慢变成金色。

"说完了吗？"澹台烬冷冷地问，他一只手握住重羽琴，另一只手猛然将苏苏推入"死门"。

少女落入无穷无尽的黑暗之中。

重羽化作一柄滚烫的利剑，挣脱澹台烬的手，毅然追着苏苏落入"死门"。

澹台烬的掌心被它灼烧得通红，他收回手，面无表情地看着自己手掌，掌心顷刻间完好如初。

姒婴说："可惜了，这琴是有神智的神器，竟然和黎苏苏一同葬在了'死门'。"

玄衣魔君薄唇冷冷吐字："九转，封！"

九转玄回阵疯狂运转，数十道黑色魔印全部打入"死门"。

他亲自将她封印在"死门"里，从此以后，她将在"死门"里永不见天日，直到身躯化作魔脉。

澹台烬拂袖，再没有看"死门"一眼，走出禁地。

他看向空中："他们来了。"

姒婴跟着走出来，不知何时，血鸦消失不见，守卫魔域的将领们统统失去了消息。

对于从上古存活至今的妖魔来说，这个场面和万年前别无二致。

姒婴皱眉："魔君，他们来了，可是九转玄回阵吸收的灵气还不够，即便投入四枚珠子，也不够开启同悲道。"

她最了解这些仙与神。

在魔神面前，他们纵然弱小，可是悍不畏死，上古魔神便是死在了他瞧不起的众神手中。

若他们全部豁出生命去毁九转玄回阵，同悲道需要的魔气一时半会儿还真不够。

黎苏苏被带走，让仙界的人提前攻入魔界。

澹台烬弯唇："对我们来说，他们来得恰是时候。"

姒婴惊讶道："是魔君故意放他们进来的？"怪不得，许多魔将的实力并不弱，不会轻易让仙门的人长驱直入才对。

澹台烬没有否认，魔气打向空中。

空中波纹一闪，渐渐出现许多身影，为首的是衢玄子，他的身后，许多白须白发的长老，个个神情凝重地看着他们。

隐藏起来的强大妖魔，全部悄无声息地出现在澹台烬身边。

澹台烬的眸光落在衢玄子身后，另一群人身上。

他们穿着青白衣衫，腰间绣了鱼纹。

比起其他仙界大能，他们大多是年轻稚嫩的面孔。

澹台烬一一扫过去，有曾经教他温习经书的师兄，帮他洒扫的师兄，也有为他做新衣裳的师姐。

他们曾教他为人处世，君子仁义。

逍遥宗最是爱好和平，如今个个背上剑，红着眼眶看着他，恨不得杀他而后快。

澹台烬一早就知道，从杀了兆悠仙君那一刻开始，就知道会有今日。

为首的，是藏海。

昔日笑呵呵像尊弥勒佛一样的男子，握住拳头冷冷看着他。

澹台烬道："师兄，别来无恙。"

这个人啊，当他从鬼哭河中被救起时，是藏海亲自为他剔去腐肉，每日小心翼翼来上药，一照顾便是一百多个日夜。

藏海絮絮叨叨陪着澹台烬说话，以为澹台烬是凡人，每日便不辞辛劳地为他做饭。

这些都是他昔日的同门。

一起偷偷喝酒吃肉，一起跪过思过崖，一起习武练剑。

好几年的光阴，他们是他生命中第二种意义的"荆兰安"。

其中藏海最是心软，如今天底下心最软的人，手中仙剑也指向了澹台烬。

‖ 第一百二十四章 ‖

藏海剑指澹台烬，红着眼眶道："师尊这一生，活得光明磊落，他心善仁慈，把你当成亲子，我从没见他对旁人这样好过。他为你疗伤，带你领略逍遥大同道，传你修为，赐你法器，叮嘱我们要好好保护你，不让你陨落。"

"我的'好师弟'确实没有陨落，你堕落成魔，亲手杀了师尊，用真火焚尽他的仙躯。"藏海字字冷硬，紧紧握住剑柄，"沧九旻，你弑师叛祖，杀害凡人，戕害仙门，这些罪名你可认？"

澹台烬像是听见了什么笑话，讥诮道："认罪？天地万物本是同等，凭什么我妖魔道要低人一等？你们杀魔是惩恶除奸，吾等杀仙便是天理不容。同为上古而生，仙神被供奉，享世间灵脉，开山创造宗。吾道魔脉却被毁，众妖被镇压在荒渊，化作骷髅白骨。藏海，你告诉我，这是哪门子道理？"

藏海咬牙："冥顽不灵！妖魔杀戮害人，为天道所不容。"

"天道不容……"澹台烬咀嚼着这几个字，张开手臂大笑道，"既然天道不容吾族，那逆了这天道又如何？"

藏海说："你执迷不悟，今日藏海在此立誓，逍遥宗众人哪怕灰飞烟灭，也要将你挫骨扬灰，告慰师尊之灵！"

澹台烬笑罢，带着森然魔气的眼看向众人。

"自吾诞生之初，天道就不允吾存活。天道既然不公，那吾今日让你们看看，这六界力量为尊，道由吾来创，六界归吾，苍生成吾的奴仆！"

是啊，凭什么呢？凭什么他生来注定就是天煞孤星的命？

凭什么他想要一口吃的，得跪下学一条狗朝着宫女们摇尾乞怜？

这一生，爱他的人在他手里死去。

他唯一遇见、以为的温暖，就是心中只有苍生、来他身边留下一场让他痛了五百年的骗局。既然她从来不稀罕他的情，那她便和她爱的苍生一并去死吧。

"摆阵。"藏海下令道。

他身后逍遥宗的弟子不知何时人人手中拽着一条青色丝线，

丝线带着冷冷的光，割裂空气，锁在澹台烬周身三十二处，藏海手中拿着一支碧杵。

澹台烬看着束缚住自己的丝线，舔了舔唇："碧炎碎骨杵？"

很久以前，他听兆悠说过，逍遥宗只有一件诛杀门中叛徒的仙器，碎骨杵会把人的骨头一寸寸碾碎。逍遥宗人人慈悲，从不用碧炎碎骨杵杀人。

"孽障，受死！"藏海飞掠过去，手中碧杵直直刺向澹台烬的眉心。

碧杵抵在澹台烬眉心，仿佛刺向一处铜墙铁壁，无法寸进分毫。

澹台烬大笑，手握成拳，身上青丝寸寸断裂。

他握住碧杵，掌心魔气蔓延，碧杵上如同被冰冻结，出现裂纹。

谁也没有想到，澹台烬竟然已经修成了世间法器不伤的魔神之躯。

逍遥宗弟子大喊："藏海师兄，小心！"

然而哪里来得及，藏海眼见破釜沉舟的一击不成，要退回去，却被澹台烬冷冷掐住脖子。

澹台烬的手臂举起，邪意肆虐。

"既然你们主动找死，吾成全你们！"

藏海的嘴角溢出鲜血，眸中带着无尽恨意。

澹台烬伸手，血红的斩天剑无声出现在他的手心。

"师兄，可有遗言？"

说是这样说，下一刻，斩天剑已经贯穿了藏海的身体。

藏海大睁着眼睛，身体寸寸化作黑色飞灰。

临死前，藏海的目光看着澹台烬，昔日他最疼惜的小师弟，额上魔纹蜿蜒，一双眼残忍冷酷。

"师兄！"

"藏海师兄！"

澹台烬薄唇动了动："九转玄回，休门，开！"

藏海化作的飞灰落入阵中，连魂魄也一并成为九转玄回阵的养料。

澹台烬轻声说："多么深厚让人感动的同门情谊，你们也去陪他吧。"

他飞上半空，魔气把他的玄色衣袍吹得猎猎作响。

屠神弩被澹台烬拉开，玄色箭矢化作万千黑影，朝着逍遥宗众人而去。

他们一个又一个倒下，魂魄消散。

九转玄回阵中饕餮妖魂掠过，如同一张贪婪的嘴，将所有人吞噬。

衢玄子等人只险险救下几个逍遥宗小辈。

逍遥宗幸存下来的人均仰头看着天空中那人，森然魔气之下，他红瞳墨发，陌生残忍得令人心惊。

再也没有半点儿小师弟的影子。

清谦长老沉声说："掌门，不好，他在用逍遥宗众人来祭阵。"

可玄回阵已大成，为什么还需要祭阵的人呢？

难道他要唤醒更可怕的东西？

所有人的心都沉了下去。

偏偏下一刻，那双红色魔瞳回眸，盯上了他们。

"现在，轮到你们了。"

苏苏一路下坠。

"死门"的罡风割在她的法衣上，法衣出现一条条碎痕。

重羽化作一个冰蓝色的茧，裹住她。

"死门"像一个无底洞，无处可倚靠，没有光线，没有声音。

苏苏心脏被魔矢射穿的地方，金色化作流光，一点点消散在"死门"里。

苏苏不知道自己下坠了多久。

或许是一天，或许是一年，又或者，百年也已经过去了。

周围好安静，比她才诞生的时候还要安静。

苏苏有个从未对人说起的秘密，她想不起诞生之时的事情。按理说生为灵胎，早该有记忆才对。

可是她什么都不记得，睁开眼睛，第一眼看见水汽氤氲的天池，那便是记忆伊始。

她的记忆就是不完整的。

"死门"终于落到底，它像一口压抑的棺材，把苏苏封印在里面，一点点耗尽她的生机。

重羽能护住她的肉体，却无法护住她的魂魄。

见她始终无法醒来，重羽也一并安静下去。

"死门"中并无生路，苏苏的魂魄和骨血早晚会被碾碎，而它作为世间最后的神器也将被永世封印在这里，此后永不见天日。

重羽沉寂着，失去了所有光芒。

一片寂静中，苏苏似乎听见有人在轻声唱歌。

她睁开眼，看见一片白光。

那片白光之后，有什么东西呼唤着她，引她过去。

苏苏穿过白光，缺失的记忆如同碎片，渐渐拼凑起来。

画面变得清晰。

一群人低声讨论着："神魔大战在即，帝姬却产下妖王骨肉，这孩子是死胎，还有妖王血脉，留不得。"

有人抬手，凤凰神火飞出，企图灼烧莲台上一枚小巧的凤凰蛋。

神火碰到凤凰蛋之前，一个绯衣身影出现，护住了凤凰蛋。

"帝姬！"

才生产过的女子冷冷地说："我的孩子，没人能决定她的生死。凤凰族血脉凋零，数千年才有一个孩子诞生，纵有那个人的血脉，可她生而为神，神的命运，从来由不得你们任何人决定。"

她俯身抱起莲台，走出大殿。

与她一并离开的，只有一枚上古勾玉。

那个明艳的女子去了一个神秘山谷，把凤凰蛋留在那里。她自己踏遍六界，每次归来都会带来一些东西，有时候是蛇灵果，有时候是补魂石。

为了寻这些上古消失的珍宝，她把自己的力量融入勾玉，逆天改命，穿梭时空，变得越来越虚弱。

直到有一日，凤凰蛋终于有了生命波动。

女子高兴地流泪道："娘就知道，吾儿一定会活下去。"

她留在谷中的时间多起来，偶尔给没破壳的小凤凰温柔地唱歌。后来有一日，她无法填补的时空间隙出了差错，捡到一个凡人小女孩。

女子动了恻隐之心，把她带回谷中，又用自己的神笛为女孩指了一条路，送女孩回家。

苏苏看着画面里小时候的叶冰裳。

叶冰裳拿走了父亲给母亲的护心鳞，和带着他爱的情丝。

直到死，凤凰帝姬也不知道那个人的情意。

许久以后某一天，山谷的花突然凋谢，女子全身是伤回来，抱起凤凰蛋。

"小苏苏，那个人死了，我也陪不了你多久。情情爱爱太苦了，世间男子薄幸，最苦的是女子。"

"娘逆天改命，屡次穿梭时空，如今神魂俱散，再也看不见你长大。为了让你平安诞生，娘最后能为你做的事，是把你体内相冲的血脉封住，若你不能浴火重生，便做个普通修士，安好过这一生。若有一日，你渡过劫雷，封印解开，重回凤凰神体，想起这段过去，你要知道，娘很爱你。"

那日以后，她再也没回来，在莲台中陪着小凤凰蛋的，只有一枚色泽通透的玉。

它什么也不会，只能穿梭时空，如今没有力量，连穿梭时空都做不到了。

被封印的小凤凰蛋等了一年又一年，许多年后，有个修士突然闯进了山谷。

是青衣玉冠的衢玄子。

衢玄子认出勾玉，想起了曾误入时空的那位神女。

那是他修道一生，唯一心动过的人。

勾玉高兴道："是你啊，你能带我的小主人离开吗？她很乖的，很好带。"

衢玄子心中万千感触，失笑道："在下不才，愿意试试。"

"死门"里漆黑一片，化作茧的重羽感应到什么，突然震颤起来。

它护住的茧中，少女体内不断消逝的金色碎光突然停滞。

盈盈白光朝着少女的身躯涌去。

暗沉的"死门"中，无数劫雷汇聚，紫色雷电生生照亮整个"死门"。

竟然是九九八十一道渡劫成神的雷！

重羽被迫松开苏苏，化作一把箜篌，落在少女身侧。

所有劫雷朝着苏苏而去。

苏苏识海中，碎片合成完整的画面，被封印的万年前记忆，并着她的血脉一起觉醒。

逼仄的"死门"中，八十一道劫雷，全部劈在少女身上，又悄无声息被灵台的无情道化解。

过了许久，紫雷终于停止。

劫雷中央的苏苏睁开眼。

她眉心的昙花盛放，瞳孔变成金色，白色法衣寸寸变得火红，凤凰神火照亮整个"死门"。

所有的黑暗消失不见。

她注视着罡风凌厉的"死门"，伸出手，道："重羽。"

重羽顺从地化作一张箜篌，落在她的掌心。

原本重羽琴色彩黯淡，在碰到她手的一瞬重新迸发出明亮的光。

苏苏一步步往前走，凤凰神火在她足下蜿蜒，指引出一条明亮的路。

她眸中淡漠，抬起手，撕裂了整个"死门"。

苏苏纤长的手指拂过重羽，"死门"在她身后如被撕破，寸寸剥落。

坚不可摧的死亡之地，在她掌下犹如脆弱的画纸，不堪一击。

重羽安静臣服，不发一语，真正变成一件战斗的神器。

隔了数万年。

它终于再次见到了，上古神凰血脉的遗孤，这世上真正配使用它的人。

万年来最后一个神。

她走出被毁去的"死门"，那个人亲手把她推进去的地方。

九转玄回阵中饕餮感应到什么，惊恐地嘶吼一声。

‖ 第一百二十五章 ‖

逍遥宗弟子被澹台烬杀了大半，灵魂也一并被吸入九转玄回阵，眼见饕餮几乎要凝成实质，衢玄子知道已退无可退。

今日澹台烬为了祭玄回阵，大开魔域让他们进来，死的人越多，玄回阵上魔气越浓重。

衢玄子与诸位长老孤注一掷，化作数道流光，倾尽千年修为，分别朝八个方位攻去。

"天地玄宗，万气本根，毁！"

澹台烬满手鲜血，凌空俯视着他们。他的玄色衣衫被染得暗沉，其余仙门中人纷纷祭出法器，想要阻挡澹台烬片刻，帮助衢玄子等人毁九转玄回阵。

空中魔君似乎被桎梏住，没有动弹。

可澹台烬的唇角却冷冷扬起，丝毫没有玄回阵即将被毁的慌乱。

衢玄子等人手中的仙剑分别刺进八个方位，玄回阵颤了颤，隐隐有散去的迹象。

远处的众人还没来得及高兴。

清无突然说道："掌门，不对劲，那个阵法似乎活了！"

果然，衢玄子蹙眉看着眼前这一幕，玄回阵九扇门飞速运转起来，魔气反倒越来越浅，仿佛有个什么东西把玄回阵上的魔气全部吸走。

"怎么会这样？"

电光石火之间，衢玄子突然想起一段十分久远的记忆。那时候他刚修道不久，修为低下，误入他的时空的明艳神女笑道："小道士，你可知对于万年前的神灵来说，什么事最可怕？"

青衣小道士衢玄子垂着眉眼，谦和道："在下猜，可是魔神不灭？"

神女摇头："非也，万物制衡，神难诞生，魔神更难诞生。一旦有魔神存在，倾尽仙神之力，定能镇压。可若世间规则改变，对于六界来说，才是真正的灾难。"

到那个时候，弱小生灵不存于世，全部死在不允许他们存在的"道"下，人人变成弑杀的怪物，六界皆妖魔，只靠力量杀戮掠夺天地间的资源。

体魄强大的凡人将沦为妖魔的奴仆，活下来的仙也仙魂散去，变成一具行尸走肉。

青衣小道士凝重地说："您的意思是把六界变作炼狱，邪祟与妖魔在其中生存？"

神女笑道："对，吾等崇尚善良谦爱，生灵共存，识乾坤之大，怜草木之青。但在那个世界，需要不断杀戮与堆积邪恶，以掠夺弱者的生命修行活下去。如今天道下一切美好的东西不存，天地荒芜，生灵寂灭，寸草不生。但还好，这样的道永远不会问世，魔神已死，再无人可开启。"

神女论道时说给他听的言语，此刻在脑海中闪过。

衢玄子心中一沉，喊了一声："快走！"

这是个阴谋，九转玄回阵吸收这么多灵气，是想要抚育另一种道的诞生。

他们死的人越多，就会越快开启那个道。

"哧，终于发现了啊。"一个带笑的声音响起，只见方才还被"束缚"的澹台烬不知何时落入玄回阵中。

"可惜了，今日都别想走。"

血红的斩天剑落下，滚滚煞气冲向坐在惊门的清无。

清无的结界被无声斩碎，他大睁着眼，化作一团白色的气，汇入九转玄回阵中。

只要一剑！澹台烬竟然这样轻易地杀了一个化神后期的长老！

无声的恐惧在众人心里蔓延，比这恐惧更甚的，是魔气浅得几乎要消失不见的玄回阵。

他把魔气渡到了哪里去？

终于，狂风吹起，玄回阵上方的苍穹裂开了一个口子，有什么东西似乎要横空出世。

裂痕带着可怖的吸力，似乎要将众人的魂魄全部吞噬进去。

修士们次第倒下，魂魄开始被生生踉碎，有人忍不住痛苦出声。

姒婴喜道："魔君，同悲道要问世了！只差四枚神珠。"

四枚颜色各异的神珠出现在澹台烬面前，他的眼角眉梢带着狂妄的笑："千灵重羽，乾坤同悲！"

四枚神珠交会在空中，澹台烬托举起它们，嵌入苍穹。

明亮的天空渐渐被灰色替代，六界像是褪了色的幕布，人间溪水停止流动，化作滚滚岩浆；花朵枯死，成为黄沙；飞鸟从天空中落下，散成尘埃。

冥界之门被强行打开，鬼哭河中无数厉鬼凄切哀号。

饕餮嚎叫一声，想挣脱洗髓印而出，冲向繁华人间。

同悲道开了！

衢玄子眼睁睁看着灰色雷电下那人，澹台烬魔瞳冰冷，魔纹蜿蜒在额上，他高高在上，俯瞰众生挣扎。

一如他所说，六界沦为他妖魔道的奴仆。

衢玄子闭了闭眼，事到如今，做什么都已无济于事。同悲道不容修士和凡人生存，清无死了，逍遥宗众人也死了，他的魂魄也即将消散。

修道之人无愧于心，纵然他和诸位长老掌门毁去玄回阵，可是这世上再没有任何一个人能重新封印同悲道。

万年了，世间再无神灵。

他闭上眼，静静等待魂魄消逝。修士这一生太漫长了，漫长得他几乎忘记修道最初，自己的初心是什么。

裂痕越来越大，苍穹彻底破碎之前，天幕如同最后的黎明。

然而就在此刻，大地嗡鸣，原本九转玄回布阵的地方，像是被生生打破，魔气散去，一个红衣女子赤足走出来。

衢玄子睁开眼，恍惚间，他以为回到了数千年前。

那时候凤凰族最后一位帝姬也是如此，墨发如瀑，绯衣似火。

与眼前的少女尽数重叠。

她从"死门"的方向走出来，手中握着重羽箜篌，周身业火如昙花开放，业火四散后，九转玄回阵顷刻化作废墟。

她伸出纤长手指，点在想要逃向人间的饕餮头上。

饕餮凄厉嚎叫一声，化作黑色碎片。

少女眉心缀着白色神印，金色的瞳仁注视着周围一切——

渐渐荒芜的天地、狂欢的妖魔、仙人们失去魂魄的躯壳，以及空中那个邪戾的玄色身影。

衢玄子远远看着她，曾经在他眼前稚嫩破壳的女孩，终是回归本源，渡过神劫，破除封印。

姒婴不可置信地说："你……你，初凰？不，初凰已经死了。"

那个倔强如火的帝姬，已经湮灭在很久以前。

娖嫛后退一步，猜到了她是谁。

娖嫛曾是妖王的下属，后来跟着妖王追随魔神。

万年前，若不是妖王爱上神女最后叛变，魔神便不会死。

竟然是那个人的孩子！上古最后一个神，凤凰一族最后的帝姬，万妖之王和初凰的血脉。

少女转眸看向她，手指搭在琴弦上，娖嫛连忙拿伞去挡。

可惜旱魃死而复生，早没了上古初生时的强大，琴波蔓延之处，业火烧上娖嫛的身影。

"啊！魔君救我，魔君救我！"

澹台烬回头，看着步步朝他而来的少女。

魔气吹动她绯色的衣角，万物皆为他俯首，只有她跳脱出同悲道带来的可怖压迫，对上他的眸光。

他冷冷注视着她，举起斩天剑。

神女金色的瞳看向他的手，澹台烬握住斩天剑的右手沾满了鲜血，斩天剑红得纯粹，饮足了修士的血。

"你成神了又如何？"澹台烬森然笑着说，"上古神灵尽数陨落，就凭你，也想杀吾？"

苏苏轻声道："你现在看起来，可真是陌生。"

他敛住嘴角的笑意。

"陌生？不，是你从来不了解吾。"

眼前的人与记忆中的神女像完全重合，五百多年过去了，连澹台烬都没想到，他舍弃了自己的情丝，竟然还是记得眼前这个人的眉眼。

她俯视他的目光，岁岁清冷不变的神情。

然而过去那般让他生畏的冷硬神情，却在此刻渐渐柔和，他看见她略微扬起唇角，比曾经每一刻都温柔。

"我了解，"苏苏轻声道，"我知道你存活多么艰难，我见过你被人耍弄，穿上女装，自己缝补衣裳，期盼下雨有雨水喝。

"我见过你的敏感、脆弱，你的苍白无助，和不论如何都要活下去的毅力。你认真地观察旁人的神情和动作，模仿他们的喜怒哀乐。你羡慕萧凛，羡慕庞宜之，甚至羡慕过街头叫卖的小贩。

"我见过你是多么青涩而炽烈，不顾一切地爱着叶夕雾。"

他通红的眼睛死死盯着她。

神女明透的眼中渐渐涌出泪水："可我也见到了六界破碎，血流成河。爱叶夕雾的澹台烬死在了那个时候，一并消散在我的心中。神永远在聆听众人的愿望，澹台烬，你知道我的愿望是什么吗？"

情丝没了，澹台烬的心里空荡荡一片。

身后便是同悲大道，他要的一切唾手可得。

不论是什么，他都不在乎。如她所说，喜欢她怜惜她的那个废物已经死了，她的爱恨与自己又有什么关系？

斩天剑的剑光如流影，朝面前的神女刺去。

苏苏不闪不躲，甚至没有祭出重羽。

一片魔气之中，她手中缓缓凝出一块黑曜石般的灵骨。

灵骨缚住澹台烬的四肢，生生把他扯开。

他抬眸看向那块黑曜石色泽的灵骨，咬牙道："我的邪骨。"

"魔神一辈子，只有一个软肋。五百年前，我用神髓换你的邪骨，勾玉悄悄告诉我，即便有了神髓，邪骨一灭，你依旧会灰飞烟灭，于是我藏起它，把它封进灵魂中。"苏苏伸手，抚上他的脸，"所以即便有了无情道，我也成不了神。"

因为我的羁绊，是曾盼你好好过一生。

我答应过你，保护你啊。

澹台烬的手指颤抖起来，连他都不知道为什么，心里空得可怕的地方，会有密密麻麻的痛，传遍四肢百骸。

"而今日，我想，我再也没办法保护它了。"

苏苏轻轻拥住澹台烬："每个人一辈子，都有不想做但是必须去做的事。曾愿你和凡人一般活一生，却不得不在你的心上钉上六枚灭魂钉。我想要你活着，但我的存在，生来便是为了你的死去。"

苏苏拥着他，与他从无尽苍穹中一并坠下。

业火焚烧着他们，他觉得痛，又觉得温暖。

魔神并不会有泪水，所以当他的血一滴滴落在她的肩膀上时，他并不知道，苏苏却看见了。

她看见他的血泪如珠，一颗颗坠落。

苍白的少年满脸血痕，低声开口："黎苏苏，这一辈子好辛苦，可我不想死。"

"我知道，"她闭上眼，掌心的白色神光捏碎手中的邪骨，"别害怕，这次不再让你一个人了。"

我的愿望，是当年在城楼之上，捏碎邪骨，与你一同消散在五百年前。

纵然生为魔神，也注定永远不会有来生。

邪骨被碾碎的那一刻，澹台烬的身躯一点点消散在她的怀里。

神魂俱灭，业火燃尽一切孽障，从此世间再也没有他的影子。

苏苏握住斩天剑、屠神弩和洗髓印，注视着灰色的天幕。

不知魔神和我，够不够殉同悲道？

苏苏化作一只火红的凤凰，朝着苍穹裂痕而去。

浓烈魔气散去，人间不知什么时候，原来已是黄昏了。

万物有一日会再次生长。

春天也有一日会重新到来，而黎苏苏和澹台烬，却是永远消散的曾经了。

‖ 第一百二十六章 ‖

澹台烬的灵魂散入同悲道中。

苏苏也朝着苍穹之上的裂痕飞进去。

娵婴见了这一幕，顾不得自己被烧伤的躯体，疯了般扑过去："不，不可以！"

妖魔被镇压数万年，世间气息守恒，六界灵气浓郁，魔气便浅淡。

她再也不要沉眠在冰冷的海底，也不要旱魃的子孙成为不容于世的怪物。

妖魔凭什么不能存活于世间！

她娇美的面容退去，头发枯槁，变成青面獠牙的一张脸，飞到苏苏面前。

惊灭见了，也咬牙一并阻拦，魔君大人死了，可是同悲道已开，只要苏苏不殉道，再等片刻，六界就是他们的六界。

兴许所有妖魔都这样想，凡是有修为的，都拼尽性命阻止苏苏。

苏苏眸中映出这一幕。

无数妖魔含着泪，明知不可能与上古之神对抗，依旧前仆后继朝她而来。

凤凰业火之下，他们有的被焚尽，其他妖魔见了，依旧悍不畏死，化作黑雾飞过来。

苏苏心中悲悯。

上古妖魔生于蛮荒之地，神明降生在灵气充沛的神域。现世妖魔被困荒渊万年，修士受人间香火诚心供奉。

妖魔们的魔域寸草不生，于是想要这秀丽天下为他们所有，让他们自由。

可即便想生存，也不能用赶尽杀绝的杀戮来造就。

苏苏没有回头，她带着几样魔器，径自飞入同悲道，凤凰眸中，看见里面永远的黑暗。

这一次心中却很平静。

然而当靠近同悲道时，里面光芒大盛，把苏苏推了出去。

凤凰转变成红衣神女，她感知到了什么，看着眼前这一幕。

妖魔们怔怔看去，道："魔君！"

"是魔君的力量！"

同悲道彻底被打开，澹台烬的身死道消并没有阻止同悲道的开启。

然而眼前的同悲道和所有人想的都不一样。

浩荡仙灵之气与混沌妖魔之气倾涌而出，流向山川大地。

同悲道原本贪婪吸收世间灵气，此刻却如同一个漏斗，尽数还于六界。

同悲道自上古留存，吸收了数万年的灵气啊！此刻灵气倾涌而出，是从未有过的震撼力量。

这一幕映在苏苏眼睛里，整个世界流光溢彩。

万物开始生长，溪水流动，百鸟回归。

苏苏看着眼前这一幕熟悉的山河画卷，颇为失神。

五百年前，她在澹台烬面前祭出苍生符，带他看世间最祥和美丽的画卷。

画卷映入少年怔然的黑眸中，那一年她笑着看他，愿他懂得六界之美好。

今日他把这幅秀丽画卷尽数奉还。

四枚消散的神珠化作流萤，落满尘世。

幻颜珠借由同悲道的灵气模拟出一具具身体，聚生珠凝聚同悲道中涌出的灵魂，贪狼珠引灵魂回归躯体，开阳珠赋予他们生气与记忆。

姒婴跌坐在地上，喃喃道："这不可能，不可能……"

怎么会有人能改动上古另一种道？

她终于明白过来澹台烬在做什么，他知道同悲道无法毁去，即便这次封印了，再过万年新的魔神诞生，依旧会开启同悲道。

于是他入魔域，堕魔道，收集神珠，引万物之灵。

他曾经可以吸取别人的力量为自己所用，便以此办法掌握同悲道，彻底放出这些年被同悲道吞噬的灵魂。

地面上，藏海睁开眼睛，逍遥宗弟子们也有了意识。

死在九转玄回阵的人全部回到世间。

这五百年来因为妖魔降世，被杀死用来祭奠同悲道的凡人，在街道上醒来，疑惑地看着彼此："发生了什么？"

屋门被打开，有小孩欢喜的声音："爹爹、娘亲，我回来了！"

白发苍苍的老人抱住归来的孩子失声痛哭。

混沌妖魔之气流向破碎的魔域，强行引着妖魔回归。惊灭扶着姒婴，他们转眸看着这片开满夜昙花的土地，广袤的山川，横生而出的魔脉，久久失语。

惊灭不可置信地低声道："这是，属于我们的地方？"

一切安静下来，红衣神女依旧站在原地。

重羽轻声道："苏苏。"

别看了，你已经看了许久。

苍穹的裂痕渐渐消失，这些年所有该回来的人都回来了。

只除了一个人。

苏苏望着闭合的裂痕。

他呢？为什么不回来？

她望着日暮黄昏，依稀见到初遇时澹台烬的样子。

少年披着玄色大氅，他眼尾低垂着，瘦弱，苍白，凉薄。

这一次他没有朝着她而来，而是渐渐消失在天地间。

就在重羽以为苏苏会一直看下去的时候，苏苏转身，走向那片开满昙花的魔域。

苏苏知道，等不到他。今日即便她不来，澹台烬依旧会选择殉同悲道。

稷泽守荒渊万年。

黎苏苏此生守着魔域，护六界无恙。

直到她也消散那一日。

可是神的生命，多么漫长啊。

花开花谢，人间又是一年。

大雪纷飞的冬日，白衣仙君背着剑，叫住前面的人："扶崖，别再往前了，前面是妖魔界的界碑，你过不去。"

月扶崖回头，露出一张轮廓分明的脸，他低声说："已经快一百年了，我想要师姐回来。"

公冶寂无垂眸："苏苏镇守妖魔界，不会轻易离开。"

月扶崖咬牙："你当然不会惦记她，你有了摇光，就不会再在意她。世上最后一个神，就活该万年岁月，镇守在冰冷的魔殿吗？"

公冶寂无静静看着他，偏灰色的瞳落满悲哀。

月扶崖握拳，低声道："抱歉，师兄，我……有些失控。"

一百年了，他年年来此，可是魔域的门从来不曾为他而开。其实月扶崖知道，公冶寂无也年年来。

只是这些年师尊无力再打理衡阳宗之事，一切只能由公冶寂无打理。

人人都知道，公冶寂无是下一任衡阳宗掌门。同悲道打开，放回了所有因他而死的灵魂，饶是如此，公冶寂无依旧日日去做善事，师尊说，做千件善事，可找回内心宁静。

摇光陪着他，从衡阳宗仙山到人间。

公冶寂无并不会比月扶崖好过多少。

月扶崖闭了闭眼："师兄，对不起。"

公冶寂无抿唇摇了摇头，他抬眸看着眼前的界碑。这百年来，凡间再无妖魔横行，只有些开了灵识，才修成人性的小妖。

仙门百废待兴，总会恢复成昔日的模样，人间一片和乐。

什么都好，只有一点不好。

从同悲道汇入世间那日，他们谁也没有再见过苏苏。

世人都知道，有位毓灵神女守护着他们，可对于月扶崖来说，他失去了对他来说最重要的人。

"她不该留在魔域，"月扶崖说，"神女飞升，该去神域。"

公冶寂无说："她留在魔域，会安心些。毕竟这是那个人留下的一切。"

提起澹台烬，月扶崖沉默下来，他冲公冶寂无颔首，转身消失在人间大雪之中。

公冶寂无看着眼前属于妖魔界的界碑。

"苏苏，"他淡淡一笑，说，"这些年我去人间，听了不少故事。夜里常常做梦，梦到一个叫作萧凛的男人。前些日，我回到六百年前人间夏国和周国旧地。万般都变成了陌生的模样，只有两处没多少变化。"

"一为夏国将军府。百姓们说，那处府邸，曾住过叶氏几代上阵杀敌的将军，是永久的荣光，百姓们会记得英烈。

"另一处，为曾经的周国皇陵。"他轻轻叹息，"据说史书上无名的疯皇把最爱的人葬在了那个地方，他不许任何人打扰她的安息。"

人间积雪已堆积厚厚一层，几乎没过他的靴子，公冶寂无颔首，离开妖魔界界碑。

他走了许久，一个披着白色大氅的女子撑伞走入风雪中。

她的脚步轻盈，肩上落着一只蓝蝶。

"苏苏，你要去哪里？咱们出来了，阿宓会不会怕？"小凤凰才出生，弱弱的一小只，引得重羽母爱爆棚。

"去看看故人，惊灭会照顾好阿宓。"她的声音平和温柔。

"六百年前的故人？"

"嗯，"她笑笑，"也是过去的自己。"

重羽不再问，与她一同进入皇陵。六百年前澹台皇室的皇陵，空荡荡的，一片荒芜。

周国都没了，自然无人驻守皇陵。

皇陵中煞气很重，凡人和除妖师都进不来这种地方。

苏苏的白色衣裙迤逦在地，看见几只血鸦的枯骨停在一旁。它们不知死去多少年了，她久久注目，曾经竟是它们在镇守皇陵。

苏苏走过的地方，皇陵的冰冷被驱散，四周变得温暖起来。

她踏入最里面，看见一块灰色墓碑。

墓碑上落了灰，苏苏没有动用法术，用手轻轻拭去上面的灰。

上面雕刻的字迹清晰起来，重羽飞过去，盈盈蓝光照亮墓碑上的字。

苏苏弯了弯唇，启唇低声念："澹台烬之爱妻，叶氏夕雾墓。景和二年，仲冬十五。"

蓝色的蝶飞向另一端，重羽惊讶道："苏苏来看，这里还有一个墓碑！"

两个墓碑紧紧挨着，像是合葬。

苏苏转眸看过去。

那墓碑比起叶夕雾的墓要新许多，她的手抚上墓碑，缓缓蹲下来。

一层灰落下去。

她看清上面的字，手指顿住。

怎么会？

"叶夕雾之夫，澹台烬墓。"

连重羽都愣住了："时间是……一百年前，上面写着是你亲手刻的。"

苏苏垂眸，心念一动，皇陵骤然亮起了光。

她的神瞳看见墓碑之后，有一个妥帖安放的玉盒。

不知为何，她突然不敢触碰这个玉盒。

澹台烬离开已经一百年了，这些年，他作为一个尽职的神在活着。

她打开玉盒。

看见里面卧着一条金色的情丝，情丝旁边，是苏苏当年亲手穿的珠串、一条剑穗，还有六百年前她赠予澹台烬的玉佩。

原来这些东西，全部在这里。

她伸出手，轻轻握住那条情丝，苏苏很早以前就知道，情丝会承载一个人所有的爱意。

因此得到父亲情丝的叶冰裳，便拥有让人爱上她的力量。

她的手指触碰到情丝那一刻，一幅画面在脑海中渐渐清晰。

一百年前，玄衣魔君孤身一人进入皇陵。

他换上白色的衣裳，把眉心的魔印盖住，背着一把剑，干净得完全不像入了魔的模样，靠在她的墓碑旁为自己刻墓碑。

署名的时候，他写下由苏苏所刻。

他抬手，幻颜珠模拟出一个女子的形态。

"苏苏"笑着说："剑穗我织好了，你要贴身戴着，这次一定要记得回来。"

澹台烬望着她笑，眼睛里很温柔："好。"

"凡人们说，同心珠串诚心织就，我们就可以生生世世在一起，等你归来了，我们永久相伴，可好？"

少年墨发垂下，肤色苍白近乎病态，轻声说："好。"

苏苏抱住他，笑着说："夫君，我相信你，你不是魔，你不是只会屠戮的怪物，苏苏在皇陵等着你，世人都不信你，我信你。"

他痴痴看着她，却不去触碰，只点头。

女子身形慢慢消散，澹台烬抚着墓碑，眼尾带着桃花色的红晕，低声道："我知道，你会爱我，你说相信我，你会等我归来。"

他餍足地笑，满足得像个孩子。

"我答应你，很快就回来。"

过了许久，他起身，离开皇陵。

人间的天幕是灰色的。

干净的白衣少年重新变回玄衣魔君。

他温柔的眼睛冷酷下来，眉心魔印出现。

原来很早以前，他就知道他注定会死在同悲道里，他为自己刻下墓碑，假装是苏苏刻下的。

他亲手编织好苏苏没有完成的剑穗，假装是苏苏送给他的。

他沉浸在苏苏对他很好的世界里，从容赴死。

原来这一生，苏苏对他的好这样少，少到他连欺骗自己，都需要这般努力。

可是现实中，他没能等来她的信任和保护，魂飞魄散。她爱众生，他曾用极端的方式想留住她，后来渐渐明白，什么才是爱她的方式。

这场神魔战役，众生皆有了归属，只有一个人，永远消散在了天地间。

一个没有得到过感情的人，敏感而脆弱，亲手刻下墓碑之时，已经服输，他接受了世上无人会爱他。他知晓苏苏是妖王之女，把苏苏推入死门，让她斩断过往成神。

澹台烬把过往埋藏在皇陵中，他以为神是没有爱的，也不会为他这样的人落泪。

可这一刻，苏苏握着情丝。

本不该有泪的神女，望着昔日赠他的所有东西。

一百年了，她终于忍不住，在他的墓碑前恸哭出声。

最终卷

魔神的爱

‖ 第一百二十七章 ‖

距离那场仙魔大战已经过去一千年了，惊灭穿过横七竖八的魔殿，头疼地问："她又闯祸了，人呢？"

魔殿内侍婢们纷纷摇头。

惊灭叹息一声："行了，我去找。"

他走出魔宫，妖魔界蓝色的昙花灼灼盛放。惊灭穿行过昙花，一路拂过萤火虫，在丛林尽头找到了那个人。

她发上束着两个花苞，紫色丝带垂下，坐在树上。

一双白净如玉的脚丫沾满了泥，晃晃荡荡间，脚上铃铛儿清脆地响。

蚊子从她面前飞过，她眼也不眨，伸出白嫩嫩的小手把它捏死。

女孩四五岁大的模样，百无聊赖看着界碑处结界，小大人般叹息一声："唉。"

惊灭看得好笑，走上前去，他捡起紫衣女孩落在地上的小鞋子，凌空而起，用一个清洁术帮她把白嫩嫩的小脚丫洗理干净，塞进鞋子里。

"帝姬怎么又来这里了？"

女孩转过脸，奶声奶气哼了一声："是不是他们又找你告状了？！那群没用的大笨蛋，就知道告状！"

她一张脸生得甚是乖巧可人，睫毛又长又密，龇牙看着惊灭，显得很是凶恶："和你告状有什么用？你敢动我吗？"

惊灭说："不敢动，不敢动。"

女孩手指抠着大树，心不在焉望着结界外面。

惊灭装作不明白她的心事，说："北莱主呈上折子，说帝姬把他的爱子埋进了沼泽中，还让小公子头顶开出了一朵粉色的花，他被救出去后，哭到了现在。"

女孩嘴角露出一抹嘲笑。

"那又如何？"

惊灭继续道："半个月前帝姬把灰熊精家的胖姑娘欺负得被赤炎蜂追，上个月帝姬毁了南修主家的魔潭，上上个月帝姬去鹤精家做客，差点把人家刚出生的子孙串起来烤了。"

女孩不耐烦地说："不是没烤吗？"

惊灭沉默片刻，说："……倘若不是姒婴去得及时，小魔鹤已经进了帝姬的肚子。现在人人不敢邀请帝姬去他们家做客。"

换言之，小帝姬，你没朋友了，妖魔界的小孩都不和你玩了你明白吗？

女孩撇撇嘴："反正我也不喜欢他们。"

她的眸色如紫葡萄，眼睛圆溜溜的，眨巴一下就带出水光。

如果不是知道这是个小魔女，惊灭还以为她委屈了。

"现在参帝姬的折子已经堆满了宫殿，等神女归来，帝姬会受罚的。"

女孩晃荡着小腿，不说话了。

她的足尖踢了踢面前的结界，结界带出水一般的波纹，女孩轻轻捶了一拳，她的小拳头粉粉嫩嫩，却含着万钧之力，可结界纹丝不动。

"烦死了烦死了！"女孩飞掠下大树，迈着一双小短腿撒气般跑开。

惊灭顺着她先前眺望的地方看出去，无尽人间被结界阻挡，妖魔界之人出不去，外界的人进不来。

惊灭叹息一声，追上那个小团子女孩。

她也不回魔宫，眨巴着大眼睛，蹲在地上捅蚂蚁窝。

妖魔界一年四季鲜少下雨，蚂蚁被她扰得惊慌失措，四处奔逃。

小魔女邪恶地勾起唇，掌心一团幽暗的紫火燃起。

惊灭头疼地握住她的手。

"帝姬，神女会生气。"

"生气便生气，反正她也不管我。"她掌心的紫火熄灭，清凌凌的嗓音几乎吼出来。

惊灭失笑，果然是为神女还未归来之事生闷气呢。

他蹲下来，眼前的小女孩还不及他蹲着高，小小一只，脸蛋儿也是脏兮兮的。

一双眼睛里明明盛满了委屈，偏偏表现出来满满的桀骜和凶恶。

然而脸蛋还带着婴儿肥，哪里能真正变得"凶恶"呢？

惊灭说："属下跟帝姬说过，神女这次会晚些回来，她去的地方是冥界的鬼哭河，鬼哭河凶险，即便是神，短时间内也无法寻遍里面所有的魂魄。"

澹台梓宓说："可她都找了好久啦！每隔一百年，她就去很多地方，和凶兽打斗，去那个什么海，这次还去冥界。明明所有人都说，魔君早就魂飞魄散了！"

惊灭皱眉："帝姬，不可如此，他是我等的君主，是你的父君。"

澹台梓宓的眼泪再也憋不住："我不要什么父君，我只要娘亲。"

许是觉得丢脸，又是小孩心性，阿宓捂着脸"哇"的一声越跑越远："我没哭，我才没哭。"

等女孩跑远了，惊灭心中也觉得酸楚。

魔君逝去已经千年，这些年在神女的治理下，妖魔界一派平和。小帝姬是神魔血脉，成长很是缓慢，到了千岁，修为很高，可是心中依旧是需要爹娘陪伴的小孩。

神女依旧在寻找澹台烬，她试过许多办法，有一次回来，虚弱不堪，身上带着血，把小帝姬吓坏了。从此每次神女归来妖魔界前，小帝姬都会去树上眺望。

这一次离说好的归来时间已经过去三个月，神女依旧没有回来，小帝姬暴躁不已，白日调皮捣蛋，晚上总是悄悄躲在被窝里哭。

惊灭知道她的心思，她越调皮，神女心里就越放不下她，留在妖魔界教育她的时间会长上几年。

惊灭和姒婴轮番照顾小帝姬，她是魔君的遗腹子，整个妖魔界唯一的公主殿下，所有人心中都心疼尊敬她。

神女一日没有放弃寻找澹台烬，妖魔界便一日存着希冀，盼魔君归来。

他的骨血化作魔脉，如今妖魔界魔气生生不息。有了生存的地方，妖魔才出生的小孩终于不用一生躲躲藏藏。

对于苍生来说，澹台烬是英雄，可是他从来不知道小帝姬的存在。

难怪阿宓会生气。

对她来说，那个从来没出现在她生命里的人，总是剥夺娘亲陪伴她的时间。

她生而为神，尊贵无双，可是常常像个野孩子。

连捉弄灰熊精的女儿，也是因为忌妒别人一家和乐融融。

骨子里有魔君的血脉，小帝姬许多恶习难改。

妖魔界下第一场雨的时候，苏苏要回来了。

那日清晨，阿宓换上干净的裙子，乖巧坐在小板凳上，让魔族婢女为她梳妆，她生得好，集天地间钟灵毓秀，乖巧的模样让人心都化了。

几个婢女围着她团团转，还时不时喂她糕点。

阿宓坐在门槛儿上，眼巴巴的，那模样像谁家丢失的小猫。

姒婴走过来，面无表情看了她一会儿，觉得小魔女也没有那么麻烦和讨人厌。

这孩子还是婴儿时就能看透她美艳皮囊下是一具枯槁的干尸，那双干净的眼睛如同照妖镜，让人烦躁。

可是此刻，看来看去，也不过是个猫儿般的孩子。

阿宓很记仇，可她忘仇也快，看见苏苏那一刻，欢呼着抱住了苏苏的腿。

苏苏弯腰，抱起小小软软的女儿。

"阿宓近来可有闯祸？"

她把小脑袋摇得像拨浪鼓："娘亲，阿宓好想你！"

苏苏心头一阵柔软。

重羽飞过来："阿宓有想重羽吗？"

阿宓脆生生说："有！"

苏苏陪了她好一会儿，哄着她睡着。

女孩抱着她带回来的布老虎，爱不释手，睡觉都用小脸贴着它。

苏苏捂住胸口，重羽担忧道："苏苏。"

"嘘，阿宓睡着了，我们出去说。"

她走出魔宫，低咳两声，闭眼稳住神魂。

她为神，闯入冥界，寻遍鬼哭河，终于明白了澹台烬当年的感受。

鬼哭河的水又黑又冷，然而这世上最令人绝望的是，再也找不到那个人的影子。

凡人的魂魄消散后回到鬼哭河，可魔神消散后又会去哪里呢？

周国皇陵孤零零的坟冢，连一具骨架都找不到。

"苏苏，别难过，我们总有一日可以找到他的。"重羽安慰道，"你可以死而复生，他可是魔神啊，一定也可以的。"

苏苏垂眸笑了笑，不语。

她拎着一盏灯，去偏殿处理折子去了。

她不在的时间，魔主们总会把妖魔界发生的大事写在折子里。

趁着阿宓睡着，她刚好把这些浏览一遍。

折子里的内容许多都是讲阿宓的调皮闯祸，她撑着下巴，看得津津有味。对于苏苏来说，这也是女儿的成长。

她当然明白那孩子内心的敏感纤细，也知道阿宓故意做这些事情是为了留住她。

可是苏苏不能放弃寻找澹台烬。

如果连她都放弃了，澹台烬该怎么办呢？

苏苏这一次，留到了妖魔界的盛夏。

她在妖魔界的时候，阿宓是个真正端庄可爱的小帝姬。她的发髻一丝不苟，衣裙整洁干净，也不欺负别的孩子。

苏苏亲自做了记忆中人间的糕点，让她分给妖魔的孩子们，渐渐地，他们忘记了之前的不愉快，重新接纳了小帝姬。

小帝姬日日玩得脸蛋儿红扑扑的。

晚间，灵鸟送来信件。

窗外昙花开了又落，苏苏打开信件，是衢玄子的书信。

衢玄子道，澜沧海底有一种白香石，据说可以造仙的骨架。

然而澜沧茫茫，海底甚至落了上古神器的危险碎片，即便是神去一趟，也存在危险。

苏苏心中重新燃起希望，不论如何，她一定会去一趟。

唯一放不下的便是小阿宓。

小团子的脚踝系着紫色铃铛，跑进来："娘亲娘亲，看我今日收到什么。"

小帝姬兜住的裙子里，有各式各样的礼物。

重羽看见里面甚至还有妖魔们的獠牙，憋住了笑，不知道哪家孩子偷了父亲最宝贵的牙来讨好小帝姬。

苏苏亲了亲她粉嘟嘟的脸蛋儿，抱她在怀里，与她一同看窗外紫色昙花的开与落。

"娘亲总是看这些，惊灭和姒婴也喜欢看昙花，"阿宓说，"可是阿宓都看了一千年啦。"

苏苏摸摸小团子的脑袋："对阿宓和妖魔界的孩子来说，这是生来就随处可见的景色。日月山川，永生不败的昙花，可对于妖魔们来说，这是数万年的渴求，是你的父君倾尽一切换来的祥和。"

阿宓闷闷不乐道："阿宓才不要听和那个人有关的事。"

说是这么说，她的耳朵就差竖起来了。

苏苏的眼中漫出笑意，这口是心非的毛病，也不知像谁。

"因为父君，阿宓才有了现在的家，才是妖魔们尊敬的帝姬。"

阿宓鼓了鼓腮帮子："别以为阿宓不知道，娘亲肯定又要离开了。"

苏苏点点她的额头："阿宓，若娘亲也放弃他的话，他就永远回不了家了。"

阿宓白嫩嫩的手指拽住苏苏的衣结。

"那……那……"她心里也知道，父君挺可怜的，如果阿宓成了被娘亲放弃的人，恐怕心都要难受得碎掉了，"那娘亲这次早点回来，不要受伤。"

"好，我答应你。"

妖魔界仲夏的清晨，惊灭如常接小帝姬去修早课。

结果大殿中空荡荡。

"小帝姬人呢？"

按理说神女才走，小姑娘不会搞幺蛾子才对，会乖巧一段时间。

可现在人不见了，他闪身出现在结界旁，也没看见阿宓的身影。

这下连姒婴也开始焦虑地找，她气得头发都快抓掉了，灵光一闪："去看看禁地的魔器还在不在！"

两人赶过去一看，原本放置洗髓印的那个地方，封印被破坏，石台上还有个小脚丫印。

姒婴咬牙："这小浑球，别让我们逮到她！"

小帝姬竟然偷了她父亲的洗髓印，打开结界跟着苏苏跑了。

这下可如何是好？别看姒婴平日恨不得掐死这个小捣蛋鬼，一出事她恨不得把惊灭都打一顿。

惊灭讪讪道："她那么厉害，若真跑去了凡间，不会有人能伤她的。"

姒婴吼道："她是个孩子，相当于凡人五岁小孩，你不懂吗？"

凡人最是狡诈，给颗糖就能骗走他们家的无辜小孩。

惊灭也慌了："那怎么办？赶快通知神女？"

苏苏前脚才出了魔域，后脚就得知女儿不见了，偷了魔器去人间。

她皱眉，也明白了事情的严重性，顾不得去澜沧海，折身去凡间找女儿。

阿宓懵懂，心性和身体都是个小孩，虽然凡人无法欺负她，可是倘若遇见仙界之人，认出她身上的魔器就糟糕了。

洗髓印打开了结界，掩去小帝姬的气息。

而另一头，大家找得焦头烂额的小姑娘从地上爬起来："呸呸。"

她不会御剑，乘坐着变大的洗髓印逃出来，落地便摔了个狗啃泥。

研究了一千年如何逃出妖魔界，今日终于让她逮到机会了。

她昂首叉腰，小短腿爬上山坡。

她也要找父君，世上不仅娘亲不放弃父君，阿宓也没有放弃呢。

她走在人间街道时，逢人便问："你知道我的父君吗？他叫澹台烬，很厉害很厉害的。"

人人皆摇头，为小粉团子出色的容颜惊艳。

其间也遇见过几个眼神浑浊的人，那几人对视一眼，笑嘻嘻说见过，要带阿宓去找。

阿宓欢喜地跟上他们，结果一个麻袋套住她。

"这女娃可真好看，卖到哪里都是天价。"

阿宓一听，气得磨牙，当即把所有人打了一顿。

众人反应不及，被一个能飞的小女孩打了满头包，还给栽种在了土里，只露出一颗头，痛哭流涕。

坏人，不知道她父君，还敢骗她！

"开花再放你们出来！"

阿宓只好自己找，她走走停停，飞到困倦。

终于在黄昏的时候，她再也忍不住困，趴在一个小山村村口的树干上睡着了。

阿宓被狗叫声吵醒。

她低眸，看见几只大黄狗围在树下，凶恶地叫。

她好奇地瞅瞅，这些大黄狗和妖魔界的魔犬有些像，又不太像。

阿宓转眸，看见一个灰衣男子背着一捆柴，从树下路过。

她咬着软软的手指头，好奇偏头去看那人。

他又高又瘦，像一枝挺拔清冷的翠竹，灰衣并没有折损他身上的气质，是个在人群里一眼能看到的人。

阿宓没有见过这样的人，她觉得和惊灭、嫩婴还有妖魔界其他人都不一样。

阿宓身上的魔气引起黄狗们的不安，整个村子的狗叫声几乎齐齐响起。

男子顿住脚步，若有所感，回眸看向"祸源"。

村口那棵老树上，一个粉雕玉琢的小团子眨巴着水汪汪的眼睛看着他。

"你、你知道我父君吗？"

‖ 第一百二十八章 ‖

男子抬眸看了她一会儿，从她漂亮精致的小衣裳，看到她足踝上系的铃铛，面无表情地说："不知道。"

说罢，他转身就要走。走了好几步，男子皱眉回头，他放下猎物，捡起地上的石子，赶走围在树下的恶犬。

恶犬狂吠一会儿，灰溜溜夹着尾巴离开了。

阿宓依旧在打量他，他生得很好看，对于凡人来说，是一种近乎靡丽的容貌。

高瘦匀称的身材，带着几分病态的苍白肌肤，眼尾上挑，唇近乎嫣红。这样的相貌却并不显得女气，反倒有几分轻视世间的凉薄感。

男子冲她伸出手："下来。"

他虽然不笑，阿宓却从他身上感知到了善意。

她以前听惊灭说故事，凡间的夜晚小孩是不能出门的，会非常危险，也不会有小孩子在树上过夜。

这个人在关心她。

她伸出短短的胳膊，落在他怀里。

抱住她的男子顿了顿，怀里的团子又香又软，仿若一个暖乎乎的面团。

他的神情有几分古怪，把她放在地上。

小团子很矮，努力仰起头看他，那模样有些可爱，也有些好笑。

"天快黑了，你爹娘呢？"

阿宓想了想："娘去了很远的地方，父君……爹爹死了。"

魂飞魄散，用凡人的说法，那应该就是死了。

男子沉默了片刻："天黑以后镇上不安宁，你爹娘都不在，家里总有仆从，去找他们。"

小团子一看穿着就是大富人家的孩子。

她身上的璎珞圈和珠串均价值不菲。

阿宓摇头："我离家很远很远了，这次要出来找到爹爹，把他一起带回去。"

他捡起地上的猎物，冷淡地应："随你。"

阿宓好奇地打量他肩上扛着的猎物，是一只颇为瘦弱的鹿，鹿嘴上的血迹尚未干涸，滴答的血迹把地面沾染得濡湿，皮毛完好无损。

她自小便胆大，半点儿不觉得血腥，饶有兴致看了几眼。男子带着鹿离开了。

阿宓只好自己在镇上闲逛。

天色暗下来，家家户户亮起烛火。

阿宓嘟囔着："惊灭说，凡人不能飞，也没有法术，所以我不可以在他们面前飞，会吓坏他们。"

她漫无目的地走了许久，说来奇怪，心头有种奇异的羁绊和眷恋，让她不肯轻易离开这个地方。

阿宓边走边扳手指细数规矩："也不可以闯进别人的屋子。"

镇子街头摇摇晃晃来了几个醉汉，阿宓发现他们的时候，他们也看见了阿宓。

几个人同时呆了呆。

就在他们嬉皮笑脸准备过来的时候，月光下黑色的影子从身后笼罩住阿宓的身躯。

那几个人对视一眼，酒醒了不少："是他，快走快走。"

阿宓低头看着自己的小身板被笼罩，回头，身后站着黄昏时遇见的那个年轻男子。

他蹙眉盯着她。

阿宓眨巴着湿漉漉的眼，无辜极了。

许久，他俯身把她抱起来："别在街上晃荡，明日带你去官衙。"

阿宓乖巧点点头。

阿宓身上有一半魔的血脉，魔天生桀骜，臣服于力量。

她说不清这种感觉，即便是惊灭也不一定能让她听话，可是眼前这个人，让她莫名觉得亲近。

男子抱着她走了一会儿，来到一处亮着烛火的屋子。

他把她放在板凳上："坐着等我。"

没一会儿，他拎着灯笼进来，在桌子上放了一碗肉粥："吃吧。"

小团子津津有味地吃肉粥，两边粉嫩嫩的腮鼓起，糊了半张小脸。

他靠在门口，眼神怪异地看着她。

他也不知今日怎么了，从来不管闲事，可是当看见小女孩被镇上恶犬围住，他忍不住把恶犬全部赶走。好不容易回了家，准备睡觉，心里却总不安宁，出门找人，还破格带了回来。

小团子吃饱喝足，糊着脏兮兮的脸，一本正经问他："我叫澹台梓宓，大家都叫我阿宓，你叫什么名字？"

"白子骞。"

白子骞领她到一个房间："这是我娘生前住过的地方，你今晚歇在这里，明日我带你去县衙。"

阿宓点点头。

过了许久，他伸手，把她小嘴上沾的饭粒拿掉。

阿宓抬头看着他，突然有几分眷恋的感觉。

如果她父君还在，会不会也这么温柔地对她呀？

阿宓躺在床上，棉被是白子骞白日晒过的，带着阳光的气息。凤凰一族的幼崽成长缓慢，不比苏苏在壳中养了万年，破壳后百年便能成年，阿宓的成长徐徐渐进。

她并不需要睡觉，可是养成了睡梦中吸收灵气的习惯，很喜欢休息。

第二日天刚亮，阿宓听见窗外有窸窸窣窣的声音。

院子里似乎来了人。

阿宓趴在窗前，看见一个穿着麻衣的妇人骂骂咧咧走进来："白子骞，听人说你猎了一头鹿，这种好东西你也不知分些给我们家，还妄想娶我们家冬雁，鹿呢？"

白子骞冷冷地看着她。

妇人见他不答话，也知晓他是个什么性子，便推开他，去他屋里寻。

"你以为你一个穷小子，读了几年书，就配得上冬雁了？不进京赶考，要功名没功名，猎来的东西也不知分与我们家。前几日李员外上门来提亲，我就该答应把冬雁许给他，也好过把冬雁嫁给你，跟着你过苦日子。"

白子骞冷笑了一声，没说话，冷眼看妇人无头苍蝇似的在院子里找鹿。

"鹿被你藏哪儿了？"

妇人推开门，没找着鹿，结果看见窗口站着一个粉雕玉琢的女娃娃。

阿宓叉腰说："鹿是他的，为什么要给你？"

妇人看看阿宓，又回头看白子骞，脸色一变："好啊你，在外头都有这么大的女儿了！呸，你等着，我这就告诉我家冬雁去。"

白子骞一个人习惯了，差点把阿宓忘了。

柳母一说，他这才发现阿宓的眉眼确实和自己有几分相似，他蹙眉。

柳母跑出门外，喊道："这天杀的白子骞，在外头和野女人生了孩子，乡亲们来做证……"

白子骞冷道："闭嘴，你再胡说试试！"

他抽出挂在屋外的弓箭，对准柳母。

柳母平日里泼辣，白子骞又一副冷淡厌世的态度，哪里见过他发火挽弓？

想到这人连黑熊都不怕，柳母立刻噤了声。

"你、你等着吧，我这就找里正评理去。"

常乐镇有个规矩，重承诺。

白子骞家当年还没有没落的时候，和柳冬雁指腹为婚，原是柳家高攀，后来白子骞双亲出了意外，白家飞速没落。

柳冬雁作为镇上数一数二的美人，柳母很希望女儿退婚，嫁个有钱员外。

可惜常乐镇这种地方，她若退婚是要被人戳脊梁骨的，因此一直拖到现在，柳冬雁都要十七岁了，还没让两人成亲。

柳母脸皮厚，借婚约为由，时不时上门来顺走些东西。

这回可好，若证明了白子骞连孩子都有了，理亏退婚的人就成了白子骞。

白子骞收回弓箭，把屋里小女孩拎出来，面色平静端了盆热水出来给她擦脸洗手："一会儿去县衙。"

阿宓稚声问："白叔叔，她为什么说我是你女儿？你真的是阿宓的父君吗？"

白子骞看着眼前这张粉嘟嘟的小脸："她胡说的，你不是有爹娘吗？"

小团子点头："你身上没有魔息，不可能是阿宓的父君。"

"嗯。"他垂眸。

白子骞本来就要去县城，他昨夜已经处理好鹿皮和鹿肉，要带去县城卖掉。

这次还多了个小粉团子。

一路上白子骞见阿宓看什么都稀奇，小团子一双紫葡萄似的眸睛瞪得大大的，惊叹不已。

他卖了鹿，牵着她的小手去县衙，可是看见"明镜高悬"几个字，他眸中冰冷。

白子骞看着身边懵懵懂懂的小团子。

她生得这般好，真去了县衙，若县太爷良善还好，若是有坏心思，她便回不了家。

最后阿宓跟着他出门一趟，没被送走，反而得了几个小糖人。

阿宓窝在白子骞怀里吃糖人，觉得人间真是太好啦！

白子骞还给她买了许多小衣服："以后每日我抽空带你去捡到你的地方，你家人应当会来寻你。"

毕竟这样的小粉团，不可能是谁家故意丢弃的。

阿宓叼着小糖人，含含糊糊说"好"。

对于阿宓来说，在他身边耽搁几日的光阴，只是修炼中眨眼的一瞬。苏苏百年才会回去妖魔界，她有大把的时间找父君。

白子骞果然一连几日都陪着她去那棵树下等，可是没等来阿宓的家人，反倒先等来了柳冬雁。

柳冬雁不顾柳母阻拦跑出来，震惊地看着白子骞身边的阿宓，泪目盈盈："子骞哥哥，我娘说的是真的吗？她真是你的女儿？"

因为小阿宓，镇上已经有了闲言碎语，说白子骞在外头和别的女人生了孩子。

白子骞知道这些流言，嗤之以鼻。

此刻柳冬雁质问，许多人已经围了上来。

白子骞冷声道："不是。"

"那为何她会住在你家里？"

阿宓见人群对白子骞指指点点，事情因她而起，阿宓说："他没骗人，我叫澹台梓宓，我爹爹叫澹台烬哦！白叔叔在等我娘亲来接我。"

柳冬雁将信将疑："真的吗？那你……爹娘去哪里了？"

阿宓说："娘亲在很远的地方，爹爹死了。"

柳冬雁难看的脸色转晴，原来是个寡妇的孩子。

白子骞不可能会看上那样的女人，她放下心来。

第二日，柳冬雁上门来，带了一篮子野菜，恳切地说："子骞哥哥，我娘说了，只要你给一百两银子做聘礼，或者考上秀才，就让我们成婚。"

白子骞在院子中擦箭，闻言笑了笑："哦。"

柳冬雁不知道他什么意思，放下野菜，咬唇道："我今年十七了。"

阿宓蹲在旁边看他们。

"家贫，并无一百两银子，柳姑娘另觅良人吧。"

柳冬雁眼睛都要气红了，她心中清楚，白子骞看着落魄，可他身手好，每次上山必定满载而归，这些年下来不可能没有一百两银子。

且她幼时去书院曾不小心听到，白子骞文采当数第一，他十三岁便有秀才水准，只不过不知道这些年为何不去参加乡试。

那些不如他的同窗，有些已成了秀才老爷。

柳冬雁看上他卓绝的容貌，还有无限潜力，可白子骞偏偏安于在小镇度日，日出而作，日落而息，如今还捡了个小姑娘在家里。

她要良婿，拿乔不肯嫁。

可她看中的人，偏偏不愿拜相封侯，远离庙堂，甘于做个普通人。

柳冬雁舍不得放弃他身上潜在的荣华，她知道只要白子骞愿意，他定是人上人，可她也知道自己耽误不起，这才想出一百两银子的主意。

也亏得她敢提，员外纳妾都只给二十两，她却管白子骞要一百两。

白子骞面色清冷，眼中含着几分浅淡的讥诮。

正当柳冬雁要与他争执的时候，咬着糖葫芦的阿宓欢呼一声："娘亲！"

脆生生的童音把两人的注意力都吸引了过去。

小粉团子朝着大门跑过去。

白子骞抬眸，无边夕阳下，一个着白色衣裙的女子缓步而来。

彩云为影，朱唇明眸，眉间朱砂灼灼。

她踏着人间无尽的夏，拥住扑上来的小粉团，焦急斥责道："阿宓，怎可乱跑？惊灭和姒婴都担心坏了！"

她紧张地检查小团子有没有受伤，小粉团依恋地抱住她的脖子。

柳冬雁作为女子，也从来没有见过这般绝色，一时间忘了自己来找白子骞的目的，看得怔住。

"咚"一声响，苏苏抬眸看过去。

黄昏下，男子手中的弓箭掉在地上，他垂眸，弯腰去捡。

隔着冗长的光阴，猝不及防，她找了一千年的早该魂飞魄散的人，就这样出现在眼前。

‖ 第一百二十九章 ‖

苏苏放下阿宓，走到那人面前。

这一千年来，她时常会梦到他，有时候梦见他被锁在炼狱中，玄铁刺穿琵琶骨。有时候是那年她捏碎邪骨时的场景，他拥着她，眼中血泪一滴一滴地掉。

她的泪珠砸在手背上，轻轻拂上他的脸。

"澹台烬，是你吗？"

白子骞抬眸，冷不防看见眼前女子红透的眼眶。他怦然的心动还未平息，就听见了她口中陌生的名字。

他拿开那只放在自己脸上的手，淡淡说："姑娘，你认错人了。"

"你这人怎么回事？"柳冬雁也从愣神中缓过来，不悦地对苏苏道，"子骞哥哥是我的未婚夫，你离他远点。"

她张开手臂，拦在白子骞面前。

白子骞的视线落在苏苏身上，沉默着没有反驳。

阿宓看看这个，又看看那个，软糯的嗓音说："娘亲，你看错啦，白叔叔是个凡人，不是父君。"

阿宓在妖魔界长大，自小被传输的概念便是，她的魔君父君通天彻地，无所不能，曾以一己之力反转同悲道，让逝者重归，怎么会是一个凡人呢？

阿宓长这么大，还从来没见娘亲落过泪。

苏苏用神瞳看了眼澹台烬，确实是凡人气息，但却是魔胎。

他死的时候已然成神，哪怕转生也不可能只是个普通凡人。

不知道澹台烬这千年来发生了什么，但既然等了千年，也不在意这片刻光阴。

苏苏低声道："抱歉，我认错人了。"

听她这么说，柳冬雁松了口气。

"没关系，说清楚就好，你是阿宓的娘亲？"柳冬雁笑道，"姐姐如此貌美，夫家也放心让姐姐独自出门来我们常乐镇？"

她这样一说，众人这才反应过来，阿宓唤苏苏娘亲。

白子骞的目光晦涩黯淡，不知道在想些什么。

苏苏见过叶冰裳这样的人，自然一下就明白了柳冬雁的用意。这姑娘的敌意自以为掩藏得很好，实际再明显不过。

苏苏看一眼澹台烬，对柳冬雁道："不劳姑娘费心，我来常乐镇，本就是来做生意的，阿宓走丢，这才过来急了些，这段时日多谢你们照顾阿宓。"

苏苏抬手，绣帕中露出一枚黄澄澄的金元宝。

"这是谢礼，请二位务必收下。"

柳冬雁眼睛直了直，才要去拿，身后的男子嗓音低沉道："不必，我带她回来，不是为了谢礼。你既然找到了阿宓，带她回去便是。"

阿宓做了个鬼脸，对柳冬雁说："是白叔叔在照顾我，你没有照顾我，娘亲不是给你的。"

柳冬雁缩回伸出的手，神情尴尬。

苏苏笑道："那我改日再登门道谢。"

白子骞嘴唇动了动，想让她不必来了，却不知为何，没有说出口。

苏苏牵着阿宓的手走出门口，柳冬雁懊恼自己方才的失态，道："我也是为子骞哥哥做打算，你若收了那锭金子，聘礼不就够了吗？"

白子骞冷冷弯了弯唇，没有理她。

他坐下，继续擦拭弓箭，只不过这回有些魂不守舍，连柳冬雁何时委屈地离开都没发现。

他抿紧了唇，摸了摸自己心脏的位置。

这里原本如一潭死水，见到苏苏那一刻却跳得很快。白子骞从来没有想过，自己会对一个刚刚见一面的女子动了如此荒唐的念头，更何况那位姑娘还有夫君，而且连阿宓这样可爱的孩子都有了。

那一刻他甚至有几分忌妒那个人。

白子骞停住擦拭弓箭的手……纵然阿宓说她爹已经去世了。

她说改日登门拜谢，改日会是哪一日？

小阿宓用了一晚消化白子骞是自己的父君澹台烬的事，到了天明，她有些忸怩地对苏苏说："如果他是父君，为什么不能认出娘亲和阿宓？"

父君不爱我们了吗？

苏苏知道她心里渴望父亲，又害怕自己的调皮被讨厌，她摸摸阿宓的小脑袋，道："父君的记忆被封印了，千年来他一定受了许多苦，所以不认得我们。阿宓知道一个人有多孤单难受，对不对？等他重新接纳我们、记得我们，就可以和我们一起回家了。"

阿宓一想自己父君多可怜，瞬间也不别扭了，连忙奶声奶气地跟苏苏说柳家母女是如何对他的。

苏苏认真听了阿宓的话，若有所思。

为一则玩笑般的婚约所累，柳家在白家没落后，不但没有扶持照顾白家幼子，反倒时常奚落他，还理所当然拿走白家的东西。

柳母早就动了退婚的想法，偏偏柳冬雁抵死不愿退婚。

"别担心，娘有办法。"

什么都变了，喜欢一个人的感觉不会变。只要这份深重的爱还在，无论多远，他最后都会回到有她的地方。

这一次，换她带他回家。

苏苏第二日便在白子骞家的附近找了处宅院住下，还在镇上盘下一家酒肆。

酒肆开张那日，她带了两壶最好的酒，牵着小阿宓去白子骞家。

白子骞本来拿着弓箭要出门，见了她们母女，默默把弓箭放下。

苏苏笑脸盈盈："那日白公子未收谢礼，今日我带了两壶酒肆的酒，请白公子务必收下，若是觉得不错，今晚酒肆开张，请白公子也来捧个场。"

她本生得冷清，可是一笑便打破坚冰，生出娇俏动人的滋味儿来。

白子骞接过两壶酒，说："嗯。"

他并没有说去或不去，许是他自己也清楚，去了意味着什么。

阿宓扑过去抱住他："白叔叔，你想阿宓了吗？"

白子骞避而不答："既然回了家，日后别乱跑。"

阿宓乖乖巧巧点头。

送了谢礼，苏苏便带着阿宓离开。阿宓很紧张："父君会来吗？"

苏苏眸中带着如水的笑意："会的。"

然而出乎他们意料，晚间酒肆开张时，客似云来，却没有见到白子骞的身影。

苏苏并不急。

酒肆老板娘貌美之名一日便传遍了小镇，光顾酒肆的地痞流氓不少，苏苏拎着酒壶招待客人的时候，有人色胆包天想调戏她。

她故作不知，那只手还没有摸上她的手臂，却被另一只苍白的手捏住。

"哎哟，痛痛痛！"

苏苏回眸，果然看见了脸色难看的白子骞。

她眸光一瞥，地痞的手腕断了。下手多狠，就知道他心里多恼。

"抱歉，打了你的客人。"

虽是道歉，他的语气里却并无悔意，只充满了冷。

苏苏说："你在帮我，我怎会怪你？"

她招招手，示意跑堂来招呼客人，她笑着冲澹台烬道："我请白公子喝酒。"

白子骞知道，自己不该和她有牵扯。

他有意识那日，神识中便有个声音，让他别追寻，平淡地在常乐镇过完凡人的一生。

这一生，不娶妻，不生子，不封侯，不争权。

他的脚步停在酒肆前，本来不打算进来，远远看一眼便好。可是受不了有人轻慢她，还是出了手。

白子骞明白这是怎样一种感觉，男人对女人的渴切。

二十多年来，他第一次有这样的感觉。

像是空荡荡的心口失去的东西，有一日自己跑回来了，他克制不住想多看一眼，再看一眼。

既然来了，此刻再拒绝，反倒显得欲盖弥彰。白子骞跟上苏苏，随她去里间。

苏苏为他斟酒，酒肆的烛火摇曳，她支着下巴看他，一千年了，她终于能够再次这样与他相处。

她的目光清亮却灼热，饶是冷淡如白子骞，也受不了这样的打量。他咬牙，才忍住耳根的发烫，和内心卑鄙可耻的雀跃。

"黎姑娘为什么这样看我？"

苏苏道："你很像我的一个故人。"

白子骞沉默片刻："是黎姑娘仙逝的夫君吗？"

苏苏坦诚笑道："嗯。"

他捏紧了杯子："黎姑娘很爱那个人？"

他心里哂笑，怎么会问这样可笑的问题，以她的姿容，王侯将相恐怕都争相求娶，若不爱，怎会至今没有嫁给别人。

"很早以前不爱，那时候我总是算计他，他也别有居心。后来爱他时，却与他错过了。"

白子骞饮下杯中酒，黑眸沉沉。

苏苏眨了眨眼，忍住了笑："那白公子呢？我听说白公子和柳姑娘有婚约，按理早该在两年前就成亲了，白公子为何至今没有娶柳姑娘？"

白子骞说："双亲过往戏言，当不得真。"他娘去世前，已经说了这门亲事作废，可柳冬雁一直不依。

"是吗？没有别的原因？"

"没有。"他否决道。

苏苏没有戳穿他，与他一同饮酒，气氛倒也和睦。到了晚间，酒肆打烊，苏苏脸颊上隐隐泛出桃花色。

跑堂的离开了，她关了酒肆，发现白子骞还在等她。

常乐镇的夜晚并不安生，尤其对于她这样的女子来说。

她看着夜色下那个玄衣影子，心中柔软一片。

她突然很想念那年与澹台烬一同在小镇上收服桃花妖，那时候他一身女子嫁衣，眉眼冷厉，脸上不耐烦，却背着虚弱的她回去看桃花树下的亡魂。

她想念一个人，已经想念了一千年。

所以故意崴了脚后，偏头去看他。

苏苏道："要不白公子去帮我把酒肆的阿光叫回来，趁他还未走远。"

他的唇角带着不悦的弧度，不发一语背起她，朝苏苏家里走去。

苏苏看着月光下交叠的影子，眼中带上浅浅的笑意。

她轻轻搂住他，在他耳边低声笑道："白公子，娶我只要一两银子。"

她讲话时，带着浅浅的花酿香气，散在夜色里。

听上去是无稽的醉话，却让他的心跳漏了一拍。

"别胡说。"

"没有胡说，"她的声音明明轻灵，却显得理直气壮，"阿宓需要爹爹，我也需要夫君，那你介意我以前嫁过人吗？"

她趴在他的肩上，偏头去看他。

白子骞的喉结动了动，没有说话。

不介意，他怎么会介意呢？那一刻心里几乎欢喜疯了。可他生怕这些都是戏言。

爱有时候是一种很奇妙的东西，喜欢一个人可以掩盖，但是爱无法掩盖。

哪怕彼此都不讲话，那种微妙的情愫也会一直蔓延。

苏苏笑吟吟的，纵然他没有回答，她却并不失望。

他曾经被放弃太多次，早已经遍体鳞伤。

这次她有耐心，等他一同回家。

月色下这一段路，是苏苏千年来内心最安宁的时候。

然而才靠近家门，苏苏却看见漫天火光。

她讶异地看着柳母慌慌张张从自己的房屋前跑出去："不是我，不是我，我不是故意的！"

白子骞放下苏苏："阿宓呢？"

苏苏道："里面。"

白子骞的脸色变了变，当即冲进着火的屋子里。

苏苏心中知道女儿没事，眼前的火一看就是障眼法，多半是柳母来找碴儿，阿宓吓柳母呢。阿宓是神躯，即便着火也不会受伤。

她跟着白子骞进去，他回眸，怒道："你进来做什么？出去！我会把阿宓带出去！"

她愣了愣，微笑起来："好。"

白子骞也没想到她会这么相信自己，他不再多言，进去抱着阿宓跑了出来。

阿宓一脸蒙，看看娘亲，反思自己闯了祸。

苏苏叹息一声，接过女儿，看向白子骞，只好将错就错道："我们没地方去了。"

阿宓很配合，露出一副可怜兮兮的表情。

看着一大一小两张脸，白子骞沉默片刻："若不介意，先去我家休息一晚。"

阿宓险些欢呼出来。

苏苏也弯了弯唇。

白子骞把苏苏和阿宓带到了之前阿宓住的房间。

苏苏合上门前，他突然抵住门。

苏苏疑惑抬眸去看他。

她手中一沉，被塞进了一个东西。

沉甸甸的分量。

"不管你说的是不是真的，我当真了。"他深深看她一眼，违背了脑海里那个警告的声音，带着冷嘲般的固执和警告道，"别骗我，否则……"

苏苏打开手中的袋子——足足五百两银子。

‖ 第一百三十章 ‖

在偏远小镇能攒到五百两委实不容易，苏苏失笑，这约莫是他全部家底了吧，就这样给了她这个才认识不久的"寡妇"，果然是他的性格。

他没说完的话，即便不说，苏苏也能猜到。

别骗我，否则做鬼也不会放过你。

澹台烬性格的偏执刻在骨子里，骗了他银子还好说，若带着他一腔感情跑路，恐怕他得先杀了她，再自戕。

这一晚苏苏抱着小阿宓睡得很安稳。

失去他的一千年来，她第一次这么安心，因为澹台烬就在隔壁，她睁开眼睛就能看见他。

白子骞却睡得并不安心。

他自小就有种超于凡人的敏锐直觉，白家夫妇出事那年，他心中总有种不祥的预感，想尽办法拦住他们，可是他们只把他的话当作戏言，安慰着答应他，在一个暴雨夜依旧出了门。

他枕着自己的手臂，辗转着翻了个身。

白子骞心中清楚，苏苏和阿宓的来历不凡。他回忆起捡回阿宓那日，小姑娘在树上，那么高的树，她不可能自己一个人爬上去。

今夜从火里把小粉团抱出来，她明明踩在火上，可澹台烬注意到，阿宓连衣裳都没有损坏。

小粉团并不怕火。

绝色姿容，诡异来历，怎么想都不是凡人。

白子骞并不怕精怪和修士，他怕的是她们一旦离开，他便无能为力。

又或者，她昨晚醉酒，才会亲昵小声地在他耳边说戏言，笑着说她要一两银子聘礼。

酒醒之后，她便后悔了。

天亮以后，白子骞忍不住去隔壁，抬起手，又放下来。

门从里面开了。

苏苏早知道他在外面站了许久，见他一直不敲门，干脆自己打开门问："怎么了？"

眼前女子眸中早已褪去了昨晚醉眼迷蒙之色。

白子骞问："你还记得昨晚说过的话吗？"

苏苏当然记得，故意逗他道："我昨晚与白公子说过许多话，不知道公子指的是哪一句？"

他漆黑的眸看着苏苏，说道："若你昨晚说的话是无心之言，可以现在告诉我，我绝不多纠缠。若你现在不后悔，那这辈子都别后悔了。"

苏苏问："我如果反悔，你就真的放弃啦？"

他沉默着，没有说话。

苏苏看着他阴戾的表情，知道他此刻的内心活动十分丰富。明明不是大度的人，偏偏要说违心大度的话。

她晃了晃手中装钱的袋子，郑重道："那些话不是戏言，我不后悔，也没有把你当成别人。聘礼都收了，哪里还有反悔的道理？我和阿宓，此生就拜托你了，好不好？"

白子骞勉强压下上扬的唇角，应道："嗯。"

没过多久，苏苏才明白，他不只是说说而已。

他换下昔日的装束，穿上月白色的衣裳，出了门，并未告诉苏苏要去做什么。

可是他的举动自然瞒不过她。

柳冬雁求而不得的东西，白子骞在遇见苏苏以后，轻易给了她。

他去报名了乡试，想给她和阿宓最好的生活。

白子骞回来时，苏苏在院门口等他。

常乐镇的夏日，院子里往年从不开花的蔷薇不知何时开了，大朵大朵，色彩艳丽。

几只雀鸟跳跃在枝头，苏苏坐在树下，眉目可入画。

生灵皆受神之庇佑，眼中看到的景色，全部生动起来。

这样活色生香的画卷，让他有片刻失神。安宁的午后，院中等他归来的人，这一幕似乎已经盼了很久很久。

苏苏走到他身边，踮起脚给他擦额上的汗水，她的动作很轻柔："这是谁家的公子啊，穿白衣真好看。"

他的嘴角忍不住带上笑意，握住她的手："别闹，都是汗水，很脏。"

在二人心中的一纸婚约，让他们顷刻亲近起来。

苏苏回握住他的手，轻声道："不会。"

很久以前，她在千里画卷中说他穿白衣好看，他便褪下玄衣，白衣一穿经年。

白色衣衫下，他的伤痛无处隐藏，她却曾以为是他故作清白，即便穿了白衣也无法掩盖他是个魔头的事实。

后来他入魔，再也不用白色，直到最后在皇陵亲手刻下墓碑的时候，苏苏才知道，他希望在她心里，他是干干净净的。

他的成长从未受过褒奖，从出生就被看作一个错误。她小小的一句夸奖，他便能记很多年。

"下午我帮你修院子。"白子骞说。

昨夜柳母去找苏苏的碴儿，家里只有阿宓，结果她失手打翻蜡烛。有阿宓在，蜡烛根本燃不起来，为了吓唬柳母，阿宓故意造成失火的假象。

可是小家伙不知道障眼法不能在凡人面前用，苏苏只好将计就计，让院子造成被损毁的假象。

听白子骞这样说，她清凌凌的眸看着他："那院子修好了，你是不是就要赶我走了？"

他低声道："不会，你愿意住多久就住多久。"

苏苏说："还好你不赶我走，不然就让院子坏着吧。"

这话直白极了，白子骞的耳根有几分发烫，他长这么大，从来没有类似害羞的情绪，此刻却第一次觉得不好意思。

即便是妖精，也没有如此大胆的。

她知不知道，凡人没有成亲之前，她住在……夫君的家中，不合世俗规矩？

但她不必守任何规矩，白子骞也不希望她离开。

白子骞把她的发丝撩到耳后："我会让柳母给你们一个交代，还有我与柳冬雁曾经的婚约，我也会处理好。"

苏苏摇摇头："不必，她自己就吓得不轻。至于柳冬雁，你不用去找她，我有别的打算，你相信我吗？"

"什么打算？"

"过几日你就知道了。"

柳冬雁本就一直挂心乡试的事，此次乡试她一直关注着，白子骞年年不考，这次是她最后的机会，她耽误不起了。

柳冬雁不甘心嫁给平庸之人，她咬牙，心道，这回若白子骞再不去考，她便只有听娘的，嫁给李员外做填房。

可是一打听才知道，今年的乡试白子骞会参加。

她惊喜万分，以为白子骞开窍了，愿意娶自己。

还没高兴多久，就从骂骂咧咧的柳母口中知晓，阿宓和她娘住在白子骞家中。

这如何得了！柳冬雁的脸色当即就变了，要去找麻烦。

柳母心中有鬼，支支吾吾拦住她："算了，我听说那小寡妇家中失火，才暂住在白子骞家中。"

柳冬雁哪里肯听，不顾阻拦出了门，找到白子骞，差点维持不住原先贤良的姿态。

"你竟然让那女人住在你家里！你把我当成什么了？"

白子骞看一眼里屋的苏苏和阿宓，确定她们听不见，立刻冷了脸，讥嘲开口："你以为我把你当成什么？柳姑娘，人贵在有自知之明，你口中的婚约，不过是你娘当初在我家做下人时，我母亲的玩笑话，只有你家当了真，还故意散播到常乐镇人人皆知。"

"白家没落，你母亲见捞不着好，这些年一直想反悔，你觉得你们在我眼中是什么？"他哧了一声，"别让我再听见你用那种语气说苏苏和阿宓，她们一个是我将要过门的妻子，一个是我的女儿。"

"子骞哥哥你疯了吗？她嫁过人，还给别人生了孩子，你怎么会娶这样的人？！"

白子骞上前一步，嘴角露出三分凉薄的笑，打量她，低声在她的耳边道："可我不在意。你知道镇上最喜欢讹人撒泼的王四，是怎么死的吗？"

柳冬雁一听，脸色大变。

王四死状凄惨，全镇都知道。

"你……你……"

"柳姑娘，早些回家。"

柳冬雁白着脸，头也不回地跑了。

屋内，阿宓眨巴着眼，问娘亲："父君也会吓唬人呀？"

苏苏失笑，手指抵在唇边，道："对，可是阿宓要装作没听见。"

不然他会不安的。

他哪怕装，也希望在她们面前是个很好的人。

阿宓连忙捂住小嘴巴，郑重点点头。

在她心里，父君就是最好的。

尽管如此，柳冬雁却依旧不肯轻易放弃白子骞。

对她来说，白家没有没落时，白子骞就是天上明月，现在明月落到地上，谁捡到就是谁的。

姿容出众的少年郎，才华斐然不说，肯定还有白家曾经的家底，这样的人怎么能是李员外那种半只脚踏入棺材的人能比的？

柳冬雁咬着牙，没有松口，但也不敢去找苏苏麻烦了。

柳冬雁想等到秋闱过去，再做打算。

若白子骞考中了，她便把婚约之事传得乡亲全部知晓，而且黎苏苏和阿宓住在他家中，本就是他理亏。

若没考中，柳冬雁也不想去惹这样一个人，免得平白沾一身腥。一个没有出息的人，让给那个狐狸精又如何。

秋闱过去，结果还没出来，澹台烬院子中其乐融融。

婚期定在十月。苏苏和阿宓住在他家中，他一直十分"君子礼貌"，从不逾矩。

有一回苏苏趴在庭院前装睡，白子骞的手描绘她的眉目许久，唇到了她的眉心，她甚至听见他吞咽的声音，可是等了半晌，他到底还是没有碰她。

等他走后，苏苏悄悄睁开一只眼。

白母生前栽的石榴结了许多果子，颗颗饱满。阿宓睡觉时，苏苏拿了纸笔，去找白子骞，微笑着看他："可否教我作画？"

白子骞自然应允。

"画什么？"

"那棵石榴树。"

"好。"

苏苏支着下巴，看着栩栩如生的画卷在他手中呈现出来，有些失神。

澹台烬过目不忘，如果不是天生邪物，他必定文能提笔安天下，武能上马定乾坤，当年教他画苍生符时，他就极其聪慧。

石榴树还有最后几片叶子。

白子骞把笔递给她："你来。"

苏苏也不推辞："好。"

她接过笔，一挥，几片不太规则的叶子点缀其间。苏苏去看白子骞的反应，他的神色很平静温和，仿佛没有看见她的"鬼来之笔"造成的破坏。

苏苏问："好看吗？"

白子骞想也不想，说："好看。"

苏苏便忍不住笑，望着他："你知道吗，我不擅长作画，不会女红，不会题诗，更不会跳舞。"

白子骞心里很意外，实在是苏苏的相貌太有欺骗性，这样祸国殃民的外貌，仿佛生来就应该会这些。

"我什么都不会，你会嫌弃我吗？"

白子骞说："不会。"

"好吧。其实我会一样。"苏苏拿起笔，"我教你。"

她抽出一张画纸，沾了墨，笔走龙蛇。

她不会很多东西，可她也会许多，会天下兵器、捉妖画符、镇魔疗伤。

"你知道若它画成，会发生什么神奇的事吗？"

白子骞看着那诡异的笔触，心中有几分隐秘的紧张。

终于要和他坦白来历了吗？

他早就下定决心，不管她是什么，他都不会放她离开。

因此，他故作平静地问："会发生什么？"

他等着纸面生花，活物走出，总归不过是这些怪诞的东西。

可这些东西对他而言并不可怖，他自幼性格凉薄，心中荒芜一片，不惧鬼神。

纸面上墨迹晕开，他等来的是唇角一个很轻很轻的吻。

女子柔软的唇落在他的唇角，带着昙花一瞬盛放的香气。

他全身僵住，苏苏已经退开了。

她一本正经地说："会变成一个吻，你学会了吗？"

面前男子双眸如墨般漆黑，他的喉结滚了滚，低声道："嗯。"

苏苏本来存着盼他开心的心思，此刻四目相对，她觉得脸颊发烫。

刚要站起来，后脑勺被人按住。

硕果累累的树下，他的唇滚烫，秋日变得漫长起来。

苏苏不知道，从那一刻起，他便日日期盼十月婚期的到来。

她喜欢他，他感受到了。

这尘世，真温柔。

‖ 第一百三十一章 ‖

秋闱放榜前，柳冬雁很紧张。

嫁给白子骞还是李员外就在此一举，她心中倒没有考虑白子骞乐不乐意，毕竟常乐镇的风俗压死人，谣言传播多了，白子骞若不愿娶她便没法在常乐镇立足。

比秋闱结果来得更快的，是白子骞重伤的消息。

闺中密友推了推她："冬雁，听说白子骞狩猎的时候被老虎咬伤了一条胳膊，现在卧病在床，你还不去看看吗？"

"什么！"柳冬雁吃惊万分，白子骞的身手怎么可能出这样的事？她和柳母当即赶到白家，看到一个大夫甩手出来。

柳冬雁上前："大夫，子骞哥哥怎么样了？"

大夫说："右胳膊重伤，无力回天，真是晦气，连问诊的钱都出不起，请什么大夫！"

"怎么会没钱？"柳母耳朵里只听进去了这句话，几文银子而已，柳母知道白子骞有家底。

周围的人窃窃私语。

"白子骞所有的钱都被住在他家那个美娇娘骗走了，现在可怜咯，伤了右臂，不能射箭不能写字，现在别说做官，连养活自己都难。"

柳冬雁脸色几变，终究没有踏入这个屋子。

柳母表情也很难看，她嘴上总说退婚，不过是为了吓唬白子骞，从他身上捞些好处。

那个李员外年过半百了，柳冬雁如果主动退婚去给人做填房，被指指点点的就成了她们。

白子骞这回出事猝不及防。

"娘，我想退婚。"

"冬雁啊……可是咱们家会被说闲话。"

"在你心里女儿还比不上几句难听话吗？"柳冬雁说，"我要退婚！"

没两日，柳家收到白子骞的代笔书信，说愿意与柳冬雁喜结良缘。柳冬雁吓坏了，心一横，当晚就雇一顶小轿把自己送到李员外家中。

柳冬雁回门那日，也是放榜之日。

柳冬雁坐在轿子里，听外面的人热热闹闹讨论新任解元老爷。

"白公子文采出众，还相貌不凡。"

"你们说什么！"柳冬雁忍不住下了轿子，捉住一个人道，"他不是残废了吗？"

那人用莫名其妙的眼神看她一眼："你胡说什么？咒人残废。"

柳冬雁强撑着情绪："我亲耳听见的，他被老虎咬伤胳膊！"

"谣言怎可当真？白解元的手没有大碍。"

柳冬雁连回门的心思都没了，一打听，当场晕厥过去。白子骞不仅没有事，家底也好好的，现在还中了解元，可惜她躲他不及，不愿进去探望他不说，还匆匆忙忙嫁给了李员外。

白家小院，白子骞看着榻边的庞大怪物，抿了抿唇，不知道怎么和苏苏解释。

"它不伤人。"

怪物类似虎，却长出了青面獠牙，狮子尾巴。自他出生以来，这怪物每年会变作老虎下山来探望他。

白子骞知道自己的体质特殊，从前觉得没什么，却不料正巧被苏苏撞见。

怪物一看便非仙兽，甚至是比妖还可怖的存在，有一次他甚至看它吞咽了亡魂。

白子骞垂下眸，眼中情绪反复酝酿。他不知在这种情况下博可怜有没有用。

他眼尾泛着红，刚想要讲话，那怪物往地上一滚，变成奶猫大的幼虎，心虚地走到苏苏面前，低着脑袋，迟疑地叫："喵——"

苏苏蹲下，看着它。

"嗷——喵——"虎妖瑟瑟发抖，求不杀。

神干净的气息与它格格不入，这些年它并未长智商，正当它犹豫着想先扔下白子骞自己逃跑的时候，苏苏敛住了身上的气息，摸了摸它的头。

虎妖爪子一软，几乎瘫软在地。

世上最后的神……不……不杀它和它那倒霉的魔神主子了？

苏苏手指点在它的眉心，半晌，她松开手，低声道："谢谢你，虎妖。"

欸！欸！虎妖瞪大了眼，白子骞看着它，那目光很明显，还不快走？

它夹着尾巴跑了。

白子骞问苏苏，眼神古怪："你不怕？"

苏苏笑着看他，不答反问："你心里知道我有问题，会害怕我吗？还敢娶我吗？"

"你不后悔便好。"

几日后白子骞才知道柳冬雁已经斩钉截铁退了婚，还匆匆嫁给了李员外。

他听到外面的传言，有几分好笑："你让他们以为我被咬伤的？"

苏苏点点头，坦诚地说："她若走进来，对你不离不弃，便知道都是假象。"

可是柳母和柳冬雁都是凉薄之人，她们想逼迫白子骞，现在被反噬，因为率先退婚被人指点点，还被笑话有眼无珠。

"你呢？若我真的残了右臂，你会不会离开我？"

苏苏没想到白子骞会这样问，他问得云淡风轻，微垂的眼尾却暴露了他内心的想法，看着他漆黑的眸："你自己看。"

她握住他的手，放在自己眉心，闭上眼。

很快，她眉心的白色神印显现，一幅场景浮现在白子骞面前。

千年以前，丛林中的小镇，玄衣少年奄奄一息趴在地上，他的左眼被弄瞎，一群孩子对他扔石子。

牵着马的少女走过，抱起他，扶他上马背。

她和他斗嘴，手上却轻轻地一点点擦去他左眼的血污。

树妖法身内，她剜下自己的眼睛，为他换了眼。落在他唇上的吻很轻很轻，驱散了一整个世界的黑暗。

苏苏睁开眼："不会离开你。"

曾经没有，将来也不会。敬你为六界牺牲时的强大，也怜你无人能懂的孤独。

白子骞收回手，强忍住眼中泪意，笑道："嗯。"

他们成亲那日，是人间的十月。

苏苏没用任何法术，悄悄认真和绣娘学了绣盖头。

来的客人很多，她从小酒肆出嫁。一路上洋溢着乡亲们热情善意的道喜声，她从喜帕的缝隙中看见，那人眼中一直带着笑意。

他红衣墨发，干净谦逊。

她放下手，这一刻，不仅是澹台烬等了许久，她也等了漫长的光阴。

他们作为两个平凡的人成婚，他不再是生来骨子里带着邪恶和屠戮的魔，她也不是背负着使命的神女。

来生愿你做个普通人，有喜乐，知悲苦，体验平静幸福的一生。

当年她的一番话，他纵然身死道消，残魂中的执念也记了很多年。

白子骞一直觉得这一日不真实，他挑起新娘的盖头，看见苏苏一双含笑的眼，心里总算安稳下来，嘴角上扬。

喜娘在一旁说着恭喜的话，他们饮下合卺酒，喜娘笑得合不拢嘴："新娘结发。"

人间常乐镇的礼仪苏苏早已学过，她用银色剪刀剪下自己和澹台烬的一小缕发，用红线绑在一起，念："结发为夫妻，恩爱两不疑。愿为连理枝，白首不相离。"

两束发被合在一起，放在红色的木盒中。

白子骞看着那个合上的木盒，他从来没有想过，真的能等到这一日。

喜娘退了出去。

烛火跳动下，她的眉眼退去神女的冷清，多了几分人间烟火的动人。

苏苏的妆容潋滟，轻轻抚上他隽秀的脸："能告诉我，我的夫君此刻是谁吗？"

他道："白子骞。"

苏苏没有反驳他，握住他的手，红线琉璃珠串戴在了他的手上。

"皇陵我去过，珠串我找回来了，没有做好的剑穗我早就重新做好，你当年走过的路，我也走了一遍。"

他低着眸，死死掩盖眸中情绪。

那是他这辈子听过最温柔的话。

"魔宫的昙花开了一年又一年，苏苏和阿宓也等了一年又一年，夫君，你什么时候愿意和我回家啊？"

他哑声道："你什么时候知道的？"

知道他并没有忘记属于澹台烬的记忆。

苏苏捧起他的脸，用柔软的眼神看着他的眼睛："澹台烬不是会一见钟情的人。"

他是个执念至死的疯子，是世上最疯狂的傻瓜。

澹台烬无从辩驳，喉结滚了滚："抱歉。"

他曾为六界每一个人留下退路，包括跟了他五百多年的虎妖，他让老虎吞了洗髓印上的上古饕餮真魂，助它洗髓。

留在洗髓印上的饕餮，只是一具贪婪的空壳。

他从没想过自己有一日能回来，他以为她成神，自己魂飞魄散，是对她而言最好的结局。

谁知失去情丝的自己冷血无情，没有来得及放虎妖离开，饕餮什么都吞，虎妖被卷入同悲道后，懵懂吞了他当年消散在同悲道中的魂。过了一千年，他的魔魂重新凝聚，投身到了人间。

他本来打算这一生在人间平凡地活着，不去寻她，也不打听她。直到那一日他看见阿宓，再也迈不动步子。

三分像她的眉眼，便可以让他倾尽此生所有的善，带阿宓回家。

他太想她了。

现在的一切，是他从来不敢想的画面。他甚至假装着自己是白子骞，不敢戳穿此刻的美好。

澹台烬艰涩地问："我……让你失望了吗？"

苏苏从来不知道，自己有一天可以这样心疼一个人。事隔经年，他不敢回到魔域，偏安一隅，点出身份以后，最怕的依旧是令她失望。

他竟一度以为，他活着，都会让她失望。

她摇摇头，轻轻环住他，眼眶里也泛起泪水："你不知道我多感激，你能重新回到我身边。"

"澹台烬，我有许多想与你坦白的事。阿宓是你的女儿。"

"我知道。"他低声说，若是起初不懂，后来还有什么不懂的？阿宓像她，更像他，天知道那时候他心中有多欢喜。

"叶将军府的三小姐，喜欢过那个为她绣盖头的少年帝王。梦境中的黎苏苏，喜欢过为她补魂的沧九旻。"她顿了顿，声音很轻很轻。澹台烬听见神女的声音如三月春风般温柔："一如现在的我，爱着忘记回家的你。"

烛火映出他的剪影，他骤然湿了眼眶。

为了等这一句话，他孤独待在苍冷的鬼哭河，忍受数百年骨肉被吞噬又重新长出的痛。他走过魍地，背后是凄清的月亮。他在同悲道里千年，忍住罡风，慢慢凝聚魂魄。

连道都为他叹息。

爱一个人，何至苦涩如此呢？

他以为此生等得再久，他依旧是当年被困在魇魔梦境中，那个吞吃琉璃碎片、始终等不到神女下凡的男孩。

可是不知何时，他的神女回眸，眼中终于有了他的影子。

魔界蓝紫色的昙花开满山坡时，整个魔界的妖魔都知道，他们的魔君要回来了！

那一日姒婴庄重地整理了一番自己的皮囊，所有大妖魔都站在妖魔界界碑口相迎。

澹台烬曾想过许多如今妖魔界的场面。

可他从没想过，当他踏入妖魔界那日，所有妖魔恭敬喜悦相迎，站在前面的姒婴和惊灭眼中甚至泛起了泪花。

妖魔界那些新生的、纯稚的面孔，躲在父母的背后悄悄看他——以看君主般的崇敬的眼神。

他这一生，年少时受尽冷眼和欺凌，做帝王时，见惯了别人恐惧厌恶的眼神，后来成为魔神，一个人走过六界鄙夷的目光。

他以为这辈子，他会永远结束在人间那个下着雪的冬日。

那时候，澹台烬并不知道，岁月和天道是慷慨而温柔的，他当年的牺牲，独自走过的困苦，在这一年，以另一种方式回馈于他。

他的小阿宓，昂起小脑袋，以他是她的父君为傲。

惊灭抱住小阿宓，险些哭出声："帝姬没事太好了，不然我怎么对魔君大人交代！"

阿宓很愧疚，奶声奶气地安慰道："对不起，惊灭叔叔，阿宓让你担心了。"

苏苏执起澹台烬的手，牵着他走过繁花锦簇的妖魔界。

幽蓝的花朵盛放，萤火虫飞舞，树下长出朵朵蘑菇。

澹台烬的黑瞳映出眼中景象，魔脉涌动，山川壮阔。

他曾经没有家，半生飘离，无处可依。

但澹台烬知道，这一刻，他回家了。

番—外—卷

番外 1

逍遥宗

澹台烬记得，那一日天空是湛蓝的，他的身躯在河水中被侵蚀腐烂了，机缘巧合得到魔器，爬出了那个地方，重新长出躯体。

五百年了，他找遍鬼哭河，依旧没有看见叶夕雾的魂魄。

于是他想活着。

活着，才能有一天再次见到她。

在鬼哭河中五百年后，他像个恶鬼，全身苍白破败，无力地倒在青草地上。

他不知道自己是个什么怪物，全身烂过一轮，像是地上的淤泥，再慢慢重组起来。唯有用尽全力保护的一双眼，依旧能看见世间色彩。

那是他第一次见到兆悠仙君。

老人坐在毛驴上，路过他的身边。

澹台烬用一双冷冰冰的眼打量这个路过的人，他周围蛇虫鼠蚁尽数退散，只有这老人走过来了。

兆悠打量着生存欲望顽强的少年，叹息一声："卦象说东南有异，不知是福是祸，竟是指的你啊。"

"一念生，一念死，众生有灵，你来自何处，可有家？"

少年带着森然白骨的手指无力地陷入草地里，不发一言。

兆悠平白觉得他有几分可怜。少年的眼睛又冷又冰，可是当兆悠提到"家"这个字，他一双渗着血的眼睛却恍惚茫然起来。

兆悠知道，孤独大半生的人才会有这样的目光。

"那么此后，逍遥宗便是你的家。"

澹台烬听见他这样说。

那日兆悠把他带了回去，知道这人要救他，澹台烬想伺机杀人夺宝的心思散了。

他太虚弱了，需要一个地方丰满羽翼，不能轻易祭出体内的屠神弩。

他小时候听过农夫与蛇的故事，农夫救了蛇，却被蛇反咬一口。

他觉得自己是故事里那条蛇，阴冷的目光打量着兆悠带他走过的土地。

澹台烬躺在毛驴上，牵着毛驴的兆悠悠悠唱着歌。

歌声旷达，带着安慰人心的力量，澹台烬撑了一会儿，在这样的歌声里睡着了。

兆悠没有回头，空中一条锦毯盖向少年身上。

毛驴带着他们穿过河边的丛林，飞上逍遥仙山。

"到了。"

澹台烬睁开眼睛，五百年来，他第一次能入睡，眼前是一片壮阔的云雾，山门下有一大片农田，农田鳞次栉比，里面种了药草，看上去绿油油，生机勃勃。

眼前有一片柿子林，柿子成熟了，挂在枝头，并没有掉下去。

兆悠见他看着柿子，笑道："回头让藏海给你摘两个尝尝。"

再往前走，门前也种了郁郁葱葱的药草。

几个男子迎出来，欢天喜地道："师尊！"

"师尊，你终于回来了。"

"哎……他是谁？"

兆悠笑吟吟说："一个可怜人。"

几张大脸同时凑了上来，为首的是一个略胖的男子，束着发冠，腰间挂了葫芦，眉毛耷拉下去道："受了好重的伤哟，一定痛得很。"

几个年轻弟子的眼中都带着同情。

澹台烬的黑眸却带着戒备，不动声色打量着他们。这世上没什么好人，老头救他一定别有所图。

兆悠挥开几个男子："去去去，都去做自己的事情，围着他做什么。"

众人抱拳行礼，笑着离开了。

兆悠把他带到屋子里，挥手出现一个巨大的木桶，木桶中水汽氤氲。兆悠单手结印，念了句法诀，外面的药草飞入屋子，在水中化开。

兆悠道："会很痛，帮你清理腐肉，忍耐一会儿。"

澹台烬落入木桶，闷哼一声。

兆悠叹息着说："痛就喊出来，喊出来好受些。"

澹台烬依旧不说话，咬紧了牙关。他耳朵里听见窗外百灵鸟在叽叽喳喳叫，方才见过的胖修士指挥其他弟子的声音传来——

"藏林，去师叔那里拿灵丹。

"藏树，你的衣裳呢？你和他的体格差不多，找一套来。

"藏风……"

"知道知道，我那屋子灵气足，适合养伤，我这就腾屋子，藏海师兄别撵。"

"臭小子！"

几人笑作一团。

兆悠眼里也带上淡淡的笑，他泡了一壶茶，室内茶香袅袅，驱散了澹台烬身上腐肉的味道。

少年赤裸着身体坐在木桶中，若是别人，总会不安，可他并没有，他并不在意自己的赤裸，一心努力地吸收木桶中的药力。

从那一刻兆悠就知道。

这少年心性坚忍，却缺乏常人应有的羞耻心，未来定会是个大角色。

未来是好是坏，全看造化。

逍遥宗善卜卦，兆悠游历数年，历练归来捡回一个少年，收作关门弟子，赐名沧九旻。

九旻，意为九天。

澹台烬伤好些，敬茶那一日。

兆悠一双眼睛温润，接过茶盏，摸了摸他的头，声音和蔼：“人之初，起点并不相同，但是九旻，善或恶，成或败，不在世人，在你的本心。”

澹台烬抬起眸，心中嗤之以鼻，面上恭敬低声应道：“弟子谨记于心。”

他拜下去。

　　天上白玉京，十二楼五城。
　　仙人抚我顶，结发受长生。[1]

逍遥宗在澹台烬的眼里，只是养伤和入门仙道的踏脚石。澹台烬冷冷地想，他们养了一条毒蛇却不自知，他们见过自己最狼狈的样子，等他这条毒蛇将来强大，杀光他们所有人都有可能。

最初，澹台烬的确是这样想的，可是没想到画风不知道怎么越走越偏。

澹台烬心里一直知道自己要什么，做凡人的时候，他孺慕仙人的强大，肉体长好那一日，他心道，引气入体的机会来了。

按理说，门派说不定还会发个小册子仙诀之类。

于是他去找藏海。

藏海在缝衣裳，澹台烬看了一眼，移开目光，谦逊道：“藏海师兄，我身体好了，师尊让我跟着师兄们先学入门心法。”

藏海的胖手指捏着衣裳，牙齿咬掉线头，乐呵呵说：“不急，不急，小师弟

---

[1] 出自李白自传体长诗《经乱离后天恩流夜郎忆旧游书怀赠江夏韦太守良宰》。

身体还虚弱，修炼很苦的，需要强健的身体。"

澹台烬沉默片刻，看看他咬断的线头："知道了。"

等了三天。

澹台烬："师兄。"

"好好好，今日就教，你记着啊。"

澹台烬目光沉顿，侧耳聆听。

"闭目冥心坐，握固静思神。叩齿三十六，两手抱昆仑。左右鸣天鼓，二十四度闻。微摆摇天柱。①摇天柱……"

澹台烬凝了一半的气卡住，睁开眼睛，轻声道："大师兄？"

藏海敲了敲脑袋："别急，别急，我想想啊，引气入体过去太久了，师兄给忘得差不多了。"

澹台烬忍住心里的火气，如玉的隽秀容颜露出一抹笑道："好。"

片刻后，海、树、林、风几位师兄齐聚，教小师弟引气入体口诀。

几人磕磕绊绊拼凑，到了"如此三度毕，神水九次吞，咽下汩汩响，百脉自调匀"②时，产生了分歧。

藏海："是这样的，我当年就是这样记的。"

藏林："不是吧师兄，我记得这一句在后面。"

藏风："藏林师兄说的是对的，藏海师兄，你忘了你当年引气入体引了三年，师尊还以为你的灵根测错了吗？"

藏海的额头渗出冷汗："哈哈哈，小师弟，你别急。"

澹台烬面无表情看着他们，听见这句话，微笑道："好的。"

一群废物玩意。

他们拼凑口诀拼了三天，终于在第三天整理出一本小册子。

几人围住澹台烬。

"小师弟，这回没错，准没错，我们还请教了师叔和蓝师姐。"

"对对对，小师弟快学。"

澹台烬木着脸，很想冷笑一声，忍了又忍，勉强露出一个腼腆的笑："多谢师兄们，我已经自行参悟了。"

他抬手，一团淡淡的白气若有若无，出现在他的掌心。

海、树、林、风齐齐赞叹。

---

① 出自"十二段锦"中第一至第四段锦歌诀。

② 出自"十二段锦"中第十一段锦歌诀。

"师兄，我该筑基了。"

藏海高兴地伸出一只手搭在他的肩上："小师弟，恭喜你，门派规矩，引气成功以后，可以放三个月的假。"

澹台烬看着他们艳羡的眼神，心里燃起全部砍死的想法。

"呵呵。"

他们没有听懂澹台烬的阴阳怪气。

"本来师兄们还在担心，小师弟，你来得不凑巧，过两个月就要考逍遥心经，入门弟子也得默背心经，不合格会受罚。你若有空，可以背一背，可稳固灵体，安稳道心。"

四师兄藏风凑到他耳边："别怕小师弟，师兄们到时候悄悄给你传音，不会让你受罚的。"

"谢谢师兄。"

逍遥宗的心经有数百页之厚，要一字不差背下来，是所有逍遥宗弟子心头难以言说的痛。

到了考心经那一日，澹台烬在识海中默背完一轮，抱着双臂冷冷看一整个试炼场地、青白衣衫的逍遥宗弟子们，个个抓耳挠腮，神情痛苦不堪。

他后知后觉明白过来，他是进了一个何其奇葩的宗门。

全员懒惰，逍遥度日，灵根奇差。

与其这样，不如被逐出师门，另寻出路。

他抬手，抹去原本已经在识海中拟好的逍遥心经。

澹台烬讥讽地弯起唇，猛兽焉与群羊为伍？

海、树、林、风默完以后，悄悄给澹台烬的识海传音，他无视这群废物，看向外面的天空。

人间恐怕是冬日了，仙门的冬日却并不会下雪，仙气袅袅后，是开阔连绵的山。

考核没通过者，会在五日后去思过崖受罚。

逍遥宗虽然散漫，却对背不出来心经的弟子非常严厉，要受足足二十下鞭笞。

澹台烬脱去逍遥宗鱼纹青白衣衫，换上一身玄衣，等着执法长老传召。

逍遥仙山的冬日有月亮，当在冬日依旧温暖的月光照亮这片土地的时候，澹台烬靠在门口，想那个思念了五百年的人。

他不知道要以何等强大的力量，才足够复活一个人，更不知到哪里能寻到那个人，但绝不是在逍遥宗这样的地方。

他等传召受罚，从月亮刚出来，一直等到月光变淡，依旧没有任何人来处罚他。

澹台烬起身，朝思过崖走去。

瀑布之下，四个人靠在一起唉声叹气。

他们背上数条带着血的鞭痕，咂嘴道："静心师叔下手还是这么狠啊，痛死个人。"

藏海摸摸自己带血的脊背，一个个拍："不过每人二十鞭而已，快起来，换一身衣裳，别让小师弟看出来了。"

"哟，痛啊师兄。"

几人站起来，掐诀换衣裳。

藏树说："还好这打的不是小师弟，打咱们没事，反正皮糙肉厚，当年挨打惯了。"

"对对，小师弟年纪小，还是凡躯。"

藏海喝了口葫芦里的酒："他伤才好，之前伤那么重，孤零零躺在那里，藏风给他说笑话都不笑，悲伤都藏在眼里，既然成了我们的师弟，咱们没什么用，不能为他做别的，能保护他，就要保护好他。"

澹台烬冷冷看着这一幕，走回自己的住处，一夜没睡。

他还没辟谷，第二日藏海给他端了饭进来："来来，师弟尝尝，师兄新学的红烧狮子头。"

藏海看着他的玄衣："欸，师弟，怎么不穿弟子服了？"

澹台烬拿起筷子，把狮子头戳烂："不喜欢白色。"

狮子头在筷子下破碎。

"玄色不错，玄色也好，小师弟穿玄衣丰神俊朗。"藏海依旧笑呵呵的，"回头师兄给你缝上鱼纹，咱逍遥宗的人，总得有个标志。"

澹台烬没说话，垂眸夹了一个狮子头入口。

狮子头做得十分软糯，入口即化。

澹台烬低声说："好。"

后来藏海在他所有玄衣上补上了银色鱼纹，包括澹台烬的靴子。

那是澹台烬五百年后，第一次尝到被尊重的滋味。

第二年背逍遥宗心经。

澹台烬默背完，抬眸去看广阔的天空，识海里是师兄们叽叽喳喳给他传输正确心经的声音。

这群"废物"，似乎也并没有那么可憎。

那年澹台烬考完逍遥经以后，海、树、林、风四位师兄的能力已然不足以教他，兆悠便亲自教导澹台烬。

"可会下棋？"

澹台烬摇头："不会。"

"过来坐，为师教你。"

澹台烬在兆悠面前坐下。

兆悠道："棋如人生，观棋可观心。"

兆悠仙尊给澹台烬细细讲了下棋规则，师徒二人执子对弈，兆悠执白子，澹台烬执黑子。

少年指尖苍白冰冷，玉石般的玄色棋子在他修长的手指中十分漂亮。

澹台烬很聪明，几乎兆悠讲了一遍，他就能触类旁通，举一反三。

片刻后，澹台烬输了。

他抿了抿唇，黑曜石般的眸燃起兴味："再来。"

兆悠便与他再弈一局，看着棋面，兆悠在心中叹息一声。

观棋知心，少年落棋杀伐阴狠，不把兵卒的命当成命，毫无悲悯之心，那些棋子在他指尖成片牺牲，少年的眸中却只看得到胜利。

"不择手段"，兆悠想到了这个词。

"九旻，晚间去藏书阁，找第二排第三列第八本蓝色书皮的那本书看，明日背给为师听。"

澹台烬虽不解其意，但对他来说，兆悠显然比藏海他们有本事得多，他心里并不敬重兆悠，垂眸应道："好。"

依兆悠的话，澹台烬抽出那本要他背的书《启蒙》。

蓝色书皮看上去有些年头了。

看见这名字，澹台烬皱了皱眉。

翻开，上面竟然有明显小孩子的稚嫩笔记，澹台烬揣着书，找藏书阁的师兄登记。

师兄很是惊讶："九旻师弟为何看孩童启蒙书？"

"师尊叮嘱的，"澹台烬问，"师兄是说，这是孩童启蒙书？"

师兄笑道："这是宗门内十岁以内孩童看的书籍。"

"……知道了。"

晚上澹台烬翻开那本书，第一页讲的是爱。

他盯着那个字看了会儿，面无表情翻到第二页："善"。

他再翻，是"忠义"。

澹台烬看了一遍，把整本书背了下来，第二日本以为兆悠要考他，却并没有。

"你随为师来，为师有任务交给你。"

澹台烬去逍遥宗第一次接任务，他本以为是除魔降妖，没想到兆悠带他去了人间一条破落的小巷。

风雪之中，站着一个拄着拐杖的老妇人。

"看见她了吗？她儿子去打仗以后，她便日日站在这里等，等了十五年，可她并不知道，儿子已经死在了战场上。明日便是她的大限之日，你变成她的儿子，成全她一个心愿。"

"师尊。"澹台烬皱眉。

"九旻，去吧。"兆悠手拂过，澹台烬变了一番容貌。

澹台烬在风雪里站了一会儿，抬步朝老妇人走去。

那双毫无神采的浑浊眼睛，带着沉沉的死气，老妇人像一块枯朽的木头，裹紧了破败的袄子，雪落在她的白发上。

看见澹台烬那一瞬，她毫无感情的眼慢慢弥散了一层泪意。

她颤声说："志儿，是娘的志儿吗？"

那双枯瘦的手，像老树皮，抚在澹台烬的脸上。

澹台烬沉默不语，他没有娘，不知道人们和娘亲是如何相处的，他不是李志，也模仿不了李志。

老妇欣喜地把他迎进屋，絮絮叨叨说了许多话。

"志儿你看，这是娘这些年给你做的衣裳，你试试看合不合身。"

好几套衣裳，从夏到冬，针脚细细密密。

澹台烬看看手下的新衣裳，再看看老妇人身上单薄打着补丁的旧衣："嗯，合身。"

那一晚，他和一个陌生的老妇吃了一顿晚膳。

外面刮着风雪，一灯如豆的室内，弥散着鸡汤的香味，鸡炖得十分软糯，老妇说着李志小时候如何如何，澹台烬垂眸听着。

李志的房间很干净，一看就知常年打扫，被褥偏薄，但非常干燥。

澹台烬枕着手臂，并没有睡着。

天快亮起时，澹台烬感应到什么，推开老妇的房门。

她已经死了。

死在冬日这场暴风雪中，身边是叠得整整齐齐的几套李志的衣服，她手脚青紫，脸上神情安谧。

澹台烬看了一会儿，合上门，路过院子。

雪地里埋葬着鸡毛，那是老妇赖以生存的鸡，就在昨夜，她用来给"儿子"

补身子。

老妇风雨不改等了十五年，死的时候很幸福。

兆悠出现，对澹台烬说："走吧。"

小院在风雪中合上门，一年内，兆悠没有教澹台烬太多仙法，反倒时不时带他去游历。

有时候让他做一位将军，校尉为了保护他，死在包围圈中。

其实但凡校尉肯松口，不但不会死，还能高官厚禄加身，家里的娇妻幼子也不至于此生无依。

然而校尉披上澹台烬的披风，毅然道："将军快走，此生珍重！"

澹台烬眸中，朝霞漫天，那个披着自己衣衫、穿着铠甲的年轻士兵，倒在了漫天箭矢下。

还有一次兆悠让他做一个七八岁孩童，小孩的乞丐哥哥抢了别人的馒头，被打得浑身是伤，却疯跑回来，把那个早就脏污的馒头递到了他嘴边。

"文弟你吃，哥在外面吃过了，不饿。"

澹台烬化作瘦弱小孩，坐在破庙前，看着外面的瓢泼大雨。

他低头咬了一口，嘴里的馒头冷硬，旁边八九岁的男孩咽了咽口水，努力不看那个馒头，倒在稻草上，用乐观的声音说："哥哥今日路过学堂，看见那些小公子都在学堂上学，等以后文弟大些，哥哥也把文弟送去念书。念了书，就可以考状元，到时候文弟再也不会饿肚子，天天有大鸡腿吃。"

澹台烬嚼着嘴里的馒头，问："那你呢？"

男孩说："我啊，到时候文弟给我找个差事做就好。"

澹台烬不说话，第二日雨停了，蜷缩着身体的男孩被饿醒。

"文弟？文弟？"

身边空荡荡没有人，只留下一个精致的木盒，男孩打开木盒，里面是一只烧鸡。

澹台烬没有撑伞，雨水并未沾染他玄色衣袍分毫。

兆悠抬眼，笑道："回来了。"

"是，师尊。"

兆悠依旧什么都不问，澹台烬依旧什么都不说。

许久以后，藏海问起这件事："小师弟，当初师尊总是带你去历练，你都学会了些什么啊？"

几个师兄弟探头探脑凑过来，显然十分好奇。

他们当年历练的时候，学过如何降妖，如何破水。天才一般的小师弟，学到的东西会不会和他们学的不一样？

学到了什么？

想起风雪中的老妇，为忠义而死的年轻校尉，抢了馒头挨打的小乞丐……

一张张脸在眼前闪过。

沉默了许久，澹台烬冷冷开口："世人愚蠢。"

澹台烬记得，自己去逍遥宗第二年，三师兄藏林有了心上人。

她是小驼峰一个师叔新收的女弟子，叫作聂水。

藏林日日和师兄弟们说起聂水多么漂亮聪慧，善解人意。

澹台烬见过那女子一回，穿着逍遥宗的青衣，腰带上还系了亲手编织的穗子，眼尾内勾，微微上翘，说话总带着几分笑意。

小家碧玉的容貌，一张嘴很甜。

初次见到澹台烬时，聂水那双眼睛直了片刻，笑盈盈靠过来，手若有若无去勾澹台烬的衣摆。

澹台烬嘴角勾起，眼神嘲讽看着她。

他低声道："聂师妹，我三师兄在你身后看着你呢。"

"什么！"聂水一惊，回头看去，发现身后空无一人，再看澹台烬，聂水有些羞恼，尴尬地收回手。

这样一个人，把藏林勾得三魂丢了两魂。

逍遥宗的灵石需要弟子们出去降妖才会有，或者捕猎妖兽。

藏林每每九死一生回来，伤还未好，便把用灵石买来的灵器赠予聂水。

有时候是护体玉镯，有时候是布阵发簪。

藏海、藏树和藏风都看不下去了。藏海劝说道："藏林，咱们都知道你喜欢聂水，可那聂水收了你的好，从不见回礼，也对与你结为道侣的事情避而不谈，我觉得聂水不若你口中那么好。"

藏林摇头："师兄，你怎么这般说聂师妹？这些东西不是聂师妹问我要的，她灵力低微，我这才送她些东西护体。"

等藏林走了，藏风道："九旻师弟，你劝劝藏林师兄吧。"

澹台烬抬起狭长的眼，道："别做无用功。"

仲夏的某一夜，澹台烬躺在树梢上，遇见聂水与合欢宗的弟子偷情。

合欢宗那男子生得唇红齿白，丰神俊朗，聂水攀附在他身上。

瀑布冲刷过去，聂水平日的羞涩半分不见。

"那蠢货又送了你什么？"

聂水笑道："百年灵精。"

合欢宗男子挑眉："这可是洗髓的好东西。"

"哪有哥哥带我双修好？那家伙就是个木头，说什么发乎情，止乎礼，非要人家与他结为道侣。"

澹台烬冷淡地看了一会儿，躺回树梢。

他的心是冷的，并不想管这样的闲事，对澹台烬来说，复活叶夕雾才是大事。

藏林自己眼睛瞎，喜欢上这样的人，就该为他的愚蠢付出代价。

彼时安魂灯还未现世，澹台烬常去仙外洞穴寻引魂草，引魂草搜集千株，才抵得上安魂灯一次功效。

从仙外洞穴回来，澹台烬遇见焦急不已的藏风："小师弟，你回来得正好，三师兄出事了。"

澹台烬跟着他走过去，发现藏林躺在榻上，脸色青紫，脚踝上两个硕大的毒蛇牙印。

"怎会是赤练妖？"

赤练是大妖，还带着剧毒，师兄弟几人个个脸色难看，帮藏林去毒，最后兆悠赶过来，才稳定住了藏林的身体。

众人在藏林怀里，看见一对被保护得很好的耳环灵器。

藏海气得拍了拍腰间葫芦，握拳道："又是因为聂师妹。"

藏树叹息道："傻小子，再这样下去，早晚得因为聂水而死。"

澹台烬淡淡靠在门边，事不关己。

藏风说："哎，这是什么？"

藏海拿起来，道："是几棵引魂草。"

"藏林要这东西做什么？"

澹台烬顿了顿，抬眸看去，藏海手中，赫然是几株带着幽蓝光泽的引魂草。

耳边仿佛传来藏林昔日爽朗的笑声："虽然小师弟不肯说寻引魂草做什么，日后三师兄见着了，一定帮小师弟采回来。"

澹台烬走过去，接过那几株引魂草，突然一言不发朝外走去。

"小师弟，你要去做什么？"

澹台烬御剑出了逍遥仙山，寻着气味找到了那条赤练蛇妖。

他割破手指，布了个阵。

赤练本在修行，被血中可怖的煞气烫得化作原形，尖声翻滚出来。

澹台烬并没有打算杀他，赤练蛇妖看见澹台烬衣衫上的纹路，惊疑道："你是什么人？来帮你同门报仇的？"

少年弯唇："不，我是来请你帮忙的。"

传说赤练可男可女，幻化的男女皆妩媚多情，于是少年想让赤练帮这个忙。

不帮，那就去死吧。

赤练看着眼前带着冰冷笑意的少年，连连点头："帮，你说什么我都做。"

逍遥仙山的冬日还没到来，宗门内发生了一件大事。小驼峰的聂水与赤练蛇妖私通被发现了，逍遥宗再开明，也容不下仙妖私通。

何况聂水偷宗门内的灵丹赠予赤练，被发现时，聂水肚子里已经有了赤练的骨肉。

整个宗门轰动，聂水若想要活下去，得抽去仙髓，走过斩灵梯。

聂水磕头，哭泣道："不要，我知道错了，求师尊师伯们放过我。"

抽去仙髓，她就是个凡人，走过斩灵梯，比烈火焚身还痛。

执法师伯冷冷看着她："不想走也行，让那赤练大妖替你走。"

聂水脸色惨白，想寻求平日花言巧语的赤练大妖帮助，然而往日那笑盈盈的人，早已消失不见，哪里还能让她寻到，代她受过！

聂水绝望无力地跌坐在地上，执法师伯早知这样的结果，冷哼一声。

藏林远远看着聂水。

聂水被抽出仙骨前，他哑声开口："我替她走。"

"藏林，你疯了！"师兄弟们惊怒道。

澹台烬转眸，冷冷看着藏林。

藏林冲兆悠磕了个头，依次对师兄弟们拜了拜。

"师尊，弟子不孝。师兄、师弟，你们就当藏林疯了。"

聂水怀着孕，若真走过了斩灵梯，凡人都当不了，她会死。

兆悠闭上眼，沉沉叹息一声。

于是那日澹台烬看着那个愚蠢的男子，一步步走过千阶斩灵梯，浑身是血倒在自己面前。

他顿了顿，扶住藏林。

藏林眼睛里带着泪，苦笑道："小师弟……"

"嗯，三师兄。"

"以后喜欢一个女子的时候，要记得喜欢很好的人。"

澹台烬低声说："你后悔吗？"

藏林摇头："不后悔，男人总得对喜欢的人有担当。只是自此……藏林不再喜欢她了。"

你爱上一个姑娘，即便她是个坏人，是个骗子，是个浪荡的女子，你也要对她好，护她无恙。

藏林作为一个凡人下山那日，十分豁达，背着行囊，抱拳道："山高水长，愿今生还有机会得见师兄弟们。"

藏海别过头，眼眶湿了。

逍遥宗容不下聂水，到了这个关头，聂水却并不愿意跟着藏林一道走，她的仙髓还在，决定孤注一掷去找赤练或者合欢宗的男修。

她逃离逍遥宗那日，面前出现一双玄色靴子。

少年冲她偏头微笑。

"你这条命，不值他的修为。"

我的三师兄，一个人多孤单啊。

冬日的大雪到来前，澹台烬躺在屋顶上，他全身是血，脸上也带了聂水的血，想起了那个在他心上留下灭魂钉的骗子。

他的手指划在人间屋檐的瓦片上，划破干净的雪面。

他喃喃道："叶夕雾，自私自利的我，是不是不配爱你？"

杀了聂水毫无罪恶感的我，是不是从没变过？

那时澹台烬并不知道，他将来会为苏苏付出什么，是怎样吞咽下孤独和眼泪，在皇陵刻下墓碑，一个人走过寂寞的同悲道，为六界带来春。

藏林下山以后，澹台烬再也没有见过他。

聂水的死像人间冬日的积雪，开春以后雪化了，便再没人提起。

兆悠唤澹台烬过去，道："去思过崖受罚。"

澹台烬说："师尊为何罚我？"

"你前几日去人间做什么？"

澹台烬平静道："采买衣物，弟子在知慧师兄那里登记过。"

兆悠摇头，手中拂尘凌空打在他背上："宗门有宗门的规矩，逍遥宗讲因果有报，聂水与赤练私通，必须抽去仙髓，走斩灵梯，她的因果藏林受了。藏林倾尽所有，只为她活下去，可你做了什么？"

澹台烬用手指擦了擦嘴角的血，冷冷弯唇，不语。

兆悠一看便知少年并不知错。

"去思过崖。"

澹台烬在思过崖待了三个月，其间三位师兄轮流来探望他。

藏海道："小师弟，你做什么惹师尊生气了？我跟了师尊八百年，也没见他发这么大的火。"

"无事。"

"思过崖冷，明日师兄给你带护体法衣来。"

"多谢师兄。"

他不愿说，藏海也不好多问。

思过崖的寒气一阵阵往身体中钻，哪怕是仙体，在里面待久了也难受。

兆悠来过一次，问他："你可知错？"

澹台烬睁开眼，唇被冻得乌青，他点头低声道："弟子知错。"

兆悠看着少年漆黑的眸，叹息道："知错便回去吧。"

澹台烬站起来，脸上闪过一抹讥诮。

澹台烬在逍遥宗第二年，全身都是阴毒的刺。

藏字辈的师兄都对他很好，久了，澹台烬在逍遥宗便戴上了一张温和腼腆的面具。

逍遥宗的人都单纯，或者说蠢，这样的性子反而让逍遥宗师兄师姐们为他鞍前马后。

弟子中有个出类拔萃叫作邵霁的，邵霁出生于蓬莱仙岛，父亲是蓬莱弟子，邵霁在逍遥宗小有地位。

邵霁与藏海一个辈分，同一年入门，处处压藏海一头。

邵霁好强，宗门有资源总是先拿，宗门的好任务每每先抢。藏海脾气好，崇尚和善相处，从不与邵霁计较。

几个师弟都随藏海，平时见了邵霁恭敬地叫一声邵师兄。

邵霁并不领情。

他历练归来时澹台烬已经是筑基后期，即将结丹。

门派里有传言，说兆悠打算让小弟子继承衣钵，所以精心栽培。

邵霁森然的眼看着澹台烬，笑道："这位就是九旻师弟吧，听说你现在住着藏风以前的屋子，我此次历练归来受了些伤，不知九旻师弟可否替师兄采些药草送来？"

逍遥宗大部分弟子都是木属性，种药材这事清闲，也是逍遥宗修身养性的传统。

哪怕澹台烬来了也不例外，两年来他与藏海等人每日辰时得起来施雨。

邵霁却从不做这些。

在邵霁眼中，其他弟子都是没有出息的农夫，是让门派丢脸的存在。

他指使澹台烬，一如以往指使藏树和藏风。

澹台烬黑黢黢的眸盯了他一会儿，笑道："好啊，晚间给师兄送过去。"

邵霁转身，御剑回自己的山峰，眼神阴戾。

众所周知逍遥宗老掌门即将坐化，最有可能担任新掌门的便是藏海和邵霁。

藏海善良宽和，符合逍遥宗一如既往的道心，但修为实在不够看，修行也十分怠懒。

邵霁修为不错，可是争强好胜，并不会为宗门考虑。

此次兆悠长老收关门弟子澹台烬，还亲自培养，引起了邵霁的危机感。

和那个又胖又蠢的藏海争，邵霁不怕，可若是一个年纪轻的天才……

晚间澹台烬来送药草时，邵霁接过去，从乾坤袋中拿出几株引魂草："我听同门说，九旻师弟一直在寻这些药草，希望对你有帮助。"

澹台烬挑眉，倒是很意外。

他接过来，心里猜这人要打什么主意："多谢师兄。"

引魂草上带着浅浅的香气，不仔细嗅根本闻不出来，澹台烬手指一紧，脸上笑意愈浓。

"师兄若是没有吩咐，九旻告辞。"

"去吧。"

等澹台烬走了，邵霁狠狠把他带来的药草扔出去，啐了一口，笑道："与我争？"

澹台烬手指捻了捻引魂草上无色的粉末，唇角扬起："散功散啊。"

这种不入流的东西，也不知道邵霁从哪里找来的，也不知道他用这种办法对付了几个人。

散功散若悄无声息融入骨子里，修为便再难精进，偏偏查不出原因。

也许……藏海等人一开始，并没有这么无能呢！

澹台烬用苍白的手指拔掉几片叶子，在引魂草上转了几圈，施了法术，揣进自己的乾坤袋中。

没关系，只要是引魂草，有散功散他也要。

春末的时候，逍遥宗再次出事——

宗门内修为最高的弟子邵霁，被打断四肢，剜去双眼，剪了舌头，扔在逍遥宗山门下。

邵霁看上去触目惊心，连执法长老都忍不住别过头去，死死皱起眉头。

谁会如此阴戾？

事情严峻，逍遥宗三堂会审，试图找出凶手，可一无所获。

邵霁身体里隐隐藏着魔气，几位长老对视一眼，只好得出是魔修偷袭的结果。

藏海几人跟在兆悠仙尊身后，谈论道："邵师兄伤得太重了，日后还能继续修行吗？"

"太可惜了，他那么高的修为，说废便废了。"

"兆青师叔看上去好伤心。"

兆悠停下脚步，突然说："九旻，你跟为师来。"

澹台烬上前，抬手行礼："师尊。"

兆悠闭了闭眼："去思过崖领罚。"

澹台烬冷冷看他一眼："弟子领命。"

几人都很诧异，连声为澹台烬求情："师尊，小师弟做了什么？他身子不好，不能总是去思过崖，要不我去。"

"师尊，我替小师弟去也可以。"

"不必，我自己去。"澹台烬御剑去思过崖。

那时候他并不知道兆悠的用心，只觉得这老牛鼻子不可理喻。

到了仲夏，好脾气的兆悠终于放他出来。

澹台烬走出思过崖，到了老头房门外，兆悠不在。他感知到一种奇怪的气息，犹豫片刻，他进了兆悠修炼的密室。

澹台烬起初以为，不管是仙魔，总有些龃龉藏起来不想被人看见。

直到他看见兆悠密室的禁法。

澹台烬第一年不服管束时，偷偷找来看过。

那是一个转移因果的阵。

阵法上用黄符写了两个人的生辰八字。

澹台烬意识到什么，拿起那两张符。

一张上书"聂水"，另一张朱砂尚且鲜亮，是"邵霁"。

那日他沉默许久，回到思过崖，任由瀑布落在身体上。

他想起头发花白的老头捋着胡须，问他："你可知，为师五个弟子，最放心不下谁？"

澹台烬不知道，兆悠也没有多言。

曾以为是坠入凡尘的藏林，到了今日，澹台烬方知道。

自始至终，都是自己。

兆悠不反对他报复聂水和邵霁，但是痛惜他的残忍，无奈小弟子造下的因果。

兆悠捡回了世上最坏的少年。

那少年生来便是恶，不知怜悯，手段狠辣，永不知悔改。

兆悠不厌其烦地带他领略世间情义，耐心教他善恶有道，带这个"坏孩子"看孩童启蒙书籍，在他依旧保留着那一颗残忍的心时，为他承担所有的因果杀伐。

很多年后，澹台烬在昭和城，将屠神弩刺入老者心脏。

兆悠闭上眼，神魂慢慢地消散了。

白衣少年全身是血，靠在树下，扶起老者，手拂过兆悠没有合上的双目。一滴清泪，骤然落在兆悠脸上。

"师尊。"

大火燃起，烧毁老者尸身。

澹台烬抬眸，看见无数张憎恶自己的面孔，却无人看见他眸中蒸发而去的泪意。

那年去讨伐澹台烬前，山门前站满了一整个师门的弟子。

藏海努力让自己的声音不带着哽咽。

"邪魔外道，六界贼子，人人得而诛之，他叛师，叛道，今日藏海在此起誓，魔域之行，不是沧九旻死，便是藏海亡。"

他还未说完，藏树的眼眶先红了。

藏风说："我们真的要杀小师弟？"

有人推搡他一把："藏风，你清醒一点，那还是你们小师弟吗？他从来不是什么沧九旻，就是个邪魔！魔界的魔君！"

"你们忘了，你们的师尊是怎么死的了吗？"

藏风张了张嘴，如鲠在喉，什么都说不出来。

他有许多想说的话，转头却看见藏海师兄抽出了剑，握剑的手微微颤抖。

那是他们的小师弟啊，他们看着他被师尊捡回来。

藏风记得，彼时恰逢人间的秋天，少年浑身血淋淋的。他们看着他的身体慢慢恢复，精心为他张罗衣裳，为他煎药。

他们教他修炼法术，与他一同在太阳升起的山门前扎马步，带他去人间畅快喝酒。

他们看着澹台烬从最初冷冰的模样，到后来笑着叫他们师兄。

藏海回头，看着身后破败的人间，牙齿轻轻发颤。

这些年，藏林没了，师尊也死了，现在不是小师弟死，便是他们亡。

残阳如血，澹台烬的斩天剑穿破他们的胸膛。

藏海的瞳孔慢慢放大，眼前的魔君仿佛倒退回昔日那个坐在逍遥宗田埂上吹树叶的玄衣少年。

那时候阳光也好，风也逍遥。

纵然藏海一早就知道，少年的音杀穿过丛林，恶劣地惊起一窝兔子逃窜。

可是师兄弟们一个不少，是多么美好的一年啊。

藏海笑着，闭上了眼睛。

藏海、藏树和藏风，都没想到自己有朝一日还能醒过来。

许久之后，他们才知道当初的真相。

原来当年兆悠闯入九转玄回阵，强行夺回神珠，已经快神魂破散，姒婴为了制造傀儡，想让兆悠死后化作僵尸，为她所用。

兆悠生来光明磊落，对于他来说，死后躯体成魔，杀戮无辜凡人和自己的弟子，比魂飞魄散都难受，于是让小弟子澹台烬杀了他，焚尽他的身躯。

他清清白白地离开了这个世界。

逍遥宗白云悠悠，今年又新进了一批弟子。

山门下的草药郁郁青青，有弟子风风火火进来："掌门！掌门！有人找……找你……"

藏海手忙脚乱藏好自己的酒葫芦，擦去眼角的泪，呵斥道："慌慌张张，成何体统！"

弟子笑道："掌门，你又在偷偷喝酒了，要是藏树师叔知道，嘿……"

"哪、哪有？臭小子，敢胡说，看我不收拾你。"

藏风走进来，摇头说："大师兄，都当掌门这么多年了，怎么还是毫无长进？"

藏海不理他，问小弟子："你说有人找，是谁找？"

"掌门随我来。"

逍遥宗的秋，外面硕果累累，一派祥和，山门下石碑刻着鱼纹。

藏海一身青衣，随弟子走到山门，一眼便看见了他。

弟子说："喏，是他们。"

青山绿水前，玄衣男子身边站着白衣女子，还有个古灵精怪打量逍遥宗的小粉团子。

澹台烬抬眸，眉眼一如当年少年。他合掌，拜下身去："沧九旻，拜见师兄。"

藏海蓦然湿了眼眶。

山高水长，幽幽千载，小师弟归来就好。

萧凛与叶夕雾

"殿下，叶三小姐又在外面等你。"暗卫在他耳边低声道。

萧凛抬头，窗外一场夏季的雨来得又快又急，红衣少女站在屋檐下，呵斥身边的婢女。

婢女模样委屈，蹲下给少女理裙摆。

那少女眉目明艳，带着不可一世的嚣张。

萧凛看了一会儿，从容道："走吧。"

他带着属下绕路，并未从慎刑司大门走。侍卫撑着伞，长身玉立的六殿下上了马车。

谁也没去管还在慎刑司门口等他的姑娘。

萧凛闭目养神，表情平和。

他对世间任何女子都无偏爱，自然也没有偏见。

他独独不喜叶夕雾。

叶啸家这位三姑娘，任性跋扈，心肠歹毒，他曾亲眼见到叶夕雾泄恨似的剪碎亲姐姐的衣裳。

另一边的柔弱女子神色黯然，却不敢阻止她。

别人家的姑娘把闺誉看得比什么都重，只有她不在乎，一口一个"殿下真好看""殿下天下第一好""我只想嫁你"。

"你是女子，不该说这话。"

她笑着露出一口细细的小白牙，摇头："为什么不该？喜欢就是喜欢，讨厌就是讨厌，凭什么男子有表达的权利，女子却不可以？！"

"你这般口无遮拦，日后会后悔。"

她理直气壮道："我不说出来，才会后悔。"

萧凛在宫外调查粮饷案子时，一回头，就能看见她。只不过她性子实在暴躁，不是在挑刺，就是在责骂下人。

久而久之，他对她更加不喜。

马车轱辘跑过街道，走入宫门，皇后与九公主在饮茶，见了他，亲昵地冲他招手："凛儿，快过来。"

九公主扑哧一笑，眼珠子转动："皇兄回了宫，有人恐怕要在慎刑司空等一场咯。"

萧凛看她一眼，皱眉道："你和她说我在慎刑司的？"

九公主做了个鬼脸："我和她们打赌嘛，叶夕雾从来都不要脸皮的，不过透了个消息，就眼巴巴赶过去了。"

皇后叹息一声，对萧凛说："叶三姑娘很早以前就中意你，凛儿，你心中也清楚，叶大将军有兵权在手，你娶叶三姑娘是最好的选择。"

萧凛冷声道："不可能。"

"凛儿可有心上人？"

"并无，"萧凛拨弄香炉，低眸道，"总之不会是叶夕雾。"

萧凛心中并不看重皇位，他生来荣宠加身，所喜所恶纯粹至极，对他来说，谁做皇帝都无所谓，只要夏国昌盛，百姓安居乐业。

区区一个叶夕雾能带来的利益，并不足以使他动摇。

第二日叶夕雾病了，她在慎刑司等萧凛，九公主的随从扮作萧凛的随从，欺骗她说六殿下还在里面处理公事，叶夕雾等到天黑，依旧没能等到萧凛。

萧凛知道以后，叱责九公主胡闹。

九公主不屑地撇撇嘴。

自叶夕雾及笄，对萧凛情根深种，闹了不少笑话。九公主很讨厌叶夕雾，一个臣子的女儿，身份过于高贵，即便身为最受宠的公主，也要因为叶夕雾父亲手中兵权忍让她三分。

九公主常常借着萧凛的名头整叶夕雾，偏偏那虎虎的毒妞儿总是上套。

萧凛心中过意不去，踏入将军府替九公主赔罪。

病恹恹的少女听说他来了，眉眼间绽放出欢喜，连忙让人给她梳妆打扮。听说萧凛在屏风后向她赔礼便走，叶夕雾急得也不梳妆了，连忙冲出来，拦住他："萧凛，你等等。"

她在病中，不施脂粉，萧凛看见一张干净青涩的脸。

也就她桀骜胆大，总是私下直呼他的名字。

叶夕雾小脸瘦削，眼睛圆圆的，眸中带着一种幼猫般湿漉漉的光泽，专注地看着他。

"你等一下，我有东西给你。"她抬起手，期盼地笑着说，"给。"

萧凛低眸，是一个藏青色的香囊。

上面绣着几枝挺拔的翠竹，竹叶栩栩如生。

"前几日殿下生辰，爹说殿下并未操办宴会，我给你准备了礼物，一直没有机会送出去。"

萧凛默了默,他的生辰……并非没有操办宴会,只是没有邀请叶家三小姐而已。叶将军为了哄女儿,说了一个善意的谎言。

看着眼前少女的眼睛,萧凛说:"香囊是私物,三小姐还是赠予日后的夫君吧。"

"你不会娶我吗?"他听见少女喊,"你为什么不娶我?你明明知道的,娶了我,等于有了兵权!即便这样,也不行吗?"

萧凛冷着脸道:"不行。"

她绕到他身前,咬牙蛮横道:"你说不行就不行?你等着吧萧凛,我明日就去求皇上赐婚。"

萧凛也恼了:"你敢!"

"你看我敢不敢!"

少女龇牙咧嘴,像只病弱却努力扬起爪子的小狮子。

萧凛抬手,隔空用气劲捏爆了屋内花瓶,冷声道:"你若不介意大婚之后,犹如此花瓶,大可试试。"

婢女们吓得尖叫。

叶夕雾愣愣看着一地碎瓷片:"你就……这么讨厌我?"

"非常讨厌,叶三姑娘,人贵在有自知之明。"

他走出门时,叶夕雾把香囊扔在地上,狠狠踩了几脚:"讨厌就讨厌,谁稀罕,谁会稀罕!"

丫鬟们谁也不敢拉她,自然也无人敢置喙她红了的眼眶。

萧凛没有回头。

那一年,就连他自己都以为,会讨厌这个人一辈子。

冬日剿匪时,萧凛出了意外,他深入山贼窝,却发现里面有邻近小国的兵力部署,身边的人出卖了他,一切都是二皇子的阴谋。

萧凛为了摆脱敌人追击,掉下山崖,凶多吉少。

山崖下呼呼吹着风,另一处石头后面,露出三个冻得瑟瑟发抖的女子。

为首的少女惶急地跑到山崖边,跪着往下看。

"殿下,萧凛……"

"三小姐!"喜喜和春桃急坏了,要去拉她,"三小姐,那里危险。"

他们家三姑娘说着不再惦记六殿下,却忍不住在和祖母上香途中,悄悄跑来找萧凛,没想到撞见这一幕。

叶夕雾红着眼眶,看一眼旁边垂落的藤蔓,突然道:"我下去找他!"

"三小姐，万万不可，奴婢和喜喜这就回皇城叫人。"

"等你们一来一回，三日都过去了！"

如果萧凛摔伤，躺在悬崖下没人帮他，他连吃的都没有，根本撑不过三天。

"这里有很多树，他还有内力，一定有活下去的机会。"

叶夕雾把藤蔓往自己腰间一捆，毫不犹豫往悬崖下探索。

"三小姐……"

叶夕雾没有听，她的绣花鞋在岩石上打滑，她含泪，忍住恐惧，一点点往下走。

她也不知道自己这么怕死的人，哪来的毅力去寻找一个根本不喜欢她的人。

不喜欢她也就罢了，连她爹的兵权都不喜欢。

萧凛这个有眼无珠的浑蛋就活该！

她心里骂着他活该，却依旧坚定地往悬崖下找人。

渐渐地，两个丫鬟的声音她听不见了，细嫩的手指也被磨破，叶夕雾不知道自己下去了多少距离。

循着折断的树枝找他落下去的地方，最后连藤蔓的长度都不够了。

她冻得直哆嗦。

"萧凛，萧凛……"

最后脚下一滑，叶夕雾尖叫一声，再没了意识。

半空中，飞来密密麻麻的血鸦，拖住她的身子，带着她一同坠入悬崖。

有谁似乎在轻声说："你可不能死，你死了，我怎么出夏宫？"

叶夕雾没有死，却在悬崖下吃够了苦头。

她醒来时，天上下起了雪，她蜷缩在山洞中，在里面找到了萧凛用来包扎伤口的衣角。

迟钝的喜悦袭上心头："太好了，我就知道，我就知道，你不会有事。"

可是那时候她并不知道，与她为敌的，是怎样强大的敌人。

她一个凡人，在他们眼中，只是跳梁小丑。

她与萧凛的错过，是必然，也是冥冥之中另一个人对她的报复。

许久之后，叶夕雾养好伤，看见依偎在萧凛身边的貌美女子。

萧凛为她系好披风，轻声叮嘱着什么，女子垂眸，温柔笑着，眼中含着浓浓情意。

叶夕雾看着他和叶冰裳，整个人再也没办法踏出一步。

萧凛从来没有那么看过她，从那一刻，她就知道她输了。

彻彻底底。

她这辈子，都不可能得到萧凛的爱。

"但你可以。"黎苏苏，我要你得到他的爱，他爱你，就是爱我。

人的一生鲜少有机缘，把身体让出去时，九天勾玉拍拍她："谢谢你，恶魂。"

叶夕雾只是笑。

这世上哪有那么好的事，能得到别人的躯体？勾玉曾经对着前任主人初凰立下神誓，不能告知苏苏她的真实身份，护她长大。

神女初凰为才出生就夭折的女儿搜集了万年残魂，却始终少一缕恶魂。

这缕恶魂，与她错过在五百年前的人间，投生成将军家的女儿叶夕雾。

她乖张，残忍，偏执。

勾玉带苏苏穿越时空，心中藏了许多不能说的秘密。

譬如助苏苏灵魂完整，神体重生。

叶夕雾变成恶魂，成全了苏苏的七情六欲，回到苏苏的身体中，苏苏却以为，自始至终，这一切都是勾玉口中的一场交换。

她助夕雾保护爹爹和祖母，夕雾借给她身体。

苏苏并不知道，这本就是她缺失的魂魄投生而成的身体。

所以她会对祖母有感情，恐惧于深切的黑暗，想要拯救过去的夕雾，执着于看见永生花绽放。

叶夕雾本就是她的一部分。

叶夕雾恶劣又顽固地想，萧凛，你恐怕还不知道，完整的神女到底有多好。

好到即便此刻你被叶冰裳左右，厌恶极了我。终有一日，你会无法自抑地喜欢神女黎苏苏，从而喜欢上我这缕恶魂。

然而黎苏苏不喜欢你，消散于世间的恶魂执着地追寻你。

你说，讽刺吗？

好在，你该庆幸，叶夕雾此生，再也不会缠着你了。

初凰与帝冕

　　上古，神魔大战还未开始时，一切都祥和宁静。

　　凤凰族栖息于南方梧桐神境。

　　真正的凤凰神血一支，眉有花钿，眸若清波。

　　初凰的母亲为她梳发时告诉她："再过几年，等麒麟神族的小太子成年了，凰儿就得去麒麟神族联姻。"

　　初凰并不想联姻，她不喜欢头脑简单、四肢发达的麒麟族。

　　麒麟一族蛮横、粗暴，加上麒麟族那小太子初凰见过，她已是亭亭玉立的少女，小太子的麒麟原身却像条小奶狗儿似的，要往她怀里拱，很长一段时间，她都对四肢着地的小崽子有心理阴影。

　　初凰实在难以想象，她嫁给那个奶娃娃后会过什么样的日子。

　　初凰拒绝这门亲事很多次，都被凤凰族反驳了回去。在初凰心中，凤凰族的日子宛如一潭死水，每一代帝姬兢兢业业延续着自己的血脉，像个没有感情的人。

　　初凰不懂，神的生命这般刻板，真的有意思吗？

　　凤凰族避世而居，界碑处有结界，不许族人出去。

　　初凰遇见冕时，他倒在梧桐神境的界碑处。

　　男子眉如刀削，锋锐俊逸。

　　她第一眼看中的却并非他的相貌，而是暗暗喜道："太好了，这下有出去的办法了。"

　　初凰双手结印，凝出的绳索把人拖了进来。

　　这个过程艰辛，男子英俊的脸在地上反复摩擦。

　　"勿怪勿怪，我也是情非得已。"

　　男子朝下的俊脸，在她看不见的地方，额上青筋狠狠跳了跳。

　　靠近了看，初凰才发现他也是神族，却很瘦弱。神族很少见这么瘦小的孩子，身上鞭痕遍布，胸口有一个可怖的掌印。

　　利用他放血的心思浅了，她皱眉看了好一会儿，叹息道："这么惨啊，算了，算我倒霉，欠你的。"

他伤得太重了，神息几乎都要完全消失。

初凰精心照顾了他一年，久到她几乎把他当成了自己养的一盆花儿，而这盆花可能永远不会盛放。

终于，在一个清晨，男子醒了过来。

初凰如常走进去，不期然看见一双注视自己的眼睛。

与他的容貌气质完全不同，男子长着一双漂亮的桃花眼，眼角微微上翘，带着几分多情的韵味。

他靠在榻前，弯唇一笑，微哑的声音很是勾人："我认得你，是你救了我。"

那是他们的初见，他不像神，像男狐狸精。

许多年后，初凰忆起那个笑容，依旧能想起自己那时的失神。

她喜欢什么呢？她喜欢这世间的桀骜、自由，喜欢他眉眼里的三分多情、三分戏谑和四分凉薄。

怎么会有人长在她的喜好上，如此恰到好处？

因此大胆又明艳、处于叛逆期的帝姬捧着他的脸说："喂，做我的男宠怎么样？"

他听了，低眸一笑："好啊，我叫冕。"

冕最初并不长这样。

他生于上古魑魅魍魉之地，不知吞噬了多少上古大妖魔，最终成了妖王。

上古的妖身大多是丑陋的，就像蚍婴。上古的蚍婴并没有头发，头皮凸起，嘴唇泛白干燥，还长着獠牙。

冕起初则是一团混沌的肉泥，他的形态丑恶凶猛，令人闻风丧胆。

所有跟着魔神的人，都想大干一场，冕自然也不例外。

妖魔的生存环境并不好，即便是上古妖魔，也不受凡人的供奉。

旱魃出现的地方人间会有旱灾，寸草不生；冕出现的地方，人间则有暴雨地动。

杀了许多上古之神，逼他们凝出灭魂珠泪以后，冕接到了一个任务。

魔神说："吾等需要新的天道，可开启的契机，远远不够，吾要你深入凤凰族，取赤羽神火。"

冕的声音阴森难听："怎么取？"

"契机，在凤凰神族唯一帝姬，初凰身上。"

魔神并不懂情爱，把情爱当作一场可有可无、利用人的工具。

彼时的冕也不懂情爱，他想要无上力量，属于妖魔的世界，于是一口答应下来。

凤凰神族与世隔绝，极难进入。

他按照属下收集的信息，用了两百年融声，改变自己的声音，又用了八百年淬炼，换掉狰狞恐怖的妖身，变成另一副俊朗无双的多情模样，抽了上古另一个天神的神髓，用来掩藏自己的气息。

冕压制了自己的修为，故意把自己弄成重伤，如他所料，顺利进了梧桐神境。

世间无人知道，他本就是为了贴合初凤的喜好而生。

所以她喜欢上他，冕并不意外。

可他万万没想到，这帝姬的胆子如此大，要他当男宠。

真就只是没有地位的男宠。

冕微笑着，拳头已经硬了。眼前这个面若桃花的小丫头恐怕不知道，他的辈分够当她的老子。

要是让凤凰一族知道他这种级别的妖王混了进来，恐怕老凤凰都得夯起一身漂亮的翎羽。

可这小凤凰是真的不怕死。

她让冕穿桃色衣衫，自己躺在他的腿上，让他吹曲子给她听。

帝姬赤裸着一双玉足，足上系了铃铛，那玉足水嫩嫩的，可爱得紧，冕看了好几眼，收回目光。

他抚了抚她的发，不怀好意地问："帝姬日后是要嫁给麒麟小太子的，这般与我厮混，不怕被处罚？"

初凤点头："怕啊，但是比起被惩罚，我更不愿一辈子当一只笼中鸟。我不适合小太子，小太子觉得我不是什么好女人的话再好不过，刚好双方退婚，或者凤凰族把我赶出去也不错。"

她惬意地枕着手臂，看着上方的梧桐林："神的血脉延续真就那般重要？不顾两个人的意愿也要将人绑在一起？"

"冕只是低等神族，不敢置喙帝姬的看法。"冕笑道。

她眼珠子一转，笑盈盈坐起来，捏了捏他的下巴："小男宠，可以啊，你真有自知之明。"

他的笑容僵硬一秒，咬牙道："帝姬说得是。"

冕时常有掐死她的想法。

她撺掇他："小神族，做饭会不会？凡间那种糕点，你去做一个给本帝姬尝尝。"

"不会。"

"不会就去学，你怎么做男宠的！"

"……"

"小神族，唱曲儿呢？咿咿呀呀那样。"

"不会。"

"我用水镜给你幻化一个，你照着学，过来。"

冕觉得自己总有一日会任务失败，失败原因是掐死这个凤凰族帝姬。

他得给她洗衣裳，还得给她洗脚，顺带给她讲故事。

当他咬牙切齿学唱戏，对面的帝姬一百次笑场那一晚，他终于真正成了她"男宠"，陪她睡了一晚。

冕扬眉吐气。

她只笑盈盈地看着他，摸摸他的耳朵，低声在他耳边道："小神族，你来我身边，到底是想做什么呀？想要凤凰心头血吗？"

凤凰本体的心头血，可以让低等神族洗髓，变成有天赋的高等神族，可惜失去心头血的凤凰，此生修为将不再精进。

冕一惊，桃花眼眯了眯，笑道："如果我要，帝姬给吗？"

初凰撑着下巴，偏头看他，说："给啊。我把心头血给你，我就当不了凤凰族帝姬了，到时候咱们一起挨一顿打，但是你放心，既然是我拖累你，你一个小男宠，本帝姬会保护你的。我替你扛。"

"只不过或许会被赶出凤凰族，当两个普通的神，不被家族庇佑，但可以自由自在去六界的任何地方，你愿意吗？"

冕愣了愣，有一瞬，他被眼前这双干净虔诚的眼眸迷惑，以为自己真是图她的神血的小神族。

他心情复杂，点头说："好。"

初凰的眼睛里亮起光，她眉眼弯弯："那一言为定，等我母亲的生辰过了，我把神血给你，咱们一起走，去看你故事中的山川河流。"

可惜冕知道，小帝姬等不到这一日。

谁要与她一生一世？妖魔的感情向来凉薄，不过一场戏罢了。

初凰母亲生辰那日，东窗事发，冕被带走，秘密处死。

凤凰族自然不容许他这样的小神玷污公主，在凤凰族眼里，麒麟族的婚事至关紧要，杀了冕，初凰就会愿意嫁给桓麒小太子。

初凰赶来之时，冕已经只剩最后一口气，即将魂飞魄散。

在那之前，冕从来不觉得初凰对自己有多么浓烈的情愫，她总是顽劣般"小男宠""小神族"这样喊他，连唤他"阿冕"都很少。

可那日，灼热的泪落在他的脸上。

"对不起，是我害了你。"

"阿冕别怕，我一定会救你。"

额上落下很轻很温柔的吻，凤凰的心头血从她的心尖渡到他的心上。

许久以前，冕听说，仙神成婚，会交换彼此的心头血，仅仅一滴，表达挚爱，互通心意。

他不知道她给了他多少心头血，几乎废去了她半条命。

他茫然地想，初凰给了自己这么多凤凰神血，可这又算什么呢？两人之间，不是儿戏一般的关系吗？

即便是愧疚，她也不该这样做的。

"别怕，等你醒来，咱们一起离开。"初凰还记得那晚的约定。

可是想要唤醒冕，需要赤羽神火，赤羽神火一直守护着凤凰一族，有了它，梧桐神木生生不息，凤凰一族才有家园。

初凰说："我带你过去，让神火唤醒你。"

她自然不敢动族人的根基，可现在接受她那么多心头血的冕，也算是凤凰族人了，神火自然也是他的根基。

她背起冕，把他放在凤凰木下，神火飘荡在上方。

初凰结印，引神火救人。

可她并不知道，朝夕相伴，自己养了几年的"花儿"是个小偷。

那一日，神火熄灭，凤凰木倾倒。

那个爱笑多情，会给她做饭，给她唱戏、讲故事的男子手握赤羽神火，凌空冷冷看着她。

"阿冕？"她脸色苍白。

"吾名，帝冕。"他弯唇道，"多谢帝姬的神火。"

初凰方知道，什么一眼心动，不过是旁人一场精心的布局。他演得实在太好了，最后演成了她心上人的模样。

梧桐树开始枯败，界碑坍塌。

帝冕杀出凤凰族时，捏住凤凰族人的脖子，犹豫许久，冷冷皱眉，甩开了他们。

帝冕并不知道初凰为此承担了多少责罚。

她被押入凤凰族牢中，三十二注弱水炼身，生生折磨着她的神魂。

直到刚成年的桓麒小心从地牢里抱起她。

桓麒不再是奶乎乎的模样，出落得很是好看。

"我娶初凰，我佑凤凰族。"他说，"你们别伤她。"

初凰看着他的青色衣摆，还有焦急的神情，第一次知道自己错得离谱，她放弃了珍珠，喜欢上了鱼目。

可是桓麒该遇见更好的人，她犯下的错，不该让桓麒来承担。

她只身去了魔域，设计带回神火。

离开魔域时，却被发现。

魔神饶有兴致地看着她："你就是凤凰族帝姬？怎么，帝冕，听说她以前折磨得你够呛，要不要亲自动手？"

一个人从暗中走出来，他的眉心带着妖王的印记，脸色苍白地看着初凰。

"动手吧。"魔神眯了眯眼。

帝冕沉默片刻，抬掌打在初凰身上。

她吐出一大口血，最后关头，挣扎着把神火送了出去，掌心峨眉刺拍入帝冕肩头，初凰弯起唇笑道："如何？我特别记仇！拿了我族的东西，真以为能全身而退？你等妖魔，想要神火，痴心妄想！"

勾玉携带着神火一直逃跑，转瞬撕裂时空，消失不见。

魔神冷了神色："你！"

一旁的帝冕突然出手，打散了初凰的魂魄。

魔神皱眉，看她没了气息，也不好再说什么。

众人散去，过了许久，帝冕走过去，颤着手抱起她。

他拔下自己肩头带着业火的峨眉刺，抱着她走出魔域。

他用藏起来的凤凰心头血救了她，辗转六界，看她浴火重生。

她醒来前，也是神魔大战的前夕。

帝冕只能眼睁睁看着桓麒把她带走。

魔的感情凉薄，帝冕起初也是这样以为的。他以为那些年，当自己闭着眼睛，看初凰风雨无阻为他忙碌，精心替他疗伤是场笑话。

他以为自己耐着性子穿桃色衣裳，抱着她为她讲故事，只是为了得到赤羽神火。

他以为那夜月色迷离，坦荡的帝姬为他描述未来时，他迅疾的心跳并非心动。

可他忘了，从一开始，他便为她的喜好而生。

在他还未化形、只是个丑陋的怪物时，便知道帝姬纤腰盈盈，眉目动人，他知道她喜欢的颜色，知道她爱怎样的语调。

帝冕用了一千年，经历淬炼的痛，来变成她喜欢的模样。

后来在思念她的一年又一年里，他无数次想起当年自己佯装醒来，看见那双璀璨的眼睛。

他的心跳一下又一下，如小鹿乱撞。

初凰永远都不知道，为了这个初遇，他等了多少年。

番外 4

幼年苏苏与魔神澹台烬

他记得自己是怎么死的。

做凡人那一生十分短暂，他死在二十二岁，兵败连岳河。

萧凛兵临城下，他不愿做那个人的战俘，纵身跃入大火之中。

并非讲究骨气，但凡有一线希望，澹台烬都不会选择去死。他知道自己活不下去了，与其让萧凛动手，不如自己做出选择，起码有尊严些。

尽管尊严在他眼中，什么都不是。

回味这一辈子，过得并不容易。

出生丧母，幼年在宫廷摸爬滚打，好不容易回到周国，从父兄手中夺权，却输给了真正的天之骄子萧凛。

澹台烬躺在大火中，看见百姓山呼万岁，还有那个柔弱明艳的女子，握住萧凛的手，站在萧凛的身边。

恍惚间，澹台烬记起，她叫作叶冰裳，是萧凛的妻子。

在自己想得到萧凛的一切时，也想过得到叶冰裳，可是真正当他失去一切时，他却并没有多遗憾。

他疼得受不了，蜷缩着身体，眸光怨毒，心有不甘。他的权力付诸流水，可对于叶冰裳，他并没有多少执念。

得到，只是战胜了萧凛；失去，似乎也并不会多执拗。

模仿了别人一辈子，少年在生命尽头，难免有些茫然。

火舌舔舐他的身躯时，他在想，他学习别人的爱恨情仇，可是自始至终，他真的喜欢过那个叫作叶冰裳的女人吗？

答案不得而知。

人间一场大火烧尽了他的尸骸。

谁也不记得历史上澹台氏最后一个小皇子。

旱魃将他捡了回去，邪骨重生，自此魔神降世。

许久以后，澹台烬才知道，原来世间的魔神，注定是孤独的。他带着一颗恶毒的心，走入魔道。

杀了多少人呢？他不记得了。当屠神弩拉开，脆弱的仙人们一个个在他面前倒下，他饶有兴致地堆了一个万仙冢。

玄衣男子高坐于万仙冢之上，深深嗅着空气中的血腥气，为这股气息着迷。

昔日高高在上的仙人们，在他掌下不过弱小的蝼蚁。

鲜血流淌过他的指尖，如此温热。

摆脱凡人身份的第四百三十年，他见到了萧凛的转世，公冶寂无还有一口气的时候，澹台烬用剑柄戳了戳他："告诉吾，你曾经喜欢的那个人，后来怎么样了？"

他忘了叶冰裳的名字，也忘了她的样子。只记得当自己还是个凡人少年时，还未学会的爱情。

公冶寂无什么都没说，神魂消散。

澹台烬面无表情看了他一会儿，收回斩天剑。把他的身体一并扔入万仙冢，折辱般地扔进去。

日复一日，修士没了生存空间，只能像阴沟里的老鼠般，躲在地下生存。

渐渐地，鲜血再也激不起他的兴致。

澹台烬连把那些灰老鼠捉出来的兴趣都没有，宁愿躺在魔域中沉眠。

旱魃和惊灭为此忧心，开始给他送女人。

他觉得好笑，明知魔神并无情丝，给他送女人有何用？她们就算脱光了，在他眼中，也只是一摊白花花的死肉。

他们找来了许多女人，有妖娆妩媚的魔姬，有瑟瑟发抖的修士仙子，甚至不知道从哪里找出来几个凡人女子。

他走过去，那股威压让她们连头都不敢抬。

他用足尖抬起她们的下巴："说话。"

"魔神饶命，魔神饶命。"

他嗤笑一声，心里毫无波澜，连少时那股求知欲都淡了。

无情无爱，就是天道对魔神最好的惩罚。

他罪恶滔天，却永远无法尝到为一个人心动的滋味。这世间，也不会有人爱他，或许有一日他死了，连个为他收尸的人都没有，六界只会欢呼。

直到有一日，惊灭告诉他："万仙冢里，公冶寂无的尸体不见了。"

澹台烬突然来了兴致："哦？"

他的化身转瞬出现在万仙冢旁，循着一股浅浅的香气，他第一次看见她。

一个小女孩御剑，偷了公冶寂无的尸身逃跑。

她揉着眼睛在哭，抱住尸身，也不嫌弃公冶寂无快要腐烂。

"师兄，苏苏带你回家。"

澹台烬面无表情看了会儿，打了个响指，女孩连人带尸身，一同滚下仙剑，重重坠入凡尘。

胆子真大，世上无一个修士敢染指他的地盘，偏一个还没长大的小姑娘，吃了熊心豹子胆，敢来偷公冶寂无的尸身。

女孩从地上爬起来，惊疑不定地四处看看。

她咬牙，身上摔得青一块紫一块，变出小木马，把公冶寂无放上去，还企图带着他走。

澹台烬斗篷之下的手指微动，那木马变成一张纸，轻飘飘坠地，再也没有能够驮起人的力量。

女孩闷不吭声，蹲下身去，背起公冶寂无往前逃跑。

澹台烬突然来了火气，手掌一翻。

真火下，火舌四起，点燃了他们的周围。

女孩在大火中想要保护公冶寂无，却护不住他，纵然她抱得很紧，也只能眼睁睁看着师兄化作灰烬。

过了许久，她从大火中爬出来，哇哇大哭。

澹台烬冷眼看着没有被真火伤到的女孩，竟是没有长大的凤凰神族？

有一瞬，他有过掐死她的想法，趁神族还未长成，将她扼杀在幼年。

可是他看着她那么努力保护公冶寂无，突然想起自己作为一个凡人死去那一年。

火烧得那么大，几乎燃尽整座城池。人人拍手称快，没有一个人保护他陪伴他。

时隔多年，澹台烬再次体会到那种怨恨和忌妒。

他没有杀苏苏，看了她许久，自己都不知道，到底想从她身上看见什么。

又过了十多年。

久到澹台烬快忘记这件事，那一日，属下说，修士里出了个叛徒，捉了个天生灵体的修士要献给他。

他再次看见了那个女孩。

她被一个叛逃的同门骗出宗门，带到了澹台烬面前。

惊灭把苏苏的手按在灵魂石上。

灵魂石亮了起来，只有干净纯粹的灵魂，才能使灵魂石发亮。

惊灭表示赞赏，叛徒十分高兴。

魔王宫殿鲜血汩汩，阴森昏暗，澹台烬坐在王座上，周身萦绕着黑雾。

黑色的斗篷包裹着身体，仅露出的一双眼睛毫无感情。

他冷冷打量着魔宫中的一切，还有那个白色的小身影。

女孩被周围妖怪们戏耍，她双手结印，试图攻击他们，凶倒是凶得很，可惜第一次经历这样的事，年龄也小，她怎么打得过惊灭这些人？

苏苏试图御剑飞出去，被门口的魔族一巴掌拍了回来。

魔族都是人精，见王座上的魔神不语，看着他们戏耍女孩，显然默许了他们的做法，于是变本加厉。

苏苏的白裙子脏了，她在地上滚了几圈，无论如何都逃不出去。

最后苏苏急得化作原形，用翅膀盖住脸颊，嘤嘤直哭。

魔宫灯火烧得"噼啪"作响。

澹台烬的肤色在灯火映衬下显得惨白，他撑着下巴，睥睨着她。

小苏苏抽噎得直打嗝儿。

叛徒指着苏苏，讨好地说："我特地来投靠魔尊，这是我送给魔尊的礼物。"

下一刻，叛徒瞪大眼睛，喉咙里发出"喀喀"的声音，血从他的嘴角蜿蜒流下。

叛徒就这样轻易地死了。

所有人沉默下来，后知后觉，惊惧地发现魔神似乎并不高兴。

澹台烬突然伸出苍白的手指，拎起她。

苏苏的眼睛里含着泪，澹台烬见她憋红了脸，以为她要说什么了不得的话，她却突然说："我可不怕你！"

澹台烬隐在斗篷之下的唇角弯了弯，视线扫过她发颤的两条腿儿。

还没长大的小凤凰肉垫一般的脚掌粉嫩、柔弱。

成年的凤凰族可以火烧上古不周山，赤羽落下的业火可以焚尽世间一切罪恶。

不知道……能不能有一日，把他这样的罪恶焚尽？

他看着这双干净明澈的眼睛。

上古寂灭，到了如今，属于上古的神竟只剩这最后一个，还有他这种为孤独而生的魔物。

他触了触她眉心的朱羽，突然抬手，把她扔回了衡阳宗。

姗婴跑出来，皱眉道："魔神大人，您就这样放过了她？"

他冷声道："不然呢？"

"她是修士，"姗婴神情复杂，"您怎么会放过修士？"

他漆黑的眸打量着掉落在掌心的凤凰翎毛："姗婴，你相信宿命吗？"

姒婴一惊，久久不语。

上古魔神也问过她这个问题。

不久后，不死之身的上古魔神被众神围剿，被妖王背叛，消散在了天地间。

魔神有关于自身的预知能力。

这是谁也不知道的事。

上古魔神预知到自己死时的景象，于是寻找破解之法，造就同悲道，企图挣脱天道，摆脱宿命，可惜他失败了。

最好笑的是，上古魔神偏死在同悲道上。

澹台烬也有预知能力，在他摆脱凡人身体、成为魔神的那一刻，他也看见了自己会死。

身躯融入同悲道，永远孤独冰冷，陷入黑暗。

魔都自私，澹台烬也不例外。

他只爱自己。

六界就算化作尘埃，他的眼也不会眨一下。

所以当姒婴和惊灭恳求他开启同悲道时，他把玩着那几颗神珠，微笑不语。

他们错了，他澹台烬，永远不会为别人牺牲自己。

他宁负天下人。

最后一个神族啊，澹台烬想，天神既然爱苍生，可否救救他这个卑劣的魔？

把玩着掌心的翎毛，他突然笑了笑，有个大胆的想法。

上古魔神乃前车之鉴，开启同悲道是不可能的，不如来一场豪赌。

他手中的翎毛轻飘飘地，随着四枚神珠飞向空中。

随着他惨白的手指旋转，四枚神珠汇聚在一起，成为一块透明的琉璃，包裹住凤凰翎毛。

他的指尖弹出一滴血，赋予琉璃神石力量。

渐渐地，琉璃出现了轮廓。

少女纤细的足、翩飞的裙摆、圣洁的脸庞次第出现，最后是她眉心的一点朱砂。

她在空中，明净的眸坚毅，执剑而立。

澹台烬戏谑的笑容僵在嘴角，怔怔看着她。他这一生，第一次仰望一个人。

心里像是有一只手在轻轻拨动，让他生出几分奇妙的滋味。

那是小凤凰长大的模样。

猝不及防，就这样出现在他面前。

澹台烬伸出手，神女像落入掌心。

冰冷的，高不可攀的，纵然离她很近，却依旧有着距离感。

他古怪地看着她，神色有些许扭曲。

澹台烬突然想起那个不肯放弃，大胆来偷公冶寂无尸身，想让师兄走得体面的人。

"黎苏苏吗？"

魔神并无情丝，他不知道自己心里奇怪的感觉是什么，仅仅一尊她长大后的神女像，不能打消他原本的计划。

澹台烬没有用四枚神珠打开同悲道，他把神珠造成琉璃神女像，送回了过去的时空，幼年的自己身边。

得知仙门打算送苏苏回到五百年前时，整个妖魔族都陷入了骚乱。

"魔神大人，怎么办？我们要阻止他们！"

澹台烬袖子一拂，空中水镜呈现出仙界的模样。

他并不惊慌，因为这一切，本就是他设定好的局，不想要既定的宿命，他便与六界苍生来一场豪赌。

若输了，他随宿命而死。若赢了，他摆脱宿命，六界为他铺路。

少女苏苏坐在法阵中，双手结印，面前是勉强修复好的神器过去镜。

过去镜映照出她的模样，与他曾经送走的神女像分毫不差。

"要去五百年前抽吾邪骨啊？"他撑着下巴，看着水镜中的景象，突然有几分诡异的期待，"抽邪骨需要吾动情，那么有朝一日，你也会像保护他一样保护吾吗？"

他突然笑了，低声对水镜中的少女道："有本事，就让吾爱上你。否则，这场以六界命运押注的赌局，你必定会输。"

彼时，叱咤风云的魔神不觉得自己会输，他只想利用神女改变自己的宿命。

可他永远没有想到，故事的最初始于阴谋与自私，故事的最后终于爱和付出。

番外 5

婚后

有一次妖魔界为帝姬阿宓设宴，作为魔君、魔后，澹台烬和苏苏坐在上方，宴请群臣。

宴会临近一半时，西阙域主才姗姗来迟。

他跪在地上，连声请罪："臣的西阙出了些事，所以没能及时赶来，魔君、魔后恕罪。"

苏苏每次见到西阙主，都颇为惊叹。

西阙主的真身是一只灰熊，活了数千年，真身毛发顺滑，十分魁梧。说起来，妖化作人形，多少与真身有些关系。

修行数千年，几乎大多数妖物都会在化形时美化自己，以至于妖魔界没有特别丑的存在。

因为本体魁梧，所以西阙主的人身，也是个英武的汉子。

古铜色的皮肤，露出来的手臂苍劲有力，虬结有力的肌肉充满力量。他一个人的体型，抵得上两个成年男子的体型。

苏苏看着西阙主比自己腰还粗的手臂，有些牙酸。

澹台烬坐在她身边，自然注意到苏苏的视线在西阙主身上多停留了片刻。

澹台烬抬眸，一双魔瞳落在西阙主身上。

扫视了一遍西阙主，他冷冷眯了眯眼。

别看西阙主长得"粗枝大叶"，实则心细如发，一看魔君的表情，西阙主就知道不妙。

他心中忐忑半晌，听见上方那人撑着下巴笑问："西阙的民风，可是越发开放了？"

西阙主不解其意："魔君陛下说笑，西阙和数百年前，没有差别。"

西阙主听见上方魔君阴阳怪气的嘲讽声音："堂堂西阙之主，来魔宫赴宴，竟衣不蔽体，西阙主就是这样做表率的，嗯？"

西阙主汗颜，又觉得颇委屈。

他们是妖怪嘛，自然比魔修崇尚自由得多，他只露了胳膊而已，西阙域还有只穿着裤衩的小妖魔。

底下群臣幸灾乐祸憋着笑，都是一群损友，自然不会为西阙主说话。

还是苏苏看不下去了，拉拉澹台烬的袖子。

"喂，适可而止。"

西阙主那么大个儿的汉子，无措站在大殿内，又怕又茫然的模样，怪滑稽可怜的。

澹台烬抿抿唇，看苏苏一眼，拂袖走了。

那一眼意味深长，苏苏难得从他神情里也看出几分咬牙切齿的委屈。似乎想掐死她，或者想对底下的臣子发脾气，生生忍住了。

她好笑又好奇。

二人成婚以来，她要星星，澹台烬不给月亮，难得见他对自己着恼。

宴会散了以后，苏苏并不着急哄他，陪小阿宓说了一会儿话。

等她回去寝殿，发现澹台烬还没回来。

宫婢看了眼苏苏，道："魔君陛下在前殿，处理大人们汇报的事情，今夜可能不回寝殿。"

苏苏颔首："知道了，那你转告陛下，今晚我陪小帝姬睡。"

苏苏转身，往阿宓寝殿去了。

小宫婢忐忑地回头，颤声道："魔、魔、魔君……"

玄衣男子手指掐入柱子，看着苏苏的背影，柱子被生生掐出几道指痕。

澹台烬冷着脸去前殿，处理妖魔界的事情到了大半夜，他招来身边侍从，问："魔后回来了吗？"

侍从摇头："魔后还在帝姬宫中。"

"小帝姬睡了吗？"

"睡了。"

澹台烬扔下笔，起身往外走。

对于苏苏的到来，小阿宓很是高兴。

苏苏与她亲亲密密说了些话，把女儿哄睡着了。

阿宓抱着布老虎，握着小拳头，睡得脸颊粉嘟嘟的。

苏苏含笑看着女儿，等那人过来。

果不其然，到了半夜，一双有力的手臂打横抱起她，一声不吭往外走。

妖魔界幽蓝的昙花开在夜色中，很是漂亮。

萤火虫在空中飞舞，她看着澹台烬精致到不像话的侧脸，故意笑着去揉他的脸："不是在生我的气吗？怎么，不气了？"

他低眸，睨她一眼。

"知道我在生气，还头也不回就走了？"

苏苏在他怀里晃荡着一双玉足："许久没见你生气了，颇为怀念。"

见他抿唇不语，苏苏突然用袖子盖住脸，闷闷道："才多少年，你就生我的气了，我明日带着阿宓回衡阳宗好了，免得碍了魔君大人的眼。"

澹台烬把苏苏放在秋千上，捡起地上的鞋子，套在她玲珑的右足上，低声哄道："苏苏，我不是在生你的气。"

苏苏移开一边袖子："那你在生谁的气？"

他的眸中浮现出一丝微妙的情绪，顿了顿，冷静了下来，若无其事道："没有生气。"

越是这样，苏苏越好奇。她牵着他的手："让我看看，好不好？"

澹台烬淡淡道："不行，夜深了，我带你回寝宫。"

她飞下秋千架子："那我和阿宓睡。"

"苏苏，"澹台烬拦腰抱住她，低声道，"真要这么折磨我啊？"

他把怀里的人扳过来，拿起她的手，咬了咬牙，放在自己额心，闭上了眼。

一段苏苏记忆中的往事，浮现在眼前。

她诧异地看着澹台烬心里的画面。

竟然是一千五百年前的一段记忆，那时候苏苏从澹台烬身边逃走，告别萧凛，去极北之巅找荒渊。

她没想到路上会捡到瞎了一只眼、手筋脚筋寸断的澹台烬。

"你想笑就笑。"少年连同玄色大氅，一半身子被掩埋在大雪中。

苏苏说："闭嘴。"如果可以，她真不想救一个时时刻刻想杀自己的人。

苏苏唤来枣红马，俯身去抱他。

少女吸了口气，气沉丹田，托住少年肋下，用力把人抱上了马。

晚上找到一户人家落脚，苏苏得为他擦身上的血，清理玄冰针滞涩在眼中的痕迹。

她将帕子在热水中浸湿，擦去他脸上的血痕。澹台烬的黑瞳幽幽看着她，少女的手指拂过他的脸颊，澹台烬下意识地想侧开头，却生生忍住了。

如果他的手脚完好，此刻一定冷冷地把她的手拍开。

可惜他如今什么都做不了。

苏苏又处理他的手腕和脚踝，擦去血污，用干净的布条把他的伤口包扎好。

澹台明朗下手角度刁钻，废了澹台烬的手足之余，故意让他极度痛苦。

知道澹台烬此刻恐怕疼得生不如死，苏苏下手也轻柔了些。

她毕竟不是他这种以折磨人为快乐的变态，自然不会在这种时刻雪上加霜。

苏苏拧干带着血的白色布巾，问他："还有哪里有伤？"

澹台烬抿紧了唇，没理她。

她视线下移，看见他的衣裳有处颜色深些。少年着玄色，这颜色本就藏得住伤口。

那地方，刚好在腹部。

苏苏沉默了片刻，怕他真流血过多死了，伸手去解他的腰带。

澹台烬四肢被废，动弹不得。他盯着少女的手指，冷冷道："你做什么？"

身上的香气像合欢花就算了，现在还动手脱他的衣裳。

烛火下，少女偏头看他，散漫地应道："垂涎你的美色呢，趁你没法动，不是刚好？"

想到什么，她笑得有点儿坏，撑起双臂，在他上方，垂眸看他。

"澹台烬，你害怕的话，叫救命啊，这里不只我们两个，外面还有小玲和她的奶奶爷爷。"

澹台烬盯着这张娇颜。

那年他没有爱人的情丝，苏苏的玩笑对他来说，本该是无伤大雅的。

可当她的手挑开他的衣襟，许是冬日的冷意，给他肌肤带来些许战栗感。

下意识地，他竟然莫名觉得有些紧张。

苏苏垂眸看了一眼，没有看见任何伤口，原来是她误会了，他腹部的血是别人的。

她顿了顿，又若无其事给他把衣裳穿上。

结果刚给他把衣襟系好，便看见一双风雨欲来的黑眸。

"你怎么了？"她疑惑地问。

他冷笑了一声，闭上双眸，带着对她浅浅的痛恨与憎恶之色。

苏苏不解其意，道："莫名其妙。"

屋里只有一张床，被澹台烬占了。那一夜，苏苏趴在桌子上睡觉，睡得很不舒坦，浑身酸痛。

她并不知道少年在想什么。

因为这个误会，澹台烬一整夜睁着眼睛，看着窗外的夜雪。

对于少年魔神来说，他没有自尊心，自然也从来没有生出自卑感，可是苏苏今晚看他的身子一眼，又把他的衣衫拉上，莫名让他想起前两日在船上澹台明朗的话。

澹台明朗把他踩在脚下，轻蔑笑道："孤听说，你娘柔妃，是当年名动天下的淮州第一美人。瞧瞧你这羸弱废物的模样，倒不如真做个公主，以色侍人。"

羸弱的废物。

少女今夜脱了他的衣衫，只轻飘飘看了一眼，又急忙嫌弃似的给他拉上……

没有情丝的少年心里生出一种类似痛恨的情绪。

不知道是对桌边趴着的少女，还是对自己这具不能习武的身体。

那年他很白，肌肤透着一股子病态的苍冷感，瘦弱得像一枝竹。大夏尚武，大多数男子身上都有健硕的肌肉，可他没有。

他腹部的线条匀称，肌理上只有薄薄一层肌肉，比女子的肌肤还要白皙。

常年挨饿，他只想拼尽全力活下去，从来没有在意过这具皮囊。

少年魔神的自卑感来得很迟很淡，在人间村庄的夜色下，谁也无法窥视。

伴着天明，这些初初萌发的恼意与卑怯，一同掩藏在他的心里。

后来他从鬼哭河中爬起来，最初几乎只剩下一具骨架，后来可以长出肉身时，不知怎么，想起了在人间村庄的那个夜晚。

少女拉开他的衣襟，又迅速沉默地给他合上。

澹台烬冷笑着，在重塑肉身时很是花费了一些工夫。

可惜天不遂人意，魔神的存在，早已超越了世间法则。

正如熊妖、狮精的人形健硕，魔神的肉身则更加偏向于颀长的美感。

他属于妖魔类，肉身有蛊惑人心的美，与西阙主这类相差甚远。

纵然过了这么多年，澹台烬依旧以为苏苏喜欢的，至少是曾经人间夏国那类健硕、孔武有力的男子。

对于魔神澹台烬来说，他自然可以变化，甚至可以夺舍别人的身体，可是那终究不是他的本体，他也受不了用别人的身体与苏苏相处。

苏苏看了这段记忆，睁开眼，看着眼前俊美的魔君，心情十分复杂。

苏苏的嘴角很想上扬，被她生生压了下去。

澹台烬抿了抿唇："想笑你就笑。"

时隔千年，听着这句熟悉的话语，她仿佛再次看见那个雪地里的少年，明明满腔桀骜，心中介意无比，偏偏故作云淡风轻。

她毫不客气，趴在他肩膀上扑哧笑出声。

"哈哈哈……"

澹台烬的脸色越来越黑，身体僵硬。

明明是他让她笑的，可是真到这时候，他额上的青筋跳了跳，有种难得的羞恼感。

"所以，你在羡慕西阙主那样的肉身吗？"苏苏张开手臂，比画了一个极其夸张的体态。

澹台烬不语。

苏苏心中了然，笑完一本正经道："咱们回寝殿吧。"

两人走了挺长一段路，苏苏听见一直沉默的澹台烬突然不屑地开口："神之躯可幻化万物，区区西阙主算什么？"

顿了顿，他看一眼苏苏，冷静地说："你如果喜欢，我明日就重塑肉身。"

苏苏再也忍不住，扑进他的怀里，笑着道："我想告诉那个少年魔神。"

"我当年只是想看看，他身上还有没有别的伤，后知后觉有点儿羞。他怎么会觉得我喜欢西阙主或者大夏子民那样的？"

"他不知道，神之躯，才是世上最好看的存在。"

众生有灵，心系我的你，最为令人心动。

澹台烬低眸，看见苏苏明亮的眼眸。

良久，他弯起唇。

"嗯。"

少年魔神和他，现在都知道了。

初八，又逢百年大比。

此次大比依旧在衡阳宗举行。现在的百年大比与以前不同，以往百年大比是为了交流讯息，共同对抗魔族；现在仙魔两族暂且和平共处，百年大比自然只有考校后生的作用。

苏苏提前向公冶寂无修书一封，表示希望和澹台烬带着妖魔界年轻的修士过来比试。

公冶寂无读完了信，自然没有异议。

知晓魔君要来，衡阳宗几日前就开始张罗庭院，准备招待魔族客人。

说实在的，弟子们颇为忐忑，千年前澹台烬暴虐杀人的一幕历历在目，现在想想这样一个大魔头来自己宗门，但凡他翻脸，那就是无人生还。

虽然知晓澹台烬拯救了六界，可是心理阴影不是一时半会儿能散去的。

宗门内人心惶惶，作为新任掌门的公冶寂无心中多有无奈。

好在他心态不错，安慰道："放心，即便出事，也是掌门死在你们前头。"

月扶崖纳罕道："掌门师兄竟然也会开玩笑了？"

公冶寂无淡淡一笑。

弟子们并没有被掌门的冷笑话安慰到，大比那日，人人忐忑地等着澹台烬到来。

天边黑云聚集，浓烈的暗色让众弟子忍不住抬头看。

一架九头鸟怪物车辇从天边驶来。

公冶寂无迎风而立，温和笑道："师妹。"

果然，车辇上一只白皙的手掀开车帘，露出苏苏一张带笑的脸："大师兄、扶崖！"

苏苏跳下车辇，久久没见昔日的家，此次说是比试，回来看看才是主要目的。

以前苏苏在衡阳宗就是众人的小师妹，如今她回来，当年的师兄师姐们个个高兴不已，瞬间忘了她的神女身份，统统围了过来。

一众人热络而亲昵地讲着话。

跟随九头鸟车辇来的妖魔界修士看看苏苏，又看看乌云压顶的车辇，都选择了安静待着。

都知道，其实这什么破烂大比，魔君是不屑来的。

倒不是怕妖魔族的年轻弟子输了丢人，妖魔个个好战，摩拳擦掌，跃跃欲试。魔君不愿来的原因，是据说衡阳宗这里有许多魔君曾经的情敌。

俱比曾经的魔君善良正直。

如今魔君不太美妙的心情，连九头鸟都感受到了。

澹台烬单手抱着阿宓下了马车，一眼就看见了对面玉树临风的公冶寂无。

这个人与他的宿命纠缠何其深重，澹台烬眯了眯眼，若无其事地抱着女儿走了过去。

公冶寂无眸色温润，不悲不喜。望向澹台烬怀中阿宓时，他略怔，随即眼眸温柔下来。

"你就是阿宓吗？"

阿宓水汪汪的大眼睛看着公冶寂无，半晌眨了眨眼，冲公冶寂无伸手："师伯抱抱。"

公冶寂无略微僵硬地伸出手，把阿宓从澹台烬怀里抱了过去。

澹台烬挑眉，松手。

苏苏看看阿宓，又看看僵硬的师兄，走到澹台烬面前，悄悄拧了一把他的腰："喂，你和阿宓搞什么鬼？"

澹台烬低眸，笑着看她："不相信我就罢了，怎么连自己女儿都不相信？"

苏苏顿时无语。阿宓只有在她面前才会乖一些，自从澹台烬归位，小阿宓就是个无法无天的大魔头。

偏偏孩子她爹每次都笑盈盈地赞赏并鼓励阿宓干坏事。

女儿长得像自己居多，可她到底是神魔混血，骨子里带着澹台烬独有的恶劣。

苏苏听见小丫头咬着手指问公冶寂无："师伯，你的道侣呢？"

公冶寂无沉默了一瞬，温和答道："师伯没有道侣。"

"哦，师伯为什么没有道侣？"

公冶寂无鲜少与这么小的孩子相处，一时发现自己没法回答，与阿宓大眼瞪小眼。

苏苏连忙走过去："师兄，把阿宓给我吧。"

阿宓回头，看了眼自己的魔君父亲。

澹台烬的唇微微上扬，不辨喜怒。

阿宓自然更听苏苏的话，放过公冶寂无，自己站在了地上。

"抱歉师兄，阿宓把你的衣裳弄脏了。"苏苏说。

公冶寂无低眸一看，果然自己肩膀上有个孩子留下的脏乎乎的巴掌印，上面还沾着糖渍。

"不碍事。"他掐了个诀，把衣裳清理干净，"大比即将开始，诸位道友请入席。"

众人依次落座。

苏苏看着面前一大一小两张脸，警告道："不许在衡阳宗闹事，也不许整公冶师兄，听见了吗？"

阿宓很听话，连连点头："阿宓知道了，娘亲。"

苏苏亲亲她的脸蛋儿："阿宓真乖。"

到底是孩子心性，阿宓很快就乐滋滋地开始看场上比赛了。

"你呢，澹台烬？"

澹台烬沉默片刻，似乎颇为不甘心。

见苏苏依旧盯着他，他只好说："知道。"

苏苏松了口气，澹台烬答应她的事，一定会做到。

苏苏笑着在他耳边说了句话，澹台烬闻言，眸中也带上浅浅笑意。

他们讲话，公冶寂无都看在眼里。

摇光坐在他身边，羡慕地说："以前觉得，沧九旻这个人阴郁冷漠。现在看来，他对苏苏挺好的。"

公冶寂无轻轻点头。

是挺好的。

苏苏说话时，澹台烬听得很专注，眼中只有苏苏一个人。苏苏说什么，他的眼睛里都有细碎的光彩。

身为魔尊，也不在意带出来的弟子如何看，给苏苏剥完葡萄，又给阿宓剥。

整个宴席上，他自己倒是没有吃过一口。

千年的恩怨，两人从还是凡人那一世，纠缠到了现在。公冶寂无本来做好了澹台烬会刁难自己的准备，可是后来什么都没有发生。

澹台烬甚至礼貌地冲他颔首，随后回头去看苏苏。

见她开心地笑，澹台烬便也笑了。

那笑容少见的纯粹，那一刻，公冶寂无突然明白了苏苏为什么会喜欢这个人。

纵然澹台烬曾经自私冷漠、刚愎自用、狂妄歹毒，对于这样的人来说，千年的仇怨不死不休，可是只要苏苏一句话、一个笑容，澹台烬便拔去了浑身的刺，变得简单干净。

一颗赤子之心，竟会出现在魔神身上。

公冶寂无沉默地饮尽杯中酒，澹台烬对她好，他便放心了。

夜间，苏苏和澹台烬宿在长泽仙山。

这个地方澹台烬很熟悉，魇魔幻境中，他还是沧九旻时来过这里。

彼时苏苏在天池边用翎羽为他编织剑穗，可惜那剑穗未编织完成。后来澹台烬赴死前，想象着那样的场景，自己把未完成的剑穗编织完了。

曾经这个地方，对于澹台烬来说，入眼皆是悲伤。

而今，这只是她长大的地方。

他想走她走过的路，见她认识的人，参与自己缺席的她的人生。

天池深处，有一处木屋，苏苏小时候常常在这里修炼。

苏苏盘腿坐在珠垫上，给澹台烬看自己小时候的东西。

她从木盒中一件件拿出来，边回忆边和澹台烬说："这是爹爹给我做的草蚱蜢，这是湘悦师姐送的笛子，这是师兄们用来吓我的琥珀青蛙……"

澹台烬听得很认真，一如人间那个好学的少年。

他的眸中带着淡淡笑意，摸了摸她的头。

苏苏没有问他的童年，她知道，澹台烬的童年大抵是不太好的。他的过往充满了饥饿、伪善、仇恨。

所以现在，她有耐心带他去看很多美好的东西。

就像当初给他展示的苍生符一样，把那些美好的画卷呈现在他的面前，填补他心中缺失的东西。

她鼓励澹台烬回逍遥宗，容许他生疏而溺爱地教导女儿，当年天道对他的不公平，如今苏苏用另一种方式弥补回来。

这一晚他们睡在木屋，苏苏以前那张床上。

澹台烬抱着苏苏，手一挥，漫天星子出现在长泽仙山。

澹台烬吻了吻她眉心的神印，苏苏靠着他的心口，睡得十分安稳。

清风拂过，早已成为天神的苏苏睁开了眼。澹台烬眉心的红色魔印微微闪烁，带着邪戾不祥之感。

那是自他回归魔域之后，悄悄尾随着他的心魔。

或者说，是属于魔神宿命的心魔。

穿过了同悲道的间隙，附着在今生他的身上。说来神奇，这心魔也是"澹台烬"产生的，因此他无知无觉，并没有觉得不对劲。

苏苏一直想知道那是什么，之前在妖魔界无法探知，可是今夜可以。

苏苏掐了个诀，窗外梧桐树沙沙而响。

无形的阵法开启，助她去捉住魔神藏起来的这个心魔。

苏苏闭上眼，抵上他的额，因为澹台烬并不抗拒她的气息，她轻易便在梧桐木的加持下，看见了魔神的心魔。

那是属于另一个人的，却也是"澹台烬"的。

眼前竟是自己从未出现在他身边的那一世。

澹台烬作为一个凡人长大，作为一个普通人努力存活厮杀，又在最后关头功败垂成。

少年葬身大火，至死望着寂寥人间。

他的眸中茫然而痛苦。

大火像是一面墙，将他与世人分割开。大火中，他孤独而恐惧；大火之外，百姓们齐声欢呼，庆祝他被烧死。

他像个不知道自己做错了什么的孩子，蜷缩着身体，流不出一滴泪水。

苏苏突然特别心疼。

"澹台烬！"

透过大火，她握住了少年的手。

少年颤了颤，黑眸看向她。

一眼万年，他眼里的痛苦似乎不见了，带着几分温柔的笑意。

这凡尘虽痛苦，可你握住我的手那一刻，便是幸福。

少年小心翼翼地回握住她的手。

渐渐地，景象与他一同溃散，隐藏在宿命中的心魔无声消散了。

苏苏打了个哈欠，心满意足。

清晨第一缕光透进来。

澹台烬睁开眼。

怀里的苏苏睡得安稳，他摸了摸自己额间隐去的魔神印。

他被卷入同悲道时，看见了另一个自己，那个至死没有情丝，只知阴谋诡计的魔君。

而这些孤独的景象，却在此刻，离他很远很远了。

手腕上的琉璃珠串在阳光下发着浅浅透亮的光，他低眸打量着珠串，梧桐林还未来得及散去的阵法下，魔瞳看见苏苏悄悄融进去的东西。

那是一个神女，最珍贵的祝福与爱。

怔愣许久，在这样一个普通的清晨，天生无爱无泪的魔神，骤然湿了眼眶。

【全文完】

图书在版编目（CIP）数据

长月无烬.完结篇 / 藤萝为枝著 . — 广州 : 广东旅游出版社 , 2022.2（2022.4 重印）
ISBN 978-7-5570-2649-3

Ⅰ . ①长… Ⅱ . ①藤… Ⅲ . ①长篇小说—中国—当代 Ⅳ . ① I247.5

中国版本图书馆 CIP 数据核字 (2021) 第 257741 号

长月无烬．完结篇

CHANG YUE WU JIN．WAN JIE PIAN

出 版 人：刘志松
责任编辑：梅哲坤
责任技编：冼志良
责任校对：李瑞苑

广东旅游出版社出版发行
地址：广州市荔湾区沙面北街 71 号首、二层
邮编：510130
电话：020-87347732
印刷：嘉业印刷（天津）有限公司
（地址：天津市静海经济开发区北区银海道 48 号）
开本：700 毫米 ×980 毫米　1/16
字数：444 千
印张：24.5
版次：2022 年 2 月第 1 版
印次：2022 年 4 月第 3 次印刷
定价：54.80 元

【 版权所有 侵权必究 】

如发现图书质量问题，可联系调换。质量投诉电话：010-82069336